탄젠트

TANGENTS

Copyright © Greg Bear 1986
All rights reserved.
Published in agreement with the author, c/o BAROR INTERNATIONAL, INC.,
Armonk, New York, U.S.A. through Danny Hong Agency, Seoul, Korea.
Korean edition copyright © 2025 by East-Asia Publishing Co.

이 책의 한국어판 저작권은 대니홍 에이전시를 통한 저작권사와의 독점 계약으로 동아시아에 있습니다.
신저작권법에 의해 한국 내에서 보호를 받는 저작물이므로 무단전재와 복제를 금합니다.

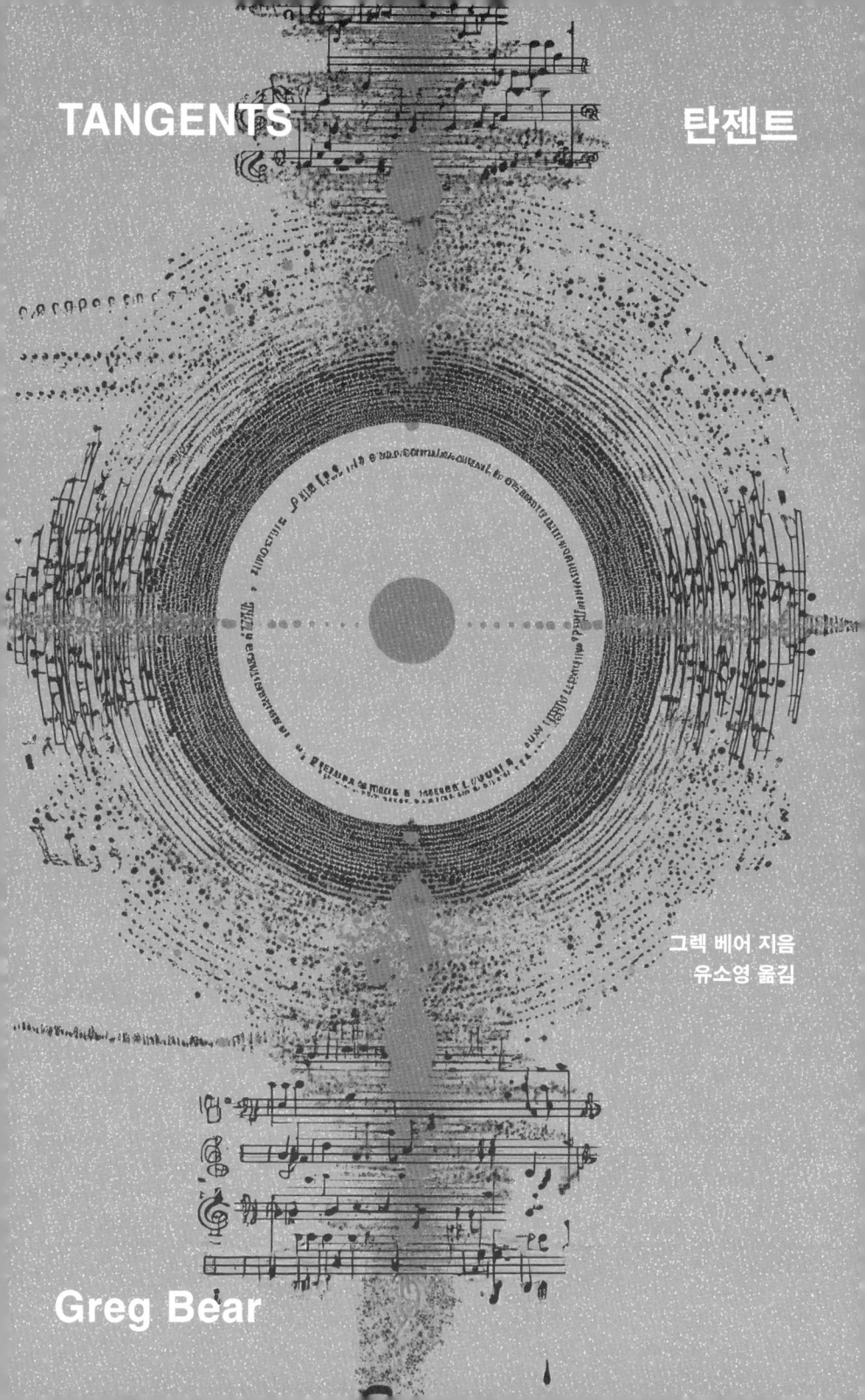

contents

서문	006
1 블러드 뮤직 Blood Music	015
2 죽은 자의 길 Dead Run	059
3 슈뢰딩거의 전염병 Schrödinger's Plague	107
4 탄젠트 Tangents	125
5 자매들 Sisters	155
6 길은 어디로도 향하지 않는다 Through Road No Whither	213
7 슬립사이드 이야기 Sleepside Story	225
8 웹스터 Webster	301
9 다시 나타난 화성인 A Martian Ricorso	327
작가의 말 — 즐거움의 기계 The Machineries of Joy	358

서문

과학소설의 어떤 점이 그렇게 매력적인가? 왜 많은 사람들이 SF가 다루는 문제에 이끌리며, 고집스러운 몇몇은 (대체적으로) 아무 쓸모 없는 쓰레기라고 생각하는 것일까?

나는 이에 대한 답이 기본적으로 양분되어 있는 미국의 이분법적 사회구조에 있다고 생각한다. 미국은 원래부터 과거가 아닌 미래에 굳게 발을 디딘 땅이었다. 최근 영국에 갔을 때 나는 과거로 가득 찬 멋진 서점들을 수도 없이 마주쳤다. 방 하나가 고대사로 가득 찬 서점, 압도적일 정도로 차곡차곡 쌓인 위대한 문학 작품. 미국의 평범한 서점에는 역사서가 책장 몇 개를 차지할까 말까, 위대한 문학이 영광스러운 자리를 차지하고 있기는 하지만, 압도적인 공간을 점유하는 것은 올해의 페이퍼백들이다. 과거가 완전히 무시당하지는 않지만, 그처럼 위압적인 그림자를 드리우거나 우리의 혈관 속 깊숙이 흐르지 않는다.

미국은 그랑 쥬떼Grand Jeté 동작으로 허공에 떠서 미래를 향해 계속 날아가고 있다. 미래를 사는 사람들은 항상 과거를 돌아보는 사람들과 다른 지적 세계를 지닌다. 하지만 많은 미국인들은 이것을 무질서한 삶의 방식, 사고방식이라고 여기는 것 같다. 미국인들은 상대적으로 변하지 않는 역사와 친근하고 완성도 높은 이야기, 굵은 붓질보다 정교한 뉘

앙스의 즐거움을 갈망한다. 과거의 문제, 아직 해결은 요원하지만 최소한 해결될 수 있어 보이는 문제를 연구하려 한다.

많은 사람에게 미래는 과거보다 훨씬 두렵다. 단순히 문제가 잔뜩 있다는 것뿐만이 아니다. 대부분 무슨 문제인지 알지 못하기 때문에 해결될 수 없다는 점에서다. 미래는 아늑하게 타오르는 벽난로 앞에서 읽는 손때 묻은 가죽 장정 책이 아니다. 과거의 지혜는 안 좋은 일이 반드시 일어난다고 가르치며, 우리가 새로이 얻은 힘은 안 좋은 일이 한층 악화될 것이라고 지적한다. 낙관주의는 역사를 읽을 때 갖기 어려운 마음가짐이다.

그래서 어떤 미국인들은 아무것도 변하지 않으리라는 태도를 취하거나, 혹은 예의를 지키는 차원에서라도, 최고는 이미 지나갔으며 앞으로 다가올 일은 무시하는 것이 최선이라는 태도를 취한다. 다른 곳에서는 볼 수 없는 현상이지만 미국에서는 특히 이런 마음가짐을 가진 사람들 사이에서 극단적으로 보인다. 수천 년은커녕 고작 몇 세기, 과거가 길지 않기 때문에 일부 미국인들은 현재 가진 것에 집착하며, 그들의 고루한 반동주의는 수천 년 역사를 지닌 다른 국민들을 능가한다.

그러나 미래를 포용하는 사람들을 위해, 미래에 경이로움과 위대함이 있을 거라고 느끼는 순진한 사람들을 위해, 젊고 에너지가 가득하고 거칠고 때로 세련되지 않으면서도 안목 있고 폭넓은 대중에게 영합하는 상업적인 문학이 부상했다.

수십 년 동안 우리는 대체로 우리 손으로 만든 게토에서 살아왔다. 하지만 그 벽은 과거로부터 전해져 온 형식과 주제만이 논쟁의 가치가 있다고 생각하는, 점차 수가 줄어가고 있지만 아직 강한 영향력을 가진 지식 엘리트에 의해 외부에서부터 강화되었다. 과학소설 작가들은 본질적으로 아이 같은 성품을 버리지 않고 태평스럽게 넘어갔지만, 동시에 미래를 만들고 있는 바로 그 사람들에게 즐거움을 선사하는 놀라운 능력을 보여주었다.

기술자, 과학자, 컴퓨터 프로그래머와 디자이너, 우주비행사와 로켓을 설계하는 남녀. 과거는 아무리 흥미롭더라도 우리 모두가 탈출해야 하는 일종의 감옥이라고 생각하는 몽상가들.

혁명가. 토머스 제퍼슨, 알렉산더 해밀턴, 벤저민 프랭클린, 토머스 페인은 공화국을 상상했고, 그것은 현실이 되었다. 쥘 베른, H.G. 웰스, 아서 C. 클라크, 로버트 A. 하인라인은 우주탐사를 상상했고 그것은 현실이 되었다. 오늘날의 작가들은 1년에 수백 년, 10년에 수천 년의 미래를 꿈꾼다. 그중 대부분은 하룻밤의 지적 오락을 위한 장난스러운 몽상이지만, 일부는 진중하고 냉철하게 고려할 만한 진지한 사색이다.

과학소설은 이제 게토의 벽을 한참 뛰어넘어 성장했다. 역사책에 이름이 올라갔고, 텔레비전 광고에 관습으로 이용되고 있으며, 건축에 새로운 형태로 등장했다. 과학의 극단과 SF가 상상하는 기술은 상호 자양분이 되고 있다. 세계 문학을 분노케 하고, 형성하고, 생명력을 부여한다. 진정 국제적이며, 해를 거듭할수록 점점 더 영향력이 커져간다.

그런데 나는 왜 과학소설을 쓰는가?

본능일 것이다. 나는 생각하고, 그림을 그리고, 친구들에게 이야기를 들려주기도 하다가 여덟 살 때부터 글을 쓰기 시작했다. 레이 해리하우젠의 금성에서 온 괴물이 유황을 먹고 로마까지 삼킬 뻔한 장면을 본 뒤로, 괴물 때문에 나는 악몽을 꾸었고, 내 미래가 어디에 있는지 깨달았다. 나는 다양한 작가들을 집요하게 읽었다. 톰 스위프트 주니어와 모험소설부터 시작해서 에드거 라이스 버로스로, 이어 로버트 A. 하인라인, 아서 C. 클라크로, 클라크를 통해 올라프 스테이플턴으로, 레이 브래드버리를 통해 에드거 앨런 포와 토머스 울프와 니코스 카잔차키스로, 제임스 블리쉬를 통해 제임스 조이스로, 로버트 실버버그를 통해 조지프 콘래드로. 과학소설의 길에서 벗어나지 않으면서도 뿌리를 넓게 뻗고 차츰 성장하면서, 나는 무수히 가지를 치는 길 너머로 과거의 경이가 미래와 엮이는 광경을 넘겨다보게 되었다.

이 모든 이야기가 조금은 숨 가쁘고, 조금은 순진하게 들릴 것이다. 그러라지. 나는 내 과거를 자의로 포기하지 않을 것이다. 조악하고 부족할지언정 그 안에는 내가 계속해서 아끼는 미래에 대한 비전이 있다. 그 비전은 미래를 염려했던 사람들, 진정한 비전을 지녔던 사람들을 통해 내게 왔다. 그저 세련됨이라는 딱지를 얻기 위해 그 비전과 작별할 수는 없다.

여기에 나의 도전이 있다. 우리는 이제 컸다. 성인으로 성장했다. 거의 성숙했다. 과학소설 전부를 당신의 가장 정교하고 엄격한 잣대로 판단해 보라. 여러분의 요구와 필요 대부분을 만족시키는 작가들을 끝없이 만나게 될 것이다. 훌륭한 책들이 계속 집필되고 있다.

우리는 문학 혁명의 한복판에 있다. 잔혹한 비극이었던 역사 속의 혁명이 아니다. 이것은 흥겨운 찬양이다. 우리는 우리가 욕망하는 것은 물론 우리가 두려워하는 것 또한 찬양한다. 과학소설 작가들, 그리고 저 포괄적인 장르, 판타지 작가들은 강렬한 감정을 너무나 좋아한다. 공포, 사랑, 혐오, 집착.

나는 경이감을 강렬한 감정의 범주에 넣는다. 현대 과학에서 예수 현현과 동의어로 볼 수 있는 '지적 도취', 너무나 찬란하고 정신의 지평을 넓히는 깨달음 앞에서 고양감 외 달리 이성적인 반응이 있을 수 없는 그런 순간을 일컫는다. 그런 순간 과학소설은 현대적인 종교의 함정에 빠진다. 회의론자와 속박받지 않는 사상가를 위한 컬트 종교.

여기에는 열정이 있다. 이 모든 것이 아주 어린 시절 나를 끌어당겼고, 지금도 그렇다.

이 책에 수록된 이야기들은 초창기 작품부터 요즘 작품까지 폭넓은 시기에 해당되며 성격도 다양하다. 나는 이런 방식이 좋다. 어쩌면 '하드'로 분류할 수 있는 규모가 크고 방대한 과학소설로 가장 큰 성공을 거두었지만, 나는 단편과 판타지, 마술적 리얼리즘을 좋아한다.

여기 수록된 작품 중 가장 유명한 것은 아마 1983년 처음 출간된 「블러드 뮤직」일 것이다. 《뉴 사이언티스트 New Scientist》에 실린 바이오칩과 세포 하나만 한 유기체 컴퓨터 이론에 대한 기사를 10분 정도 읽던 중 아이디어가 떠올랐다. 이 단편이 상을 받기도 전에 나는 이야기를 더 확장해야겠다고 생각하고 같은 제목의 장편을 쓰기 시작했다. 장편은 먼저 나온 단편과 상당히 다르다. 둘 다 재출간되었고, 전 세계에 번역되었다. 나는 여전히 《뉴 사이언티스트》의 충실한 독자다.

나는 「슬립사이드 이야기」를 아주 아끼는데, 아마도 대부분의 내 작품과 많이 달라서일 것이다. 과학소설을 쓰다 보면 다른 영역, 전에 한 번도 가보지 않은 영역을 탐험해 보고 싶은 충동을 종종 느낀다…. 이 경우는 도시 동화였다.

역시 판타지인 「데드 런」은 앨런 브레네트의 훌륭한 각색을 거쳐 〈트와일라잇 존〉 텔레비전 에피소드로 제작되었다. 앨런과 나는 좋은 친구 사이이기 때문에 이것은 드문 기회였다. 몇 주 동안 앨런은 각본을 수정할 때마다 내게 전화를 걸어 어떤 한계를 극복해야 하는지, 영상 제작을 위해 어떤 변화가 필요한지 알려주었다. (흥미롭게도 CBS는 이 주제를 방송하는 걸 전혀 꺼리지 않았다.) 제작 과정에서 나도 소소하나마 조언을 던질 수 있었고, 덕분에 앨런의 역할을 조금도 침해하지 않고 일종의 공동 작업 각본을 완성할 수 있었다. 앨런은 원작의 결말보다 더 좋은 결말을 만들어 냈다고 생각한다. 그래서 이 작품집에 수록하기 위해 원고를 손보면서 나도 이야기에 수정을 가했다. 어떻게 보면 내 역할을 조금도 침해하지 않고 앨런도 이 소설집 작업에 공동으로 참여한 셈이다.

「자매들」은 강한 사회적 성향을 지닌 하드 과학소설이다. 장편 『퀸 오브 에이절스Queen of Angels』에서 본격적으로 발전시킨 테마와 아이디어의 예비 작업이기도 했다. 「자매들」은 이 소설집에 최초로 수록되었다.

「탄젠트」는 원래 한 컴퓨터 잡지에 수록하기 위해 집필했지만 이후 잡지 측에서 픽션을 싣지 않기로 결정했다. 나는 이 소설을 클리프턴 파디먼이 1950년대에 발간한 수학적 판타지 소설집, 특히 열한 살인가 열두 살이던 내게 뫼비우스의 띠를 처음 알려준 마틴 가드너의 『노 사이디드 프로페서No-sided Professor』에 대한 오마주로 생각했다. 루디 러커의

『사차원The fourth Dimension』이 추가적인 연료 역할을 했다.

「슈뢰딩거의 역병」은 물리학에 대한 장난, 우리끼리의 농담 같은 거다. 사실 이 단편에서 묘사된 상황이나 결론은 최소한 불가능하다고 내가 신뢰하는 물리학자들이 알려주었다. 하지만 왜 그런 결론이 가능하지 않은지 독자가 이해하려면 학부 수준의 제대로 된 양자역학 지식이 필요할 것이다. 기쁘게도 과학(그리고 과학소설) 작가 존 그리빈이 저서 『슈뢰딩거의 고양이를 찾아서In Search of Schrodinger's Cat』를 쓰게 된 동기 중 하나로 이 단편을 꼽았다.

「웹스터」와 「다시 나타난 화성인」은 신인 작가 시절에 발표되었는데 아직 매력을 잃지 않았다고 생각한다.

그 외에, 특히 젊은 작가들에게, 과학소설이 그렇게 매력적인 이유는 무엇일까?

여기, 수렁 같은 미래에 얽혀, 단편소설이 생생히 살아 숨 쉬고 있다.

1

블러드 뮤직

Blood Music

이전에 누구도 지적한 적이 없는 자연법칙 하나가 있다. 박테리아, 병원균, '미소동물animalcule' 등의 미세한 생명이 매시간 무수히 태어나고 죽는다. 한데 모였을 때의 규모와 그 미세한 효과의 집적 말고는 중요할 것이 없는 존재다. 그들은 깊이 인지하지 않는다. 대단한 고통도 겪지 않는다. 1,000억 개의 생명이 죽는다 해도 그 중요성은 인간 단 하나의 죽음에 비할 수조차 없다.

미생물처럼 작든 인간처럼 크든, 생명체의 크기 등급 안에서 생명력은 균등하다. 키 큰 나무 하나의 잔가지들을 전부 합하면 그 잔가지가 자라난 큰 가지 전부의 부피와 같고, 그 큰 가지들을 합하면 나무둥치의 부피와 같다.

이것은, 적어도, 원칙이다. 내가 알기로 버질 울람이 그 원칙을 깨뜨린 최초의 인물이다.

버질을 마지막으로 만난 지 2년 만이었다. 내 앞에 서서 미소 짓고 있는 잘 차려입은 구릿빛 피부의 신사는 기억 속 그의 모습과 매우 달랐다. 우리는 전날 전화로 점심을 약속하고, 지금 막 마운트 프리덤 메디컬 센터 직원 식당의 넓은 양문형 출입구에서 마주쳤다.

"버질?" 나는 물었다. "세상에, 버질!"

"반가워, 에드워드."

그는 내 손을 단단히 잡고 악수했다. 10 내지 12킬로그램 정도 살이 빠졌는지, 탄탄하고 한층 균형 잡힌 몸매였다. 대학 시절 버질은 문손잡이를 뜨겁게 달구어 놓거나 마시면 소변이 파랗게 변하는 펀치를 우리에게 만들어 주었고, 서로 신체적 특징이 비슷했던 아일린 터머전트 말고는 만나주는 여자 하나 없던, 통통한 체구의 곤두선 머리, 뻐드렁니를 가진 천재 소년이었다.

"인물 훤하네." 나는 말했다. "카보 산 루카스에서 여름이라도 보냈나봐?"

우리는 계산대 앞에 줄을 서서 음식을 골랐다.

"볕에 탄 건." 그는 초콜릿 우유 한 팩을 집어 들었다. "석 달 동안 태양등 밑에서 지낸 탓이야. 우리가 마지막으로 만난 직후 치아 교정을 했고. 나머지는 차차 설명하지. 일단 누가 가까이서 엿듣지 못할 만한 자리를 찾아봐."

나는 그를 흡연실 구석으로 데려갔다. 식탁 여섯 개가 있는 공간에 골초 3명이 띄엄띄엄 앉아 있었다.

"아니, 진심이야." 나는 식판을 내려놓으며 말했다. "너 변했어. 정말 좋아 보인다."

"네가 아는 것 이상으로 변했지."

영화 대사처럼 짐짓 불길한 말을 뱉으며, 그는 눈썹을 극적으로 치켜올렸다.

"게일은 잘 지내?"

나는 게일이 유치원에서 아이들을 가르치며 잘 지낸다고 말했다. 우리는 작년에 결혼했다. 버질은 자른 파인애플과 코티지 치즈, 바나나 크림파이 조각으로 눈을 내리깔더니 갈라지다시피 한 음성으로 말했다.

"다른 건 못 느꼈어?"

나는 눈을 가늘게 뜨고 빤히 쳐다보았다.

"글쎄."

"더 자세히 봐."

"모르겠어. 아, 그러고 보니 안경을 안 썼군. 콘택트렌즈?"

"아니, 이제 안경이 필요 없어."

"옷차림도 말쑥하네. 누구 솜씨야? 취향만큼 섹시하겠지?"

"캔디스는 아냐. 내 옷차림이 나아진 건 캔디스 덕분이 아니라고. 그저 더 좋은 직장을 얻고 쓸 돈이 많아졌을 뿐이야. 어쩌다 보니 패션 취향은 음식 취향보다 나아졌어."

그는 옛 버질처럼 자조적인 웃음을 띠었지만, 웃음은 곧 삐딱한 냉소로 바뀌어 사라졌다.

"어쨌든 캔디스는 떠났고, 난 직장에서 해고당했어. 적금으로 연명하는 중이야."

"잠깐. 헷갈려. 시간 순서대로 차근차근 말해봐. 일단 직장에 다녔다고? 어디?"

"제네트론 사. 16개월 전부터."

"들어본 적 없는 곳인데."

"곧 듣게 될 거야. 다음 달에 보통주를 상장할 예정이니까. 주가가

폭등하겠지. MAB를 성공시켰어. 의료용….”

"MAB Medically Applicable Biochip가 뭔지는 나도 알아. 최소한 이론적으로는. 의료적으로 활용 가능한 바이오칩.”

"상당히 성공시켰다니까.”

"뭐라고?”

이번에는 내가 눈썹을 치켜올릴 차례였다.

"극미세 논리회로. 인간의 몸에 주입하면 지정된 지점에 장착되어 문제를 해결해. 마이클 버너드 박사의 승인을 받았어.”

이건 상당한 보증이다. 버너드 박사의 명성은 흠잡을 데 없었다. 유전공학계의 거물들과 협력할 뿐만 아니라 신경외과의로서도 은퇴하기 전까지 최소한 1년에 한 번은 뉴스를 탔다. 《타임》, 《메가》, 《롤링스톤》 등.

"사실 이건 기밀이야. 주식, 연구 돌파구, 버너드 박사, 전부.” 그는 주위를 둘러보더니 목소리를 낮췄다. "상관없지. 네가 원하는 대로 해. 난 그 자식들하고 손 털었으니까.”

나는 휘파람을 불었다.

"앉아서 떼돈 벌라고?”

"네가 원하는 게 그거라면 마음대로. 일단 증권사에 달려가기 전에 잠시 있어봐.”

"그러지.”

그는 코티지 치즈도 파이도 손대지 않았다. 파인애플만 먹고 초콜릿 우유를 마셨다.

"계속 이야기해 봐."

"음, 의대에서 나는 실험실 연구 쪽으로 공부하고 있었어. 생화학 연구. 원래 컴퓨터 쪽에도 관심이 있었지. 그래서 의대 마지막 2년 학비를 대려고…."

"웨스팅하우스에 소프트웨어를 팔았잖아."

"친구들이 기억해 주다니 반갑군. 내가 제네트론에 엮인 게 그 과정이었어. 그 회사는 막 시작하던 참이었지. 물주가 든든했고, 이런 것까지 필요할까 싶은 온갖 연구 장비를 갖추고 있었어. 제네트론에 채용됐고, 나는 빠르게 진급했어. 넉 달 만에 내 연구를 시작했지. 상당한 성과를 냈는데…." 그는 별것 아니라는 듯 손을 내저었다. "그러다가 곁가지를 건드리기 시작했는데, 회사에서는 시기상조라고 생각했어. 내가 계속 그 방향을 고집하자 회사는 내 연구실을 빼앗아서 돌대가리한테 넘겼어. 난 해고당하기 전에 자료 일부를 간신히 빼돌렸고. 한데 사실 조심성이 없었던 건 맞아. 신중하지 못했는지도. 지금 그 연구는 연구실 밖에서 계속되고 있거든."

나는 늘 버질을 야심만만하고 약간 정신 나간 것 같고 그다지 세심하지 않은 인간이라고 생각했다. 원래 그는 권위자들과 매끄러운 관계를 유지하지 못했다. 그에게 있어 과학은 자기 수준을 한참 넘는 여자랄까, 성숙한 사랑을 할 준비도 전에 갑자기 그런 여자가 품을 내주니까 혹시 이 기회를 놓치면 어쩌나, 여자를 놓치면 어쩌나 두려운 것이었다. 들어보니 실제 그런 상황이었다.

"연구실 밖에서? 무슨 뜻이야?"

"에드워드, 자네가 나를 검사해 줘. 건강검진. 암 검사 같은 것도. 그런 뒤에 계속 설명하지."

"5,000달러짜리 건강검진을 해달라고?"

"할 수 있는 거면 뭐든지 해줘. 초음파, 핵자기공명, 열화상, 전부 다."

"내가 그런 장비를 쓸 수 있을지 모르겠어. 핵자기공명 전신 검진 장비는 여기 들여온 지 한두 달밖에 안 됐고. 아니, 그렇게 비싼 걸로 건강검진을…."

"그럼 초음파라도. 그것만 있으면 돼."

"버질, 나는 산과전문의지 천재 연구원이 아니야. 산부인과 의사, 온갖 농담을 듣는 존재라고. 혹시 네가 여자로 변해가고 있다면 내가 도울 수 있을지 모르지."

버질은 몸을 내밀다가 파이를 팔꿈치로 찍을 뻔했지만 아슬아슬하게 몇 밀리미터 차이로 팔을 휘둘러 비켰다. 예전의 버질이라면 그대로 눌렀을 것이다.

"내 몸을 샅샅이 검사해 보면 너도…." 그는 눈을 가늘게 떴다. "그냥 검사해 봐."

"그럼 내가 초음파 예약을 한다 치고. 돈은 누가 내지?"

"나는 블루실드에 가입되어 있어."

그는 미소 짓고 의료용 신용카드를 들어 보였다.

"제네트론 인사과 파일에 손을 댔지. 의료비 10만 달러까지는 절대 확인하지 않고 의심도 하지 않아."

버질이 비밀을 지켜달라고 당부했기 때문에 그렇게 해주었다. 내가 직접 그의 서류를 작성했다. 비용만 제대로 지불하면, 대부분의 검사는 공식적인 보고 없이 가능하다. 인건비는 청구하지 않았다. 어쨌거나 버질은 내 소변을 파랗게 만들었던 녀석이니까. 우리는 친구니까.

그는 밤늦게 찾아왔다. 나는 보통 그 시각까지 근무하지 않지만, 간호사들이 프랑켄슈타인 병동이라고 부르는 건물 3층에서 늦은 시간까지 그를 기다렸다. 나는 오렌지색 플라스틱 의자에 앉아 있었다. 병동에 도착한 버질은 형광등 불빛 아래에서 올리브색으로 보였다.

그는 옷을 벗었고, 나는 검사대에 그를 눕혔다. 얼핏 발목이 부어 보였다. 한데 부은 것은 아니었다. 여러 번 확인해 보았다. 건강한 상태였지만 보기에 좀 이상했다.

"흠."

나는 큰 초음파 기계로 감지하기 힘든 신체 부위에 패들을 갖다 대고 영상 시스템에 데이터를 입력했다. 그런 뒤 검사대를 돌려 간호사들이 '웅웅통'이라는 별명으로 부르는 초음파 진단기기의 에나멜로 된 입구에 넣었다.

나는 웅웅통에서 나온 데이터와 패들을 갖다 대서 얻은 데이터를 합치고 버질을 꺼낸 다음 비디오 화면을 불러냈다. 영상이 통합되는 데 1초 정도 걸리고 버질의 골격 패턴이 화면에 떴다. 입이 떡 벌어졌다.

골격이 3초 떠 있다가 이어 흉부의 장기, 근육, 마지막으로 혈관계와 피부 영상이 떴다.

"사고가 난 지 얼마나 됐지?"

나는 떨리는 목소리를 진정시키려고 노력하며 물었다.

"난 사고를 당한 적이 없어. 이건 의도적인 거야."

"맙소사, 그 사람들이 기밀을 유지하려고 자넬 때리기라도 한 건가?"

"내 말을 못 알아듣는군, 에드워드. 영상을 다시 봐. 내 몸은 망가진 게 아니야."

"봐, 여기가 두꺼워졌고." 나는 발목을 가리켰다. "그리고 갈비뼈. 지그재그로 온통 비죽비죽 맞춘 흔적. 언젠가 부러진 게 분명하잖아. 그리고…."

"척추를 봐."

버질은 말했다. 나는 화면 속의 영상을 회전시켰다.

버크민스터 풀러가 따로 없군. 나는 생각했다. 환상적이었다. 삼각형 돌출물들이 전혀 파악할 수도 없고, 이해할 수는 더더욱 없는 방식으로 서로 맞물려서 하나의 구조를 이루고 있었다. 나는 팔을 뻗어 그의 척추를 손가락으로 더듬어 보았다. 버질은 팔을 들고 천장 쪽으로 시선을 보냈다.

"못 찾겠어." 나는 말했다. "뒤쪽은 그냥 미끈한데."

나는 그의 몸을 놓고 가슴을 쳐다보며 갈비뼈를 더듬었다. 뼈는 억세고 유연한 피복으로 덮여 있었다. 세게 누를수록 피복은 더 강해졌다. 문득 나는 변한 점을 한 가지 더 발견했다.

"이런, 젖꼭지가 없군."

색소가 침착된 부위는 작게 있었지만 젖꼭지의 형태는 전혀 없었다.

"이제 알겠지?" 버질은 어깨를 으쓱하며 흰 가운을 걸쳤다. "난 체내에서부터 재조립되고 있어."

내가 이렇게 말했다고 해두자. "어떻게 된 건지 자세히 말해봐." 다행인지도 모르지만, 실제로 뭐라고 했는지는 기억나지 않는다.

그는 특유의 에두르는 말투로 장황하게 설명했다. 그의 말을 듣고 있자니 수많은 참고 자료와 장식적인 그래픽의 숲에서 신문기사의 핵심적인 내용을 찾아 읽으려고 노력하는 기분이었다.

간략하게 축약해 보겠다.

제네트론 사는 그에게 프로토타입 바이오칩, 즉 단백질 분자로 구성된 미세회로 시제품 제작을 맡겼다. 미세회로는 1마이크로미터 정도밖에 되지 않는 실리콘칩에 붙어 쥐의 동맥을 타고 화학적으로 지정된 위치로 간 뒤, 신체 조직과 연결되어 실험실에서 유도한 병리적 상태를 추적 관찰하고 심지어 제어하게 된다.

"그건 대단한 거야." 그는 말했다.

"우리는 쥐를 희생시켜서 제일 복잡한 마이크로칩을 회수하고 내용을 분석했어. 실리콘 부분을 영상시스템에 연결한 거지. 컴퓨터에서 막대그래프, 이어 전체 길이 11센티미터 정도 되는 혈관의 화학적 특성에 대한 다이어그램이 나왔고, 그걸 전부 통합한 이미지가 화면에 떴어. 쥐의 혈관 11센티미터를 확대해서 들여다본 거야. 그렇게 많은 과학자들이 펄쩍펄쩍 뛰고 서로 끌어안고 커다란 그릇에 벅 주스를 부어 마시는 광경은 너도 못 봤을걸."

벅 주스란 닥터페퍼를 섞은 실험용 에탄올을 가리키는 말이었다.

이후 실리콘 재료는 핵단백질로 완전히 대체되었다. 버질은 자세히 설명하는 것을 꺼리는 눈치였지만, 아마도 리보솜 같은 구조를 '인코더'와 '판독기'로, RNA를 '테이프'로 사용하여 DNA만큼 크고 심지어 그보다 더 복잡한 분자를 전기화학적 컴퓨터로 만드는 방법을 찾은 게 아닌가 싶었다. 버질은 핵단백질 속에서 생식적 격리와 재구성을 모방하고 주요 지점에서 뉴클레오타이드 쌍을 교체하여 프로그램 변화를 도입했다.

"제네트론은 내가 슈퍼유전공학 쪽으로 넘어가는 걸 원했어. 다른 데도 다들 거기로 몰려가고 있었으니까. 상상 속에서나 있을 온갖 생명체를 창조하는 거지. 하지만 내 생각은 달랐어." 버질은 손가락을 귀 주위에서 꼼지락거리며 고주파 소리를 냈다. "미치광이 과학자가 나타날 차례지?" 그는 웃더니 다시 진지해졌다. "나는 복제와 합성이 용이하게끔 내가 만든 최고의 핵단백질을 박테리아에 주입했어. 그런 뒤 회로가 세포와 상호작용하도록 그대로 두었어. 휴리스틱 프로그램이었지. 스스로 학습하는 것. 세포가 화학적으로 코딩된 정보를 컴퓨터에 입력하고 컴퓨터가 그 정보를 처리해서 결정을 내리면, 세포는 똑똑해지는 거야. 일단 플라나리아 정도의 지능으로. 대장균이 플라나리아만큼 똑똑해진다고 상상해 봐!"

나는 고개를 끄덕였다.

"상상하고 있어."

"그런 뒤에 나는 정말 독자적인 방향으로 가기 시작했어. 우리한테는 장비와 기술이 있고, 나는 분자생물학의 언어를 알고 있으니까. 나는 핵단백질을 조합해서 아주 집약적이고 복잡한 바이오칩을 만들었어. 작은 뇌를 만드는 거지. 이론적으로 얼마나 가능한지 조사해 봤더니, 대상을 박테리아로 한정하면, 연산 능력이 참새의 뇌 정도 되는 바이오칩을 만들 수 있더군. 내가 얼마나 흥분했겠냐고! 그때 나는 우리가 흔히 골칫거리로만 간주하던 것을 이용해서 칩의 복잡성을 수천 배 더 높일 수 있는 방법을 생각해 냈어. 회로의 고정 요소 사이에서 오가는 양자적 잡담 말이야. 그 수준에서는 극히 미세한 변화도 바이오칩을 망가뜨릴 수 있지. 하지만 나는 전자의 터널링 효과를 예측하고 이용하는 프로그램을 개발했어. 컴퓨터의 휴리스틱한 양상을 증폭시키고 복잡성을 증대시키는 방법으로 양자적 잡담을 이용하는 거야."

"무슨 말인지 모르겠어."

"나는 임의성을 이용했어. 회로는 자가 수리할 수 있고, 기억을 대조하여 잘못된 요소를 수정할 수 있었어. 난 기본적인 지시를 내렸어. 마음껏 증식하라. 개선하라. 일주일 뒤에 배양 조직들이 어떤 변화를 일으켰는지 네가 봤어야 하는데! 정말 놀라웠어. 마치 작은 도시처럼 그냥 자기들이 알아서 진화하고 있었거든. 난 전부 폐기했어. 계속해서 배양했다가는 그 페트리접시에 다리가 자라나 인큐베이터에서 걸어 나왔을 거야."

"농담이겠지." 나는 그를 쳐다보았다. "농담하지 말라고."

"진짜야. 그들은 개선된다는 것이 무엇인지 알고 있었어. 어느 방향으로 가야 하는지 알았지만, 한계가 있었지. 박테리아의 몸 안에 갇혀 있고, 사용할 수 있는 자원이 없었으니까."

"지능은 어느 정도였지?"

"확실히 모르겠어. 100개에서 200개 정도의 세포가 군집으로 모여 있었는데 군집 하나하나가 자율적인 단위처럼 행동했어. 군집 하나의 지능이 붉은털원숭이 정도는 되지 않았을까. 선모를 통해 정보를 교환하고, 기억의 조각을 전달하고, 대조했어. 원숭이 무리의 조직과는 물론 달랐지. 일단 세계가 훨씬 단순했어. 능력이 대단했으니 페트리접시 안에서는 무적이었고. 접시 안에 파지를 같이 넣어보았는데, 상대가 안 됐어. 군집은 변화하고 성장하기 위해 가능한 모든 방법을 동원했어."

"그게 어떻게 가능해?"

"뭐?"

그는 내가 모든 이야기를 액면 그대로 받아들이지 않는다는 데 놀란 것 같았다.

"그 작은 조직에 그렇게 많은 걸 집어넣는다니. 붉은털원숭이는 작고 단순한 계산기가 아니잖아, 버질."

"내가 설명을 분명하게 못 한 것 같군." 버질은 짜증스러운 기색이 역력했다. "나는 핵단백질 컴퓨터를 사용했어. 유전자처럼 작용하지만, 모든 정보가 상호작용할 수 있지. 박테리아 하나의 유전자 안에 뉴클레오타이드 쌍이 몇 개 있는지 알아?"

마지막으로 생물학 수업을 들은 것도 오래전이었다. 나는 고개를 저었다.

"200만 개 정도 돼. 게다가 변형된 리보솜 구조는 전부 1만 5,000개 고, 각각의 분자량은 300만 정도. 그 조합과 순열까지 생각해 봐. RNA는 연속적인 종이테이프 고리처럼 배열되어 있는데, 지시를 내리고 단백질 사슬을 제작하는 리보솜으로 둘러싸여 있고…." 그의 눈은 번득였고 약간 축축했다. "그리고 모든 세포가 별개의 개체라는 건 아니야. 그들은 서로 협력해."

"네가 폐기한 접시에 박테리아가 얼마나 있었어?"

"수십억? 몰라." 그는 웃었다. "그래, 에드워드. 대장균 행성이야."

"그때 제네트론은 널 해고하지 않았어?"

"응. 일단 무슨 일이 벌어지고 있는지 몰랐으니까. 나는 분자를 계속 합성해서 크기와 복잡성을 증대시켰어. 박테리아의 한계가 뚜렷해지자, 나는 내 혈액을 채취해서 백혈구를 분리한 다음 새 바이오칩을 주입했어. 계속해서 지켜보며 미로를 통과시키고 작은 화학적 문제들을 해결하는 과정을 거쳤지. 정말 천재 같았어. 그 수준에서는 시간이 훨씬 빠르게 흘러. 메시지가 전달되는 거리가 짧고 환경이 아주 단순하니까. 그러다 나는 연구실 컴퓨터에 파일을 저장하면서 비밀번호를 입력하는 걸 잊어버렸어. 어느 관리자가 파일을 보고 내가 무슨 연구를 하고 있는지 알아차렸지. 모두 패닉에 빠졌어. 내가 한 짓 때문에 미국 내 모든 사회단체의 감시가 우리한테 집중될 거라고 생각한 거야. 그들은 내 연구를 파괴하고 프로그램을 삭제하기 시작했어. 내 백혈구를 살균하라고 지시하더군. 세상에." 그는 흰 가운을 벗고 옷을 입기 시작했다. "하루 이틀밖에 시간이 없었어. 나는 가장 복잡한 세포만 따로 분리해서…."

"얼마나 복잡한?"

"박테리아처럼 100개 정도의 세포가 한데 모인 군집 상태였어. 각각의 군집이 네 살 아동의 지능 정도 될까." 그는 잠시 내 얼굴을 살폈다. "아직 못 믿겠어? 포유류의 세포에 뉴클레오타이드 쌍이 몇 개나 되는지 알려줄까? 나는 백혈구 세포의 용량을 최대한 활용할 수 있도록 컴퓨터를 조정했어. 40억 개의 뉴클레오타이드 쌍이야, 에드워드. 사고하는 시간을 몽땅 잡아먹는, 거추장스러운 신체도 없어."

"그렇군. 이제 알겠어. 그래서 어떻게 한 거야?"

"전혈이 든 주사기에 백혈구 세포를 섞은 뒤 내 몸에 주사했어." 그는 셔츠 윗 단추를 끼우며 나를 보고 희미하게 미소 지었다. "효소 등등만을 사용하여 내가 할 수 있는 한 가장 강력하게 프로그래밍하고 최대한 설득했어. 그리고 나니 그 뒤는 자기들이 알아서 하더군."

"마음껏 증식하라고, 개선하라고 프로그래밍했다는 뜻이지?" 나는 반복해서 물었다.

"대장균 단계에서 바이오칩에 일종의 특징이 발현된 것 같아. 백혈구는 돌출된 기억을 가지고 서로 대화할 수 있었어. 다른 종류의 세포를 흡입하고, 죽이지 않고 변형시키는 방법을 찾은 거야."

"말도 안 되는 소리!"

"스크린을 봐! 에드워드, 그 뒤로 난 한 번도 아픈 적이 없어. 예전에는 감기를 달고 살았잖아. 요즘은 이렇게 몸이 가뿐할 수가 없다고."

"그 세포가 네 몸 안에서 찾아내고 변화시키고 있다는 거군."

"지금쯤 각각의 군집들은 너나 나 못지않은 지능을 갖고 있을 거야."

"너 진짜 미쳤어."

그는 어깨를 으쓱했다.

"제네트론은 날 해고했어. 자기들이 내 연구를 파기했다고 내가 복수할 거라고 생각한 모양이지. 나한테 연구실을 비우라고 지시했고, 그래서 난 지금 이 순간까지 내 몸 안에서 무슨 일이 일어나고 있는지 확인할 기회가 없었어. 석 달 동안."

"그럼…." 머릿속이 빙글빙글 돌았다. "그 세포들이 네 지방 대사를 개선했기 때문에 체중이 줄어든 거군. 뼈는 더 튼튼해지고, 척추는 완전히 재조립되고…."

"낡은 매트리스에서 자도 허리가 아프지 않아."

"심장도 달라 보여."

"심장에 대해서는 몰랐는데." 그는 프레임 이미지를 좀 더 자세히 들여다보았다. "지방 문제는 나도 생각해 보았어. 갈색 세포를 증가시키고 신진대사를 촉진했을 수도 있고. 최근에는 별로 배가 고프지 않아. 식습관은 그다지 바뀐 게 없고 여전히 쓰레기 같은 음식이 당기는데도, 왠지 필요한 만큼만 먹게 돼. 세포들이 아직 내 두뇌는 파악하지 못한 것 같아. 순환계는 장악했지만, 뭐랄까, 큰 그림을 모른다는 느낌이야. 나라는 존재가 여기 있다는 걸 아직 모르는 거지. 하지만, 하하, 생식기가 뭐 하는 곳인지는 알아낸 것 같아."

나는 이미지를 흘끗 보고 얼른 시선을 돌렸다.

"아, 이 정도면 보통 아닌가?" 그는 사타구니를 음탕하게 들썩거리며 키들거렸다. "하지만 이게 아니었다면 내가 무슨 수로 캔디스 같은 미녀를 얻었겠어? 캔디스는 그냥 공돌이랑의 하룻밤으로 생각했을 텐데. 그때 난 그럭저럭 보기 괜찮았어. 피부는 그을리지 않았지만 몸이 탄탄했고 옷차림도 말쑥했지. 캔디스는 공돌이랑 자본 적이 없었거든. 심심풀이로 해볼까, 이런 거였지. 하지만 내 몸 안의 천재적인 세포들 덕분에 밤새도록 뒹굴었다고. 할 때마다 점점 더 나아지는 것 같더군. 열병에라도 걸린 줄 알았어."

그의 미소가 사라졌다.

"그런데 어느 날 밤 피부에 소름이 돋기 시작했어. 정말 무서웠지. 일이 걷잡을 수 없는 방향으로 가고 있는 게 아닐까 하는 생각이 들었어. 세포들이 혈액-뇌 관문을 통과해서 '나'의 존재를, 두뇌의 진짜 기능을 알게 되면 어떤 일이 벌어질까. 그래서 세포를 통제하는 조치를 취하기로 했어. 세포가 피부를 뚫으려고 하는 이유는 표면을 따라 회로를 운용하는 것이 훨씬 간단해서인 것 같았거든. 근육이나 기관, 혈관 내부와 주변에서 통신망을 유지하는 것보다 훨씬 쉽지. 피부는 더 직접적이니까. 그래서 나는 석영유리 전등을 샀어." 그는 어리둥절한 내 표정을 보았다. "실험실에서는 바이오칩 세포를 자외선에 노출시켜서 그 안의 단백질을 분석해. 나는 태양등과 석영유리를 번갈아서 사용했어. 세포가 피부에 접근하지 못하도록. 덕분에 멋지게 그을렸지."

"피부암에 걸릴 수도 있어." 내가 덧붙였다.

"아마 그건 세포가 알아서 할 거야. 경찰처럼."

"좋아. 신체검사를 했고, 네 이야기를 들었지만 아직도 도무지 믿을 수가 없어…. 이제 어떻게 해달라는 거야?"

"태연한 척하지만 나도 내심은 그렇지 않아, 에드워드. 걱정스러워. 세포가 내 두뇌에 내해 알아내기 전에 통제하는 방법을 찾아내고 싶어. 아니, 생각해 봐, 지금쯤 고등한 지능을 가진 세포가 몇조 단위로 증식했을 거야. 어느 정도 서로 협력하고 있고. 내가 아마 이 별에서 가장 똑똑한 존재일 것이고, 세포는 아직 우왕좌왕하고 있어. 난 그들에게 지배권을 넘겨주고 싶지 않아." 그는 불편하게 웃었다. "내 영혼을 훔치면 어떻게 해? 그러니 그들을 막을 수 있는 치료법을 생각해 줘. 새끼들, 굶겨 죽일 수도 있겠지." 그는 셔츠 단추를 잠갔다. "전화 줘." 그러고는 주소와 전화번호가 적힌 종이를 내게 건넸다. 키보드로 다가가더니 프레임에 뜬 이미지를 지우고 건강검진에 대한 메모리도 폐기했다.

"너만이야." 그는 말했다. "지금은 아무도 몰라. 그리고 부탁인데… 서둘러 줘."

버질이 검사실을 나선 것은 새벽 3시였다. 그는 혈액 샘플을 채취하도록 하더니 악수를 나누고 시료에 아무것도 넣지 말라고 당부했다. 그의 손은 축축하고 초조했다.

집에 가기 전에, 나는 혈액으로 몇 가지 검사를 했다. 결과는 다음 날에 나왔다.

점심시간에 나는 결과를 확인하고 샘플을 모두 파기했다. 나는 기계처럼 그 과정을 수행했다. 눈으로 본 것을 받아들일 수가 없어서 닷새 동안 뜬눈으로 밤을 지새웠다. 그의 혈액은 보통 범위 이내였지만, 환자를 검진한 기계는 그를 감염 상태로 진단했다. 백혈구와 히스타민 수치가 높았다. 닷새째가 되어서야, 나는 믿을 수 있었다.

게일이 나보다 먼저 퇴근해 있었지만 내가 저녁식사를 준비할 차례였다. 그녀는 집에 있는 컴퓨터에 학교에서 가져온 디스크를 넣고 유치부 아이들이 만든 비디오 아트를 보여주었다. 나는 조용히 바라보며 말없이 그녀와 함께 식사를 했다.

최종적으로 납득했다는 것을 확인이라도 하듯, 나는 두 가지 꿈을 꾸었다.

첫 번째 꿈은 그날 저녁이었다. 나는 슈퍼맨의 고향 별인 크립톤 행성이 파괴되는 것을 목격했다. 수십억에 달하는 초인들이 화염 속에서 울부짖으며 사라졌다. 버질의 혈액 샘플을 파기한 행위가 이런 방식으로 꿈에 나타난 것 같았다.

두 번째 꿈은 한층 끔찍했다. 나는 뉴욕시가 여자 하나를 강간하는 꿈을 꾸었다. 꿈의 마지막에서 여자는 난산으로 피에 흥건히 젖은 채 반투명한 막에 둘러싸인 작은 배아 도시를 출산했다.

여섯 번째 날 아침 나는 그에게 전화를 걸었다. 신호음이 네 번 울린 뒤 그가 전화를 받았다.

"결과가 나왔어. 확실한 것은 없어. 하지만 이야기를 나누고 싶군. 직접."

"그래. 나는 당분간 집에 있을 거야."

긴장한 음성이었다. 피곤하게 들렸다.

버질의 아파트는 호숫가에 위치한 멋진 고층 건물이었다. 나는 엘리베이터를 타고 올라갔다. 광고 음악과 함께 춤추는 홀로그램이 각종 상품과 빈 임대 아파트를 선보이고 건물 주인이 이번 주 주민 교류 행사에 대해 설명했다.

버질은 문을 열고 나를 안으로 들였다. 그는 긴소매 체크무늬 가운과 카펫용 슬리퍼 차림이었다. 불을 붙이지 않은 파이프를 한 손에 쥐고 손가락으로 비틀면서, 그는 내게서 멀어져 아무 말 없이 자리에 앉았다.

"넌 감염됐어."

"그래?"

"혈액 분석 결과는 그게 전부야. 전자현미경은 쓸 수가 없어."

"난 이게 사실 감염이라고 생각하지 않아. 어쨌든 나 자신의 세포잖아. 아마 다른 어떤… 그들이 존재한다는 징후, 변화의 징후일 거야. 지금 벌어지고 있는 과정을 우리가 모조리 이해할 수는 없겠지."

나는 외투를 벗었다.

"아니, 들어봐. 이제 정말 걱정스러워."

그의 표정 때문에 나는 입을 다물었다. 광적인 지고의 행복이랄까. 그는 눈을 가늘게 뜨고 천장을 흘끗 보더니 입술을 오므렸다.

"약 했어?" 나는 물었다.

그는 고개를 젓더니 이내 한 번, 아주 천천히 끄덕였다.

"듣고 있어."

"뭘?"

"몰라. 소리는 아니야… 정확하게는. 음악 같아. 심장, 모든 혈관, 동맥과 정맥을 타고 흘러가는 혈액의 마찰. 분주한 활동. 혈액의 음악." 그는 애처롭게 나를 쳐다보았다. "넌 왜 출근 안 했어?"

"쉬는 날이야. 게일은 출근했고."

"여기 있어줄 수 있나?"

나는 어깨를 으쓱했다.

"그럴 수도."

애매한 목소리였다. 나는 재떨이와 종이 뭉치를 찾기 위해 아파트를 둘러보았다.

"약 안 했어, 에드워드." 버질은 말했다. "착각일 수도 있겠지만, 뭔가 큰일이 벌어지고 있는 것 같아. 세포들이 내가 무엇인지 알아내고 있는 것 같아."

나는 버질의 맞은편에 앉아서 그를 뚫어지게 쳐다보았다. 그는 내 시선을 의식하지 못하는 것 같았다. 자기 안에서 벌어지는 어떤 작용에 몰두해 있었다. 내가 커피를 청하자, 그는 부엌을 가리켰다. 나는 컵을 손에 들고 다시 자리로 돌아왔다. 그는 눈을 뜬 채 머리를 앞뒤로 비틀었다.

"넌 무엇이 되고 싶은지 항상 알고 있었지?"

"어느 정도는."

"산부인과 의사, 늘 영리한 선택을 했지. 발을 잘못 디딘 적도 없고. 나는 달랐어. 목표는 있었지만 방향을 잡지 못했어. 목적지만 표시되어 있을 뿐 도로가 없는 지도였달까. 나 자신 말고는 무엇도, 누구도 신경 쓰지 않았어. 심지어 과학조차도. 그저 도구일 뿐이었지. 이렇게 멀리까지 온 게 스스로 놀라워. 난 부모님조차 싫어했잖아."

그는 팔걸이를 움켜잡았다.

"왜 그래?"

"그들이 내게 말을 걸고 있어." 그는 눈을 감았다.

1시간 동안 그는 잠든 것 같았다. 맥박을 확인했지만 또렷하고 규칙적이었고, 이마를 짚어보니 약간 서늘했다. 나는 커피를 더 끓였다. 무엇을 해야 할지 몰라 잡지를 훑어보고 있는데, 그가 다시 눈을 떴다.

"그들에게 시간이 어떻게 흐르는지 모르겠어. 언어와 인간의 주요 개념들을 습득하는 데 사흘, 나흘 정도 걸렸어. 이제 그들은 본격적으로 작업에 돌입했어. 내게. 바로 지금."

"그게 어떤 거지?"

그는 수천 개의 연구자들이 자신의 뉴런에 달라붙어 있다고 주장했다. 자세한 설명을 덧붙이지는 않았다.

"정말 효율적이야. 아직 나를 망가뜨리지는 않았어."

"지금 당장 병원에 입원해야 해."

"다른 의사들이 어떻게 할 수 있을 것 같아서? 넌 이걸 통제할 방법을 알아냈나? 아니, 이건 나 자신의 세포라고."

"생각해 봤어. 굶길 수 있을 것 같아. 대사의 차이를 알아내면…."

"없애고 싶은 마음도 별로 없어." 버질은 말했다. "아무 해도 끼치지 않는다고."

"어떻게 알아?"

그는 고개를 젓고 한 손가락을 세웠다.

"잠깐. 그들이 공간이 무엇인지 알아내려 하고 있어. 힘들 거야. 그들은 화학물질의 농도 차이로 거리를 세분하거든. 그들에게 공간이란 맛의 강도 같은 거지."

"버질…."

"들어봐! 생각해 보라고, 에드워드!" 그의 목소리는 흥분에 들떴지만 침착했다. "내 몸 속에서 뭔가 큰일이 일어나고 있어. 그들은 액체를 건너, 세포막을 통해 이야기를 나눠. 바이러스인가 뭔가를 조절해서 핵산 사슬에 저장된 데이터를 운반하려고 해. 'RNA'라고 말하는 것 같군. 말 되지. 내가 그들을 프로그램한 방식 중 하나니까. 하지만 플라스미드 같은 구조도 있어. 아마 네 진단 기계는 그걸 감염의 징후라고 판단했을 거야. 내 혈액 속에서 와글와글 떠드는 데이터 패킷들을. 다른 개체의 맛. 동등한 존재, 상위의 존재, 하위의 존재."

"버질, 난 그래도 네가 입원해야 한다고 생각해."

"이건 내 쇼야, 에드워드." 그는 말했다. "나는 그들의 우주야. 그들은 이 새로운 규모에 감탄하고 있어."

그는 다시 한동안 조용했다. 나는 그의 의자 옆에 앉아 가운 소매를 걷어 올렸다. 그의 팔에는 흰 선들이 교차하고 있었다. 전화가 있는 쪽으로 가려는데 그가 일어나서 기지개를 켰다.

"우리가 한 번 움직일 때마다 얼마나 많은 체세포를 죽이는지 아나?"

"구급차를 불러야겠어."

"아니, 그러지 마." 그의 단호함에 나는 멈췄다. "말했잖아, 나는 아프지 않아. 이건 내 쇼야. 병원에서 나한테 무슨 짓을 하겠어? 컴퓨터를 고치려는 원시인 꼴이야. 희극일 거라고."

"그럼 난 여기서 뭘 하고 있는 거야?" 슬슬 화가 났다. "할 수 있는 일이 아무것도 없어. 내가 그 원시인이라고."

"넌 친구지." 버질은 내게 시선을 집중했다. 버질 말고도 그 외의 다른 존재들이 나를 바라보고 있다는 느낌이 들었다. "여기서 계속 말동무를 해줬으면 해." 그는 웃었다. "난 혼자가 아니긴 하지만."

그는 2시간 동안 아파트를 서성거리며 물건을 만지작거렸다가, 창밖을 내다보았다가, 천천히, 체계적으로 점심을 준비했다.

"그들은 자기 자신의 생각을 느낄 수 있어." 그는 정오쯤 말했다. "세포질이 자유의지를 지닌 것 같아. 획득한 지 얼마 되지 않는 이성에 대비되는 일종의 잠재의식 세계라고나 할까. 그들은 내부에서 맞춰보기도 하고 이탈하기도 하는 분자들의 화학적인 '소음'을 들어."

2시경, 나는 게일에게 전화해서 늦을 거라고 전했다. 긴장감 때문에 넌덜머리가 날 정도였지만 평정한 목소리를 유지하려고 애썼다.

"버질 울람이라고 기억하지? 지금 그 친구를 만나고 있어."

"별일 없어?" 그녀는 물었다.

별일 없나? 그렇지 않다.

"괜찮아." 나는 대답했다.

"문화!"

버질은 부엌 벽 너머에서 이쪽을 넘겨다보며 말했다. 나는 작별인사를 하고 전화를 끊었다.

"그들은 정보의 웅덩이에서 항상 헤엄치고 있어. 기여하고 있어. 일종의 게슈탈트 같은 거야. 절대적인 위계 구조가 있어. 그들은 군집에 맞춰진 파지를 보내 제대로 상호작용하지 않는 세포를 추격해. 개인이

나 집단에 특정한 바이러스를 위한 탈출구는 없어. 반역한 세포는 바이러스에 찔려서 바깥으로 돌출된 뒤 터져서 녹아 없어져. 하지만 이건 단순한 독재가 아니야. 사실상 민주주의보다 더 많은 자유를 누리는 거야. 개별 세포는 서로 너무나 달라. 말이 되나? 우리 인간과 다른 방식의 다양성이 있어."

"잠깐만." 나는 그의 어깨를 붙잡았다. "버질, 이젠 한계야. 난 더 이상 못 견디겠어. 이해가 안 돼. 네 말을 믿을 수….'"

"아직도?"

"좋아, 네 해석이 올바르다고 가정해 보자. 단도직입적으로 말해봐. 혹시 이것이 어떤 결과를 낳을지 생각해 봤어? 이 모든 것이 무엇을 뜻하는지, 어디로 이어질지?"

그는 부엌으로 가서 수돗물 한 잔을 따라 들어와서 내 옆에 섰다. 어린아이처럼 몰입했던 표정이 근심으로 바뀌었다.

"나는 그런 걸 원래 잘 못해."

"두려워?"

"전에는 그랬어. 하지만 지금은 모르겠어." 그는 가운 매듭을 만지작거렸다. "널 제쳐놓고 멋대로 행동했다고 생각하지 않았으면 좋겠는데, 사실 어제 마이클 버나드를 만났어. 그의 사설 클리닉에서 검진을 받고 시료를 채취했지. 전등 치료는 그만두라고 하더라고. 오늘 아침 네가 전화하기 직전에 그가 전화했었어. 전부 확인했다고 했어. 아무한테도 이야기하지 말라고 하더라고." 그는 잠시 말을 끊었다. 다시 몽롱한 표정이 떠올랐다. "세포의 도시들." 그는 말을 이었다. "에드워드, 그들은 조직 안에 관을 밀어 넣어서 정보를 유포하고…."

"그만해!" 나는 외쳤다. "확인했다고? 뭘 확인했다는 거야?"

"버나드의 표현을 빌리자면, 내 체내의 '대식세포가 심하게 비대하다'고 했어. 해부학적 변화에 대해서도 의견이 같았고."

"그는 어떻게 할 계획인데?"

"모르겠어. 아마 제네트론 사를 설득해서 연구실을 다시 열어주겠지."

"네가 원하는 게 그거야?"

"단순히 연구실을 여는 것만이 아니야. 너한테 보여주고 싶어. 전등 치료를 그만둔 뒤로 난 계속해서 변하고 있어." 그는 가운을 벗어 바닥에 떨어뜨렸다. 온몸의 피부 전체에 흰 선이 교차하고 있었다. 등에는 선들이 모여 돌출부를 형성하기 시작했다.

"맙소사."

"나는 연구실 말고 다른 데서 별 쓸모가 없어. 밖에는 나갈 수 없을 거야. 말했지만 병원에서는 방법을 모를 거고."

"네가… 이야기를 해보면 안 돼? 천천히 변화하라고."

말도 안 되는 소리인지 알면서도 나는 이렇게 말했다.

"아, 물론 이야기야 할 수 있지만, 그들이 내 말을 굳이 듣지는 않아."

"네가 그들의 신 같은 존재라며."

"내 뉴런에 연결된 세포들은 커다란 바퀴 같은 게 아니야. 그들은 연구원들, 최소한 그 비슷한 역할을 수행하는 존재들이야. 그들은 내가 여기 있다는 걸, 내가 어떤 존재라는 걸 알지만, 그렇다고 해서 위계관계가 있다고 생각한다는 뜻은 아니지."

"자기들끼리 의견이 안 맞나?"

"그런 셈이야. 어쨌든 그렇게 나쁜 상황은 아니야. 연구실을 다시 열면 내게는 집이, 일터가 생기는 거니까." 그는 누군가를 찾는지 창밖을 내다보았다. "내겐 그들 말고 아무것도 없어. 그들은 두려워하지 않아, 에드워드. 이렇게 뭔가에 가깝다고 느껴본 건 처음인 것 같아." 다시 그 온화한 미소. "나는 그들에게 책임이 있어. 그들의 엄마니까."

"그들이 무슨 짓을 할지 네가 어떻게 알아."

그는 고개를 저었다.

"아니, 진심이야. 너는 그들이 문명이라고 하지만…."

"수천 개의 문명이지."

"그래, 문명은 대체로 망가지는 걸로 끝나지. 전쟁, 환경…."

나는 점점 커져가는 공포를 잠재우기 위해 지푸라기라도 잡는 심정이었다. 내게는 이 어마어마한 상황을 감당할 능력이 없었다. 버질도 마찬가지였다. 그는 큰 문제를 다룰 때 통찰력 있고 현명하다고 할 만한 인물은 전혀 아니었다.

"하지만 위험에 빠진 건 나 하나뿐이잖아."

"알 수 없지. 맙소사, 버질, 세포들이 너한테 무슨 짓을 하고 있는지 좀 보라고!"

"나한테만, 오로지 나한테만 하는 거야!" 그는 말했다. "다른 사람이 아니라."

나는 고개를 젓고 못 당하겠다는 뜻으로 두 손을 들었다.

"좋아, 버나드가 실험실을 다시 열면, 네가 들어가서 실험용 생쥐가 되겠다는 거군. 그 뒤에는?"

"날 잘 대해줄 거야. 난 예전의 버질 울람 이상의 존재니까. 나는 우주, 슈퍼 모신이라고."

"슈퍼 숙주겠지."

그는 내 말에 어깨를 으쓱하며 인정했다.

더 이상 견딜 수가 없었다. 나는 몇 마디 시답잖은 핑계를 대고 집을 나서서 아파트 건물 로비에 앉아 진정하려고 애썼다. 누군가 그를 설득해서 제정신을 차리게 해야 한다. 누구 말을 들을까? 그는 버나드에게 갔지만….

들어보니 버나드는 버질에게 설득당했을 뿐 아니라 엄청난 흥미를 가진 것 같다. 버나드 정도의 입지에 있는 인물은 자기한테 이익이 있다고 느끼지 않는 이상 버질 울람 같은 인간을 곁으로 끌어들이지 않는다.

어떤 직감이 떠올랐다. 나는 그에 따라 행동하기로 했다. 공중전화로 가서 신용카드를 넣고 제네트론 사에 전화를 걸었다.

"마이클 버나드 박사를 연결해 주십시오." 나는 안내원에게 말했다.

"누구십니까?"

"개인 응답 서비스입니다. 긴급 전화가 있는데, 호출기가 작동하지 않는 것 같습니다."

초조한 몇 분이 지난 뒤, 버나드가 전화를 받았다.

"대체 누구요? 난 개인 응답 서비스 없는데."

"제 이름은 에드워드 밀리건입니다. 버질 울람의 친구입니다. 상의할 문제가 있는 것 같습니다만."

우리는 다음 날 아침 만나기로 약속을 잡았다.

나는 집으로 돌아가서 다음 날 병원에 낼 휴가 사유를 생각해 내려고 애썼다. 의료에 집중할 수가 없었고, 환자가 받아 마땅한 최선의 관심을 줄 수가 없었다.

죄책감, 분노, 두려움.

게일과 함께 있을 때도 나는 그런 상태였다. 나는 침착한 척 가면 같은 얼굴로 같이 저녁 준비를 했다. 식사를 마친 뒤, 우리는 서로 꼭 끌어안고 창문 너머로 땅거미가 내리는 도시에 불빛이 들어오는 풍경을 바라보았다. 마지막 석양 속에서 겨울 찌르레기가 누런 잔디밭을 쪼다가 유리창을 흔드는 바람이 일자 휙 날아가 버렸다.

"무슨 일이 있지." 게일은 부드럽게 생각했다. "말해줄 거야, 아니면 계속 아무 일 없는 척할 거야?"

"그냥 기분이 그래." 나는 말했다. "긴장이 풀리지 않은 모양이야. 병원에서 일하느라."

"어머나." 그녀는 몸을 일으켜 앉았다. "베이커라는 그 여자 때문에 나랑 이혼하려는 거 아냐."

베이커 부인은 몸무게가 160킬로그램 정도 될까, 임신 5개월이 될 때까지 자기가 임신한 줄도 몰랐다고 했다.

"아니야." 나는 힘없이 말했다.

"이렇게 마음이 놓일 수가." 게일은 내 이마를 가볍게 쓰다듬었다. "혼자 마을 졸이는 건 정말 미칠 일이야."

"음, 아직 뭐라고 이야기할 건 아니라서…." 나는 그녀의 손을 두드렸다.

"잘났어." 그녀는 일어섰다. "차 끓일 건데, 마실래?" 그녀는 이제 발끈했다. 입을 다물고 있는 것이 마음에 걸렸다.

그냥 다 털어놓으면 안 되나? 나는 자문했다. 오랜 친구가 은하계로 변해가고 있다는데.

나는 대신 식탁을 치웠다. 그날 밤 잠을 이루지 못하고, 나는 일어나 등에 베개를 괸 채 게일이 침대에 누워 있는 모습을 바라보며 내가 알고 있는 것 중 무엇이 진실이고, 무엇이 진실이 아닌지 판단해 보려고 애썼다.

나는 의사다. 기술적인, 과학적인 직업이다. 나는 미래의 충격 같은 개념에 대해 면역이 되어 있어야 한다.

버질 울람이 은하계로 변해가고 있다니.

수조 명의 중국인이 몸속에 가득 차 있다는 건 어떤 기분일까? 어둠 속에서 미소가 떠올랐고, 동시에 눈물이 날 것 같았다. 버질이 가지고 있는 것은 중국인보다 상상할 수 없을 정도로 더 낯선 존재다. 내가, 혹은 버질이 쉽게 이해할 수 있는 그 무엇보다 더 낯선 존재. 아니, 그냥 이해할 수 있는 그 무엇보다.

하지만 나는 무엇이 현실인지 알고 있었다. 침실, 얇은 커튼 너머로 희미하게 새어 들어오는 도시의 불빛. 잠든 게일. 아주 중요한 것들. 침대에 누워서 잠들어 있는 게일.

다시 꿈을 꾸었다. 이번에는 도시가 창문을 통해 들어와서 게일을 공격했다. 거대하고 뾰족한, 불을 밝힌 그 존재는 자동차 경적과 군중의 소음, 공사장의 소란으로 이루어진, 내가 이해할 수 없는 언어로 으르렁거렸다. 나는 도시를 물리치려고 했지만, 도시는 그녀에게 덤벼들더니 별무리로 변해 침대 위에, 모든 것 위에 흩어졌다. 나는 벌떡 일어나 동이 틀 때까지 뜬눈으로 지새웠다. 나는 제일과 같이 옷을 입고, 그녀에게 키스하며 그 인간적인, 훼손되지 않은 입술의 현실을 음미했다.

나는 버나드를 만나러 갔다. 그는 큰 도심의 병원 스위트룸을 빌려 지내고 있었다. 나는 6층까지 엘리베이터를 타고 올라가면서 명성과 재산이 무엇을 의미하는지 실감했다.

스위트룸은 세련되게 꾸며져 있었다. 원목으로 마감한 벽에는 멋진 판화가 걸려 있었고, 크롬과 유리로 된 가구, 크림색 양탄자, 중국 놋쇠 장신구, 고풍스러운 목재 찬장과 탁자가 있었다.

그는 커피를 권했고, 나는 청했다. 그는 아침 식탁에 앉았고, 나도 맞은편에서 축축한 손으로 커피 잔을 감쌌다. 그는 말쑥한 회색 정장 차림이었고, 머리는 희끗희끗했으며 옆모습이 날카로웠다. 60대 중반, 레너드 번스타인과 비슷한 인상이었다.

"우리 둘 다 아는 그 친구 말인데," 그는 말했다. "울람 씨. 탁월한 학자지. 용감하다는 표현에 모자람이 없어."

"제 친구입니다. 걱정스러워요."

버나드는 한 손가락을 세웠다.

"용감하고, 정말 멍청이지. 절대 있어서는 안 되는 일이 그에게 일어났소. 무슨 압력 때문에 그렇게 했는지는 몰라도, 그게 변명이 되지는 않아. 어쨌든 일어난 일은 일어난 일이고. 당신한테도 이야기한 모양이군."

나는 고개를 끄덕였다.

"그는 제네트론으로 돌아가고 싶어 합니다."

"물론이오. 거기 장비가 다 있으니까. 우리가 이 상황을 정리하는 동안 그의 집이기도 할 테고."

"정리를… 어떻게 하실 생각입니까? 왜요?" 머리가 맑지 않았다. 두통이 약간 있었다.

"생물을 기반으로 한 초집약적인 소형 컴퓨터라면 용도가 수없이 많겠지. 그렇지 않나? 제네트론은 이미 굵직한 성과를 거두었지만, 이건 또 다른 돌파구요."

"구체적으로 어떤 걸 염두에 두고 계십니까?"

버나드는 미소 지었다.

"내가 함부로 입 밖에 낼 문제는 아니지. 혁명적인 뭔가가 탄생할 거요. 그를 연구실에 데려가야겠지. 동물 실험도 해야 할 거고. 처음부터 다시 시작해야지, 물론. 버질은… 음… 그 군집을 다른 곳으로 옮길 수는 없어. 그의 백혈구를 기반으로 한 존재라서. 그러니 다른 동물에게서 면역반응을 일으키지 않는 군집을 개발해야 해."

"감염 같은 반응?" 나는 물었다.

"비슷한 면이 있겠지. 하지만 버질은 감염되지 않았어."

"제가 검사한 결과 감염되었다고 나왔습니다."

"그건 아마 혈액 안에서 흘러 다니는 그 데이터조각 아닐까?"

"모르겠습니다."

"자, 버질이 정착하면 당신도 실험실에 와줬으면 해. 당신의 전문지식이 우리에게 큰 도움이 될 거요."

우리에게. 그는 제네트론과 한통속이다. 어떻게 객관적일 수 있을까?

"이 연구에서 당신은 어떤 이득을 얻으십니까?"

"에드워드, 나는 이 분야에서 항상 최전방에 있던 사람이야. 내가 여기서 돕지 않을 이유가 없소. 두뇌와 신경 기능에 대한 지식, 신경생리학 분야에서 그간 쌓은 연구 업적이…."

"제네트론을 대상으로 한 정부의 수사를 막는 데 도움이 되겠지요." 나는 말했다.

"아주 직설적이군. 너무 직설적이고, 부당해."

"그럴지도요. 어쨌든, 네. 버질이 정착하면 연구실에 가보겠습니다. 이렇게 직설적이어도 절 환영하신다면."

그는 날카로운 눈으로 나를 쳐다보았다. 나는 그와 한 '팀'이 되지는 않을 것이다. 한순간 그의 생각을 벌거벗긴 것처럼 명백하게 읽을 수 있었다.

"물론이지." 버나드는 나와 같이 일어서며 말했다. 그는 손을 내밀어 악수를 청했다. 손바닥은 축축했다. 내색하지 않았지만, 나만큼 그도 긴장해 있었다.

나는 아파트로 돌아와서 정오까지 책을 읽으며 생각을 정리하기 위해 노력했다. 결정을 내리기 위해. 무엇이 진실인지, 내가 무엇을 보호

해야 하는지.

한 인간이 견딜 수 있는 변화에는 한계가 있다. 혁신은 좋지만, 시시히 적용하는 방식이어야 한다. 억지로 강요해서는 안 된다. 모든 사람에게는 스스로 결정할 때까지 예전 그대로 남아 있을 권리가 있다.

과학 역사상 이보다 더 위대한 것이….

하지만 버나드는 강요할 것이다. 제네트론은 강요할 것이다. 그 생각을 하니 견딜 수가 없었다. "네오 러다이트." 나는 혼잣말을 했다. 더러운 딱지 붙이기를 시도하겠지.

건물 보안 패널에서 버질의 번호를 누르자, 버질이 곧바로 응답했다.

"잘 왔어." 들뜬 목소리였다. "올라와. 나는 욕실에 있을 거야. 문은 열려 있어."

나는 그의 아파트에 들어가서 복도를 지나 욕실로 향했다. 버질은 욕조에 누워 분홍색 물에 목까지 담그고 있었다. 그는 희미하게 미소 짓고 손으로 물을 튀겼다. "손목이라도 그은 것 같지?" 그는 나직하게 말했다. "걱정 마. 이제 다 잘됐어. 제네트론이 날 복직시킨대. 버나드가 방금 전화했어." 그는 욕실 안 전화와 인터콤을 가리켰다.

나는 변기에 앉았다. 수건 장 옆에 플러그가 뽑힌 채 놓인 태양열 전등이 눈에 띄었다. 전구는 세면대 선반 가장자리에 한 줄로 놓여 있었다.

"네가 원하는 게 그거 맞지." 나는 어깨를 축 늘어뜨리며 말했다.

"그래, 그런 것 같아. 그쪽에서 날 더 잘 돌봐줄 거야. 이제 좀 씻고 오늘 저녁에 들어가기로 했어. 버나드가 리무진을 보낼 거야. 멋지지. 지금부터는 멋지게 지낼 수 있어."

물에 퍼진 분홍색은 비눗물 같지 않았다.

"버블 배스야?"

나는 물었다. 그때 번개처럼 뭔가가 떠올랐고, 몸에서 힘이 약간 빠지는 기분이 들었다. 내 머릿속에 떠오른 것은 명백하고 당연한 또 하나의 광기일 뿐이었다.

"아니야." 버질이 말했다.

나도 이미 알고 있었다.

"아니야." 그는 되풀이했다. "내 피부에서 배어나오고 있어. 그들은 내게 전부 다 말해주지 않지만, 아마 정찰병을 내보내고 있는 것 같아. 우주인이라고나 할까."

나를 보는 그의 얼굴에 떠오른 것은 걱정스러운 표정이 아니었다. 내가 어떻게 받아들일까 반응을 기대하는 호기심에 가까웠다. 답을 확인하니 주먹에 대비하듯 단전에 힘이 들어갔다. 지금 이 순간까지 생각해 본 적도 없는 가능성이었다. 아마 이 상황의 다른 측면에 신경을 집중하고 있었기 때문일 것이다.

"이게 처음이야?" 나는 물었다.

"응." 그는 웃었다. "이 자식들, 배수구로 버려버릴까 봐. 진짜 세계가 어떤 곳인지 깨닫게."

"사방으로 퍼질 텐데."

"그렇지."

"기분은… 기분은 어때?"

"지금 기분은 좋아. 수십억이겠지." 그는 손으로 계속 물을 찰랑거렸다. "어떻게 생각해? 이 자식들, 물 내려버릴까?"

거의 아무 생각도 없이, 나는 빠르게 욕조 옆에 무릎을 꿇었다. 손가락이 태양열 전등 코드로 향했고, 나는 플러그를 꽂았다. 버질은 문손잡이를 뜨겁게 달구어 놓았고, 내 소변을 파랗게 물들이기도 했고, 수많은 장난을 쳤지만, 결국, 결국 자신이 세상을 변화시킬 수 있을 정도로 탁월하다는 것이 무엇을 뜻하는지 이해할 만큼 성숙하지 못했다. 결국 신중함을 배우지 못했다.

그는 배수구 마개에 손을 뻗었다.

"저기, 에드워드, 나는…."

그는 문장을 끝맺지 못했다. 나는 전등을 집어 들어 욕조 안에 떨어뜨리고 수증기와 불꽃을 피해 얼른 뒤로 물러났다. 버질은 비명을 지르고 몸부림을 쳤지만 이내 잠잠해졌다. 나직하게 꾸준히 지글거리며 머리카락에서 연기가 피어올랐다.

나는 변기 뚜껑을 열고 구토했다. 그런 뒤 코를 움켜잡고 거실로 나왔다. 다리가 후들거려서 소파에 푹 주저앉았다.

1시간 뒤, 나는 버질의 부엌을 뒤져 표백제와 암모니아, 잭다니엘스 한 병을 찾았다. 버질 쪽으로 시선을 똑바로 두지 않으려고 노력하며 욕실로 돌아갔다. 제일 먼저 술, 그다음에 표백제, 이어 암모니아를 물에 부었다. 염소가 부글거리며 끓어오르기 시작했고, 나는 문을 닫고 나갔다.

집에 돌아오니 전화가 울리고 있었다. 나는 받지 않았다. 병원일 것이다. 버나드일 수도 있다. 경찰일 수도. 이 모든 것을 경찰에게 설명하는 내 모습을 상상해 보았다. 제네트론은 입을 다물 것이다. 버나드는 부재중일 것이다.

나는 녹초가 되어 있었다. 온몸의 근육이 긴장으로 뭉쳐 있었고, 이런 기분을 설명하자면… 대량학살을 저지른 뒤에 느끼는 기분?

현실 같지 않았다. 내가 방금 수조 개의 지적 생명체를 학살했다고는 믿어지지 않았다. 은하계 하나를 말살했다고는. 실소가 나올 일이었다. 하지만 나는 웃지 않았다.

방금 내가 한 인간을, 친구를 죽였다는 것은 차라리 믿기 쉬웠다. 연기, 녹아내린 전등, 축 처진 전선, 연기가 나는 코드.

버질.

나는 버질이 들어 있는 욕조에 전등을 던졌다.

몸이 아팠다. 꿈, 게일을 겁탈하는 도시. (그의 여자친구도, 캔디스?) 그들이 가득 든 물이 하수구를 통해 넘쳐흘렀고, 은하계가 우리를 덮쳤다. 끔찍한 공포. 하지만 이 얼마나 잠재된 아름다움인지. 새로운 종류의 생명체, 공생과 변화.

내가 철저하게 다 죽였나? 잠시 공포가 일었다. 내일 버질의 아파트를 소독해야겠다, 나는 생각했다. 왠지 몰라도 버나드는 생각나지 않았다.

게일이 들어왔을 때, 나는 소파에서 잠들어 있었다. 비몽사몽 눈을 떠보니, 그녀가 나를 내려다보고 있었다.

"괜찮아?" 그녀는 소파 가장자리에 걸터앉으며 물었다. 나는 고개를 끄덕였다.

"저녁 뭐 먹을 거야?" 입이 잘 움직이지 않았다. 말이 웅얼거리며 나왔다. 그녀는 내 이마를 짚었다.

"에드워드, 열이 있어. 아주 뜨거워."

나는 비틀비틀 욕실로 들어가서 거울 앞에 섰다. 게일이 내 뒤에 있었다.

"이거 뭐지?"

목깃 아래에, 목에 흰 선이 있었다. 고속도로처럼 하얀 줄들. 이미 오래전에, 며칠 전에 생긴 줄이었다.

"손바닥이 축축해." 나는 말했다. 너무나 명백했다.

●

우리는 죽을 뻔했던 것 같다. 처음에는 애써 발버둥을 쳐보았지만, 곧 움직일 수 없을 정도로 몸에서 힘이 빠졌다. 게일도 1시간도 안 돼서 똑같이 아팠다.

나는 땀에 흠뻑 젖은 채 거실 양탄자 위에 누워 있었다. 게일은 방부처리실의 시체같이 석고처럼 흰 얼굴로 눈을 감은 채 소파에 누워 있었다. 한동안 나는 그녀가 죽었다고 생각했다. 몸은 아팠고 분노가 끓어올랐다. 나 자신의 나약함과 모든 가능성을 이제야 이해한 느낌이 혐오스러웠고 어마어마한 죄책감이 밀려왔다. 그러다 그런 감정도 사라졌다. 너무 힘이 없어서 눈 한 번 깜빡할 수 없었기 때문에, 그저 눈을 감고 기다렸다.

팔과 다리에서 리듬이 느껴졌다. 맥박이 뛸 때마다 협음이 되지 않는 수천 개의 오케스트라가 온갖 교향곡을 동시에 연주하는 듯한 소리가 내 안에서 솟구쳤다. 핏줄에서 흐르는 음악. 소리는 점점 거칠어졌지만 동시에 보다 조율되다가 음파가 서로 상쇄되면서 마침내 정적이 흐르더니 다시 분리되어 조화된 박자를 연주하기 시작했다.

박자는 내 안으로, 내 심장 소리 안으로 녹아드는 것 같았다.

우선, 박자는 우리 몸의 면역반응을 잠재웠다. 전쟁은 이틀 정도 지속되었을 것이다. 수조 개의 전투병이 참전한, 지구 역사상 전무후무한 규모의 전쟁이었다.

부엌 수도꼭지까지 갈 수 있을 정도로 체력이 돌아왔을 때, 나는 그들이 내 뇌에서 암호를 해독하고 원형질 안의 신을 찾기 위해 작업 중인 것을 느낄 수 있었다. 나는 속이 미식거릴 때까지 물을 마시고 게일에게도 한 잔 가져다주었다. 그녀는 물을 조심스럽게 마셨다. 입술은 갈라져 있었고, 충혈된 눈에는 누런 눈곱이 끼어 있었다. 피부에는 색깔이 약간 감돌았다. 몇 분 뒤 우리는 부엌에서 힘들게 요기를 하고 있었다.

"대체 무슨 일이 벌어지고 있는 거야?"

그녀의 첫 물음이었다. 내게는 설명할 힘이 없었다. 나는 오렌지 껍질을 벗겨 그녀와 나눠 먹었다.

"의사한테 연락해야겠어." 그녀가 말했다.

하지만 나는 그럴 일은 없을 거라는 걸 알았다. 이미 메시지가 도착하고 있었다. 우리가 경험한 자유의 감각이 환상이라는 것이 차츰 분명해졌다.

처음에는 단순한 메시지였다. 명령 그 자체라기보다 명령의 기억들이 내 머릿속에 나타났다. 아파트를 떠나서는 안 된다. 다른 사람들과 접촉해시도 안 된다. 명령을 내리는 주체에게도 상당히 추상적인 개념인 것 같았다. 특정한 음식을 먹어서는 안 되며, 당분간 수돗물만 마셔야 한다.

열이 잦아들자, 빠르고 급격한 변화가 나타났다. 거의 동시에 게일과 나는 움직일 수가 없었다. 그녀는 탁자에 앉아 있었고, 나는 바닥에 무릎을 꿇고 있었다. 시야 가장자리로 간신히 그녀의 모습이 보였다.

그녀의 팔에 융기가 돋아나 있었다.

그들은 버질의 몸 안에서 많은 것을 배웠다. 그들이 우리 둘에게 취한 전략은 매우 달랐다. 마침내 그들이 돌파구를 찾아내고 나를 발견할 때까지, 나는 지옥 같은 2시간 동안 온몸을 긁어야 했다. 그들 기준으로 오랜 세월 노력 끝에 그들은 마침내 한때 그들의 우주를 지배했던 이 거대하고 서투른 지능과 순조롭게 직접적으로 소통하고 있었다.

그들은 잔인하지 않았다. 불편함이라는 개념과 그것이 달갑지 않다는 것을 분명하게 이해하자, 그들은 불편함을 덜어주는 조치를 취했다. 너무나 효율적이었다. 1시간 동안 나는 그들과 모든 통신을 끊고 바다 같은 행복에 잠겼다.

다음 날 새벽 그들은 우리에게 다시 움직일 수 있는 자유를 주었다. 특히 이제 화장실에 갈 수 있었다. 그들이 처리할 수 없는 배설물이 있었다. 내 오줌은 보라색이었다. 내가 변을 먼저 비우고, 게일도 뒤따랐다. 우리는 욕실에서 멍한 눈으로 서로를 바라보았다. 그러다 그녀가 희미하게 미소 지었다.

"그들이 당신한테도 이야기해?"

나는 고개를 끄덕였다.

"그럼 내가 미친 게 아니네."

다음 12시간 동안은 통제가 어느 정도 느슨해지는 것 같았다. 내 안에서 또 무슨 전쟁이 벌어지고 있는 게 아닌가 하는 생각이 들었다. 게일도 약간은 움직일 수 있었지만 한계가 있었다.

다시 그들의 통제가 시작되자, 우리는 서로 끌어안으라는 지시를 받았다. 우리는 망설이지 않았다.

"에디…."

그녀가 속삭였다. 내 이름은 외부에서 들려온 마지막 소리였다.

선 채로, 우리는 함께 자랐다. 몇 시간 뒤, 우리의 다리는 사방으로 퍼지고 뻗어 나갔다. 다리는 창가까지 자라나서 햇볕을 쬐었고, 부엌으로 향한 다리는 싱크대에서 물을 가져왔다. 가느다란 실이 방 구석구석으로 연결되어 벽에 칠해진 페인트와 석고를 벗기고 가구에 덧댄 섬유와 충전재를 벗겼다.

다음 날 새벽이 되자 변화가 완성되었다.

나는 더 이상 우리가 어떻게 생겼는지 알 수 없었다. 세포를 닮았을 거라는 추측만 할 뿐이다. 아파트 대부분을 의도적으로 덮고 있는 크고, 평평하고, 가느다란 실이 연결된 세포. 큰 것은 작은 것을 모방하였을 테니.

내면의 정신세계에 흡수되면서 우리의 지능은 매일 변화하고 있다. 하루하루, 우리의 개별성은 축소된다. 우리는 정녕 거대하고 서투른 공룡이다. 우리의 기억은 수십억에 달하는 그들에게 장악되었고, 개성은 변형된 혈액을 타고 널리 퍼졌다.

곧 중앙집중화도 필요 없어질 것이다.

이미 배관도 장악당했다. 건물 안의 사람들은 모두 변화를 겪고 있다.

예전 기준으로 몇 주 정도면, 우리는 호수로, 강으로, 바다로 힘차게 뻗어 나갈 것이다.

결과를 추측하기조차 어렵다. 이 행성 표면은 생각으로 가득 차게 될 것이다. 지금부터 몇 년만 지나면, 어쩌면 그보다 훨씬 빨리, 그들은 자기들의 개별성을 억누를 것이다. 그런 것이 얼마나 있는지 몰라도.

그런 뒤 새로운 생명체가 등장할 것이다. 그 사고력은 상상할 수조차 없게 어마어마할 것이다.

내 모든 증오와 두려움은 이제 사라졌다.

나는 그들에게, 아니 우리에게 한 가지 질문을 남긴다.

다른 곳에서는 이런 일이 몇 번이나 벌어졌는지? 여행자들은 우주 공간을 통해 지구에 찾아오지 않았다. 그럴 필요가 없었다.

그들은 모래사장에서 우주를 찾아냈다.

2

죽은 자의 길

Dead Run

지옥으로 가는 길에는 히치하이커가 많지 않다.

6킬로미터 밖에서 그 남자가 내 눈에 띄었다. 그는 평평하게 뻗은 직선 도로에 서 있었고, 일대는 텅 빈 작은 마을들과 모텔, 판잣집 같은 것들이 흩어진 사막 같은 풍경이었다. 나는 6시간째 운전하고 있었고, 뒤에 달린 가축 트레일러 안의 인간들은 지난 3시간 동안 조용했기 때문에(포기한 것 같았다) 내 신경도 약간은 진정되어 있었다. 나는 그 남자가 뭘 하고 있는지 알아보기로 했다. 어쩌면 직원 중 하나일지도 모른다. 그렇다면 흥미롭겠군, 나는 생각했다.

솔직히 말하자면 울부짖는 소리가 잦아들고 나니 상당히 지루했다.

남자는 도로 오른쪽에서 엄지손가락을 내밀고 있었다. 나는 기어를 피아노 건반처럼 눌렀고, 에어브레이크를 발로 밟자 쉭 하며 끼익 소리가 났다. 세미 트레일러는 속도를 줄였고, 대형 디젤 엔진은 공룡이 뱃속 깊은 곳에서 트림하듯 덜덜 떨었다. 모든 것이 정지하자 나는 운전석에서 몸을 죽 뻗고 문을 열었다.

"어디 가시오?" 내가 물었다.

그는 웃더니 고개를 젓고 고르지 않은 흙이 깔린 갓길에 침을 뱉었다.

"모르겠습니다. 아마 지옥이겠죠."

그는 마른 체구에 피부가 그을렸고 머리는 길고 기름으로 번들거렸으며 청바지와 조끼 차림이었다. 밀짚모자는 지저분하고 구멍이 많이 나 있었지만, 챙에 두른 반짝이는 깃털은 보기 좋았고 내 판단이 옳다면 꿩의 깃털 같았다. 닳아빠진 금 체인이 시계를 넣는 조끼 주머니로 이어져 있었다. 낡은 프라이 부츠는 앞코가 들려 있었고, 밑창은 내 예비용 재생타이어보다 더 얇았다. 일자리를 찾아 프레스노에서 히치하이크로 나왔던 빈털터리 백수 시절의 나와 끔찍하게 비슷한 꼴이었다.

"내가 거기까지 태워줄까?" 나는 물었다.

"좋죠."

그는 차에 올라타서 등 뒤로 문을 닫더니 손수건을 꺼내 이마를 닦고 코를 길게 풀었다. 그리고 잠을 못 자 충혈된 눈으로 나를 쳐다보았다.

"뭘 운반하십니까?" 그는 물었다.

"영혼." 나는 말했다. "만원이야."

"무슨 종류죠?"

젊은이, 스물다섯 살을 넘지 않은 것 같았다. 그는 태연한 목소리를 내려고 했지만 나는 긴장한 기색을 감지할 수 있었다.

"평소 싣는 종류. 인간. 이번에는 힌두교 하레 크리슈나 족속들이 좀 있어. 너무 빤히 쳐다보지 마."

엔진 상태가 소리만큼 안 좋은 건지 걱정하며 나는 트럭을 다시 살살 달랬다. 속도를 내자(시속 130킬로미터, 135킬로미터… 이 도로에는 경찰 단속이 없다) 그는 물었다.

"얼마나 오래 운송을 하셨습니까?"

"2년."

"급여는 어때요?"

"그럭저럭."

"복지 혜택은?"

"남들하고 마찬가지로 노동조합이 있지."

"저도 들었습니다." 그는 말했다. "3킬로미터 전에 지나친 그 작은 마을에서요."

"거기 사람이 사나?"

나는 도로변엔 아무것도 살지 않는다고 생각하고 있었다.

"예. 진짜 평범한 사람들. 운전 노조 간부들은 갈 때 리무진에 실려 간다고 들었습니다."

"어떻게 가는지는 중요하지 않은 것 같아. 가는 길은 짧고, 영원은 긴 시간이니까."

"거기까지 가는 길이 재미있는 거겠죠?"

그는 짐짓 웃으려 했다. 나는 가벼운 미소를 보냈다.

"자넨 여기서 뭘 하고 있나?" 나는 몇 분 뒤 물었다. "자넨 죽지 않았지?"

죽은 사람이 멋대로 돌아다니거나 이 청년처럼 생생하다는 말은 들어본 적이 없었지만, 이 길에 죽은 사람 말고 다른 사람이 있다니 상상할 수가 없었다. 이곳엔 오로지 죽은 사람 그리고 운전사뿐이었다.

"네." 그는 답했다. 잠시 말이 없었다. 그러다 천천히, 마치 민망한 듯 말을 이었다. "제 여자를 찾으러 왔어요."

"그래?" 여간해서 놀라지 않는 나였지만, 이건 새로운 반전이었다. "돌아가는 길은 없어, 알고 있겠지만."

"이름은 셰릴. Sh로 시작하고 L자 두 개입니다."

"담배 있나?"

나는 담배를 피우지 않지만 쓸 데가 있을지도 모른다. 그는 찌그러지지 않은 튼튼한 갑에서 마지막 남은 세 개비를 전부 다 꺼내주고 아무 말도 하지 않았다.

"그런 여자에 대해서는 들어본 적이 없어. 하지만 내가 실어 나르는 사람들과 일일이 대화하는 건 아니라서. 게다가 트럭도 많고, 운전사도 많고."

"압니다. 하지만 전 혜택에 대해 들었어요."

나를 보는 그의 눈에는 너무나 미치광이 같은 서글픈 빛이 있었고 그 때문에 화가 났다. 나는 턱을 꾹 다물고 똑바로 앞만 쳐다보았다.

"저, 아까 저 마을에서 어처구니없는 이야기를 들었습니다. 중국과 인도에서는 오래된 기차를 사용한다는 이야기, 러시아에는 트램 노선이 깔려 있다는 이야기. 멕시코에서는 도로에 낡은 버스만 다니는데 항상 밤에…."

"들어봐. 난 복지 혜택을 다 쓰지 않아. 그런 사람들도 있지만 나는 아니야."

"네, 그러시겠죠."

그는 젊은 친구들 특유의 과장된 몸짓으로 목 전체와 어깨를 흔들며 고개를 주억거렸다. 그럼, 당연하지, 이런 투였다.

"여자를 어떻게 찾으려고?" 나는 물었다.

"모르겠습니다. 길을 돌아다니면서 운전사들에게 물어봐야죠."

"어떻게 들어왔지?"

그는 잠시 대답하지 않았다.

"저도 죽으면 여기 들어오겠죠. 그건 확실합니다. 저 같은 사람이 미리 들어오는 건 어렵지 않아요. 그리고… 제 아버지가 운전사였습니다. 통로를 알려주셨어요. 그건 그렇고 제 이름은 빌입니다."

"내 이름은 존이야."

"만나서 반갑습니다."

우리는 한동안 별말이 없었다. 그는 오른쪽 창밖을 내다보았고, 나는 차창 밖으로 지나치는 사막과 저 멀리 오두막들을 바라보았다. 곧 지평선에 아스라이 산이 나타났고(도로에서 공간은 압축된 것처럼 보인다. 특히 사막을 지나친 뒤에는 한층 더) 나는 다가가며 속도를 냈다. 뒤에서 무슨 소리가 들렸다.

"일이 끝나면 뭘 하십니까?" 빌은 물었다.

"집에 가서 자."

"아무도 모릅니까?"

"노조뿐이야."

"아빠도 그랬습니다. 마지막 순간까지. 저기, 화내지 마십시오. 그저 특권에 대해 들은 이야기가 있어서 혹시…" 그는 목젖을 움직이며 침을 삼켰다. "혹시 도와주실 수 없을까 해서요. 어떻게 해야 세릴을 찾을 수 있을지 모르겠습니다. 어쩌면 별관에…."

"제정신이 있는 사람이 거길 제 발로 들어가지는 않아." 나는 말했다. "게다가 자네 여자를 찾으려면 지난 넉 달 동안 죽은 사람을 일일이 확인해야 해. 잔뜩 밀려 있거든."

빌의 얼굴에 한 대 얻어맞은 표정이 떠올랐다. 그 말을 한 것이 미안했다.

"그녀는 겨우 일주일 전에 죽었습니다."

"글쎄." 나는 말했다.

"어머니는 2년 전, 아버지가 돌아가시기 직전에 세상을 떠나셨어요."

"높은 길로 가셨길." 나는 말했다.

"네?"

"두 분 다 높은 길로 가셨기를 기원하네."

"엄마는, 아마 그랬을 겁니다. 네. 그랬을 거예요. 한데 아버지는 아닙니다. 본인도 아셨지요." 빌은 가래를 모아 창밖으로 뱉었다. "셰릴은 여기 있어요. 하지만 여기 있을 사람이 아닙니다."

나는 웃음이 흘러나오는 것을 참을 수 없었다.

"아니, 정말입니다. 저는 여기 있을 사람이지만 그녀는 아니에요. 그녀는 두 달 전 교통사고를 당했습니다. 심하게 다쳤어요. 처음에는 제가 약을 조달해 줬는데, 그러다 사랑에 빠졌죠. 병원에 들어갔을 때 그녀는 네 가지 약물에 중독되어 있었습니다."

운전대를 잡은 내 팔에 힘이 들어갔다.

"병문안을 갈 때마다 그렇게 말했습니다. 더 이상 하면 안 좋다, 이제 약은 하지 마라. 하지만 그녀는 저한테 애원했어요. 어떻게 합니까? 선 그녀를 사랑했습니다."

그는 이제 창밖을 쳐다보지 않았다. 닳은 부츠를 내려다보며 고개를 끄덕이고 있었다.

"그렇게 애원하더라고요. 그래서 갖다줬습니다. 아무도 없을 때, 그녀는 전부 다 털어 넣었어요. 전부 다. 위세척을 했지만 속이 다 망가졌어요. 이틀이 지나서야 그녀가 죽었다는 걸 알았는데, 정말 심장이 터지는 것 같더군요. 전 그녀를 사랑한 유일한 사람이었는데 알려주지도 않다니요. 병실에 가보니 그냥 침대가 덩그러니 비어 있었습니다. 전 아버지 노조 사무실로 갔습니다. 거기서 어찌어찌 몇 다리 건너 그녀의 이름을 찾아냈어요. 낯은 길이더군요."

이름을 찾아내는 것이 그렇게 쉬운 줄 몰랐지만, 뭐, 나는 약쟁이 동네에서 어울린 적은 없다. 약은 혓바닥을 느슨하게 한다.

"난 그런 특권을 전혀 사용하지 않아." 나는 그저 그를 도울 수 없다는 것을 분명히 했다. "짐칸 사람들은 나 아니라도 골칫거리가 많지. 거긴 노조가 너무 막 나가는 것 같군."

"외로울 거고 말동무가 필요하다고 생각하는 거겠지요." 그는 조용히, 나를 바라보며 말했다. "실려 가는 사람들에게 나쁠 건 없잖아요. 자신을 돌아보는 기회가 될 수도 있고요. 모든 것을 두어 시간 내려놓고 긴장을 풀 수 있는…."

"이봐, 영원에 비하면 두어 시간은 아무것도 아니야. 언젠가 내가 그들 틈에 끼지 않는다고 장담은 못 하겠고, 혹시 그렇게 된다면 물 흐르

듯이 흘러가고 싶어. 누가 날 트레일러에서 끌어냈다가 다시 집어넣고, 이런 소동 안 벌이고 싶다고."

"네. 알겠습니다. 저도 무슨 뜻인지 알아요. 하지만 만에 하나 그녀가 지금 바로 뒤에 있을지도 모르니까, 어르신이 한 번만…"

"내가 이 트레일러를 몰고 있다는 자체만으로도 재수 옴 붙었는데." 나는 화제를 돌리고 싶었다.

"예, 어쩌다 그렇게 됐습니까?"

"사고 두 건. 어느 한심한 놈하고 트라이엄프에서 불법 개조한 차로 과속 운전을 했지. 시골길에서 조깅하던 사람들을 칠 뻔했어. 감당할 수 없을 정도로 보험료가 올라가서 결국 트럭을 빼앗겼어."

"보험 없이 운전할 수도 있잖습니까."

"난 못 해. 어쨌든 안 좋은 소문이 났어. 나를 고용하려는 회사가 없었어. 도움을 받을 수 있을까 싶어서 노조에 갔지. 막다른 길이라면서, 트럭 운전을 그만두든가…" 나는 어깨를 으쓱했다. "이 일을 하라고 하더군. 운송을 그만둘 수는 없었어. 일자리를 찾는 건 힘들잖아. 실업자가 넘쳐나고. 어느 대도시에서 택시 운전을 하는 건 상상하기도 싫고."

"안 되죠." 빌은 다시 맞장구를 치며 온몸으로 끄덕거렸다. 동감한다는 뜻의 큭큭거리는 웃음.

"트레일러 계약금을 낼 수 있을 정도로 선불을 받았어."

트럭은 약간 털털거리기는 하지만 잘 굴러가고 있었다. 산길을 달리고 옛 벽화에 나오는 풍경과 비슷한 벅찬 고개를 넘고, 거친 돌투성이 계곡을 헤치고 내려와 마침내 시티까지. 짐을 배달하고, 전표를 받고,

다시 베이커로 돌아갈 예정이었다(빌과 함께). 빌을 어딘가 멀쩡한 장소에 내려준 뒤에 트럭을 내 오두막 옆 마당에 세워놓을 것이다.

그리고 잠을 좀 잘 것이다.

다음 주 월요일에 처음부터 일정을 다시 시작한다. 일주일에 두 번 왕복.

"이대로 계속 갈 필요는 없는 것 같아요." 빌은 말했다. "다른 차를 잡아타고 다시 물어보겠습니다."

"음, 이 차를 타고 나가는 게 좋지 않겠나. 충고 하나 할까?" 나쁜 습관이다. "집으로 돌아가서…."

"아뇨." 빌은 말했다. "어쨌든 감사합니다. 전 집에 못 가요. 셰릴 없이는. 그녀는 여기 있을 사람이 아닙니다." 그는 심호흡을 했다. "거래를 할 생각입니다. 제가 여기 남고 셰릴이 높은 길로 가는 걸로요. 여기서는 그런 식으로 한다고 들었습니다. 그렇죠?"

나는 그에게 아니라고 말하지 않았다. 그가 틀렸는지 아닌지도 확실하지 않았다. 어쨌든 이 친구는 이렇게 멀리까지 왔다. 나는 고개 꼭대기에서 트럭을 세우고 그를 내려주었다. 그는 내게 손을 흔들었고 나도 마주 흔들었다. 우리는 각자 갈 길을 갔다.

약에 곯은 불쌍한 개자식. 나도 다양한 방식으로 내 인생을 꼬았지만(마누라 3명, 술, 테하차피에서 3년) 약을 한 적은 없다. 그 녀석의 사연을 듣기만 해도 내가 대단히 반듯한 사람 같았다. 솔직히 말하면 헤어지게 되어 후련했다.

시티는 희고 높은 대성당 건물들이 가득 서 있는 카운티 하나와 비숫하다. 고정관념을 깨는 풍경이라고나 할까. 도시 주변에는 시야 저 멀리까지 높은 성벽이 끝없이 이어져 있다. 지평선 대신 소실점이 있고, 성벽은 옆으로 뒤집혀서 끝없이 이어지는 고속도로 같다. 내리막길을 달리기 위해 기어를 바꾸는데, 트레일러의 소음이 다시 귀에 거슬리기 시작했다. 마치 돼지가 칼을 든 남자에게 끌려갈 때처럼, 아마 그들도 다가오고 있는 것을 직감하리라.

나는 하역 터미널에 들어서서 첫 트레일러를 우리 쪽으로 후진시켰다. 직원들이 문을 내리고 무슨 막대기 같은 것으로 그들을 몰았다. 이 사람들은 불사의 존재였다.

직원들은 첫 트레일러의 연결을 풀었고, 나는 두 번째 트레일러를 후진시켰다.

운전석에서 내리자 직원 하나가 다가왔다. 눈이 붉고 새 작업복을 입은 덩치 큰 사내였다.

"이번 화물은 좀 괜찮나?" 그는 물었다.

저녁으로 먹은 양배추와 콩, 마늘 냄새가 입에서 풍겼다.

나는 고개를 젓고 담배 한 대를 꺼내 불을 붙이려고 들어 올렸다. 그는 손톱으로 담배 끝을 눌렀다. 담배 끝이 확 타오르더니 잔잔한 빛으로 누그러졌다. 그는 욕망이 이글거리는 눈으로 그 빛을 응시했다.

"물어볼 게 있는데," 나는 말했다. "여기 온 사람 중에 혹시 셰릴이라는 이름이 있던가?"

"그건 왜 물어?"

그는 계속 담배만 바라보며 퉁명스럽게 되물었다. 그는 천천히 발로

스텝을 밟기 시작했다.

"그냥 궁금해서. 당신들은 이류를 다 안다면서."

"그래서?"

그는 멈췄다. 신발이 아스팔트를 녹여서 달라붙기 때문에 계속 움직여야 했다. 그는 돌아와 서서 한 발을 들고 약간 비틀더니 내려놓고 다른 발을 들었다.

"그래서." 나는 똑같이 대꾸했다.

"L 하나 들어간 셰릴?"

"아니, Sh로 시작하고 L 두 개로 끝나."

"Ch로 시작하고 L 하나로 끝나는 셰릴은 2명 있어. L 두 개는 없어. 근데…."

나는 그에게 담배를 건넸다. 이자들은 이걸 정말 좋아한다. "고마워." 나는 말했다. 나는 담배 갑에서 한 대를 더 꺼내 그에게 주었다. 그는 둘 다 입에 넣고 씹었다. 깊은 주름이 팬 얼굴에 환희가 번졌다. 담배 연기가 코에서 흘러나왔고 그는 삼켰다.

"별말씀을." 그는 멀어졌다.

돌아가는 길은 들어오는 길보다 짧다. 어떻게 해서 그렇게 되는지는 모른다. 예전에 나는 그 반대라고 생각했지만, 중요한 것은 거리가 아니라 장벽이다. 어쩌면 우리 모두 기회가 있기에 지옥으로 가는 길이 머나먼지도 모른다. 하지만 일단 도착하면 돌아올 길은 없다. 어딘가에서 예산을 절약해야 한다.

나는 빈 트레일러를 베이커로 가져갔다. 빌은 보이지 않았다. 8시간 뒤 나는 책상 위에 급여를 놓아둔 채 맥주를 가지고 침대에 들었다. 눈은 말똥말똥했다.

젠장, 나는 생각했다. 양심이 깨어 활동하고 있었다. 그따위 진작 극복했다고 생각했는데. 하지만 나는 특권을 사용하지 않는다. 보험 없이는 운전하지 않는다.

나는 그 생활에 적합하지 않은 인간이었다.

지옥으로 가는 길에는 평범한 낮과 밤이 없다. 아무리 차를 오래 몰아도 도착하는 시간은 출발한 시간과 항상 같지만, 여행은 매번 똑같은 시간대가 아니다.

다음 여행은 서늘한 황혼 녘이었고, 도로는 사막과 인적 없는 작은 마을들을 지나치지 않았다. 이번에는 종이로 잘라 낸 듯 하나같이 똑같은 회색빛 앙상한 나무들이 자란 황량한 평원을 건넜다. 낮잠을 자기 위해 차를 세우자(한 번에 2시간 이상 자지 않는다) 트레일러에서 들려오는 지옥행 손님들의 외침이 평소보다 더 귀에 거슬렸다. 온갖 한심한 소리들이었다.

"우릴 돌려보내 주세요, 아저씨! 하실 수 있잖아요!"

"운전사가 할 수 있나?"

"못 하지, 씨발 돼지새끼야."

"내보내 주세요! 어차피 우리가 해치지 못하잖아요."

그건 사실이었다. 운전사는 산 사람이고 죽은 사람은 절대 산 사람을 해치지 못한다. 하지만 그들을 내보내면 무슨 일이 생기는지 나는 들었다. 짐칸에는 90명 정도가 있고, 어떤 여행에서든 특권을 사용하고 싶어지는 사람이 반드시 하나씩 있다.

나는 좁은 침대에 누워 환풍기 바로 아래 걸린 시에라 클럽 달력을 쳐다보며 몸을 긁적였다. 데빌스 포스트파일 국가 기념물. 목소리들이 하나둘 포기하면서 도로는 차츰 조용해졌다. 마지막으로 외침이 들리더니(무슨 욕설이었다) 정적이 흘렀다.

그들을 꺼내서 셰릴이 있는지, 혹시 아는 사람이 있는지 알아봐야겠다고 결심한 것이 바로 그때였다. 그들은 시티로 떠나기 전 별관에서 한데 섞여 마지막으로 어울린다. 누군가 알지도 모른다. 하지만 혹시 빌을 다시 만난다면….

그래서? 내가 어떻게 그를 도울 수 있나? 그가 셰릴을 제대로 망가뜨린 장본인이지만 생각해 보면 그녀 또한 책임이 없는 것은 아니다. 그렇기 때문에 지옥행인 것이다. 멍청한 종자들.

나는 운전석에서 내려 셔츠 자락을 허리에 추스르며 밀짚모자를 눌러썼다.

"이봐!"

나는 트레일러 옆을 따라 걸으며 말했다. 5센티미터 폭의 흰 널빤지 사이에서 얼굴들이 나를 내다보았다.

"너희들을 꺼내주겠다. 아주 잠깐만이야. 정보가 필요해."

"물어보세요!" 누군가 외쳤다. "물어보라고, 제발!"

"도망갈 수 없다는 건 알고 있을 거야. 날 해칠 수 없다는 것도. 너희들은 전부 죽었어. 알겠나?"

"알고 있어." 다른 목소리가 한층 나직하게 말했다.

"한 번에 트레일러 하나씩 문을 열겠어."

나는 먼저 뒤쪽 트레일러로 가서 열쇠를 꺼내 예일 자물쇠를 풀었다. 그리고 대문을 활짝 열고 감염된 상처에서 흘러나오는 병균을 피하듯 뒤로 약간 물러났다.

그들은 모두 벌거벗고 있었지만 더럽지는 않았다. 나는 별관 마당에서, 시티에서 그들을 보았다. 강제수용소 재소자 같지 않다는 것은 알고 있었다. 하지만 죽은 사람들은 사실 병약할 수가 없다. 그저 왜 지옥에 왔는지 사연을 짐작케 하는 분위기가 저마다 감돌았다. 구체적이라기보다 잠재의식적인 분위기가.

뒤쪽 트레일러에서 제일 먼저 나온 흑인 셋이 그렇다. 척 봐도 그들이 왜 지옥으로 가고 있는지는 뻔했다. 그들은 자기들이 살아온 삶에 대해 조금도 후회하지 않았다. 그저 애당초 여기로 오게 된 이유가 된 짓을 계속 하고 싶을 뿐이었다. 약탈하고 싶고, 누군가를 해치고 싶다. 특히 나를.

"멍청한 개새끼." 그중 하나가 얇고 풍부한 눈썹 밑으로 나를 쏘아보며 말했다.

그는 고개를 끄덕이더니 바깥에서 트레일러 널빤지를 향해 주먹을 휘둘렀지만, 널빤지는 털끝만큼도 흔들리지 않았다.

흰 머리를 단정하게 정돈한 늙은 여자가 기어 내려왔다. 그녀가 무슨 짓을 했는지는 확실히 알 수 없었지만 어쩐지 불편했다. 어쩌면 이 짐칸에서 최악의 존재일 수도 있다. 수많은 사람이 연이어 내렸다. 젊은

이, 늙은이, 대체로 늙은 사람들. 대체로 조용했다.

그들은 나를 쳐다보았다. 어떤 자는 반항적이었지만 대부분 그냥 어리둥절한 표정이었다.

"여기 셰릴이라는 사람이 있는지 알아야겠어." 나는 말했다. "빌이라는 남자를 아는 사람."

"제 이름이에요." 군중 속에 숨은 한 여자가 말했다.

"그 여자 어디 한번 봐." 나는 그들에게 손을 흔들었다. 흑인 남자들이 앞으로 나섰다. 그들의 눈에 괴상한 빛이 스치더니 물러났다. 나머지는 양옆으로 자리를 비켰고, 한 젊은 여자가 걸어 나왔다.

"이름의 철자가 어떻게 되지?" 나는 물었다.

여자는 당황한 표정을 지었다. 그녀는 자신이 맞기를 바라며 철자를 부르고 망설였다. 벌써부터 끔찍한 기분이 들었다. L자 하나였다.

"내가 찾는 사람이 아니야." 나는 말했다.

"서두르지 마시고요." 그녀는 아주 나직하게 말했다. 유혹하려고 크게 애쓰지도 않았지만, 이미 그녀는 성공하고 있었다. 미인이었다. 중간 크기의 젖가슴, 10대 같은 엉덩이, 끝내주지는 않지만 괜찮게 뻗은 각선미. 검은 머리는 짧게 잘랐고, 눈은 거의 동양인이었다. 레바논계, 아니면 다른 중동 혈통 같았다.

나는 그녀를 무시하려고 애썼다.

"잠깐 걸어 다녀도 돼." 나는 그들에게 말했다. "첫 번째 트레일러도 확인해야 하니까."

나는 트레일러 옆문을 열었고 사람들이 내렸다. 냄새도 나지 않았고, 배가 고픈 것 같지도 않았다. 그저 모두 창백했다. 혹시 벌써 고통이 시작되었나 하는 생각이 들었지만 그렇다 해도 육체적인 고통은 아닌 것 같았다.

내가 지난 2년 동안 배운 것이 있다면, 주일학교와 공포영화에서 배우는 지옥 이야기는 모조리 엉터리라는 것이다.

"셰릴이라는 이름의 여자를 찾는다." 나는 되풀이했다.

아무도 나서지 않았다. 그때 누가 옆에 서 있는 것이 느껴져서 돌아보았다. 아까 그 셰릴이라는 여자였다. 그녀는 미소 지었다.

"잠깐 앞쪽에 앉으면 안 될까요."

"안 그러고 싶은 사람이 어디 있어." 백발의 노파가 말했다.

흑인들은 떨어져 서서 낮은 목소리로 이야기하고 있었다.

나는 그녀를 보며 침을 삼켰다. 다른 운전사들 말로는 그들은 전혀 실체가 없는데 단 한 가지 활동만 예외라고 했다. 그것이 특혜였다. 정말 끝내주는 여자들은 항상 지옥으로 간다는 말도 있었다.

"아니."

나는 그들에게 트레일러로 돌아가라고 손짓했다. 그녀가 무슨 죄 때문에 낮은 길로 가는지 몰라도 잠자리 능력에는 영향이 없을 것이다. 그건 분명했다.

애당초 어리석은 생각이었다. 그들은 돌아갔고 나는 다시 운전석에 올라타 담배에 불을 붙이고 무엇 때문에 이런 짓을 했을까 곰곰이 생각했다.

나는 고개를 젓고 시동을 걸었다. 죽은 자를 운반하는 도중에 생각하는 것은 좋지 않다.

"아니." 나는 말했다. "셋상. 좋아."

셰릴의 얼굴이 뇌리에 남았다.

셰릴의 몸은 얼굴보다 더 오래 뇌리에 남았다.

인생에는 언제나 남자를 낮은 길로, 운전석이 아니라 짐칸 신세가 되도록 유혹하는 뭔가가 생기기 마련이다. 우리 모두 약점이 있다. 무엇 때문에 신은 우리 각자에게 그 작은 결함을 내렸을까. 크리스털의 작은 흠집처럼, 그 흠을 세게 누르면 결정 전체가 산산조각 나고 마는 결함을.

어쨌든 나는 이것만은 알고 있다. 내 결함은 섹스가 아니다, 이런 식은. 셰릴에 대한 궁금증이 가장 강렬하게 뇌리에 남았다. 그녀는 너무나 예뻤다. 어쩌다가 낮은 길로 오게 됐을까?

마찬가지로, 빌의 여자 셰릴은 무슨 짓을 했을까?

빈 트레일러를 몰고 돌아가는 길에, 나는 쇼숀이라는 작은 마을 바깥에 다다랐다. 나는 트럭을 카페 주차장에 세웠다. 날씨가 추워서 시동은 끄지 않았다. 아침 11시경, 카페는 반쯤 차 있었다. 나는 네 개 정도 남아 있을 것 같은 치아로 프렌치토스트를 지극히 근엄하게 씹어 삼키고 있는 카운터석의 노인 옆자리에 앉았다. 나는 달걀과 해시브라운, 주스를 주문해서 빨리 먹어치우고 트럭으로 돌아갔다.

빌이 운전석 옆에 있었다. 그의 옆에는 불독 같은 얼굴을 한 커다란 여자가 서 있었다. 여자는 어느 쓰레기장에서 주운 듯 지저분한 격자무늬 천을 뒤집어쓰고 있었다.

"안녕하세요." 빌이 말했다. "저 기억하세요?"

"물론."

"차를 세우는 걸 봤습니다. 궁금하실 것 같아서…. 이쪽이 셰릴입니다. 제가 저기서 꺼냈어요." 여자는 마치 벽돌 같은 표정으로 나를 응시했다. "엉망진창입니다. 정전인지 무슨 일이 생긴 것 같아요. 길을 따라 그냥 걸어왔는데 막는 사람도 없었습니다."

셰릴은 그 어마어마한 덩치 아래 수많은 괴이함이 숨어 있더라도 보통 사람들의 눈에 띄지 않을 것 같았다. 하지만 가장 큰 문제가 무엇인지 알아차리는 데는 전혀 어려움이 없었다. 그녀는 죽은 사람이었다. 빌이 그녀를 지옥에서 데리고 나온 것이다. 나는 여기가 '세상'이 맞는지 주위를 둘러보았다. 맞았다. 그의 말은 거짓이 아니었다. 낮은 길에 심각한 문제가 생긴 것이 틀림없었다.

"무슨 문제가 생겼나?"

"많이." 그는 나를 보며 씩 웃었다. "지옥도예요." 그의 웃음이 한층 커졌다.

"그럴 리가 없는데." 나는 말했다.

셰릴은 내 음성을 듣더니 몸을 떨었다.

"이 사람은 운전사야, 빌." 그녀는 말했다. "우리를 거기 데려가는 그 사람이야. 빨리 여기서 빠져나가자."

영혼에 낙인이 찍힌 분위기가 감돌았고, 간신히 도살을 피한 돼지가 도살자를 마주친 듯한 기색이었다. 그녀는 몇 발 뒷걸음질 쳤다. 폭식이군, 나는 생각했다. 폭식과 숨겨진 육욕, 삶을 바라보는 추한 시각, 어마어마한 덩치로 인해 온통 뒤틀린 내면의 눈.

그녀가 낮은 길로 오게 된 데는 빌의 잘못이 별로 없었다.

"자세히 말해봐." 나는 말했다.

"사람들이 사방으로 뛰어다니고, 마을에 숨어들어 갔고, 악마들이 그들을 쫓아다니고…."

"직원들." 나는 표현을 정정했다.

"예. 사방팔방으로."

셰릴은 그의 팔을 잡아당겼다.

"이제 가자, 빌."

"이제 가겠습니다." 빌은 말했다. "아, 감사합니다. 찾았다고요!"

그는 다시 온몸으로 고개를 끄덕였고, 그들은 셰릴의 격자무늬 외투를 흙바닥에 질질 끌며 길을 따라 멀어졌다.

나는 혹시 내 경로가 쇼숀 쪽으로 바뀐 것이 이 난리 때문인가 생각하며 베이커로 돌아갔다. 나는 작은 내 집 앞에 차를 세운 뒤 캄캄해질 때까지 그 추운 곳에 그대로 앉아서 맥주를 마시며 다음 날 일정을 달력에서 확인했다. 초자연적인 현상이 제자리에만 있다면 문제가 없지만, 지금은 온통 흘러넘쳐서 내 업무와 '세상' 사이의 분명한 선을 흐리고 있었다. 다음 날 나는 별관에 가서 다시 짐을 실어야 하는 일정이었다.

그날 저녁에는 아무도 전화하지 않았다. 낮은 길에 문제가 생겼다면 노조가 분명 내게 알릴 텐데, 나는 생각했다.

나는 아침 일찍 별관으로 트레일러를 몰았다. '세상'에서 '낮은 길'로의 전환은 평소와 같았다. 정해진 경로를 따라가니 하늘은 파란색에서 납빛으로 흐려졌고, 나는 별관으로 이어지는 첫 구간에 들어섰다. 경내

대문에 뒤쪽 트레일러를 대고 차에서 분리한 뒤 앞쪽 트레일러를 경사로에 대는 동안, 나는 흥미로운 대화를 주워듣기 위해 귀를 잔뜩 기울이고 있었다.

별관에서 일하는 직원들은 인간처럼 보였다. 당구공 같은 눈을 한 붉은 얼굴의 늙은 남자에게서 송장을 받아 들면서 나는 상황을 잘 알지만 최신 정보를 알려달라는 눈빛으로 그를 쳐다보았다. 그는 보도에 연기 나는 침을 뱉더니 나와 눈길을 비스듬히 마주치고 아무 말도 하지 않았다. 어쩌면 다 정리되었는지도 모른다. 나는 가득 찬 트레일러 두 칸을 연결하고 출발했다.

나는 셰릴과 빌을 입에 올리지 않았다. 대부분의 업무가 그렇지만 입을 닥치는 것은 좋은 습관이다. 먼저 나서지 않는 것도.

이번에는 다시 사막이었지만, 뭔가 커다란 것이 곡사포처럼 사냥감을 몰아냈는지, 마을과 쓰러져 가는 오두막들은 폭격당한 듯 쓸려나가 있었다.

길에 집중하자. 트럭을 끌고 가자.

4시간 뒤, 바리케이드가 나타났다. 사람은 없었고, 직원도 없었다. 그저 용암을 깎아 세운 커다란 바리케이드가 모든 차선을 막고 있고 그 너머에서 누런 연기가 피어올랐는데, 이런 경우 절대 진입해서는 안 된다는 것이 운전사들의 불문율이다.

나는 차에서 내렸다. 짐칸에서 시끄러운 소리가 나고 있었다. 갑자기 그들이 지긋지긋했다. 거기 아름다운 것이라고는 없다. 그저 아직 안 끝났다는 듯 고함치고 협박하는 지옥행 무리뿐. 모두 각자의 기회를 얻었지만 다 망쳐놓고 끝까지 '세상'을 향해 헛소리를 한다.

　최소한 가는 길에 품위를 지키면서 저 개소리가 내 귀에 안 들어오게 해주면 좋으련만.

　아우슈비츠로 사람들을 실어 나른 기차 기관사도 아마 이렇게 생각했을 것이다. 그래, 그래. 단지 나는 그 기관사들을 각자에게 합당한 사막으로 실어 나르는 사람일 것이다.

　젠장, 나는 그저 이 모든 것에 대해 어느 한쪽 입장을 취할 수가 없다. 나 역시 갈 때가 되면 똑같이 화도 나고 죄책감도 느끼고 예수 그리스도 생각도 하고 저자들과 같은 불평을 늘어놓겠지. 예수고 뭐고 다 집어치우라고.

　나는 트럭 옆에 서서 이제 어떻게 해야 하는지 따로 지시가 내려오거나 상황이 변하지 않을까 싶어 기다렸다. 짐칸은 잠시 후 조용해졌지만, 길에서 시끄러운 소리가 들려왔다. 대체로 멀리서 나는 비명이었다.

　"아무것도 없어." 담배를 피우지 않지만 나는 빌의 담배에 불을 붙이고 한 모금 깊이 빨아들이며 혼잣말을 했다. "이렇게까지 할 가치가 있는 건 아무것도 없어."

　나는 이번 배달만 마치고 그만두겠다고 맹세했다.

　트레일러 뒤에서 뭔가 다가오는 소리가 들려서 나는 운전석 계단 쪽으로 다가섰다. 처음에는 높이 솟아오르는 연기가 시야를 가렸지만, 키가 3, 4미터 정도 되는 어두운 형체가 갑자기 뛰어들더니 뒤쪽 트레일러 지붕에 한 손을 짚고 섰다. 벌거벗은 사람들이 그 형체를 온통 뒤덮은 채 꿈틀거리며 깨물고, 긁고, 욕설을 내뱉고 있었다. 형체는 나직하게 쿵 소리를 내며 무릎을 꿇더니 다시 일어나며 길 밖으로 휘청였다. 매달려 있던 사람들이 나를 보고 도와달라고 소리쳤다.

"이 개자식 쓰러뜨리게 도와줘!"

"이봐! 조금만 힘을 합치면 돼!"

"저자는 운전사야…."

"그럼 됐고."

나는 이렇게 덩치가 큰 직원을 본 적도, 직원이 이런 상황에 처한 모습을 본 적도 없었다. 짐칸에서는 밴시 같은 울부짖음이 흘러나오기 시작했다. 나는 담배를 내던지고 직원을 향해 달려갔다.

노동자들이 늘 하는 말이 있다. 동지애는 직장에서 내가 좋아하지 않는 사람한테까지 적용된다고. 그들이 곤란에 처하면 돕게 되는 것이 신비스러운 점이었다. 게다가 불문율로 전달되는 업무 내용에는 이런 문제가 매우 명확히 규정되어 있는데, 나는 고의적으로 업무상 규칙을 깨뜨린 적이 없으며(트럭을 돌려받은 뒤로는 단 한 번도 없었다) 지금 와서 그럴 생각도 없다.

연기를 뚫고 거대한 용암 언덕을 넘어서 나는 달렸다. 10미터 전방에 직원이 눈에 띄었다. 그는 몸에 달라붙어 있던 벌거벗은 사람들을 다 떨쳐 낸 뒤 양손에 1명씩 쥐고 서 있었다. 어깨에서 연기가 피어올랐고, 사방으로 비늘이 곤두서 있었다. 제대로 쓴맛을 보여준 것 같았다. 죽은 사람 10명, 아니 12명이 긁힌 상처나 멍 하나 없이 용암 언덕에서 일어서고 있었다. 그들은 나를 보았다.

직원은 나를 보았다.

모두가 나를 향해 달려왔다. 나는 돌아서서 비틀거리고, 넘어지고, 멍들고, 온몸을 긁혀가며 트럭을 향해 달렸다. 머리카락이 비슥 곤두섰다. 사람들은 나를 붙잡고 제발 데리고 나가달라고 애원했다. 늙은이, 청년, 모두 채찍질당하는 개처럼 사정하고 비명을 질렀다.

그때 직원이 손 닿지 않는 곳으로 나를 휙 낚아챘다. 그의 손은 냉동실에 보관한 강철 부젓가락처럼 차갑고 단단했다. 직원은 툴툴거리며 내 트럭으로 달려가더니 문을 활짝 열고 나를 거칠게 안으로 던져 넣었다. 그 거대하고 거친 몸짓을 보니 방향을 돌려서 달리는 것이 좋다, 기다려 봤자 소용없고 빠져나갈 길도 없다는 것이 확실해졌다.

나는 시동을 켜고 트럭을 반대 방향으로 돌렸다. 차창을 올리고, 죽은 사람들이 페인트를 긁거나 판자를 찢을 수 있을 정도로 실체가 없기만을 바랐다.

모든 규칙이 사라졌다. 내 짐칸의 규칙은? 이렇게 도망치는 와중에도 내 머릿속에는 온갖 질문들이 가득 했다. 영혼들이 어떻게 반격할 수 있나? 지옥에는 이런 일이 일어나지 못하도록 하는 고정된 질서가 없나? 고용될 때 듣기로는 그런 암시가 있었다. 더없이 안전한 업무라고.

나는 길을 따라 돌아갔다. 짐칸에서는 이제껏 들어본 적이 없을 정도로 심한 비명 소리가 들려왔다. 죽은 사람들이 풀려나지 않을까 두려웠지만 그렇지는 않았다. 별관에 거의 다 도착하니 그들은 다시 잠잠해졌다. 디젤 엔진 소리 너머에서 감지할 수 있을 정도로 조용했다.

경내에는 인기척이 없었다. 흰 페인트를 칠한 긴 시멘트 플랫폼과 회칠한 널빤지를 깐 적재용 경사로에도 일꾼은 없었다. 우리에도 영혼이 없었다.

하늘은 애매한 회색이었다. 초점이 나간 노란 햇빛이 삭막하게 흰 직원 휴게실에서 희미하게 빛을 발했다. 나는 트럭을 세우고 상황을 알아보기 위해 운전석에서 내렸다.

바람도 없었다. 정적뿐이었다. 공기는 특별히 차갑지 않은데도 서리가 껴 있었다. 나는 그저 짐을 내리고 빨리 여기를 뜨고 싶었다. 베이커나 바스토우, 쇼숀으로 돌아가고 싶었다.

그것이 아직 가능하기를 바랄 뿐이었다. 어쩌면 출구가 모두 막혔을지도 모른다. 영혼들이 더 이상 탈출하는 것을 막기 위해 감독관들이 모두 봉쇄했을 수도 있다.

잠금장치를 흔들어 보니 내가 열 수 있었다. 나는 우리 문을 열고 트럭으로 돌아가서 뒤쪽 트레일러를 경사로와 평행하게 갖다 댔다. 아무도 소리를 내지 않았다.

"다시 들어가. 들어가. 여기서 시간을 더 보내게 됐어. 이유는 묻지 말고."

"안녕, 존."

등 뒤에서 목소리가 들렸다. 돌아보니 옷을 걸치지 않은 나이 지긋한 남자였다. 처음에는 누구인지 알아볼 수 없었다. 눈매를 보곤 마침내 기억이 났다.

"마틴 선생님?"

고등학교 시절 역사 선생님이었다. 근 20년 만이었다. 그리 나이 들어 보이지 않지만, 벌거벗은 모습을 보는 것도 처음이었다. 그는 죽은 사람이었지만 다른 사람들과 달라 보였다. 왜 여기로 왔는지 감을 잡을 수 있는 분위기가 전혀 없었다.

"내가 가르쳤던 학생이 이런 일을 할 거라고는 예상치 못했군."

마틴은 수업 중에 자기가 말한 모든 내용에 구심점을 잡는 듯한 특유의 반듯한 웃음을 지었다.

"저도 여기서 선생님을 만날 거라고는 생각지도 못했습니다." 나는 대답했다.

"고양이가 사라졌어, 존. 이제 쥐들이 권력을 잡았어. 나도 여기서 나갈 방법을 찾을 생각이야."

"얼마나 오래 여기 계셨습니까?"

"죽은 지 한 달 정도 된 것 같군." 마틴은 말을 애매하게 돌리는 법이 없는 사람이었다.

"여기서 나갈 수는 없습니다." 마틴 선생님을 상대로 내 임무를 수행하다니. 목구멍이 밑에서부터 얼어붙는 것 같았다.

"여전히 팀 플레이어군." 마틴은 말했다. "팀이 자네가 뭘 하든지 관심조차 없을 때도 여전히 괴짜 팀 플레이어야."

나는 설명하고 싶었지만, 그는 별관과 나가는 길 쪽으로 걸어갔다. 어깨 너머로 돌아보며 그가 말했다.

"머리를 써, 존. 세상은 겉보기와 달라. 원래 그랬어."

"이것 보세요!" 나는 그를 향해 외쳤다. "난 솔직히 그만둘 생각입니다만, 이 집은 내 책임입니다."

그는 별관 모서리를 돌아가며 고개를 설레설레 젓는 것 같았다.

짐칸의 죽은 사람들은 경사로 널빤지 일부를 이미 뜯어냈고 뒤쪽 트레일러에서 뛰어내리고 있었다. 앞쪽 트레일러 사람들은 고함지르고 투덜거리며 트럭을 흔들고 있었다.

책임이라니, 젠장. 나는 생각했다. 죽은 사람들이 마틴의 뒤를 따르는 가운데 나는 트레일러의 연결을 둘 다 풀었다. 그리고 운전석에 올라 별관에서 벗어나서 들어온 길로 다시 나갔다.

"난 그만둘 거야. 두고 보라고. 그만둘 거라니까."

나가는 길은 한없이 길게 느껴졌다. 놀랍게도 죽은 사람은 전혀 보이지 않았지만, 그들은 다른 경로로 인도되었을 수도 있었다. 나는 전에 한 번도 온 적이 없는 길을 달리고 있었고, 그 길이 내가 가고 싶은 곳으로 인도해 줄지 알 수 없었다. 하지만 나는 2시간 동안 무작정 평지를 달렸다.

마치 누군가 텔레비전 화면 대비를 조절하는 것처럼 공기는 점점 회색으로 변해갔다. 하이빔을 켰지만 도움이 되지 않았다. 나는 이제 운전석에 앉아 부들부들 떨며 중얼거리고 있었다. 이런 경험을 해도 마땅한 사람은 없어. 무슨 짓을 했든 간에 지옥에 가도 마땅한 사람은 없어. 나는 두려웠다. 점점 더 추워지고 있었다.

3시간이 지난 뒤 전방에 별관과 그 경내가 다시 보였다. 길을 되돌아온 것이다. 나는 욕설을 뱉으며 속도를 줄었다. 적재 구역은 불타고 있었다. 죽은 사람들은 무엇을 해야 할지, 어디로 가야 할지 몰라 서성거리고 있었다. 나는 속도를 올리고 도로에 나와 있는 몇몇을 치고 지나갔다. 사람들이 다가와서 범퍼에 부딪히는데도, 마치 아무도 없는 듯 느낌이 오지 않았다. 넘어진 뒤 다시 일어나는 사람들의 모습이 백미러에 비쳤다. 그냥 넘어졌다 일어날 뿐이었다. 그러다 나는 적재 구역을 벗어났다. 이번에는 의문의 여지가 없었다.

나는 지옥으로 직진하고 있었다.

하역 터미널도 불타고 있었다. 하지만 그 너머의 시티는 밝고, 희고, 굳건했다. 처음으로 나는 터미널을 지나 시티로 이어지는 길에 접어들었다.

그 길이 아니면 아비규환 상태의 평지뿐이었다. 안에 들어가면, 어쨌든 질서는 유지되고 있을 것 같았다.

트럭은 굵기가 20미터에서 24미터 정도, 높이가 워싱턴 기념탑만 한 두 개의 흰 기둥 사이를 돌진했다. 직원도, 죽은 사람도, 아무도 보이지 않았다. 기둥 사이를 빠져나가는 순간 충격이었던 것이라면….

시티는 없었다. 성벽도 없었다. 굽이치는 길과 사방으로 펼쳐진 시골 풍경뿐이었다. 뒤쪽도 마찬가지였다.

온통 오두막과 집들이 여기저기 옹기종기, 혹은 제법 큰 마을을 이루고 있었다. 모든 것이 다닥다닥 붙어 있었다. 언덕에 모여 일하는 사람들, 포치에 앉아 있는 사람들, 길을 걷는 사람들, 트럭이 달려오니 돌아보고 나를 응시하는 사람들. 직원들은 없었다. 괴물도 없었다. 화염도 없었다. 피 웅덩이도, 피의 강물도 없었다.

여기는 외곽이겠지, 나는 생각했다. 깊숙이 들어가면 더 안 좋아질 것이다.

나는 계속 차를 몰았다. 책임자를 찾아 몇 가지 물어보고 빠져나가

자고 이성이 속삭였다. 하지만 마음속 한구석 말썽꾸러기는 한번 들어가서 둘러보자고 지옥이 대체 어떤 곳인지 눈으로 확인해 보자고 말하고 있었다.

1시간쯤 고요하고 북적이는 풍경을 달리다 보니 연료가 바닥났다. 나는 갓길에 차를 대고 잔뜩 긴장해서 운전석에서 내렸다.

다시 담배에 불을 붙이고 약간 떨며 펜더에 몸을 기댔다. 하지만 떨림은 차츰 가시고 팽팽한 일종의 평정이 그 자리를 대신했다.

풍경은 여전히 빽빽하고 북적거렸지만, 고통에 시달리는 사람은 없어 보였다. 비명도, 영겁의 번뇌도 없었다. 나무와 관목 숲, 언덕의 풀밭, 그리고 작은 집들이 수없이 들어차 있었다.

10분 정도 지나자 주민들이 나를 둘러쌌다. 두 남자가 트럭으로 다가오더니 선선히 고개를 끄덕였다. 둘 다 중년이었고 건강해 보였다. 죽은 사람 같지 않았다. 나도 마주 인사를 건넸다.

"당신이 운전사인가 아닌가 내기하던 중이올시다." 검은 머리를 한 첫 번째 남자가 말했다. 단순한 스웨터와 바지 차림이었다. "내가 보기에는 운전사 같은데. 안 그래요?"

"맞습니다."

"그럼 길을 잃으셨군."

나는 고개를 끄덕였다.

"여기가 어딘지 말씀 좀 해주시지요?"

"지옥이지."

몇 살 어려 보이는 두 번째 남자는 반바지만 입고 있었다. 로스앤젤레스나 롱비치 말투 같았다. 거창하게 극적으로 강조하지 않는 자연스러운 말투.

"바깥에 문제가 생겼다는 소문이 들리던데."

한 여자가 우리 쪽으로 다가왔다. 예순 살 정도, 마른 몸매였다. 초조하고 신경질적일 것 같은 외모였지만 태도는 암석처럼 굳건했다.

"무슨 파업 같은 문제가 있었습니다." 나는 말했다. "뭔지는 모르겠지만, 전 직원을 찾아서 물어볼까 했어요."

"직원들은 보통 이렇게 깊이 들어오지 않지." 첫 번째 남자가 말했다. "여긴 우리가 알아서 운영해. 정확히 말하자면 아무도 이래라저래라 하지 않는달까."

"당신 살아 있는 사람이야?"

여자의 목소리에는 호기심 어린 굶주림 같은 것이 있었다. 다른 사람들도 하나둘 주위에 모였다. 그들은 나를 건드리려고 하지 않았다. 그저 거리를 두고 서서 쳐다보며 말을 건네기만 했다.

"혹시 말이야." 늙은 흑인 남자가 물었다. "혹시 늙은 수부의 노래에 대해 읽은 적 있나?"

나는 학교에서 배웠다고 말했다.

"그가 무슨 짓을 했는지 모든 사람들에게 알려야 했어." 흑인은 말했다. 그 옆의 여자도 천천히 고개를 끄덕였다. "우린 모두 늙은 수부라네. 하지만 이런 이야기를 할 상대가 없어. 자네 궁금한가?" 묻는 말투가 어딘가 측은했다. "우린 다들 후회하고 있어. 얼마나 후회하는지 모두에게 알리고 싶었지."

"전 여러분을 도로 데려갈 수 없습니다." 나는 말했다. "어떻게 해야 나갈 수 있는지 저조차 모르겠는데요."

"우린 돌아갈 수 없어." 여자가 말했다. "거긴 우리가 있을 곳이 아니야."

더 많은 사람들이 이쪽으로 오고 있었고 나는 다시 초조해졌다. 나는 침착해 보이려고 노력하며 우뚝 서 있었고, 죽은 사람들은 반기는 기색으로 주위에 모여들고 있었다.

"나는 평생 나 자신밖에 생각하지 않았어." 한 사람이 말했다. 다른 사람이 끼어들었다. "휴, 난 평생을 낭비했어. 모든 사람, 모든 것을 싫어했지. 그렇게 나를 소진하고…."

"난 내가 제일 잘난 줄 알았어. 모든 사람을 내 기준으로 재단하고…."

"나만큼 어리석은 여자는 본 적이 없을걸. 난 그냥 돼지였어. 애들만 싸질렀지 제대로 기르질 않고 내팽개쳤어. 어리석고 잔인한 인간이었지. 모든 걸 상하게 하고…."

"남들을 배려하지 않았어. 남들도 날 배려하지 않았지. 난 도시 한가운데서 혼자 썩도록 팽개쳐졌고, 그런 상황에서 썩지 않을 만큼 좋은 사람이 아니었어."

"열두 살 이후 내가 한 행동은 전부 다 거짓이었어."

"내 말 좀 들어봐요. 아파요. 마음이 너무 아파서…."

나는 트럭에 등을 기댔다. 그들은 질서정연하게 줄을 서 있었다. 폭도 같지 않았다. 지구상에서 현생을 사는 인간들보다 이들이 더 유순하다는 미친 생각이 스쳤지만, 이들은 지옥에 떨어진 사람들 아닌가.

유명한 사람은 눈에 띄지 않았고 목소리도 들리지 않았다. 저직 경찰은 교도소 수감자들에게 자기가 무슨 짓을 했는지 털어놓았다. 예수쟁이 전도사는 그리스도를 마음속에 받아들인 걸로는 충분하지 않다고 했다.

"난 당연히 천국 가야 하는 사람인데 말이오, 당연히."

"어느 한순간 사람이 완전히 무너지더라고요. 한순간 와르르. 끊임없이 헛발을 짚고, 좋지 않은 결정만 내리고."

그들은 내게 고백하고 있었다. 나는 울기 시작했다. 티끌 하나 없이 깨끗하고 맑은 얼굴들이었지만 그런데도 속죄하고 있었다. 제2차 세계대전 후 러시아 수용소에서 우크라이나인들을 살해한 사람처럼, 단 한 가지 문제만 빼고는 평생 트럭 아니면 술집, 사창가만 들락거리는 내 친구들 같은 미친 새끼들보다 나쁜 데가 없어 보였다.

모두 죽은 지 얼마 되지 않는 사람들이었다. 지옥으로 더 깊숙이 들어가면 더 오래된 죄인들이 있을 거라는 생각이 들었다. 그래야 말이 된다. 지옥은 점점 확장되고 있고, 바깥 동심원에 공간이 더 많을 테니까 새로 들어오는 죄인들의 숫자도 점점 더 증가하고 있을 것이다.

"우린 인생을 낭비했습니다. 제 가장 큰 죄가 뭔지 아세요? 전 따분한 인간이었습니다. 따분하고 잔인했어요. 아름다움을 보지 못했습니다. 먼지만 보였어요. 저는 먼지를 사랑했고, 깨끗함은 그저 저를 스쳐 지나가 버렸습니다."

걷잡을 수 없이 눈물이 쏟아지기 시작했다. 나는 트럭 옆에 무릎을 꿇고 머리를 숨겼지만, 죄인들은 계속 몰려와서 고백하고 있었다. 수백 명이 조용히 뭐라 말하며 손짓을 하면서 지나갔다.

그러다 멈췄다. 누가 와서 돌아가라고 당신들은 내게 너무 버겁다고 말해주었다. 고개를 드니 아주 어려 보이는 친구가 나를 내려다보고 있었다.

"괜찮아요?" 그는 물었다.

나는 고개를 끄덕였지만 부서진 유리조각이 속에서 버석거리는 것 같았다. 그 모든 고백 속에서 나 자신의 모습이 보였고, 죄의 사연 하나하나에 화답하는 메아리가 느껴졌다.

"언젠가 나도 여기 오겠지. 누가 나를 가축수송차에 실어서 지옥으로 데려올 거야." 나는 중얼거렸다.

젊은 친구는 나를 부축해서 일으키고 트럭 주변에 길을 내주었다.

"네, 하지만 아직은 때가 아니지 않습니까. 아직 여기 오실 분이 아니에요."

그는 운전석 문을 열었다. 나는 트럭에 올라탔다.

"연료가 없군." 나는 말했다.

그는 집 앞 계단에 선 죄인들이 모두 띠고 있던 그 서글픈 미소를 지으며 내 귀에 대고 속삭였다.

"어쨌거나 곧 끌려 나가실 거예요. 직원이 나와서 잡아갈 겁니다."

그는 다른 사람보다 훨씬 지적인 분위기를 풍겼다. 나는 설명이라도 기다리는 듯 약간 묘한 눈으로 그를 쳐다보았다.

"네, 저도 어떻게 돌아가는지 압니다. 예전에 저도 운전사였어요. 그러다 승진했지요. 저쪽은 다들 뭐 하는 거죠?" 그는 도로 끝을 가리켰나. "난리가 난 모양이군요, 그렇죠?"

"모르겠어." 나는 옷소매로 눈과 뺨을 닦았다.

"돌아가서 외곽 이쪽에 온통 난리가 났다고 이야기하세요. 난 이럴 줄 알았어요. 찰리가 여기 있다고, 내가 경고했다고 이야기하세요. 소문이 퍼지고 있어요. 불만이 터질 수밖에 없죠."

"소문?"

"여길 관리하는 주체에 대한 소문 말입니다. 그냥 찰리가 알고 있다고, 내가 경고했다고 말하세요. 아는 게 또 있긴 한데, 이건 아무한테도 말하시면 안 됩니다."

그는 내 귀에 놀랄 만한 이야기를 속삭였다. 지금까지 목격한 것보다 더 가슴 깊은 곳이 덜컹 내려앉는 기분이었다.

나는 눈을 감았다. 그림자가 스쳐 지나갔다. 젊은 친구와 다른 모든 인간들이 물러가는 것 같았다. 무언가 내 트럭을 장난감처럼 들어 올리는 것이, 보였다기보다 느껴졌다.

그리고 잠시 잠들었던 것 같다.

베이커스필드 트럭 정비소 주차장, 나는 운전석에서 잠들었다가 퍼뜩 깨어 모자챙을 밀어 올리고 주위를 둘러보았다. 정오 즈음이었다. 베이커스필드에는 운전사 조합이 있다. 트럭에 연료가 가득 차 있는 것을 확인하고 나는 시동을 걸어 운전사 조합으로 향했다.

사무실 문을 두드렸다. 안에 들어가 보니 처음 내게 이 일을 맡긴 뚱뚱하고 나이 많은 남자가 있었다. 피곤하고 몸에서 냄새가 났지만 당장 해치우고 싶었다.

그도 나를 알아보았지만, 내 이름은 듣고서야 기억했다.

"더 이상 그 일은 못 하겠습니다." 몸이 다시 떨리고 있었다. "내가 할 수 있는 일이 아닙니다. 나도 언젠가 거기 간다는 걸 뻔히 알면서 사람들을 실어 가다니 정말 이건 아닙니다."

"그렇군." 그는 나를 꿰뚫어 보는 눈빛으로 쳐다보며 느릿느릿 신중하게 답했다. "하지만 일을 그만두면 그걸로 끝이야. 운전도 못 하고, 우리 일 못 하고, 우리가 지원하는 조합에서는 어디서도 일을 못 얻어. 외로울 거야."

"그런 외로움이 백배 낫습니다." 나는 말했다.

"알았어."

그게 다였다. 나는 문으로 돌아서다가 손잡이를 쥐고 우뚝 멈췄다.

"그건 그렇고, 찰리를 만났습니다. 운영 주체에 대해 소문이 돌고 있다는 말을 전하라고 하더군요. 외곽에 소란이 많이 벌어지는 것이 그 때문이라고."

다 알고 있는 듯한 노인의 눈빛이 멍해졌다.

"자네가 시티에 들어갔다는 그 친구였나?"

나는 고개를 끄덕였다.

그는 자리에서 벌떡 일어났다. 턱살이 부르르 떨리고 파란 작업복 아래에서 뱃살이 출렁였다. 그는 내게 한 손을 까딱거렸다.

"가지 말고 잠깐 기다려 봐. 밖에 나가서."

나는 기다렸다. 통화하는 소리가 들렸다. 그는 미소 띤 얼굴로 나오더니 내 어깨에 손을 짚었다.

"들어봐, 존. 이렇게 일을 그만두게 할 수는 없을 것 같아. 난 자네가 거기 들어간 친구인 줄 몰랐어. 듣자 하니 다들 도망치는 사이 거길 지키면서 어떻게든 도우려고 했다며. 회사에서 감사하고 있어. 자넨 오래 근무했고 신뢰할 수 있는 운전사이니, 회사 차원에서 계속 일해달라고 보상을 제안할 것 같기도 해. 베이거스로 가서 임원을 만나보고…."

그의 말을 들어보니 별다른 선택의 여지가 없었다. 나는 굳이 싸우지 않았다. 오랫동안 조합에서 일하다 보면 때로는 입을 다물고 시키는 대로 하는 게 좋다는 것도 알게 된다.

회사는 숙박비와 식대를 지급했고, 다음 날 아침 나는 베이거스로 출발해서 오후 2시경 도착했다. 말 없는 운전사가 시원한 에어컨 바람이 나오는 검은 조합 공용차로 데려다주었고, 뉴스위크가 길동무 역할을 해주었다.

리무진은 나를 유리와 스투코로 지어진 4층 회사 건물 앞에 내려주었다. 이혼 전문 변호사와 치과의사, 상호도 낯선 작은 사무실이 가득 입주한 곳이었다. 유리장 안의 펠트 천 위에 흰 플라스틱 글자가 찍혀 있었다. 내가 가라고 들은 사무실 호수에는 아무 이름도 적혀 있지 않았지만 어쨌든 나는 올라가서 노크했다.

내가 무엇을 기대했는지 알 수 없었다. 지역 관리책이 문을 열고 몇 가지 질문을 했고, 나는 전에 했던 이야기를 똑같이 했다. 완강한 태도에 그는 걱정스러운 기색을 보였다.

"저, 지금 그만두는 건 당신한테 좋지 않을 겁니다."

무슨 뜻이냐고 물었지만 그는 그저 답답한 얼굴로 더 윗사람을 만나 보라고 했다.

윗사람은 덴버에 있는 모양이었다. 똑같은 검은 차가 데려다주었고, 화창한 토요일 아침 일찍 나는 우뚝 솟은 대기업 건물 앞에 서 있었다. 건물 앞에는 안내판이 없었고 1층에 은행이 있었다. 나는 은행을 지나쳐 꼭대기 층으로 올라갔다.

예쁘지만 머리를 아주 단단히 틀어 올리고 엄하게 턱을 꾹 다문 비서가 나를 맞이했다. 내가 마음이 들지 않는 듯했다. 하지만 그녀는 나를 안쪽 사무실로 들여보냈다.

틀림없이 어디선가 본 적이 있는 사람이었지만, 아니 그냥 닮은 얼굴일지도 모른다. 그는 가느다란 넥타이와 품위 있지만 보수적인 회색 정장, 파스텔톤 청색 셔츠를 입고 있었다. 유리판이 깔린 책상 위에 묵직한 렘브란트 성경과 흰 석고 펜 홀더가 놓여 있었다. 그는 힘 있게 악수를 나눈 뒤 책상 가장자리에 걸터앉았다.

"우선 용감한 활약에 감사를 드려야겠소. 그… 현장에서 올라온 보고서에 정말 좋은 이야기만 가득 들어 있더군."

그는 관객들을 향해 항상 도와달라고 부탁하는 텔레비전 호스트처럼 미소 지었다. 이내 그의 표정은 진실되고 심각해졌다. 솔직히 나는 그가 진심이었다고 믿는다. 그리 똑똑하지 않은 사람들을 상대하는 훈련도 잘 받은 것 같았다.

"나한테 전할 말이 있다고 들었네. 찰스 프릭한테서."

"자기 이름이 찰리라고 했습니다." 나는 그에게 이야기를 전했다.

"궁금한 것이 있는데, 운영 주체라니, 그게 무슨 뜻입니까?"

"찰리는 작년까지 조직관리 부서에서 일했지. 교통사고로 죽었어. 그가 낮은 길로 갔다는 소식은 정말 충격이었는데." 그는 충격받은 표정이 아니었다. "아니, 충격이긴 했는데 놀랍지는 않았어. 솔직히 말하자면 문제를 조금 일으키는 친구였지."

그는 눈을 커다랗게 뜨고 다시 활짝 웃었다. 얼굴에 지나치게 생기가 돌았다. 자기 눈에 비해 너무 큰 맥아더 안경을 쓰고 있었다.

"그가 한 말이 무슨 뜻입니까?"

"존, 나는 우리 회사 운전사들 모두가 자랑스러워. 현장에서 힘든 일을 하는 모든 일꾼들을 우리가 얼마나 든든하게 생각하는지 모를 거야."

"찰리가 한 말이 무슨 뜻이냐고요."

"낙태찬성론자, 포르노 업자, 매춘부, 강도, 살인자. 무신론자, 이단, 우상숭배자. 이 땅을 깨끗하게 유지하는 데 일익을 담당한다는 것에 분명 어느 정도 만족감이 있으실 테고. 대형 청소부대라고 해야겠지. 당신들은 선한 민중에게서 쓰레기를 골라 치우는 일을 맡아 하고 있어. 평범한, 선한 민중. 우리 회사 내의 직종 중에서 운전사가 아마 가장 힘든 일이라는 것, 무기한으로 낮은 길을 담당한다는 게 정말 아무나 하는 일이 아니라는 것도 잘 알고. 그래도 회사는 당신이 계속 있어주었으면 하네. 운전사로서 말고. 본인이 정말 원한다면, 힘든 일에서 만족감을 느낀다면 할 수 없지만. 아니, 본인이 승진을 원한다면 그럴 자격은 차고도 넘치니, 여기에도 다른 자리가 있지. 편안하게 일할 수 있는…."

"그만두고 싶다고 이미 말했잖습니까. 내가 무슨 대단한 인재인 양

말씀하시는데, 나는 그저 일개 운전사에 지나지 않는 사람입니다. 아무것도 아니란 말이야. 당신도 뻔히 알고 나도 잘 알아. 무슨 일이 벌어지고 있는 거요?"

나를 바라보는 그의 얼굴이 굳었다.

"여기 일도 쉽지는 않아, 친구."

친구라는 단어가 신경에 거슬렸다. 나는 웃음을 터뜨리고 의자에서 일어섰다. 사무실이라는 곳에는 와볼 만큼 와봤지만, 이 멋진 공간은 불편하기만 했다. 내가 일어서자, 그는 손을 들며 입술을 내밀고 고개를 끄덕였다.

"중요한 이야기를 빠뜨렸군. 인센티브. 여기서 일하는 게 더 좋은 이유가 당연히 있지. 당신이 언젠가 낮은 길로 갈 사람이라고 그렇게 확신한다면, 여기서 조정해 줄 수도 있겠고."

"당신이 어떻게 그럴 수 있다는 거요?"

환한 미소.

"찰리가 무슨 말을 했다면서. 운영 주체에 대해서."

아까 조합장을 만났을 때처럼 뭔가 정말 잘못 돌아가고 있다는 느낌이 들었다. 나는 중얼거렸다.

"그는 왜 문제가 계속 생기는지 이야기했습니다."

"이따금 이런 일이 생기곤 해. 우리가 조용히 정리하지. 좋은 인력, 공감력이 뛰어난 인력이 정말 필요한 부분이 어딘지 아나? 선별 작업에 그런 사람들이 필요한 법이라네."

"선별?"

"대장 혼자서 선별 작업을 일일이 한다고 생각하는 건 아니겠지?"

뭐라 말해야 할지 알 수 없었다.

"아니, 대장은… 들어봐. 아주 오래전 대장은 의사결정 권한이 조금 더 많이 주어지는 새로운 직원 등급을 창조하기로 했어. 관리자 몇몇은 반대했지. 특히 보스가 그 노동자들은 아주 장기간 근속한다, 파괴 불가라고 하니까. 핵연료 같다고 할까. 인간의 영혼. 폐기물은 계속 쌓여. 들여놓고 보니 불량인 영혼들, 만성적으로 고용 불가한 영혼들. 조직의 큰 계획을 따라가지 않거나 엇나가고. 동료들과 손발이 안 맞고. 그런 부류 있잖나. 그런 사람들을 어떻게 할 건가? 그냥 내보낼 수가 없지, 파괴 불가라는 건 농담이 아니라서. 그래서…."

"만성적으로 고용 불가?"

"당신은 조합원이지. 일이 없는, 영원히 실업자로 사는 게 어떻겠나? 낙인이 찍히는 거야. 아무도 나를 고용하지 않는다는."

나는 그게 어떤 기분인지 알고 있다. 그가 말한 그대로 직접 겪어보기도 했다.

"대장은 프로젝트가 절반의 성공이라고 생각해서 완전히 포기하지는 않았어. 하지만 장단점을 일일이 따지고 기록하는 것도 귀찮았지."

"당신이 운영 주체군." 피가 싸늘하게 식어왔다.

그제야 그를 어디서 봤는지 기억이 났다.

텔레비전이었다.

하느님의 오른팔.

그는 인간이었다. 피와 살이 있는.

지옥은 '우리가' 운영하고 있는 것이다.

그는 고개를 끄덕였다.

"그러니까, 이런 소문이 퍼지면 곤란하지 않겠나."

"당신이 운영을 맡고, 운전사들에게 특권을 주고, 당신이…."

나는 입을 다물었다. 나도 곧 돌아올 수 없는 길로 떠나게 될 거라는 직감이 들었던 것이다.

"솔직하게 말하지, 존. 내가 운영을 맡은 건 1년밖에 안 됐어. 전임자가 일을 엉망으로 했더군. 그는 종교인이 아니었지, 존. 그는 이걸 일반적인 일과 다를 바 없는 직업으로 생각해서 여기저기 타협하고 있었어. 그래서는 안 되지. 이건 타협이 있을 수 없는 일이고, 우리는 부당하고 잘못된 결정으로 인한 결과를 빠른 시일 내에 바로잡을 거라네. 당신이 도와줬으면 해. 어떤 문제가 있는지 우리보다 잘 아실 테니."

"이런 일에는 무슨… 무슨 자격이 필요합니까?" 나는 물었다. "그리고 당신을 고용한 건 누굽니까?"

"대장은 아니야, 당신 말뜻이 그거라면, 존. 일종의 전통이지. 당신도 나에 대해 들어봤을 거요. 사후세계를 경험했다는 사람들이 환한 빛과 아름다운 풍경이 펼쳐지더라고 하는 말을 들으면서, 나는 왜 아무도 반대편을 본 사람은 없을까 궁금하더군. 나는 가사상태에서 지옥을 본 사람들을 찾아가서 그 사람들을 선한 길로 인도했어. 경영진에서는 나 같은 능력을 지닌 사람이 여기서 일을 잘하겠다고 생각했고, 그래서 뽑힌 거지. 쉬운 일은 아니라네. 대장에게서 지원이나 지침 같은 것이 좀 더 내려왔으면 좋겠다 싶을 때도 있지만, 어쨌든 현실은 그렇지 않고 누군가 일을 해야 하니까. 누군가는 마구간을 청소해야 하잖나."

다시 미소.

나는 가면을 썼다.

"그건 그렇지요."

나는 말했다. 점점 경건한 태도를 보이면 그의 날카로운 검열을 통과할 수 있을 것이다.

"이 모든 상황으로 인해 당신이 조직에 보다 소중해졌다는 것도 이해하시겠지."

나는 서서히 밝은 표정을 띠웠다.

"우리는 지금 당신을 잃고 싶지 않아, 존. 보안팀은 많지, 아주 많아. 여기서 우리는 진짜 구원이라는 것이 어떻게 돌아가는지 배우는 거라고."

나는 그가 먼저 시계를 확인할 때까지 말을 끊지 않았다. 계속 고개를 끄덕이고 최선의 전략을 생각해 내려고 애썼다. 그러다 마침내 방향을 바꾸었다. 그가 갑갑해질 때까지 질질 끌며 몇 가지 고백을 하다가(그는 나 때문에 중요한 약속에 참석하지 못하고 있었다) 마지막 결론을 제시했다.

"여기서 일하는 건 내게 맞지 않을 것 같습니다. 난 평생 운전만 한 사람에요. 내게 가장 어울리는 곳에 계속 있고 싶군요."

"현재 하고 있는 일을 계속?"

그는 구두로 책상 옆면을 톡톡 건드렸다.

"예, 그렇게 부탁드립니다." 나는 최대한 감사한 목소리로 말했다.

이어 그에게 사인을 부탁했다. 그는 활짝 미소 짓고 내게 사인을 건넸다. 대통령과 한자리에서 기도한 적도 있는 사람, 그는 신의 오른팔이었다.

●

　다음번 출장길에 나는 찰스 프릭이 들려준 놀라운 일에 대해 생각했다. 찰리가 차를 몰던 그 길, 지옥행 도로를 절반쯤 갔을까, 나는 자갈이 깔린 갓길에 트럭을 세우고 주머니에 손을 찌른 채 얼굴들을 흘끗거리며 뒤쪽으로 향했다. 젊은이, 늙은이. 대체로 나이 든 사람이거나, 10대 아니면 20대였다. 좋지 않은 일을 당한 사람도 있었다. 하지만 이번에는 얼굴을 분간하려고 애쓰며 한층 꼼꼼히 살펴보았다. 역시 여기 어울리지 않는 얼굴이 몇몇 보였다.

　죽은 자들이 짐칸의 울타리 사이로 팔을 내밀고 애원하고 있었다. 나는 최대한 외면했다.

　"당신." 나는 무기력해 보이는 창백하고 깡마른 남자를 가리켰다. "당신은 왜 여기 있지?"

　그들은 내게 거짓말을 하지 않는다. 시티 안에서 알게 된 사실이다. 죽은 자들은 거짓말을 하지 않는다.

　"나는 사람들을 죽였어." 그는 높은 목소리로 가느다랗게 속삭였다. "아이들을."

　이 대답이 내 추측을 입증해 주었다. 어딘가 잘못된 사람이라고 확신하고 질문을 던졌던 것이다. 나는 그런 분위기가 전혀 없는 뚱뚱한 백발의 늙은 여자를 가리켰다.

　"당신. 당신은 왜 지옥으로 가시오?"

　그녀는 고개를 저었다.

"모르겠어. 내가 나쁜 사람이었나 보지."

"나쁜 짓을 했소?"

"모르겠어!" 그녀는 두 손을 치켜들었다. "정말 모르겠다고. 나는 도서관 사서였어. 한심한 사람들이 도서관에서 책을 가져가려고 할 때마다 싸웠어. 설득했어… 샐린저와 트웨인, 바움을 없애려고 하기에…."

나는 다른 젊은 남자를 골랐다.

"당신은?"

"이럴 줄 몰랐어. 나도 하느님이 나를 싫어할 거라고 생각하지 않았어."

"당신은 무슨 짓을 했지?" 이런 사람들은 고백할 필요가 없다.

"난 하느님을 사랑했어. 예수 그리스도를 사랑했어. 하지만 어쩔 수 없었어. 난 게이야. 내가 어떻게 할 수 있는 일이 아니었어. 설마 단순히 게이라는 이유로 하느님이 날 여기 보낸 건 아닐 거 아냐."

몇 사람 더 이야기를 나누고 나니, 이 화물에서 알아낼 수 있는 건 다 알아낸 것 같았다. "당신, 당신, 당신, 나와." 나는 뒷문을 열며 말했다. 그들이 나온 뒤, 나는 문을 닫고 그들을 트럭에서 떨어진 곳으로 데려갔다. 나는 찰스 프릭에게 들은 이야기, 그가 이 일을 하면서 사무실에서 알아낸 사실들을 알려주었다.

"이 길 끝에 뭐가 있는지는 아무도 확실히 몰라. 하지만 지옥으로 가는 건 아니고, 세상으로 돌아가는 것도 아니야."

"그럼 어디로 가지?"

늙은 여자가 서글프게 물었다. 그녀의 눈에 깃든 한 점 희망 때문에 울고 싶었다. 나도 확실히 알지 못했기 때문에.

"높은 길일 수도 있겠지. 최소한 기회잖아. 이 땅을 건너서 저 언덕 뒤쪽으로 가면, 길이 나올 거야. 찾기 쉽지는 않겠지만 잘 찾아보면 있어. 그 길로 가."

게이로 보이는 젊은이는 내 손을 잡았다. 호모를 좋아하지 않았기 때문에 뿌리치고 싶었다. 하지만 그는 손을 놓아주지 않았다.

"감사합니다. 당신에게도 큰 모험일 텐데요."

"네, 고맙습니다." 사서가 말했다. "왜 이렇게 하시는 건가요?"

묻지 않기를 바랐는데.

"어렸을 때 주일학교 교사가 예수 그리스도가 사흘간 지옥에 내려갔다가 부활했다는 이야기를 해주신 적이 있어. 지옥에 있을 사람이 아닌 사람들을 데려오고 싶어서 가셨다고. 예수 그리스도도 아니고 대단한 교인도 아니지만, 나도 그렇게 하고 싶어. 그걸 황천강하라고 했는데." 나는 고개를 저었다. "됐어. 그냥 가."

나는 그들이 회색 들판을 건너 언덕을 끼고 도는 모습을 바라보다가 다시 트럭에 올라 남은 길을 달려 별관으로 들어갔다. 아무도 알아차리지 못했다. 직원들에게는 기록이 별로 중요하지 않은 모양이다.

내가 놓아준 사람들은 그 뒤로 돌아오지 않았다.

나는 그 길을 계속 달리고 있다. 이따금 조심스럽게 사람들과 이야기를 나눈다. 상황이 위험해 보이면, 나는 트럭을 끌고 시티로 돌아갈 것이다. 거기서부터는 어떻게 해야 할지 모르겠다.

사람들을 죄다 풀어주고 싶지는 않다. 하지만 여기 있어야 할 사람이 아닌데도 낮은 길로 오는 사람들이 있는지 알고 싶다. 하느님의 오른

팔에게 인기가 없는 사람들이 누군지.

내 메시지는 단순하다.

미치광이들이 수용소를 운영하고 있다. 우리는 지옥을 타락시켰다.

혹시 잡히면 나도 짐칸에 타게 될 것이다. 이 글을 읽고 있다면, 당신들 역시 마찬가지 신세가 될 확률이 높다.

그때까지는 내가 어떻게든 해보고 싶다. 당신은 어떤가?

3

슈뢰딩거의 전염병

Schrödinger's Plague

타 부서에 전달하는 메모.

발신: 칼 크란츠 / 수신: 베르너 디트리히

칼: 램버트 일기를 어떻게 해야 할지 모르겠습니다. 사건의 전말에 대해 아직 아는 게 거의 없지만, 경찰에 넘겨야 한다는 건 개인적으로 확신합니다. 도저히 믿기지 않는 이야기지만 일기는 살인과 자살을 직접 언급하고 있을 뿐 아니라 연구실 파괴에 대한 내용까지 담고 있어요. 사무실에서 읽는 것으로 끝날 일이 아닙니다. 일기의 사본을 확보해야 겠습니다. 귀하가 이런 상황을 인지하기 전에 기록이 얼마나 오래 시스템에 노출되어 있었습니까?

발신: 베르너 디트리히 / 수신: 칼 크란

베르너: 사건 직전부터 시스템에 있었을 테니 최소한 한 달은 됐을 겁니다. 관련 항목을 복사해서 동봉합니다. 나머지는 이번 일과 관련 없는 사적인 내용으로 보입니다. 저는 일기를 리처드의 유족에게 돌려보내고 싶습니다. 경찰은 아마 압류할 겁니다. 그리고, 음, 우리만 알고 싶은 다른 이유도 있습니다. 당분간 말입니다. 기록을 꼼꼼히 검토해 보세요. 물리학자로서 이건 절대 믿을 수 없다고 생각되는 점이 있다면 무엇

이든 알려주십시오. 그렇지 않다면 문제 전체를 좀 더 깊이 생각해 봐야 할 겁니다.

추신) 버나드의 연구실에서 사라진 것을 확인하는 중입니다. 다들 쉬쉬하고 있어요. 버나드는 대학 규정을 어기고 정부와 생화학무기 계약으로 사업을 진행했던 게 분명합니다. 고아가 어떻게 자료를 손에 넣었을까요? 그쪽은 보안이 철저합니다.

첨부 5페이지.

일기.

1981년 4월 15일

오늘은 알 수 없는 날이었다. 마티는 하이드록실 래디컬 점심 모임을 비공식으로 소집했다. 자기가 내겠다면서. 참석한 사람은 물리학과에서 마티 고아 본인과 프레드릭 뉴먼, 신입 회원 케이(발음: 키) 파크스, 생물학과에서 오스카 버나드와 나, 그리고 사회학과에서 토머스 파우치였다. 우리는 라운지 바깥에서 만났고, 마티가 물리학과 별관으로 데려가서 실험을 간략히 돌아보게 해주었다. 이어 우리는 라운지로 돌아와 점심을 먹었다. 그가 왜 이런 일정으로 우리의 시간을 낭비했는지 알 수 없다. 직감이지만 뭔가 있다. 버나드는 알 수 없는 이유로 약간 불쾌한 것 같다.

1981년 5월 14일

래디컬 점심 모임이 다시 소집되었다. 내 평생 이만큼 한심한 이야기는 몇 번 못 들어본 것 같다. 또 마티였다. 여기서는 자세한 내용이 중요하나.

"여러분." 식사를 마친 뒤 마티가 회의실에서 말했다. "나는 방금 중요한 실험 하나를 파기했어. 학내 직책도 사임했고. 다음 달 오늘까지 개인 논문과 자료를 캠퍼스 밖으로 옮길 예정이야."

찬물을 끼얹은 듯 정적이 흘렀다.

"개인적인 이유가 있어. 어떤 문제를 아주 확실하게 규명하려고 해."

"그게 뭐야, 마티?"

프레드릭이 짜증스러운 표정으로 물었다. 아무도 이 극적인 전개를 탐탁하게 여기지 않았다.

"인류의 자금을 입에 넣고 삼키려는 거지. 과학이라는 진정한 공동의 입에. 프레드릭, 당신이 말해봐. 모두 프레드릭이 얼마나 훌륭한 물리학자인지 알고 있을 거야. 연구비도 더 타고, 말주변도 좋고. 나보다 훨씬 나아. 프레드릭, 오늘날 과학에서 가장 널리 받아들여지고 있는 이론이 뭐지?"

"특수상대성 이론." 프레드릭은 망설이지 않고 말했다.

"그다음은?"

"양자전기역학."

"슈뢰딩거의 고양이가 뭔지 설명해 주겠나?"

프레드릭은 갑작스러운 질문이 약간 부담스럽다는 듯 좌중을 둘러보더니 어깨를 으쓱했다.

"양자 사건의 최종 상태는 관측이라는 행위에 의해 규정되는 것으

보인다. 즉 측정이 이루어질 때까지 사건은 확정되지 않은 상태라는 것이지. 측정이 이루어지면 가능한 여러 가지 상태 중 하나가 되고. 슈뢰딩거는 양자 사건을 거시우주적인 사건으로 연장하는 실험을 제안했어. 밀폐된 상자 안에 고양이 한 마리와 방사성 원자핵의 붕괴를 측정하는 장비를 넣는 거야. 임의의 시간 동안 원자핵이 붕괴할 가능성이 50 대 50이라고 하자. 만약 원자핵이 붕괴하면, 장비가 작동해서 망치가 시안화물이 든 병에 떨어지고 상자 안에 가스가 방출되어서 고양이는 죽어. 이 실험을 수행하는 과학자는 상자를 열기 전까지는 원자핵이 붕괴했는지 그렇지 않은지 알 방법이 없어. 원자핵의 최종 상태는 일단 측정하기 전에는 결정할 수 없고 이 경우 측정은 고양이가 죽었는지 확인하기 위해 상자를 여는 행위이므로, 슈뢰딩거에 따르면 고양이는 살아 있는 것도, 죽어 있는 것도 아닌 그 중간의 어딘가 결정되지 않은 상태야. 자격이 있는 관찰자가 상자를 열기 전까지 고양이의 운명은 불확실해."

"이 사고실험이 어떤 의미를 갖는지 계속 설명해 주겠나?"

마티 자체가 약간 고양이 같기도 했다. 카나리아를 삼킨 고양이.

"음." 프레드릭은 말을 이었다. "고양이를 자격을 갖춘 관찰자로 인정하지 않는다면, 상자를 열 때까지 고양이는 산 것도 죽은 것도 아니라는 결론을 피할 방법이 없겠지."

"왜 그렇지?" 사회학자 파우치가 물었다. "단 하나의 상태만이 가능하다는 건 자명해 보이는데."

"아." 프레드릭은 조금 흥이 나는 모양이었다. "이건 양자 사건을 거시세계에 적용시켰을 때의 이야기인데, 양자 사건은 까다로워. 관찰하기 전까지 양자 상태는 확정적이지 않으며, 마치 서로 다른 최종 결과를 가지고 있는 두 개 이상의 우수가 한데 섞인 듯 변동을 거듭하고 상호작용하다가 관찰이라는 행위로 인해, 측정으로 인해, 그 상태가 붕괴하고 최종적인 상태가 된다는 실험적 증거가 많아."

"그렇다면 의식이 신처럼 중요하다는 결론인가?" 파우치가 물었다.

"그렇지." 프레드릭은 말했다. "현대물리학은 인간의 능력에 취해 있어."

"전부 이론적인 이야기 아닌가?" 나는 약간 따분해져서 물었다.

"그렇지 않아." 프레드릭이 말했다. "실험으로 입증된 이야기야."

"기계나 고양이가 측정할 수도 있지 않나?" 내 동료 생물학자 오스카가 물었다.

"고양이를 얼마나 의식이 있는 존재로 바라보는지에 달렸어. 기계는, 아니야. 물리학자가 기계의 기록을 확인하기 전에는 어떤 상태인지 확실하지 않으니까."

"보통은," 청년답게 흥미가 동하는지 파크스가 말했다. "고양이 대신 위그너의 친구를 대입합니다. 위그너는 상자 안에 사람을 넣자고 제안한 물리학자지요. 위그너의 친구는 아마도 자신이 살아 있는지 죽었는지 알 수 있을 만큼 의식이 있을 것이고, 망치가 떨어지고 병이 깨지는 것을 보고 핵이 실제로 붕괴했다는 결론을 도출할 겁니다."

"훌륭하군." 고아가 말했다. "이 깔끔한 우화 하나가 현대 과학에서 가장 인정받는 이론 중 하나를 연구하는 사람들의 태도를 잘 알려주네."

"아직 안 끝났어." 프레드릭이 말했다.

"맞아, 그리고 내가 하나 더 추가할 참이야. 지금 하려는 말은 아마 농담으로 해석될 텐데. 그렇지 않아. 농담이 아니야. 나는 20년 동안 양자역학을 연구해 왔지만, 생계를 유지해 준 바로 그 학문의 기초를 받아들일 수 있을지 항상 불확실했어. 고양이의 운명이 그렇듯. 나는 이 딜레마 때문에 심히 괴로웠어. 그냥 괴로운 정도가 아니라 밤잠을 설치고 신경이 예민해져 정신과 의사를 찾아갈 정도로. 프레드릭이 '설명'이라고 부르는 그 어떤 것도 위안을 주지 못했어. 그래서 나는 내 영향력을 다소 비뚤어진 방식으로 활용했어. 실험을 시작한 거지. 고양이 한 마리나 위그너의 친구에게 만족하지 못해서 여러분 모두를, 나까지 실험에 참여시켰어. 궁극적으로는 더 많은 사람들, 의식 있는 관찰자들이 참여하겠지."

오스카는 웃음을 참으며 미소를 지었다.

"난 당신이 미쳤다고 생각해, 마티."

"내가? 내가 미쳤다고, 친애하는 오스카? 내가 지적인 탐색에 정신이 팔린 사이, 당신은 윤리적 탐색에 정신이 팔려야 할 판 아닌가?"

"뭐?" 오스카는 얼굴을 찡그리며 물었다.

"당신은 DERVM-74라고 적힌 약병을 어디 두었는지 몰라서 찾고 있지?"

"그걸 어떻게…."

"내가 당신 연구실을 둘러보다가 그 병을 훔쳤거든. 그리고 노트도 몇 개 훔쳤어. 자. 다들 친구 사이잖아, 오스카. DERVM-74에 대해 말해봐. 당신이 말하지 않으면 내가 할 거야."

오스카는 몇 초 동안 물에서 나온 잉어 같은 표정을 지었다.

"그건 기밀이야. 그럴 수는 없어."

"DERVM-74의 정식 명칭은 '위험한 실험용 리노바이러스, 변이 74'지." 마티가 말했다. "오스카는 정부 계약으로 몰래 부업을 하고 있어. 이건 그의 장난감 중 하나야. 어떤 장난감인지 말해봐, 오스카."

"그 병 갖고 있나?"

"이젠 없어." 마티가 말했다.

"이 멍청아! 그 바이러스는 치명적이야. 마침 파괴하려던 참에 배양균이 사라졌다고. 아무에게도 전혀 쓸모가 없어!"

"어떤 바이러스지, 오스카?"

"잠복기가 아주 길어. 330일 정도. 군용으로 사용하기에는 너무 길지. 그 기간이 지나면 감염된 사람의 98퍼센트가 사망하게 돼. 오염된 대상 주변의 공기를 마시는 것만으로도 전염될 수 있고." 오스카가 일어섰다. "보고해야겠어, 마티."

"앉아."

마티는 주머니에서 깨진 유리 튜브 하나를 꺼냈다. 라벨이 아직 붙어 있었다. 그는 튜브를 오스카에게 건네주었고, 오스카는 창백해졌다.

"이게 증거야. 실험을 멈추기엔 너무 늦었어."

"이게 다 사실인가요?" 파크스가 물었습니다.

"저게 그 약병이야." 오스카가 말했다.

"도대체 무슨 짓을 한 거야?" 나는 큰 소리로 물었다.

다른 회원들은 차가운 배양액처럼 꼼짝도 하지 않았다.

슈뢰딩거의 전염병

"나는 양자 사건을 측정하는 장치, 이 경우에는 방사성 아메리슘 입자의 붕괴를 측정하는 장치를 만들었어. 짧은 시간 동안, 가이거 계수기와 비슷한 기기를 이 붕괴의 잠재적 영향에 노출시켰지. 그 시간 동안 입자의 핵이 붕괴하여 가이거 계수기를 작동시킬 확률은 정확히 반반이었어. 가이거 계수기가 작동했다면 이 유리병에 있던 바이러스가 밀폐된 공간으로 유출되었을 거야. 그 직후 나는 실험장에 들어갔고, 1시간 후 여기 있는 5명 모두를 데리고 같은 장소를 둘러보았어. 이후 장치를 파괴하고 유리병을 포함하여 실험장의 모든 것을 멸균했지. 바이러스가 방출되지 않았다면, 시료는 실험 장비와 함께 이미 폐기되었을 거야. 바이러스가 방출되었다면 우리 모두가 노출된 것이고."

"방출되었나?" 파우치가 물었다.

"모르지. 알 수 없어, 아직은."

"오스카, 마티가 이 모든 일을 한 지 한 달이 지났어." 내가 말했다. "여기 있는 모두는 명망 있는 사람들이야. 강연을 하고, 회의에 참석하고, 여행을 많이 다니지. 얼마나 많은 사람이 바이러스에 노출되었을까? 잠재적으로?"

"전염성이 매우 강해." 오스카는 말했다. "간단한 접촉만으로도 한 매개체에서 다른 매개체로 반드시 전염돼."

파우치는 계산기를 꺼냈다.

"우리가 매일 5명을 노출시켰고, 노출된 각자가 5명씩 노출시켰다고 계산하면…. 맙소사. 지금쯤 지구상의 모든 사람이 감염됐겠군."

"왜 이런 짓을 한 거야, 마티?" 프레드릭이 물었다.

"인류가 할 수 있는 최선이 우주를 설명하기 위해 이런 짜증스러운 이론을 내놓는 것이라면, 그 이론을 믿느냐에 따라 기꺼이 살거나 죽을 수 있어야겠지."

"이해가 안 돼." 프레드릭이 말했다.

"자네도 나만큼 잘 알잖아. 오스카, 바이러스 오염 여부를 감지할 방법이 있나?"

"없어. 마티, 그 바이러스는 실수였어. 아무에게도 쓸모없는. 내 노트도 다 파괴할 작정이었다고."

"나한텐 쓸모없지 않아. 어차피 이제 그건 중요하지 않아. 프레드릭, 내가 하고 싶은 말이 뭐냐 하면 이론에 따르면 아직 결정된 건 아무것도 없다는 거야. 핵은 붕괴했을 수도 있고 아닐 수도 있지만, 그게 아직 결정되지 않았다니까. 확률은 반반보다 나을지도 몰라. 우리가 진정 그 이론을 믿는다면."

파크스는 자리에서 일어나 창밖을 내다보았다.

"좀 더 철저했어야죠, 마티. 조사를 보다 완벽하게 했어야 합니다."

"왜지?"

"난 건강염려증이 있어요. 내가 진짜 아픈지 아닌지 분간하는 게 힘들단 말입니다."

"그게 무슨 상관이야?" 오스카가 물었다.

프레드릭은 몸을 앞으로 숙였다.

"마티가 하는 말은, 양자 사건은 아직 결정되지 않았으니까 그 사건을 최종적으로 결정지을 측정 행위는 지금부터 300일 후 우리가 병에 걸리느냐, 건강하냐가 확인되는 순간이라는 뜻이야."

나는 여기까지 이어진 논리를 이해했다.

"그리고 파크스는 건강염려증이 있으니까, 그가 아프다고 믿는다면 그 순간 사건은 확정되겠군. 그 순간, 사후에 핵의 붕괴 여부가 결정되는…." 머리가 아파 오기 시작했다. "입자와 모든 기록이 파기되었더라도?"

"그가 진정으로 자신이 아프다고 믿는다면." 마티가 말했다. "혹은 우리 중 누구라도 진정으로 그렇게 믿는다면. 또는 우리가 실제로 병에 걸린다면. 이 경우 사실상 무슨 차이가 있는지 잘 모르겠군."

"그럼 전 세계를 위험에 빠뜨리겠다는 건가?" 파우치가 말문을 열다가 웃기 시작했다. "악마 같은 농담이군, 마티. 이 정도로 해둬."

"이 친구는 농담이 아니야." 오스카가 약병을 들어 보였다. "라벨에 내 필체가 적혀 있어."

"정말 멋진 실험 아닌가?" 마티는 씩 웃었다. "이 실험을 통해서 너무나 많은 것을 확인할 수 있을 거야. 우리의 양자 사건 이론이 참인지 알 수 있을 것이고, 우주를 결정하는 데 있어 의식의 역할을 알 수 있을 것이고, 파크스의 경우에는…."

"그만해!"

오스카가 외쳤다. 우리는 생물학자가 마티에게 덤벼들지 못하도록 붙잡아야 했고, 마티는 껄껄 웃고 춤추면서 그 자리를 떴다.

1981년 5월 17일

오늘 마티를 제외하고 모두가 모였다. 프레드릭과 파크스는 양자 이론의 타당성과, 우습게도 마티가 저지른 실험의 타당성을 뒷받침하는 문서 증거를 제시했다. 증거는 인상적이었지만, 그래도 나는 납득할 수 없다. 어쨌든 마라톤 회의였고 우리는 이제 양자물리학의 이상한 세계에 대해 알고 싶었던 것보다 더 많은 걸 알게 되었다.

물리학자들, 그리고 지금은 침묵하고 있는 파우치와 오스카는 마티의 핵이 현재 또는 과거에 확정되지 않은 상태였으며, 리노바이러스 돌연변이의 잠재적 유출로 이어지는 모든 연쇄적인 인과관계도 유동적인 상태라고 완전히 확신하고 있다. 인류가 살아남을 것인가 멸종할 것인가 여부는 아직 결정되지 않았다.

그리고 파크스 역시 잠복기가 지나면 증상이 나타나기 시작할 것이며 비합리적이기는 하지만 자신이 질병에 걸렸다고 느낄 거라고 확신하고 있다. 우리는 그렇지 않다고 그를 설득할 수가 없다.

어떤 면에서는 우리가 매우 어리석었다. 우리는 오스카에게 질병의 증상, 초기 징후를 설명하게 했다. 우리가 좀 더 신중했다면 적어도 파크스에게는 정보를 숨겼을 것이다. 하지만 오스카가 알고 있으니, 자신이 병에 걸렸다고 그가 확신한다면 양자 사건은 확정될 것이라고 프레드릭은 믿는다. 과연 그럴까? 우리 중 몇 명이나 확신해야 하는지는 아직 알 수 없다. 마티 혼자로도 충분할까? 합의가 필요할까? 3분의 2?

이 모든 것이 내게는 너무나 터무니없어 보였다. 물리학자들은 항상 의심스러웠는데, 이제 그 이유를 알 것 같다.

그때 프레드릭이 끔찍한 제안을 했다.

1981년 5월 23일

프레드릭은 오늘 회의 자리에서 다시 제안했다.

다른 사람들은 그 제안을 신중하게 숙고했다. 모두 너무나 진지했고, 나는 반대해 보았지만 소용이 없었다. 우리가 할 수 있는 일은 없고, 원자핵이 붕괴했다면 우리는 끝장이다. 300일 뒤 최초의 증상이 나타날 것이다. 요통, 두통, 식은땀, 안구 뒤쪽의 날카로운 동통. 증상이 나타나지 않는다면 우리는 무사할 것이다. 프레드릭조차 자신의 제안이 우스꽝스럽다는 것을 알고 있었지만 이렇게 덧붙였다.

"증상은 감기와 크게 다르지 않아. 우리 중 한 사람이라도 확신한다면…."

인간 육체의 허약함을 감안한다면 양자 사건의 최종 상태를 결정지을 측정 행위는 거의 틀림없이 바이러스의 유출로 이어질 거라는 이야기였다. 이미 유출되었을 거라는 뜻이었다.

정말 어렵게 적고 있지만, 그의 제안은 우리 6명 모두 자살하자는 것이었다. 실험에 대해 알고 있는 것은 우리뿐이므로 상황을 뒤집을 수 있는 것은, 사건을 확정 지을 수 있는 것 또한 우리뿐이다. 프레드릭은 파크스가 특히 위험하지만 우리 모두 잠재적으로 건강염려증이 생길 수 있다고 했다. 지금부터 증상이 나타날 것으로 예상되는 열 달 가까운 기간 동안의 긴장상태를 생각할 때, 우리 모두 한계점까지 치달을 수 있었다.

1981년 5월 30일

나는 그들과 함께하지 않겠다고 했다. 모두 극도로 조용했고 서로 거리를 유지했다. 하지만 파크스와 프레드릭은 뭔가 하고 있는 눈치다. 오스카는 침울하다. 애당초 자살 충동이 있는 것 같지만 혼자 저지르기에는 너무 겁이 많다. 파우치는… 연락이 닿지 않는다

—아, 젠장. 프레드릭이 전화했다. 더 이상 버티지 말라고 한다. 그들은 마티를 죽였고 그 실험이 진행되었다는 것을 아무도 알아내지 못하도록 흔적을 완전히 제거하기 위해 연구동을 파괴했다. 일행은 지금 내 아파트로 오고 있다. 이 기록을 학내 보관함에 넣을 시간도 빠듯하다. 이제 어떻게 해야 하지, 도망치나?

그들이 너무 가까이 왔다.

발신: 베르너 디트리히 / 수신: 칼 크란

칼: 일기를 읽었지만 내가 내용을 완전히 이해했는지 모르겠습니다. 버나드에 대해서 뭘 알아냈습니까?

발신: 칼 크란츠 / 수신: 베르너 디트리히

베르너: 오스카 버나드는 사건 발생 전후로 확실히 리노바이러스 돌연변이를 연구하고 있었습니다. 많은 것을 알아내지는 못했습니다. 회색 정장을 입은 사람들이 온통 그쪽 복도를 돌아다니고 있어서. 하지만 소문을 듣자 하니 특정한 프로젝트에 대한 그의 기록이 전부 다 사라졌다고 합니다.

당신은 믿습니까? 그러니까, 일기에 대한 이야기를 여기서 끝내야 한다는 데 동의할 정도로 그 이론을 믿으시는지? 저는 두렵기도 하고 한심하기도 하군요.

발신: 베르너 디트리히 / 수신: 칼 크란츠

칼: 어떤 증상이 나타날 수 있는지 전부 알아내야 합니다. 두통, 식은땀, 요통, 안구 뒤쪽의 동통 외에. 네, 그 이론을 믿습니다. 고아가 한 일이 일기에 적은 그대로라면… 우리가 최종 결과를 좌우할 수 있어요.

이 글을 읽는 사람 누구라도 최종 결과를 좌우할 수 있습니다.

대체 우리가 어떻게 해야 하지요?

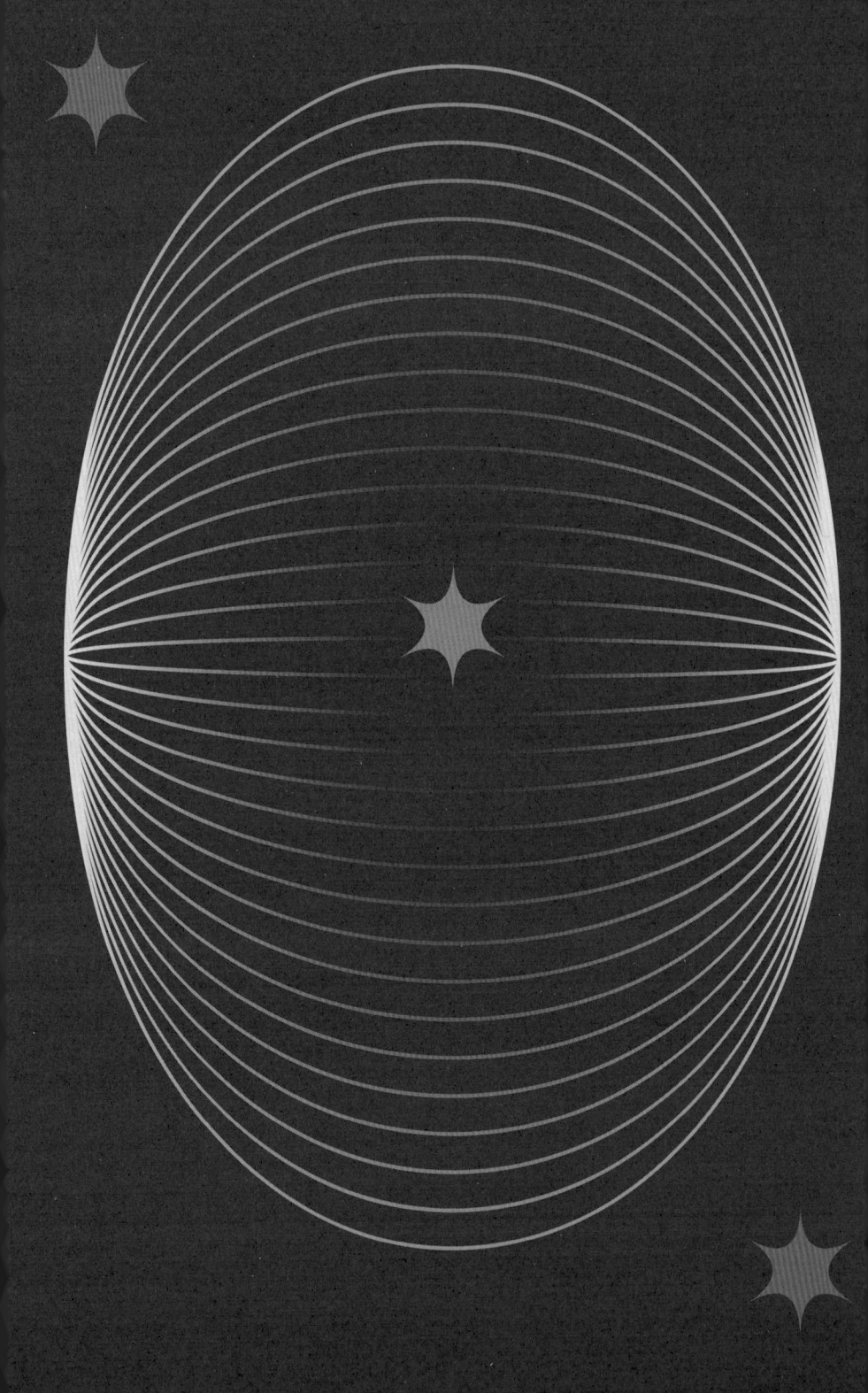

4

탄젠트

Tangents

암갈색 피부의 소년이 캘리포니아의 들판에 서 있었다. 안전모 그늘에 아시아인의 얼굴이 가려져 있었고, 작고 다부진 몸에 티셔츠와 갈색 바지를 입고 있었다. 그는 하이든 피아노 소나타 몇 소절을 흥얼거리며 눈을 지그시 뜨고 엉덩이 높이까지 자란 풀밭 너머 2층 목장 집을 바라보았다.

위층에서 답답한 듯 높게 외치는 남자의 목소리가 흘러나왔다. "젠장!" 단단한 표면을 주먹으로 두드리는 소리도 들렸다. 잠시 정적이 흘렀다. 이어 좀 더 부드러운 여자 목소리가 들렸다.

"잘 안돼?"

"안돼. 그 안에서 허우적거리고 있는데 눈에 보이지는 않아."

"암호가?" 여자는 소심하게 물었다.

"테서랙트tesseract. 굳어야 제대로 된 형태가 나오지."

소년은 풀밭에 쭈그리고 앉아서 계속 들었다.

"그래서?" 여자는 재촉했다.

"아, 로런, 아직 차가운 육수일 뿐이야"

소년은 풀밭에 드러누웠다. 그는 길 건너 새 공영주택단지에서 벽돌 기둥과 널빤지로 세운 울타리를 넘어 들어왔다. 학교는 여름방학이었고, 위탁모인 어머니는 그가 하루 종일 집에 있는 것을 성가시게 생각했다. 아니, 애당초 그가 집에 있는 것을 싫어했다.

눈을 감자 커다란 피아노가 나타났고 자신이 건반 위에서 춤을 추고 있었다. 소년은 음악을 좋아했다.

눈을 뜨니 트위드 정장 차림의 머리가 희끗희끗하고 마른 여자가 미간에 주름을 잡은 채 옆에서 그를 내려다보고 있었다.

"여긴 사유지란다."

소년은 벌떡 일어나면서 바지에서 풀을 털어 냈다.

"죄송합니다."

"사람이 있는 것 같길래 나와봤어. 이름이 뭐니?"

"팰."

"그것도 이름이냐?" 뚱한 목소리.

"팰 트레몬트. 본명은 아니에요. 전 한국인이에요."

"그럼 네 본명은 뭐지?"

"부모님은 이제 그 이름을 쓰지 말라고 하세요. 전 입양됐어요. 아줌마는 누구세요?"

희끗희끗한 여자는 소년을 아래위로 훑어보았다.

"내 이름은 로런 데이비스야. 넌 이 근처에 사니?"

그는 들판 건너 다닥다닥 붙은 규격형 주택들을 가리켰다.

"10년 전 난 저 주택지 땅을 팔았다." 그녀는 뭔가 다른 생각을 하고 있는 것 같았다. "난 아이들이 허락도 안 받고 드나드는 걸 대체로 좋아하지 않아."

"죄송합니다."

"점심 먹었니?"

"아뇨."

"그릴 치즈 샌드위치 괜찮니?"

소년은 빼꼼히 그녀를 보다가 고개를 끄덕였다.

빨간 벽돌과 타일로 단장한 넓은 부엌에서 자기 어깨 높이만 한 참나무 식탁에 앉은 채, 아이는 불에 약간 그슬린 샌드위치를 먹으며 로런 데이비스가 자신을 지켜보는 모습을 쳐다보았다.

"나는 아이들에 대한 글을 쓰고 있어." 그녀는 말했다. "어렵구나. 노처녀라서 그런지 아이들을 모르겠다."

"작가세요?" 소년은 우유를 한 모금 마셨다.

그녀는 코웃음을 쳤다.

"아는 사람 하나 없는 작가."

"위층에 있는 사람은 남매 사이인가요?"

"아니. 이름은 피터야. 우린 20년 동안 같이 살고 있지."

"하지만 노처녀라면서요. 그건 결혼을 안 했거나 애인이 없는 사람 아닌가요?" 팰이 물었다.

"결혼은 안 했어. 신경 쓰지 마라. 피터와 내 사이는 네가 상관할 바가 아니야."

그녀는 수프 그릇과 참치 샐러드 샌드위치를 쟁반에 놓았다.

"피터가 먹을 점심이야."

따라오라고 하지 않았는데도, 팰은 로런을 따라 위층으로 올라갔다.

"여기는 피터가 일하는 곳이다." 로런은 설명했다.

팰은 눈을 커다랗게 뜨고 문간에 섰다. 방 안은 온통 전자 장비와 컴퓨터 단말기였고, 책장에는 종이로 만든 기하학적 조각과 책, 회로판이 쌓여 있었다. 그녀는 트롤리에 쌓인 플로피 디스크 위에 쟁반을 아슬아슬하게 놓았다.

"휴식 시간이야." 그녀는 이쪽으로 등을 보이고 앉은 깡마른 남자에게 말했다.

남자는 회전의자를 휙 돌리더니 팰과 쟁반을 흘끗 보고 고개를 저었다. 머리카락은 숱이 많고 윤기 있는 검정색이었지만, 짧게 친 옆 부분만 확연하게 새하얀 백발이었다. 코는 작고 좁았으며, 눈은 커다란 녹색이었다. 그의 앞 책상에는 고해상도 컴퓨터 모니터가 놓여 있었다. "인사를 한 적이 없는데." 그는 팰을 가리켰다.

"이쪽은 팰 트레몬트, 이웃에서 놀러 왔어. 팰, 이쪽은 피터 투시. 우리가 오늘 아침에 논의했던 인물을 구성하는 데 팰이 도움이 될 거야."

팰은 호기심 어린 눈으로 모니터를 바라보았다. 화면 안에서 빨간색 선과 녹색 선이 번갈아 가며 알 수 없는 변화를 일으키다가 다시 반복되었다.

"테서랙트가 뭐예요?" 팰은 들판에 서 있을 때 들었던 단어를 떠올렸다.

"4차원 공간에서 정육면체에 대응하는 구조. 나도 그 형태를 머릿속에서 구체화하려고 노력하는 중이야." 투시가 말했다. "넌 해봤니?"

"아뇨."

"여기." 투시는 팰에게 안경을 건넸다. "영화에 나오는 그런 거다."

팰은 안경을 쓰고 화면을 보았다.

"그래서요? 접혔다가, 다시 펼쳐지네요. 예뻐요. 이쪽으로 튀어나왔다가 다시 물러갔어요."

팰은 작업실을 둘러보았다. "이야!" 소년은 방 한구석에 세워놓은 1미터 길이의 검은 건반 쪽으로 달려갔다.

"트론클라비어! 스위치가 이렇게 많다니! 엄마가 피아노 수업에 보내주셨는데, 난 이쪽을 더 쳐보고 싶었어요. 이거 아저씨가 연주할 수 있어요?"

"갖고 노는 거야." 투시는 짜증스러운 듯 말했다. "난 온갖 전자 장비를 갖고 논다. 그거 말고, 화면에 뭐가 보이니?" 그는 로런 쪽을 돌아보고 눈을 깜빡였다. "점심 먹을게, 먹는다고. 그러니까 이제 우리 귀찮게 하지 말고 가봐."

"나를 도울 수 있을 것 같아서 이 아이를 데려왔다고." 로런은 불평했다.

피터는 그녀에게 미소 지었다.

"그래야지. 좀 이따 내려보낼게."

1시간 뒤 팰은 아래층으로 내려가서 부엌에 있는 로런은 점심 잘 먹었다고 인사를 했다.

"피터는 정말 괴짜예요." 그는 비밀스럽게 말했다. "이상한 방향으로 보는 법을 배우려고 해요."

"알아." 로런은 한숨을 쉬었다.

"전 이제 집에 갈게요. 그런데 다시 올 거예요… 아줌마가 괜찮으시면요. 피터가 오라고 했어요."

"괜찮지 않을까." 로런은 애매하게 말했다.

"트론클라비어를 배우게 해주신대요."

팰은 이 말과 함께 활짝 웃더니 들어왔던 대로 부엌문을 통해 나갔다.

쟁반을 가지러 가보니 피터는 의자에 기대 앉아 눈을 감고 있었다. 화면의 형태는 아직도 계속 접혔다가 풀리기를 반복하고 있었다.

"호크럼이 맡긴 작업은?" 그녀는 물었다.

"하고 있어." 그는 눈을 감은 채 대답했다.

둘째 날 로런이 팰의 위탁모에게 전화를 걸어서 아들이 어디 있는지 알리자 엄마는 괜찮다고 답했다.

"가끔 성가시게 굴죠. 말썽을 부리면 집에 보내세요…. 하지만 당장 보내진 말고요! 저 좀 쉬게." 엄마는 신경질적으로 웃었다.

로런은 입술을 꾹 다물고 감사 인사를 한 뒤 전화를 끊었다.

피터와 소년은 부엌으로 내려와서 종이에 선으로 그림을 그리고 있었다.

"피터한테서 프로그램 사용법을 배우고 있어요." 소년은 말했다.

"그거 아니?" 투시는 케임브리지 교수처럼 목소리를 높였다. "정육면체가 평면과 교차할 때 그 단면이 여러 가지 기하학적 형태로 나타날 수 있다는 거?"

팰은 투시가 그린 스케치를 보았다.

"네."

"정육면체가 평면과 교차할 때, 그 평면 위에 살고 있는 2차원 존재의 눈에는(그 존재를 '평평이Flatlander'라고 하자) 그 육면체의 모습이 삼각형으로 보일 수도 있고, 직사각형, 사다리꼴, 마름모꼴, 정사각형으로 보일 수도 있지. 정육면체가 평면을 교차하는 장면을 2차원 존재가 처음부터 끝까지 지켜본다면, 그의 눈에는 아까 말한 도형이 차츰 커지다가 갑자기 모양이 변했다가 차츰 작아지다가 마침내 없어져 보이는 거야."

"그렇군요." 팰은 스니커즈 앞코를 툭툭 두드렸다. "그건 쉬워요. 아저씨가 보여준 책에 있었어요."

"구를 평면과 교차시킨다면, 불쌍한 평평이의 눈에는 제일 먼저 '눈에 보이지 않는' 점이 나타났다가(2차원 평면이 구와 접하는 순간이지) 이어 원이 보인다. 원은 차츰 커지다가 다시 작아져서 점으로 사라지겠지."

그는 이 광경을 경악하며 바라보는 2차원 허수아비 인형을 종이에 그렸다.

"알겠어요." 팰은 말했다. "이제 트론클라비어를 연주해도 될까요?"

"조금 이따가. 좀 기다려 봐라. 그렇다면 3차원 공간과 교차하는 테서랙트는 우리 눈에 어떻게 보일까? 프로그램을 기억해 봐…. 모니터에 떠 있던 도형."

팰은 천장을 올려다보았다.

"모르겠어요."

따분한 것 같았다.

"생각해 봐." 투시는 재촉했다.

"글쎄요…." 팰은 손으로 각진 형태를 만들어 보였다. "이집트에 있는 것과 비슷한 그런 형태일 것 같은데, 세 면이 있거나… 상자 모양. 특이한 모양의 상자요. 네모반듯하지 않고. 그리고 만약 사람이 그 평평한 면을 교차해서 통과한다면…."

"음, 그러면 재미있는 모양이 나오겠구나." 피터는 미소 지으며 고개를 끄덕였다. "피부로 둘러싸인 팔다리와 몸통의 단면이겠지."

"머리도요!" 팰은 얼른 덧붙였다. "눈과 코도."

초인종이 울렸다. 팰은 부엌 의자에서 벌떡 일어났다.

"우리 엄마일까요?" 그는 걱정스럽게 물었다.

"그런 것 같진 않다." 로런은 말했다. "호크럼일걸."

그녀는 현관으로 나갔다. 잠시 후 작고 흰 남자가 로런을 따라 들어왔다. 투시는 일어나서 남자와 악수를 나누었다. "팰 트레몬트, 이쪽은 어빙 호크럼." 투시는 두 사람 사이에서 손짓하며 소개했다. 호크럼은 팰에게 눈길을 주더니 아주 길고 쌀쌀하게 눈을 깜빡였다.

"일은 어떻게 되고 있어?" 그는 투시에게 물었다.

"끝났어." 투시가 말했다. "위층에 있어. 자네 쪽의 학자들이 잘못된 논리를 한참 헛짚고 있었던 것 같아."

그는 서류 폴더와 출력물을 집어 들어 호크럼에게 건넸다.

호크럼은 출력물을 넘겨 보았다.

"반가운 결과라고 말할 수는 없군. 하지만 시비를 걸 수는 없겠지. 늘 그렇듯 자네의 탁월한 기준에 맞는 작업으로 보여. 여기 수표." 그는 투시에게 봉투를 건넸다. "좀 더 빨리 결론을 내지 그랬나. 그랬다면 조금이나마 근심을 덜었을 텐데. 회사는 돈을 절약했을 테고."

"미안해." 투시는 말했다.

"그건 그렇고 중요한 일거리가 하나 있는데…." 호크럼은 다른 문제를 설명했다. 투시는 몇 분 동안 생각해 보다가 고개를 저었다.

"너무 어렵군, 어빙. 선구적인 작업이야. 실현 가능한지 검토하는 데만 최소한 한 달은 걸리겠어."

"일단은 그것만 확인하면 돼. 실현 가능한지. 이 일에 많은 게 걸려 있어, 피터."

호크럼은 아까 부엌으로 들어올 때보다 한층 창백하고 피곤한 얼굴로 두 손을 가슴 앞에서 맞잡았다.

"빨리 연락줄 거지?"

"곧장 착수하지." 투시가 말했다.

"이쪽은 제자?" 그는 팰을 가리켰다. 조롱이라기보다 찬찬히 가늠하려는 표정이었다.

"아니, 그냥 어린 친구야. 음악에 관심이 많아." 투시는 말했다. "모차르트를 아주 잘 연주해."

"전 테서랙트를 돕고 있어요." 팰이 말했다.

"피터의 작업을 방해하지 않길 바란다. 정말 중요한 일이니까."

팰은 엄숙하게 고개를 저었다.

"좋아." 호크럼은 그렇게 말하고 겨드랑이에 폴더를 낀 채 집을 나섰다.

투시는 사무실로 돌아갔고, 팰도 뒤따랐다. 로런은 부엌에서 만년필과 공책을 들고 일을 해보려고 했지만, 글이 도무지 나오지 않았다. 호크럼을 만나면 언제나 걱정스러웠다. 그녀는 계단을 올라가서 열린 사무실 문간에 섰다. 투시는 어떤 불편한 상황도 아랑곳없이 일할 수 있는 사람이라 그녀의 존재를 신경 쓰지 않았기 때문에 종종 이렇게 하곤 했다.

"그 남자는 누구예요?" 팰은 투시에게 물었다.

"난 그 사람 밑에서 일해." 투시가 말했다. "큰 전자회사 직원이야. 내가 사용하는 장비는 대부분 그 친구가 빌려준 거지. 컴퓨터, 고해상도 모니터. 그는 문제를 가져오고, 내가 발견한 해답을 자기 상관에게 갖고 가서 자기가 했다고 자랑한단다."

"그런 멍청한 짓이 어디 있어요." 팰은 말했다. "무슨 문제인데요?"

"암호. 컴퓨터 보안. 그런 게 원래 내 전공분야였어."

"울타리 같은 거요?" 팰의 얼굴이 밝아졌다. "학교에서 조금 배웠어요."

"그보다 훨씬 복잡하지." 투시는 씩 웃었다. "독일의 '에니그마', 혹은 '울트라' 프로젝트라고 들어봤니?"

팰은 고개를 저었다.

"못 들어봤겠지. 이제 다른 형태를 만들어 볼까." 그는 4차원 공간 프로그램에서 다른 루틴을 불러낸 뒤 화면 앞에 팰을 앉혔다. "초구hypersphere가 우리 공간과 교차한다면 그 형태는 어떻게 보일까?"

팰은 생각해 보았다.

"이상하게 보일 것 같아요."

"그렇지는 않을 거다. 시각화된 형태를 계속 봤잖니."

"아, '우리' 공간에서요. 그건 쉽죠. 그냥 아무것도 없는 점에서 풍선처럼 부풀었다가 다시 쪼그라드는 형태요. 초구가 어떤 모양인지 상상하는 건 더 어려워요. 우리 온쪽."

"오른쪽?"

"네, 온쪽과 외른쪽. 아쪽과 위래쪽. 뭐라고 부르는지 몰라도요."

투시는 소년을 빤히 쳐다보았다. 둘 다 문간에 서 있는 로런을 의식하지 못했다.

"정확한 명칭은 아나ana와 카타kata다. 어떤 모양으로 보이니?"

팰은 양팔로 두 개의 넓은 날개를 만들어 보였다.

"어떻게 보느냐에 따라 공 같기도 하고 말발굽 같기도 해요. 벌에 쏘인 풍선 같기도 한데, 전체적으로 매끈해요. 울퉁불퉁하지 않아요."

투시는 계속 쳐다보더니 조용히 물었다.

"그게 실제로 보이니?"

"그럼요." 팰이 말했다. "그게 아저씨 프로그램이 하는 일 아닌가요? 저런 걸 보이게 하는 거요."

투시는 어이가 없는지 고개만 끄덕였다.

"이제 트론클라비어를 연주해도 돼요?"

로런은 문간 밖으로 물러섰다. 자신이 뭔가 중요한 것을, 하지만 이해할 수 없는 것을 엿들었다는 기분이 들었다. 신시사이저로 텔레만을 연주하는 팰을 뒤에 남겨둔 채, 투시는 1시간 후 아래층으로 내려왔다. 그는 그녀와 함께 부엌 식탁에 앉았다.

"프로그램이 효과가 있어." 그가 말했다. "나한테는 소용이 없었는데, 저 애한테는 효과가 있어. 역그림자reverse-shadow 형태를 보여주었을 뿐인데. 바로 이해하더니 그만두고 하이든을 연주하더군. 내 악보를 전부 다 익혔어. 저 애는 천재야."

"음악적으로?"

그는 그녀를 똑바로 쳐다보며 얼굴을 찡그렸다.

"그래, 그것도 뛰어나겠지. 하지만 공간 감각, 고차원 내에서의 좌표와 움직임… 3차원의 물체를 4차원에서 회전시키면 좌우가 바뀐 상태로 돌아온다는 거 알아? 그러니까 만약 내가 손을 이렇게 아쪽으로 들어 올리거나," 그는 '아쪽'이라는 단어를 분명하게 발음했다. "위래쪽으로 내리면 이렇게 돌아온다는 거?" 그는 왼손을 오른손 위에서 잡고, 오른손을 주먹으로 쥐고, 등 뒤로 숨겼다.

"몰랐어." 로런이 말했다. "아쪽, 위래쪽이 뭐야?"

"팰은 4차원에서의 움직임을 그렇게 불러. 순수주의자에게는 아나와 카타지. 좌우, 앞뒤까지만 이해하는 평평이에게는 위아래."

로런은 잠시 손에 대해 생각했다.

"내 눈에는 아직 안 보여."

"나도 노력했지만, 안 돼." 투시도 인정했다. "우리 두뇌회로는 너무 굳어 있는 것 같아."

위층에서 팰은 트론클라비어를 대성당 오르간과 스틸 기타의 합주로 설정하고 페르골레지의 변주곡을 연주하고 있었다.

"호크럼 일을 계속 할 거야?" 로런이 물었다. 투시는 그녀의 말을 듣지 못한 것 같았다.

"놀랍군." 그가 중얼거렸다. "저 녀석은 방금 이 집에 들어왔어. 우연히 데려온 거잖아. 놀라워."

"방향을 나한테 알려주겠니, 가리켜서?" 사흘 후 투시는 소년에게 물었다.

"근육이 그 방향으로 움직이지 않아요." 소년은 대답했다. "머릿속에서는 볼 수 있지만…."

"그게 어떤 모습이야?"

팰은 눈을 가늘게 떴다.

"훨씬 커요. 다른 장소들과 우리가 겹쳐져 있는 모양이랄까. 그걸 보면 외로운 기분이 들어요."

"왜?"

"전 여기 갇혀 있으니까. 바깥세상에서는 아무도 내게 관심을 주지 않으니까."

투시의 입이 달싹거렸다.

"난 네가 그저 직관적으로 그 방향을 머릿속에 그리고 있다고 생각했다만. 그렇다면 지금 말은… 실제로 바깥세상이 보인단 말이냐?"

"네, 거기에 사람들도 있어요. 아니, 정확히 사람이라고 말할 수는 없지만. 그들을 보는 건 내 눈이 아니에요. 눈은 근육 같은 건데 근육은 그 방향으로 움직일 수 없거든요. 대신 내 머리가 봐요. 아마 두뇌겠죠."

"젠장, 빌어먹을." 투시는 눈을 깜빡이다 진정했다. "미안하다. 말이 심했구나. 그 사람들을 보여줄 수 있겠니? 화면에?"

"그냥 그림자예요. 전에 우리가 이야기했던 그런 거요." 팰은 말했다.

"괜찮아. 그럼 그림자를 그려보려무나."

팰은 단말기 앞에 앉아서 키보드에 손을 내려놓았다.

"보여드릴 수는 있지만, 아저씨가 절 좀 도와주셔야 해요."

"뭘 도와주면 되니?"

"그들을 위해서 음악을 연주하고 싶어요…. 바깥세상 사람들을 위해서. 우리의 존재를 알아볼 수 있도록."

"사람들?"

"네. 그 사람들은 정말 특이하게 생겼어요. 우리를 밟고 서 있는 셈인데. 우리 세계에 갈고리를 걸고 있어요. 하지만 키가 크고… 아쪽으로 높아요. 그들에 비하면 우리가 너무 작기 때문에 우리의 존재를 알지 못하는 거예요."

"세상에, 팰. 어떻게 해야 음악을 보낼 수 있을지 감도 안 오는데… 그들이 존재한다는 것은 믿을 수조차 없구나."

"난 거짓말을 하는 게 아니에요." 팰은 눈을 가늘게 뜨며 말했다.

그는 의자를 돌리고 검은 괘선이 그려진 패드 위에 놓인 마우스를 바라보더니 화면에 형태를 그리기 시작했다.

"기억하세요. 이건 그 사람들 형태의 그림자일 뿐이에요. 다음에는 아쪽과 위래쪽으로 선을 그어 그림자를 연결할게요."

소년은 방금 그린 형태가 3차원 물체처럼 보이도록 내부를 음영으로 채웠다. 그는 자기가 그린 스케치를 보고 미소 짓더니 4차원 물체를 일반 공간에 투영하면 당연히 3차원이기 때문에 이런 장치가 꼭 필요하다고 설명했다.

"정원에 심은 나무나 꽃에 발과 손가락이 잔뜩 달린 것 같은 모양이고…. 수족관 안에 있는 사물을 보는 것 같아요."

잠시 후 투시는 불신을 거두고 소년이 화면 안에 재구성하는 것을 입을 떡 벌린 채 멍하니 바라봤다.

"난 자네가 시간 낭비하고 있다고 생각해. 솔직히." 호크럼이 말했다. "그 타당성 검토 오늘까지 필요해."

그는 거실을 서성거리다 왜소한 체구로 최대한 무겁게 의자에 털썩 주저앉았다.

"다른 일에 정신이 팔려 있었어." 투시는 인정했다.

"그 소년 때문에?"

"맞아, 사실. 상당히 재능이 많은 친구고…."

"들어봐, 이러면 나한테 문제가 많아. 나는 오늘까지 그 연구가 끝날 거라고 보장했단 말이야. 내 꼴이 뭐가 되나." 호크럼은 갑갑한지 얼굴을 잔뜩 찡그렸다. "대체 그 애랑 뭘 하고 있는 거야?"

"사실 그 애를 가르치고 있어. 아니, 그보다는 그 애가 날 가르친다고 해야겠지. 지금 우리는 스피커 시스템을 구성하는 데 필요한 4차원 원뿔을 만드는 중이야. 원뿔의 재료는 3차원이지만, 자기장이 4차원으로 확장되어…."

"그게 어떻게 보일지 생각해 봤나, 피터?" 호크럼이 물었다.

"화면상으로는 아주 괴상하게 보이지만…."

"난 자네와 그 소년을 말하는 거야."

밝고 에너지 넘치던 투시의 표정은 천천히 주름이 패고 피곤한 기색으로 가득 찼다.

"무슨 말인지 모르겠는데."

"난 자네에 대해 많은 걸 알아, 피터. 어디 출신인지, 왜 떠나야 했는지. 모양이 좋지 않아."

투시의 얼굴은 붉게 달아올랐다.

"저 소년을 여기 들이지 마." 호크럼이 당부했다.

투시는 일어섰다.

"자네야말로 이 집에서 나가줘." 그는 조용히 말했다. "우리 관계는 끝났어."

"맹세해." 호크럼은 눈썹 밑에서 투시를 쳐다보며 나직하고 침착하게 말했다. "소년의 부모에게 알리겠어. 어느 부모가 자기 자식이 늙은, 입에 담는 게 미안하지만, 호모 집에 들락거리는 걸 좋아하겠나? 타당성 평가를 완성하지 않으면 부모한테 연락하겠어. 이번 주말까지는 할 수 있겠지. 이틀이야. 안 그래?"

"아니, 못 할 것 같아. 가줘." 투시는 말했다.

"자네가 여기 불법체류 중이라는 거 알고 있어. 입국 기록이 없더군. 영국에서 일으킨 문제를 생각할 때, 분명 자네는 이 나라에서 환영할 만한 외국인이 아니야. 이민국에 찌르겠어. 그러면 추방되겠지."

"일할 시간이 없어." 투시가 말했다.

"시간은 만들면 돼. 그 애 '교육시키는' 대신."

"나가."

"이틀이야, 피터."

그날 저녁 시간에 투시는 로런에게 호크럼과 나눈 대화를 설명했다.

"내가 팰과 놀아난다고 생각하는 거야. 다시는 그 자식 일을 하지 않겠어."

"그러면 변호사를 만나보는 게 좋을 것 같아." 로런이 말했다. "그 사람 부탁을… 들어줄 생각은 정말 없는 거야? 그러면 골치 아픈 일을 피할 수 있을 텐데."

"그따위 일거리야 몇 시간이면 끝나지. 하지만 다시는 그를 보고 싶지도 않고, 말을 섞고 싶지도 않아."

"그가 당신 장비를 가져갈 거야."

투시는 눈을 깜박이더니 무력하게 허공에 한 손을 내저었다.

"그러면 일을 빨리 해치우는 수밖에 없군. 그렇지? 아, 로런, 날 여기 데려오다니 바보짓이었어. 나 같은 건 어떻게 되든 그냥 내버려두었어야지."

"그들은 당신이 한 그 모든 일을 깡그리 무시했어." 로런은 씁쓸하게 말했다. "당신이 그들을 전쟁에서 구해줬는데… 감옥에 집어넣으려 들다니."

그녀는 부엌 창문 바깥으로 구름이 내려앉은 하늘과 숲을 응시했다.

미니 컴퓨터와 트론클라비어에 동시에 연결된 원뿔이 창가 탁자 위에서 아침 햇살을 받고 있었다. 팰은 신시사이저 앞의 보면대에 작곡한 악보를 입력하고 있었다.

"이건 바흐의 음악과 비슷하지만, 그들에게는 더 좋게 들릴 거예요. 난 스피커의 아쪽에 일종의 오버리듬 같은 걸 넣을 거예요."

"우리가 왜 이걸 하고 있지, 팰?" 소년이 키보드 앞에 앉자 투시가 물었다.

"아저씨는 여기 사람이 아니죠? 그렇죠, 피터?" 팰은 대답하지 않고 되레 물었다. 투시는 그를 응시했다.

"미스 데이비스와 아저씨는 잘 지내긴 하지만, 아저씨 '이곳' 분 맞아요?"

"내가 왜 여기 사람이 아니라고 생각했니?"

"학교 도서관에서 책을 몇 권 읽었어요. 전쟁 뭐 그런 이야기. '에니그마'와 '울트라'에 대해서 찾아봤어요. 피터 손튼이라는 인물이 있더군요. 사진이 아저씨랑 닮았어요. 책을 읽어보니 영웅 같던데요."

투시는 힘없이 미소 지었다.

"그런데 어느 책에 이런 내용이 있었어요. 아저씨는 1995년에 실종되었다. 무슨 이유로 기소된 상태였다. 어떤 이유로 기소되었는지는 나와 있지 않았어요."

"나는 동성애자야." 투시는 조용히 말했다.

"아, 그게 왜요?"

"로런과 나는 1964년 영국에서 만났어. 아주 좋은 친구 사이가 됐지. 그들은 나를 감옥에 집어넣으려고 했어, 팰. 로런이 캐나다를 통해 미국으로 몰래 나를 입국시켰다."

"하지만 동성애자라면서요. 동성애자는 여자를 안 좋아하는 남자 아닌가요?"

"전혀 그렇지 않아, 팰. 로런과 나는 서로를 아주 좋아한단다. 이야기도 잘 통해. 그녀는 작가가 되고 싶다는 꿈을 이야기했고, 나는 수학에 대해, 전쟁에 대해 이야기했다. 나는 전쟁 중에 죽을 뻔했어."

"왜요? 부상당했어요?"

"아니, 일을 너무 열심히 해서. 나 자신을 소진하고 신경쇠약에 걸렸어. 내 연인, 남자였지, 그 사람 덕분에 나는 1940년대에 살아남을 수 있었어. 전후 영국은 상황이 안 좋아졌어. 하지만 그는 1963년에 죽었지. 그의 부모님이 유산을 정리하러 왔는데, 내가 법정에 이의를 제기하자 체포당했지. 그러니 네 말이 맞는 것 같구나, 팰. 나는 사실 여기 사람이 아니야."

"저도 마찬가지예요. 부모님은 별 신경도 안 쓰시죠. 난 친구도 몇 명 없어요. 저도 여기서 태어나지 않았는데, 한국에 대해서는 아무것도 몰라요."

"연주하자." 투시는 굳은 얼굴로 말했다. "그들이 듣는지 어디 보자꾸나."

"아, 들을 거예요. 그들이 서로 대화하는 방식하고 비슷하거든요."

소년은 트론클라비어 키보드 위에서 손가락을 내달렸다. 미니 컴퓨터를 통해 키보드와 연결된 원뿔이 쨍그랑거리며 진동했다.

1시간 동안 팰은 악보를 앞뒤로 넘겨가며 반복하고 변주했다. 투시는 손으로 턱을 받치고 구석에 앉아 원뿔에서 나오는 쥐새끼처럼 지직거리는 소음에 귀를 기울였다. 4차원 음향을 해석한다는 것은 얼마나 더 어려울까. 그는 생각했다. 시각적인 단서조차 없는데….

마침내 소년은 연주를 멈추고 두 손을 맞잡더니 팔을 죽 뻗었다.

"틀림없이 그들이 들었을 거예요. 이제 그냥 기다리기만 하면 돼요." 그는 트론클라비어를 자동 재생으로 돌려놓고 의자를 키보드에서 밀어냈다.

팰은 해 질 무렵까지 머무르다가 마지못해 집으로 돌아갔다. 투시는 자정까지 사무실에 앉아 스피커 원뿔에서 발산되는 쨍그랑 소리를 듣고 있었다.

밤새 트론클라비어는 팰이 작곡한 악보 중에서 미리 프로그램된 부분을 반복 재생했다. 투시는 로런의 방에서 두 방 건너편 자기 방 침대에 누운 채 벽 위에 미끄러지는 한 줄기 달빛을 바라보고 있었다. 4차원 존재가 여기 오려면 얼마나 여행해야 할까?

나는 여기 당도하기 위해 얼마나 먼 길을 왔던가?

미처 잠들었다는 것을 깨닫기도 전에 그는 꿈을 꾸었다. 꿈속에서 어른거리는 팰의 모습이 나타나더니 눈을 커다랗게 뜬 채 마치 헤엄치듯 두 팔을 허우적거렸다. 난 괜찮아요. 소년은 입술을 움직이지 않고 말했다. 내 걱정은 하지 마세요… 나는 괜찮아요. 나는 한국이 어떤 곳인지 궁금해서 그곳에 갔어요. 나쁘지 않지만, 여기가 더 좋아요….

투시는 땀에 젖어 잠에서 깼다. 달은 졌고 방은 칠흑처럼 캄캄했다. 사무실에서는 초원 뿔이 계속 쥐처럼 찍찍거리며 머나먼 곳으로 음향을 송신하고 있었다.

팰은 모차르트 바이올린 협주곡 4번의 똑같은 몇 구절을 계속 흥얼거리며 아침 일찍 돌아왔다. 로런은 그를 들여보냈고, 소년은 위층에 있는 투시에게 갔다. 투시는 모니터 앞에 앉아 팰의 4차원 존재 스케치를 다시 재생하고 있었다.

"뭐가 보이니?" 그는 소년에게 물었다.

팰은 고개를 끄덕였다.

"그들이 가까이 오고 있어요. 흥미가 있나 봐요. 대비하는 게 좋지 않을까요. 미리 준비를." 그는 눈을 가늘게 떴다. "4차원 발자국이 어떻게 보일까 생각해 본 적 있으세요?"

투시는 잠시 생각해 보았다.

"정말 재미있게 생겼을 것 같구나. 입체겠지."

1층에서 로런의 비명이 들렸다.

팰과 투시는 서로 부딪혀 넘어질 뻔하면서 황급히 아래층으로 내려갔다. 로런은 가슴 앞에서 팔짱을 끼고 거실에 서서 한 손으로 입을 막고 있었다. 최초의 손님은 거실 바닥 일부와 동쪽 벽을 무너뜨렸다.

"서툴군요." 팰이 말했다. "누가 여기 부딪혔나 봐요."

"음악 때문이야." 투시가 말했다.

"대체 무슨 일이 벌어지고 있는 거야?" 날카롭게 시작된 로런의 목소리는 고함으로 끝났다.

"음악을 끄는 게 좋겠어." 투시가 설명했다.

"왜요?" 팰은 흥분한 미소를 가득 띤 채 물었다.

"음악이 마음에 안 드는 걸지도 몰라."

환하고 얇은 파란색 얼룩이 투시 바로 옆에서 지름 1미터 정도까지 급속도로 확대되었다. 얼룩은 빨간색으로 변해 꿈틀거리더니 다시 멈췄다가 나타날 때처럼 빠르게 사라졌다.

"팔꿈치 같아요." 팰이 설명했다. "팔 하나요. 아마 듣고 있는 것 같아요. 음악이 어디서 나오는지 알아내려고. 저는 위층으로 올라갈게요."

"음악 꺼라!" 투시가 명령했다.

"다른 걸 틀어볼게요."

소년은 계단을 올라갔다. 부엌에서 어마어마하게 커다란 우당탕 소리가 들리더니, 이어 진공이 채워지는 소리(진공이 터지는 소리의 역이었고 쉭 소리로 끝났다) 이가 덜덜거릴 정도의 저주파 진동…. 진동은 4차원 존재가 '바닥', 즉 자기들의 3차원 공간을 긁으면서 생기고 있었다. 투시의 손이 흥분으로 떨렸다.

"피터…."

로런이 체면이고 뭐고 고함을 질렀다. 그녀는 팔을 풀고 운동이나 권투라도 시작할 것처럼 불끈 쥔 주먹을 내밀었다.

"팰이 손님들을 불렀어." 투시가 설명했다.

그는 계단 쪽으로 고개를 돌렸다. 첫 계단 네 개와 바닥 일부가 휙 돌면서 사라졌다. 세차게 빠져나가는 공기 때문에 투시도 하마터면 구멍으로 끌려 내려갈 뻔했다. 그는 균형을 잡으며 무릎을 꿇고 정밀하게 잘린 오목한 모서리를 더듬었다. 구멍 밑은 어두운 지하실이었다.

"팰!" 투시는 소리쳤다.

"그들을 위해 뭔가 독창적인 걸 틀고 있어요." 팰이 소리쳤다. "좋아할 거예요."

전화벨이 울렸다. 투시는 계단 아래 전화기에 가장 가까이 있었고, 반사적으로 손을 뻗어 수화기를 들었다. 호크럼이 반대편에서 고래고래 고함을 지르고 있었다.

"지금은 말하기 곤란해…." 투시가 말했다. 호크럼의 고함이 로런에게까지 들릴 정도로 컸다. 투시는 전화를 툭 끊었다. "이 친구 해고당했나 봐. 화난 것 같군." 그는 뒤로 세 걸음 옮긴 뒤 돌아서서 앞으로 내달리더니 구멍을 뛰어넘어 남아 있는 첫 번째 계단에 올라섰다. "말할 수 없어." 그는 비틀거리며 계단을 급히 올라가다가 맨 위에서 멈췄다. "맙소사." 그는 뭔가 갑자기 생각한 듯했다.

"그가 정부 기관에 연락할 거야." 로런이 경고했다.

투시는 손을 내저었다.

"무슨 일이 일어나고 있는지 알겠어. 그들이 3차원 공간 덩어리를 4차원으로 날려 보내고 있는 거야. 4차원 공간으로. 팰의 말이 맞아. 서툰 작자들이야. 이러다 우릴 죽일지도 몰라!"

팰은 트론클라비어 앞에 앉아서 새로운 멜로디를 행복하게 연주하고 있었다. 투시가 그쪽으로 다가가는데, 바위처럼 단단하고 질감도 비슷한 두꺼운 녹색 기둥이 갑자기 그를 가로막았다. 기둥은 진동하더니 허공에 호를 그렸다. 천장 폭 1.2미터 정도가 3차원 공간에서 튕겨 날아갔다. 세찬 바람에 투시의 머리카락이 휘날렸다. 기둥은 빗자루 모양으로 쪼그라들었고, 머리카락이 뱀처럼 꿈틀거리며 돋아났다.

투시는 머리카락이 돋은 빗자루 옆을 돌아가서 트론클라비어의 플러그를 뽑았다. 제플린 비행선 모양의 갈색 소시지들이 새장처럼 컴퓨터를 둘러싸더니 빙글 돌아 길게 늘어져서 천장과 바닥, 모니터 탁자 표면에 닿았고, 이어 작은 선으로 줄어들더니 사라졌다.

"그들은 여기 있는 우리를 잘 못 봐요." 콘서트가 갑자기 중단되었는데도 아랑곳하지 않고 팰이 말했다.

로런은 바깥 계단을 올라와서 투시 옆에 서 있었다.

"이런, 집이 망가져서 어떡해요."

트론클라비어와 원뿔, 거기 연결된 모든 전선들이 마치 평면에서 급히 스티커를 떼어 내듯 부드럽게 말리면서 한 번에 벗겨져 나갔다.

"이런." 그제야 팰의 얼굴에 긴장하는 표정이 떠올랐다.

이제 소년 차례였다. 그는 보다 천천히, 조심스럽게 사라졌다. 마지막으로 남은 것은 머리였다. 그의 머리는 몇 초 동안 허공에 떠 있었다.

"음악이 그들 마음에 든 것 같아요." 소년은 미소 지으며 말했다.

머리는 미소를 띤 채 투시나 로런이 따라가기 불가능한 방향으로 떨어져 나갔다. 방 안의 공기가 한숨을 쉬었다.

로런은 몇 분 동안 꼼짝도 않고 서 있었고, 투시는 헝클어진 머리카락 사이로 손을 집어넣으며 사무실에 남은 공간을 돌아다녔다.

"돌아올지도 몰라." 투시가 말했다. "어디로 갔는지는 몰라도⋯."

하지만 그는 말을 맺지 못했다. 3차원 세계의 소년이 4차원 세계의 허공에서, 아니 아쪽 혹은 위래쪽에 어떤 공간이 있는지는 몰라도 과연 살아남을 수 있을까?

투시는 로런이 소년의 양부모와 경찰에 연락하겠다고 했을 때 말리지 않았다. 경찰이 도착하자, 그는 질문과 추궁을 무표정한 얼굴로 견디면서 자신이 아는 최대한으로 설명했다. 아무도 그의 말을 믿지 않았다. 아무도 무엇을 믿어야 할지 알지 못했다. 경찰은 사진을 찍었다. 그리고 떠났다.

"우리 중 누군가가 체포되는 건 시간문제야." 로런은 말했다.

"그렇다면 이야기를 지어내야지." 투시가 말했다. "내 잘못이라고 해."

"난 그럴 수 없어." 로런이 말했다. "소년은 어디 있을까?"

"확신할 수는 없어. 하지만 잘 있을 거라고 생각해."

"당신이 어떻게 알아?"

그는 꿈에 대해 이야기했다.

"그건 이 일이 있기 전이잖아."

"4차원에서는 얼마든지 가능하지." 그는 애매하게 위쪽을 가리킨 다음 다시 아래쪽을 가리키고 어깨를 으쓱했다.

마지막 날 투시는 바람이 심하게 부는 사무실에서 오버코트와 목욕가운을 두른 채 아침 내내 프로그램을 거듭 재생하며 아나와 카타를 시각화하려고 노력했다. 눈을 감았다가 가늘게 떴다가 고개를 비틀고 손가락을 깍지 끼고 모니터에 기묘한 그래프들을 그렸지만, 소용이 없었다. 그의 뇌는 이미 굳어 있었다.

아침을 먹으면서 그는 전부 자기 탓으로 돌리라고 로런에게 다시 당부했다.

"아무 일 없이 지나갈지도 몰라." 로런은 말했다. "법적으로 처벌할 만한 건덕지가 없잖아. 증거도 없고, 아무것도⋯."

"아무 일 없이 지나간다." 그는 자기 머리 위로 손을 넘기며 삐딱하게 미소 지었다. "얼마나 멀리 날아갔는지, 그 작자들이 어떻게 알까."

초인종이 울렸다. 투시는 현관으로 나갔고, 로런도 몇 발 뒤에서 따라갔다.

투시는 문을 열었다. 회색 정장 차림의 남자 셋이 포치에 서 있었다. 한 사람은 서류가방을 들고 있었다.

"피터 손튼 씨?" 가장 키가 큰 사람이 물었다.

"네." 투시는 대답했다.

문틀과 그 위 벽 한 덩어리가 굉음을 내더니 쉿 소리와 함께 사라졌다. 세 남자는 떨어져 나간 공간을 쳐다보았다. 불가능한 상황을 무시하며 키 큰 남자는 다시 투시에게 주의를 돌리고 말을 이었다.

"당신이 불법체류자라는 정보를 입수했습니다."

"그래요?" 투시가 말했다.

그의 옆에서 불규칙한 필름 같은 파란 원통 형태가 1.2미터 길이까지 커지더니 허공에서 진동했다. 세 남자는 포치에서 뒤로 물러섰다. 원통 한가운데서 팰의 머리가 나타났고, 그 밑에서 팔과 손이 뻗어 나왔다.

"여기 재미있어요." 팰은 말했다. "다들 친절해요."

"난 널 믿는다." 투시가 말했다.

"손튼 씨," 키 큰 남자는 단호하게 용건만 계속했다.

"같이 가실래요?" 팰이 물었다.

투시는 로런을 돌아보았다. 로런은 자신이 무엇에 동의하는지 아리송했지만 보일락말락 고개를 끄덕였고, 그는 팰의 손을 잡았다.

"전부 내 잘못이라고 해." 그는 말했다.

발부터 머리까지, 피터 투시는 이 세상에서 벗겨져 나갔다. 공기가 밀려들어 왔다. 문 한편에 놓인 놋쇠 등 절반이 사라졌다.

이민국 공무원들은 바지가 축축하게 젖어서 민망하고 대단히 걱정스러운 얼굴로 더 이상 묻지 않고 차로 돌아갔다. 그들은 차를 몰고 떠났고, 로런은 정적 속에 홀로 남았다. 그들은 다시 찾아오지 않았다.

로런은 사흘 동안 잠을 자지 못했다. 간신히 잠들었을 때, 투시와 팰이 찾아와서 똑같은 질문을 던졌다.

고맙지만, 난 여기가 좋아. 그녀는 대답했다.

여기는 재미있어요. 소년이 고집했다. 이 사람들은 음악을 좋아해요.

로런은 베개 위에서 고개를 젓고 눈을 떴다. 그리 멀지 않은 곳에서 깡통 소리 같은 휘파람이 들리더니 이어 깊은 진동이 느껴졌다.

그녀에게 그 소리가 박수처럼 느껴졌다.

로런은 심호흡을 한 뒤 노트를 가지러 침대에서 일어났다.

5

자매들

Sisters

"하지만 넌 유일해, 레티샤."

리나 캐스카트는 진심에서 우러나온 표정으로 그녀의 어깨에 가녀린 손을 얹었다.

"다른 사람들은 아무도 못 한다는 거 알잖아. 아니, 그러니까…." 그녀는 말을 멈췄다. 자신이 실수했다는 것을 깨달은 표정이었다. "늙은 여자 역할을 할 수 있는 건 너뿐이야."

눈과 얼굴이 화끈거리는 것을 느끼고 레티샤 블레이클리는 홀 바닥을 내려다보다가 눈물이 고여 흘러넘칠까 봐 시선을 천장에 고정했다. 리나는 완벽한 암갈색 눈으로 애원하듯 바라보며 긴 검은색 머리를 뒤로 넘겼다. 지각생들이 카펫이 깔린 깨끗한 신축 건물 홀을 한가하게 걸어 교실로 향하고 있었다.

"1교시에 늦었어." 레티샤가 말했다. "왜 늙은 여자를 하라는 거야? 다른 배역이 있을 때는 왜 나한테 부탁하지 않았어?"

리나는 자기가 하는 행동에 어떤 의미가 있는지 모를 정도로 어리석지 않았다. 영리했지만 그리 세심한 성격은 아니었다.

"너한테 어울려."

"꾀죄죄하다고?"

리나는 반응이 없었다. 하겠다는 대답에만, 문제를 완벽하게 해결하는 데만 관심이 있었다.

"땅딸막하다고?"

"타고난 외모를 부끄러워하지 마."

"난 꾀죄죄하고 땅딸막하잖아! 네가 쓴 그 한심한 대본의 나이 든 여자 역할에 완벽하게 어울리긴 하겠지. 감히 나한테 그 역할을 맡아달라고 부탁할 배짱이 있는 것도 너뿐이야."

"너한테 기회를 주려는 거야. 워낙 혼자 다니니까, 뭔가 참여할 기회를 주면…."

"개소리!" 침이 튀었고, 리나는 뒤로 물러섰다. "날 내버려둬. 이야기하기 싫어."

"욕까지 할 건 없잖아." 기분이 상해 퉁명스러운 목소리.

레티샤는 한 대 때리려는 듯 손을 들었다. 리나는 다시 도전적으로 머리를 휙 휘날리며 돌아섰다. 레티샤는 타일 벽에 기대서 공들여 꾸민 화장이 망가지지 않도록 눈물을 닦았다. 하지만 타격은 이미 받을 만큼 받았다. 엄마의 마스카라와 눈에 문질러 바른 아이섀도가 눈물에 씻겨 흘러내리는 것을 느낄 수 있었다. 수업에 늦든 말든, 그녀는 한숨을 푹 쉬고 화장실로 향했다. 집에 가고 싶었다.

시작종이 울린 뒤 15분이 지나 교실에 들어가 보니, 브랜트 선생님은 보이지 않고 학생들은 놀랍게도 자발적으로 토론을 하고 있었다. 리나의 연극반은 자리에 앉는 레티샤에게 싸늘한 눈길을 보냈다.

"퇴화충." 에드나 코먼이 통로 건너편에서 소곤거리듯 한마디 던졌다.

"조립충." 레티샤는 고개를 한쪽으로 기울이며 에드나와 정확히 어울리는 밀투로 대꾸했다. 그녀는 존 락우드의 어깨를 찔렀다. 락우드는 아이들과 어울리는 데 관심이 없었다. 주변에서 무슨 대화가 오가는지 신경도 쓰지 않았다.

"브랜트 선생님 어디 있어?"

"조지아 피셔가 '블리츠'를 일으켜서 상담실에 데려갔어. 플러그 꽂고 각자 계속하래."

"오."

조지아 피셔는 두 달 전 오클랜드의 영재반, 즉 슈퍼위즈반에서 전학 온 학생이었다. 누구보다 똑똑했지만 2주에 한 번씩 난리를 피웠다.

"난 뚱뚱하고 못생겼지만 누구처럼 난리를 피우지는 않아." 레티샤는 락우드의 귀에만 들리도록 속삭였다.

"나도 그래." 락우드가 말했다.

그는 조지아처럼 사전설계아동이었지만 슈퍼위즈는 아니었다. 레티샤는 그가 좋았지만 그의 존재에 위협을 느낄 정도는 아니었다.

"쫓아가는 게 좋아."

레티샤는 의자에 기대 앉아 눈을 감고 집중했다. 모드가 활성화되고 눈앞에서 영상이 흔들리다가 안정되었다. 그녀는 일주일 동안 환자 심리를 벼락치기로 공부했는데 이제 임계점에 다가가고 있었다. 흰 제복과 간호모 차림의 작은 컴퓨터 그래픽 간호사가 말기 환자 간호에 대해 차근차근 설명하기 시작했지만, 레티샤에게는 모두 퇴화충 같은 소리로 들렸다. 요즘 누가 홍역으로 죽나? 그녀는 결정을 내리고 같은 간호

자매들 159

사가, 즉 대체와 회복 과정의 충격에 대해 설명하는 장면으로 넘어갔다. 레티샤가 정말 공부하고 싶은 것은 식민지 의학이었지만, 내가 과연 저 '바깥세상'으로 나갈 수 있을까?

우주에서 일하는 데 육체 및 정신적으로 적합하도록 디자인된 사전설계아동들도 많았다. 한쪽은 지구 중력에서, 다른 한쪽은 우주에서 활성화되는 이중 생체화학구조를 보유하는 경우도 있었다. 자연게놈, NG$^{Natural\ Genome}$가 그런 인간과 어떻게 경쟁하나.

프로그램 훈련을 받는 이 고등학교 청소년 700명 중에서, 레티샤 블레이클리는 NG, 즉 비변형 자연게놈을 지닌 10명 중 하나였다. 그 외 모두는 자랑스러운 변형 유전자 소유자인 PPC$^{Pre-Planned\ Children}$, 즉 사전설계아동으로서 적절한 분량의 지방조직, 아름답고 개성 있게 선택한 생김새를 조합한 사랑스럽고 안정된 결과물이었다. 큰 키, 건강한 신체, 관리가 편한 머리카락, 흠 없는 피부, 사회에 잘 적응하는 성품(단지 이따금 블리츠가 나온다), 따뜻하고 쾌활한 성격. 사전설계아동을 비하하는 오래된 속어는 RC^{Recombined}, 즉 조립충이었다.

레티샤 블레이클리는 약간 비만, 창백한 피부, 푸석푸석한 머리카락, 주먹코, 날카로운 턱선, 스타일러스 펜을 끼울 만큼 이미 축 처진 짝짝이 젖가슴, 생리통이 심하고, 운동을 절대적으로 싫어했다. 그녀는 스포트, 즉 돌연변이였다. 레티샤 같은 부류를 부르는 말. 자연게놈 스포트. 퇴화충. 네안데르탈인.

아름다운 사전설계아동들이 비변형 자연게놈을 향해 적대감을 보이면 큰일이 생길 수 있다. 부모들은 아이가 학교에서 따돌림을 당해 학업에 지장을 받으면 시스템을 고소할 권리가 있다. 여기는 모든 학부모들이 전문학적인 학비를 내는 사립학교가 아니다. 구식 공립학교이고, 공립학교에 해당하는 프로그램과 규칙이 있다. 교사들은 동급생을 놀리는 아이들을 나무라곤 한다. 고통스럽게 자책하며 인정하곤 하지만, 레티샤도 아이들에게 쉬운 상대가 아니었다.

물론 아이들과 어울려 늙은 여자 역할을 맡을 수도 있었다. 실제 자연계놈의 신체적 조건을 갖추고 있으니 극에 얼마나 큰 현실감을 불어넣을 수 있을까! 헬렌 로버티처럼 헤헤거리며 기꺼이 못난이 행세를 할 수도 있을 것이다. 헬렌은 그렇게 못나지도 않았고, 머리카락만 펴면 다른 아이들과 비슷해 보이는데. 버니 티보처럼 조용히 눈에 띄지 않게 지낼 수도 있다.

컴퓨터 그래픽 간호사는 대체와 회복 간호 교육을 중단했다. 거의 아무것도 머리에 남지 않았다. 실시간 모드 교육은 지루했지만, 레티샤는 아직 실습 자격이 없었다. 지금 그녀는 대체 과목이 없는 진로교육 한 과목과 금요일 오후 개인 오케스트라, 2주에 한 번 주말마다 릿비드LitVid 제작, 이렇게 예술 프로그램 두 과목을 공부하고 있었다.

의과 준비생으로서 낙제점이었지만, 레티샤는 인정하고 싶지 않았다. 그녀는 자연계놈 아동이다. 두뇌가 무르익으려면 시간이 걸린다. 남들처럼 정교하게 설계되지 않았다.

레티샤는 자기 머리가 나쁘다고 생각했다. 의사로서 성공할 수 있을 것 같지 않았다. 비위도 약했다. 아무도, 심지어 같은 처지인 자연계놈 아동조차도, 피만 보면 창백해지는 의사에게 치료받고 싶지는 않을 것이다.

 레티샤는 간호사에게 다시 처음으로 돌아가자고 말없이 명령했고 간호사는 명령에 따랐다.

 한편 그사이 리나 캐스카트는 열공 모드로 교육에 푹 빠졌다. 황홀한 표정을 보면 알 수 있었다. 실시간 교육은 그녀의 머릿속에 아무 장애물 없이 신속하고 순수한 즐거움으로 흘러 들어갔다.

 그녀의 뇌에는 어떤 흉터도 없다.

 10분 뒤 브랜트 선생님은 창백하고 충혈된 눈을 한 조지아 피셔를 데리고 돌아왔다. 조지아는 레티샤 두 자리 뒤 통로 건너편에 앉았다. 그녀는 고분고분하게 모드를 연결했고, 브랜트 선생님은 자기 콘솔로 가서 멀티미디어를 불러내고 학급 전체를 조율했다. 에드나 코먼이 조지아에게 뭐라고 속삭였다.

 "심한 블리츠는 아니었어." 조지아는 가볍게 말했다.

 "오늘은 어떠니, 레티샤?"

 자동 상담사가 물었다. 컴퓨터 그래픽 얼굴에 오류가 있었지만 레티샤는 신경을 쓰지 않았다. 컴퓨터 그래픽 자동 상담사는 아무리 완벽해도 달갑지 않았다.

 "안 좋아요." 그녀는 말했다.

 "그래? 자세히 말해볼래?"

 "럿거 박사님과 이야기하고 싶어요."

 "다정한 자동 상담사한테는 믿음이 안 가니?"

 "깨끗한 공간이 좋아요. 럿거 박사님과 이야기하고 싶어요."

"박사님은 바쁘잖니. 다정한 자동 상담사와 달리, 인간들은 한 번에 한 곳에만 있을 수 있단다. 내가 할 수 있으면 돕고 싶어."

"그럼 16번 프로그램으로 해주세요."

"그러자, 레티샤."

영상이 흔들리더니 얼굴이 마리안 템페시노의 실사 시뮬레이션으로 변했다. 레티샤가 편하게 생각하는 유일한 컴퓨터 그래픽 상담사였다.

"16번이다. 레티샤. 마음에 안 드는 것 같구나. 더 변형해 줄까?"

"럿거 박사님과 이야기하고 싶지만, 그분이 바쁘시니까. 그래서 자동 상담사한테 이야기하는 거예요. 공식적인 기록으로 남겨주세요. 난 퇴학하고 싶어요. 부모님이 날 이 학교에서 자퇴시키고 자연게놈 특수 학교에 보내줬으면 좋겠어요."

템페스티노의 얼굴에는 특별한 표정이 떠오르지 않았다. 레티샤가 16번 상담사를 좋아하는 이유 중의 하나였다.

"왜?"

"난 괴물이니까요. 부모님이 날 괴물로 만들었으니, 다른 괴물들과 같이 있지 말아야 할 이유가 없잖아요."

"넌 자연게놈이야, 괴물이 아니라."

"다른 사람들과 비슷해 보이려면, 심지어 리나 캐스카트처럼 보이려면, 난 평생 바이오 성형술의 도움을 받아야겠죠. 더 이상 견딜 수 없어요. 자기들이 하는 극에서 늙은 여자 역할을 맡으래요. 나한테 어울리는 유일한 배역이래요. 늙은 여자라니."

"널 끼워주려는 거잖니."

"그게 더 마음 아프다고요!" 레티샤는 눈물을 글썽였다.

템페시노의 얼굴이 약간 흔들리며 감정을 감지하더니 프로그램 16번 뒤에 있던 더 높은 등급의 상담사가 개입했다.

"그냥 나가고 싶어요. 혼자 있고 싶어요."

"어디로 가고 싶니, 레티샤?"

레티샤는 잠시 생각해 보았다.

"못생긴 것이 정상이던 시절로 돌아가고 싶어요."

"좋아, 그럼 시뮬레이션을 하자. 60년 전이면 되겠지. 준비됐니?"

그녀는 고개를 끄덕이고 손등으로 마스카라를 더 닦아 냈다.

"그럼 가볼까."

모드에 접속했다기보다 뭔가 아스라한 꿈결 같았다. 수천 마일 길이의 오래된 영화와 테이프, 서술적 기록에서 수집한 컴퓨터 이미지들은 시간을 거슬러 올라 고향이라고 부르고 싶은 장소로 날아가는 기분을 느끼게 해주었다. 얼굴들이 다가왔고(다양하게 못생긴 특징들이 있는 얼굴들이었다. 조로한 얼굴, 안경을 쓴 얼굴, 현재에서도 어색하지 않을 아름다운 얼굴도 있었다) 얼굴들은 다시 멀어지면서 거기 붙어 있는 신체가 보였다. 보기 흉한 신체, 상태 좋은 신체, 비만, 아픈 몸, 건강한 몸, 고혈압으로 붉은 얼굴. 온갖 변수가 있었고 약점이 두드러졌던 60년 전 인구. 여기야말로 레티샤가 속하는 집단 같았다.

"아름답네요." 그녀는 말했다.

"당사자들은 그렇게 생각하지 않았어. 아름답고 영리하고 건강한 자식을 확실히 얻을 수 있는 기회가 생기자, 너도나도 뛰어들었다. 변화의 시기였어, 레티샤. 지금과 마찬가지로."

"지금은 모든 사람이 똑같아 보여요."

"그건 아닌 것 같구나. 요즘 사람들의 외모에도 상당한 다양성이 있어."

"제 나이에는 그렇지 않아요."

"특히 네 나이가 그렇다. 여기 봐."

상담사는 수십 개의 얼굴을 보여주었다. 비슷하게 생긴 얼굴은 거의 없었지만, 모두 잘생기거나 귀여웠다. 어떤 얼굴은 바라보고만 있어도 마음이 아팠다. 레티샤와 절대 친구가 될 수 없을 얼굴들, 사랑할 수 없을 얼굴들, 자연게놈보다 더 아름답고 호감 가는 사람은 언제나 있을 테니까.

"우리 부모님은 저 시절로 돌아가는 게 좋을 거예요. 왜 나를 이런 괴물로 만들어 놓았을까요?"

"발달 단계로 볼 때 넌 정상이다. 괴물이 아니야."

"그럼요. 난 못생긴 자연게놈이에요. 다들 그렇게 불러요."

"네가 하는 행동 때문에 사람들이 그러는 건 아닐까?"

"아니에요!" 아무 소용이 없었다.

"레티샤, 누구나 적응해야 해. 오늘날의 세상조차 공평하지는 않단다. 적응하기 위해 최선을 다하고 있다고 말할 수 있어?"

레티샤는 자리에서 꼼지락거리다 이만 가보고 싶다고 말했다.

"잠깐만." 상담사는 말했다. "아직 안 끝났어."

레티샤는 이 목소리를 알았다. 상담사는 때로 약간 엄해질 때가 있다. 멋대로 구는 학생들에게 관리 업무를 시키거나 방과 후 컴퓨터에게 할당되는 과제를 시켜야 할 때였다. 레티샤는 한숨을 쉬고 다시 앉았다. 설교를 듣는 것은 싫었다.

"불만이 많은 것 같구나."

"그렇다고 그래픽 상담사가 바빠지는 건 아니잖아요."

"입 다물고 들어라. 누가 만들었든, 정책을 비판할 권리는 누구에게나 있어. 공적인 권위의 위엄과 연장자에 대한 존경심이 21세기에 살아남기란 힘들다. 존경을 원하면 얻을 만한 행동을 스스로 해야 해. 학생들도 마찬가지야. 이 학교의 평균적인 학생은 공공정책 설계에 활용되는 네 가지 주요 재능을 지니고 있어서, 그중 두 가지 이상을 활용하는 일자리가 보장된다. 할당되는 일을 받아들이라고 아무도 강요하지 않고, 본인의 의지가 흔들린다면 계속 일하지 못할 수도 있다. 하지만 공공은 한 사람 한 사람에게 질 좋은 노동 기회를 제공하려고 노력하고 있어. 네게도 마찬가지다. 너는 자연게놈이지만, 사전설계아동 못지않은 지능이 있고 최소한 개발 가능한 재능도 그 못지않게 많아. 너는 아직 어리고, 자연적인 일정에 따라 성숙할 거야. 하지만 그게 네가 열등하다거나 모자란 데가 있다는 뜻은 아니다. 레티샤. 네 경우보다 더 저항이 심했던 부모님에게서 태어난 아이들보다 형편이 나아. 너는 그래도 산전 관리와 영양 처방을 받았고, 부모님들이 바이오 테크를 통해 네 알레르기를 교정해 주지 않았니."

"그래서요?"

"그래서 네 경우, 모든 것이 결국 의지의 문제다. 본인의 의지가 흔들린다면 사전설계아동 이상 특별하게 배려할 이유가 없지. 너는 2차, 3차 직업을 선택하거나…." 상담사는 잠시 말을 끊었다. "공공 보조로 살아가야 한다. 그걸 원하니?"

"전 성적이 올랐어요. 공부는 잘하고 있다고요."

"너는 네가 지닌 개발 가능한 재능에 어울리지 않는 직업 훈련을 선택하고 있어."

"난 의학이 좋아요."

"넌 비위가 약하지."

레티샤는 어깨를 으쓱했다.

"사람들과 잘 지내는 게 힘들고."

"그만두라고 해요. 나도 예의를 지킬 수는 있어요…. 하지만 날 괴물 취급하는 건 싫어요. 에드나 코먼이 내게 뭐라고 했냐 하면…."

레티샤는 입을 다물었다. 이 말을 하면 에드나 코먼은 골치 아픈 상황에 놓일 것이다. 학생들에게 퇴화충이라는 표현은 평범한 욕설이었다. 자연게놈 아동을 상대로 이 단어를 발화했을 경우, 학교 감독자들한테는 코먼의 기록에 오점을 남길 수 있는 사유가 된다.

"아니에요. 중요한 문제는 아니고요."

상담사는 하위 등급으로 전환되었고, 템페시노의 얼굴도 다른 상담 방식을 택했다.

"좋아. 양쪽 다 적응이 필요해. 상담을 청해주어서 고맙다, 레티샤."

"네. 그래도 전 아직 럿거 박사님과 상담하고 싶어요."

"요청은 받아두마. 이제 수업을 계속할까."

"동생이 이야기하고 있으면 귀담아 들어야지."

제인은 말했다. 로알드는 초등학교에서 받고 있는 비행 전 훈련에 대해 귀가 따갑도록 떠들고 있었다. 레티샤는 정중하게 몇 마디 주고받은 뒤 다시 앞에 놓인 음식만 끼적거렸다. 그녀는 먹지 않았다. 제인은 곁눈질로 그녀를 쳐다보면서 설탕 뿌린 베리 그릇을 건넸다.

"무슨 고민 있니?"

"그냥 먹는 중이에요." 레티샤는 귀찮다는 듯 말했다.

"하." 로알드가 말했다. "고민을 씹고 있는 것 같은데?"

그는 앞니 두 개가 빠진 얼굴로 레티샤를 향해 씩 웃었다. 흉측하네, 그녀는 생각했다. 다른 가족이었다면 임시치아를 해 넣어주었을 것이다. 하지만 우리 집은 아니다.

"둘 다 서로 예의를 지켜라." 도널드가 말했다.

아버지는 로알드에게서 그릇을 받아 자기 컵에 넉넉하게 떠 넣고 레티샤 옆에 그릇을 다시 놓았다.

"다 큰 열다섯, 여덟 살 아니니."

아버지가 입버릇처럼 하는 훈계였다. 여덟 살이든 열다섯 살이든 나잇값을 하라는 뜻이었다.

"오늘 자동 상담사하고 이야기했니?" 제인이 물었다. 레티샤를 너무 잘 아는 엄마였다.

"네." 레티샤가 말했다.

"네가 불러냈어?"

"네."

"그래서?"

"주파수가 안 맞았어요."

"무슨 뜻이지?" 도널드가 물었다.

"또 툴툴거렸겠지." 로알드는 베리를 한입 가득 넣고 말했다.

즙이 턱을 따라 흘러내렸다. 그는 턱 아래 손을 받치고 후루룩거리며 즙을 빨았다. 제인이 손을 뻗어 냅킨으로 닦아주었다.

"불만이 많아." 로알드가 말을 맺었다.

"무슨 불만?"

레티샤는 고개를 젓고 대답하지 않았다. 디저트가 거의 끝날 무렵, 레티샤는 양손으로 탁자를 쳤다.

"왜 그러셨어요?"

"우리가 뭘?" 아버지는 놀라 물었다.

"로알드와 나는 왜 일반인이에요? 왜 미리 설계하지 않으셨어요?"

제인과 도널드는 얼른 눈빛을 교환하더니 레티샤를 돌아보았다. 로알드도 약간 놀랐는지 눈을 크게 뜨고 누나를 보았다.

"이제 너도 알 텐데."

제인은 탁자를 내려다보며 대답했다. 당황한 것 같기도 하고 화가 난 것 같기도 했다. 말을 꺼냈으니 레티샤는 계속하지 않을 수 없었다.

"몰라요. 정말로. 종교적인 이유 때문에 그런 것도 아니잖아요."

"그 비슷한 거지." 도널드는 말했다.

"아냐." 제인은 단호하게 고개를 저었다.

"그럼 왜요?"

"네 엄마와 나는⋯."

"난 단순히 저 애들의 엄마가 아니야." 제인이 말했다.

"제인과 나는 자연에 특별한 계획이, 우리가 개입해서는 안 되는 계획이 있다고 믿는다. 다른 사람들이 하는 대로 사전설계아동을 가지기로 했다면, 특히 아들─딸 복권에 참여하고 산전 상담에 등록했다면, 그 자연의 계획에 개입하는 게 됐겠지."

"우리가 태어날 때 병원에 가셨어요?"

"그래." 제인은 여전히 시선을 피하고 있었다.

"그건 자연스러운 게 아니잖아요. 우리가 태어날 때 살든 죽든 자연이 알아서 결정할 문제일 텐데요."

"처음부터 끝까지 일관성이 있었던 건 아니야." 도널드는 말했다.

"도널드." 제인은 어둡게 말했다.

"선이라는 게 있지 않겠니." 도널드는 달래듯 미소 지으며 설명했다. "우리는 인간이 성세포 자체에 개입하려고 할 때 그 선이 시작된다고 생각해. 너도 학교에서 다 배운 거다. 최초의 사전설계아동이 태어났을 때 사람들이 들고 일어났던 것도 알 테지. 네 할머니도 그 시위에 참여했어. 네 엄마와 나 둘 다 자연게놈이었다. 당연히 우리 세대의 자연게놈 비율은 훨씬 더 높았지."

"지금 제 세대에서는 괴물이에요." 레티샤는 말했다.

"10대 중에 자연게놈이 많지 않다는 뜻이라면, 맞는 말이겠지." 도널드는 아내의 팔에 손을 얹었다. "하지만 네가 그만큼 특별한 존재라는 뜻이기도 해. 선택받은 존재."

"아뇨. 선택받은 존재 아니에요. 엄마 아빠는 우리 둘을 놓고 주사위를 굴린 거예요. 우리는 병신일 수도 있었어요. 그냥 못생긴 게 아니라, 아예 모자란 애가 나올 수도 있었다고요. 지능박약. 바보."

불편한 침묵이 식탁에 내려앉았다.

"그럴 리가 있니." 도널드는 속삭임보다 약간 더 큰 음성으로 말했다. "네 엄마와 나는 둘 다 좋은 유전자형을 갖고 있어. 네 할머니가 네 엄마를 좋은 유전자형을 가진 남자하고 짝을 지어준 거야. 우리 가족 중에 발달장애는 없다."

레티샤가 도돌이표처럼 들은 말이었다. 어차피 다른 소리가 나올 리가 없었다. 그래서 그녀는 양해를 구하고 의자에서 일어났다.

방으로 올라가는데, 아래층에서 다투는 소리가 들려왔다. 로알드가 뒤에서 달려 올라오더니 째려보았다.

"왜 그런 이야기를 꺼낸 거야? 학교에서도 시달리는데 여기서까지 똑같은 소리 들을 건 없잖아."

레티샤는 상담사가 보여준 역사에 대해 생각해 보았다. 그때만 해도 우리 집과 비슷한 소득 수준의 가정은 침대 네 개가 있는 집에서 살지 못했다. 당시 미국과 캐나다 인구를 합치면 지금의 절반 정도였다. 실업도 더 많았고, 경제적 불안정도 훨씬 심했고, 기계가 대체하는 일도 훨씬 적었다. 육체노동(단순한 건설직, 작물 관리 및 수확, 도랑 파기 등의 강도 높은 노동)으로 생계를 유지하는 사람들의 비율은 지금보다 열 배나 높았다. 오늘날 이런 노동에 종사하는 사람들은 대부분 종교 조직이나 웬델 배리 협동농장 소속이었다.

그때였다면 로알드와 레티샤는 밝은 미래가 약속된 재능 많은 어린 이들이었을 것이다.

레티샤는 과거의 이미지와 느낌에 대해 생각해 보았다. 리나의 말이 맞는 게 아닐까.

나는 늙은 여자 역할로 완벽할 거야.

레티샤가 머리를 묶고 있는데 엄마가 방에 들어왔다. 그녀는 문간에 섰다. 운 얼굴이었다. 레티샤는 4년 전 유언으로 물려받은 할머니의 화장대 거울에 비친 엄마의 모습을 보았다.

"네?" 그녀는 낡지 않는 핀을 입에 물고 나직하게 물었다.

"아빠보다 내 뜻이 컸단다." 제인은 두 손을 마주 쥐고 다가왔다. "난 네 엄마잖니. 그러고 보니 우린 이런 이야기를 깊이 나눈 적이 없구나."

"그랬죠."

"그런데 왜 지금 이야기를 꺼낸 거니?"

"내가 커서 그런 거겠죠."

"그래."

제인은 벽에 걸려 부드럽게 반짝이는 그림을 쳐다보았다. 실제 같지 않은 숲을 묘사한 파스텔화였다.

"널 임신했을 때, 난 정말 두려웠어. 우리가 잘못된 선택을 한 게 아닌가, 다른 모든 사람들이 생각하고 조언하는, 또 조언을 받는 길과 다른 길을 걸으면서 그런 걱정을 수없이 했어. 하지만 난 널 가졌고, 뱃속에서 태동을 느끼면서…. 네가 우리 아이라는 걸, 오로지 우리만의 아이라는 걸 알 수 있었다. 네 몸과 영혼을 만든 건 우리라는 걸. 의사가 아니라 내가 네 엄마라는 걸."

레티샤는 분노와 갑갑함, 그리고… 사랑이 뒤섞인 기분으로 엄마를 보았다.

"네가 무슨 말을 하는지 알겠어. 나라면 어떤 기분이었을지, 내가 네 나이였다면, 네 입장이었다면 어땠을지 생각해 봤다. 나도 화가 났을 거야. 로알드는 아직 남들과 다르다는 것을 제대로 느낄 나이가 아니지. 어리니까. 그저 이런 말을 해주고 싶어서 올라왔어. 난 내가 한 일이 옳았다는 걸 알아. 우리를 위해서가 아니라, 저들을 위해서가 아니라…." 엄마는 벽 너머 넓은 세상을 가리켜 보였다. "널 위해서. 잘될 거다. 정말 잘될 거야." 그녀는 레티샤의 어깨에 손을 얹었다. "다른 아이들도 쉽지만은 않을 거야. 너도 알고 있을 거다." 엄마는 잠시 말을 멈추고 부드러운 갈색 표지를 씌운 책을 등 뒤에서 들고 있다가 내밀었다. "이 책을 다시 보여주려고 가져왔어. 네 증조할머니 기억나니? 할아버지와 같이 아일랜드에서 이주하셨지."

제인은 앨범을 건넸다. 레티샤는 마지못해 받아서 펼쳤다. 안에는 진짜 사진, 종이로 된 사진, 빛바랜 옛날 흑백 사진이 들어 있었다. 증조할머니는 골격이 크고 덩치가 좋았던 할머니와 별로 닮지 않았다. 증조할머니는 평생 비쩍 마른 몸매였던 것 같았다.

"네가 가져라." 제인은 말했다. "생각해 봐."

아침에는 계획 강우가 내렸다. 반쯤 빈 지하철을 타고 학교로 가는 길에, 레티샤는 빗물이 얼룩진 유리창 너머로 교외의 집들과 정원, 이따금 가꾸지 않고 방치한 수목들을 바라보았다. 그녀는 학교에 도착해서 비교적 오래된 건물로 향했다. 거기에는 잘 사용되지 않는 구식 화장실이 있었다. 이따금 레티샤가 휴식처로 삼는 공간이었다. 그녀는 흰 칸막이 안에 서서 잠시 심호흡을 하다가 세면대로 가서 의식이라도 치르듯 손을 씻었다. 천천히, 망설이면서, 레티샤는 깨진 거울 속의 자신을 보았다. 관리인이 성실하게 임무를 다한 깨끗한 구조물에서 상쾌한 증기 냄새가 풍겼다.

이른 아침은 무감각한 시간이었다. 레티샤는 감정으로부터, 주위 사람들로부터의 거리가 두려워지기 시작했다. 혹시 옛 화장실로 들어서는 순간 현재의 존재가 희미해지면서 60년 전으로 돌아가게 된다면….

그렇게 된다면 나는 솔직히 어떨까?

3교시에 레티샤는 시간 나는 대로 최대한 빨리 럿거의 상담실로 오라는 쪽지를 받았다. 달리 표현하면 즉각이라는 뜻이었다. 모드를 정리하고 일어서는데, 리나의 알 수 없는 시선과 마주쳤다.

럿거는 마흔세 살의(자신의 나이를 기록하는 인생 시계가 책상에 놓여 있었다. 나이 많은 사전설계아동 출신이 즐겨 찾는 취향이었다) 미남이었고, 환한 미소, 요란한 패션 취향을 지니고 있었다. 그는 상담 부서 책임자였고, 학교에서 두루두루 호감을 얻고 있었다. 그는 상담실에 들어서는 레티샤와 악수를 나누고 앉을 것을 청했다.

"그래, 나한테 이야기할 게 있다면서?"

"그런 것 같아요." 레티샤는 말했다.

"무슨 문제니?"

듣기 좋은 바리톤 음성이었다. 아마 노래도 잘할 것이다. 사전설계아동 초창기에 인기 있던 특징이었다.

"자동 상담사는 내 태도가 문제래요."

"네 태도가 왜?"

"난… 못생겼어요. 제일 못생겼어요. 이 학교 여학생 중에서 못생긴 건 나뿐이에요."

럿거는 고개를 끄덕였다.

"난 네가 못생겼다고 생각하지 않지만, 어떤 게 더 싫으냐? 독특한 것, 아니면 못생긴 것?"

레티샤는 농담을 알아들었다는 듯 한쪽 입술을 삐딱하게 치켜올렸다.

"요즘은 다들 독특해요." 그녀는 말했다.

"우리가 그렇게 가르치는 거지. 정말 그렇다고 생각해?"

"아뇨. 모두 다 똑같아요. 하지만 난…." 레티샤는 고개를 저었다. 럿거 박사가 자신의 감정을 하나둘 들춰내는 것이 싫었다. "난 퇴화충이에요. 사전설계아동이었으면 좋았을 것 같은데, 그렇지 않아요."

"그건 사소한 문제인 것 같구나."

박사는 얼른 말했다. 그는 자리에 앉지도 않았다. 레티샤에게 할애할 시간이 많지 않은 것 같았다.

"사소한 문제로 느껴지지 않아요."

박사가 비집고 열어놓은 틈으로 분노가 흘러나왔다.

"아, 아니야. 젊을 때는 사소한 문제가 아주 큰 문제로 느껴지곤 하지. 질투가 나고, 자기 자신이 싫고, 어쨌거나 외모가 마음에 안 들고.

글쎄다, 외모는 다이어트를 하거나 시간이 지나면 나아질 수 있어. 내가 볼 때, 넌 나이가 들면 더 보기 좋아질 거다. 내 말 믿어라. 다른 사람들이 너에 대해 느끼는 건…. 나도 예전에는 괴물이었단다."

레티샤는 그를 쳐다보았다.

"그럼. 진짜야. 너보다 훨씬 더한 괴물이었어. 지금 이 학교에는 너 같은 자연게놈이 10명 있지. 내가 너 나이였을 때는 내가 우리 학교에서 유일한 사전설계아동이었어. 당시만 해도 아직 의심이 팽배했고 심지어 폭동도 있었다. 어느 학교에서는 부모들이 몰려와서 사전설계아동들이 살해당하는 일까지 벌어졌지."

레티샤는 럿거를 멍하니 쳐다보았다.

"다른 아이들도 나를 싫어했어. 난 못생긴 편이 아니었지만, 아이들도 알고 있었다. 부모님한테서 사전설계아동은 프랑켄슈타인 괴물이라는 소리를 들었으니까. 리프킨 협회라고 기억하니? 아직도 활동하지만, 이제 변두리로 밀려났어. 잘됐지. 그들은 내가 어딘가의 시험관에서 만들어져서 인큐베이터에서 자랐다고 생각했어. 넌 진짜 혐오를 경험해 본 적이 없을 거다. 난 경험했어."

"박사님은 잘생겼잖아요. 언젠가 누군가 박사님을 좋아할 거라는 걸, 심지어 사랑할 거라는 걸 알고 있었을 거 아니에요. 하지만 나는요? 퇴화충, 못생긴 외모, 누가 나 같은 사람을 원하겠어요? 사전설계아동이 나 같은 못난이하고 사귀려고 할까요?"

레티샤는 이것이 어려운 질문임을 알고 있었고, 럿거도 억지로 대답하려 하지 않았다.

"최악의 상황으로 간다고 해보자. 아무도 사랑해 주지 않는 노처녀가 된다. 평생 혼자 산다. 넌 그게 걱정되는 거니?"

레티샤의 눈이 커졌다. 거기까지 생각해 본 적은 없었다. 이제 정말 마음이 아팠다.

"모든 사람들이 자기 아이들을 위해 아름다운 외모를 고르고 있어. 날씬하고 탄탄한 몸매, 명석한 두뇌를 선택하지. 네게는 명석한 두뇌가 있지만, 탄탄한 몸매는 없다. 넌 그렇게 믿고 있는 것 같구나. 체육 과목을 선택한 기록이 없는 걸 보니. 성인들의 세계로 나가면, 그래, 넌 다른 사람들과 다를 거다. 하지만 그게 장점이 될 수는 없을까? 우리 사전설계아동들이 남과 달라지기 위해 얼마나 애쓰는지 알면 넌 아마 놀랄걸. 그게 얼마나 힘든지. 우리 부모님들의 취향은 너무나 비슷하니까. 하지만 네게는 그게 내재되어 있어."

레티샤는 귀를 기울였지만, 마음은 다시 닫히고 있었다.

"금상첨화네요."

럿거 박사는 날카로운 파란 눈으로 그녀를 바라보며 어깨를 으쓱했다.

"한 달 뒤에 다시 와서 이야기해 보자꾸나. 그때까지 자동 상담사하고 틈틈이 의논하거라."

저녁 식사 시간에는 거의 대화가 없었고, 식사를 마친 뒤에도 마찬가지였다. 레티샤는 2층으로 올라가서 일찌감치 침대에 들었다. 마음이 무거웠고, 탈출하고 싶었다.

1시간 뒤 잠옷으로 갈아입고 누워 있는데, 아버지가 평소처럼 밤 인사를 하러 들어왔다.

"잠자리는 편하니?"

"네." 그녀는 대답했다.

"잘 자거라."

늘 똑같은 의례. 밤 인사에 익숙했던 부모님이 만든 일상이었다.

레티샤는 잠들자마자 퍼뜩 잠에서 깼다. 아니, 그렇게 느껴졌다. 그녀는 침대에 일어나 앉아 여기가 어디인지, 자신이 누구인지 깨닫고 울기 시작했다. 너무나 묘하고 아름다운 꿈, 꿈 모드 없이 꾼 꿈 중에서 가장 좋은 꿈이었다. 자세한 내용은 이제 아무리 생각해도 기억이 나지 않았지만, 꿈에서 깨어나는 것을 견딜 수 없을 정도였다.

1교시에 조지아 피셔는 다시 블리츠를 겪었고, 양호실에 가야 했다. 레티샤가 다른 아이들을 둘러보니, 냉정하게 감정을 억누르는 분위기를 느낄 수 있었다. 에드나 코먼은 2교시에 잠시 자리를 비웠다가 붉게 부은 눈과 발그레한 얼굴로 돌아왔다. 하루 종일 긴장감이 점점 더 팽팽해지기만 해서 나중에는 대체 어떻게 집중할 수 있는지 의아할 정도였다. 레티샤는 공부를 했지만 머릿속에 들어오지 않았다. 아직 꿈에 둘러싸인 기분이었고, 무슨 의미였을까 하는 궁금증만 일었다.

8교시에 그녀는 다시 존 락우드 뒤에 앉았다. 아침에 시작해서 마지막 시간에 끝나는 큰 주기를 한 바퀴 마친 기분이었다. 그녀는 초조하게 시계를 보았다. 이번에도 브랜트 선생님이 감독하고 있었다. 선생님도 마치 꿈이라도 꾸는지 생각이 다른 곳에 가 있는 것 같았다. 레티샤처럼 좋은 꿈은 아닌 것 같았다.

브랜트 선생님은 수업시간 중간쯤에 모드를 II라고 하더니 지금까지 배운 내용으로 토론을 시작했다. 각자 미디어를 통해 배운 내용을 사회적으로 상호작용하며 교정하는 소위 통합의 시간이었다. 레티샤에게 이런 시간은 잘해봐야 고역이었다. 다른 아이들은 경제학을 논했고, 뛰어난 인물들이 가득한 학급에서 늘 그렇듯 리나 캐스카트가 단연 돋보였다.

존 락우드는 레티샤 쪽으로 옆모습을 보이고 작은 미소를 띤 채 집중해서 들었다. 그는 이쪽을 돌아보고 뭐라 말하려는 것 같았다. 레티샤는 콘솔 모서리에 손을 짚은 채 그의 주의를 끌기 위해 손가락을 들었다.

그는 레티샤의 손을 보고 고개를 돌렸다가, 흠칫 떨면서 다시 돌아보더니 이번에는 눈을 커다랗게 뜨고 가만히 응시했다. 그녀의 손이 지금까지 본 것 중에 가장 흉측한 물건이기라도 한 듯, 그의 입이 꿈틀거렸다. 이어 턱이 부들거리고, 어깨가 떨리고, 레티샤가 미처 반응하기도 전에, 그는 일어서면서 신음했다. 다리가 흐느적거리고, 그는 콘솔 위에 팔을 축 늘어뜨리고 쓰러졌다가, 바닥에 미끄러져 내렸다. 바닥에 쓰러진 존은 몸을 뒤틀고 신음하고 격렬한 블리츠를 일으키며 부들부들 떨었다.

브랜트는 교실의 긴급 버튼을 누르고 책상 옆을 돌아왔다. 선생님이 다가오기도 전에, 락우드는 눈을 뜬 채 잠잠해졌고 의자 다리를 움켜쥐었던 손에서 힘이 풀렸다. 레티샤는 꼼짝도 못 하고 그의 멍한 눈을 바라보았다. 그는 너무나 끔찍하게 축 늘어져 있었다.

브랜트는 계속해서 욕을 뱉으며 소년의 어깨를 잡아 교실 밖으로 끌고 나갔다. 레티샤는 돕고 싶은 마음에 그를 따라 복도로 나갔다. 에드나 코먼과 리나 캐스카트도 무표정한 얼굴로 그녀 옆에 서 있었다. 다른 학생들도 따라 나왔지만 브랜트와 소년에게서 거리를 유지했다.

브랜트는 존 락우드를 콘크리트에 내려놓고 가슴을 치며 인공호흡을 시도했다. 이어 외투 주머니에서 주사를 꺼내 뚜껑을 따더니 흉골 바로 아래에 내용물을 모조리 주사했다. 레티샤는 놀라서 주사를 뚫어지게 바라보았다. 선생님은 주사를 주머니 안에 지니고 있었다. 구급상자가 아니라.

학급 전체가 충격에 빠져 복도에 선 채 침묵을 지키고 있었다. 구급로봇이 도착했고, 럿거도 뒤따랐다. 로봇은 존 락우드를 들것에 싣더니 불을 번쩍거리며 돌아섰다.

"KVN은 주사하셨습니까?" 로봇은 브랜트에게 물었다.

"했어. 5밀리리터. 심장에 곧바로."

교실마다 차례로 학생들이 나와서 지켜보기 시작했다. 모든 사전설계아동들의 눈이 짐을 싣고 복도를 지나가는 의료로봇을 뒤따랐다. 에드나 코먼은 울었다. 리나는 레티샤를 흘끗 보더니 수치스러운 듯 시선을 돌렸다.

"다섯 번째야."

럿거는 어두움을 넘어 그저 피곤한 목소리로 말했다. 브랜트는 그를 쳐다보았다가 학생들에게서 시선을 돌리고 이만 흩어지라고 지시했다. 레티샤는 미적거리며 뒤에 남았다. 선생님은 슬픔과 분노로 얼굴을 일그러뜨렸다.

"가라! 어서 나가!"

그녀는 달렸다. 마지막으로 럿거 바사닌의 목소리가 들려왔다.

"지난주보다 이번 주에 더 늘어났어."

레티샤는 텅 빈 흰 화장실에 앉아 훌쩍거리는 자신이 부끄러운 마음에 눈물을 닦았다. 다 큰 성인처럼 대응하고 싶었다. 침착하고, 냉정하고, 교실에 있는 누구에게라도 필요할 때 도움을 주는 사람이 되고 싶었지만 눈물과 떨림이 멈추지 않았다.

브랜트 선생님은 학급 전체의 잘못이기라도 한 듯 화가 난 것 같았다. 브랜트 선생님은 성인일 뿐만 아니라, 사전설계아동이다.

성인이라면, 특히 성인 사전설계아동이라면 더 좋은 대응을 할 거라고 기대했나?

안 그러면 다 무슨 소용인가?

그녀는 깨진 거울 속의 자신을 바라보았다. 집에 가자, 도서관에 가서 공부를 하든가. 품위 있게, 점잖게. 두 소녀가 화장실로 들어와서 혼자만의 시간은 끝났다.

레티샤는 도서관에 가지 않았다. 대신 콘크리트와 강철로 지어진 오래된 강당으로 향했다. 열린 무대 출입구를 지나 어둠 속에서 곁 무대에 우뚝 섰다. 여학생 3명이 레티샤에게서 10미터 정도 떨어진 무대 아래쪽 관객석 앞줄에 앉아 있었다. 그녀는 리나를 알아보았지만, 다른 둘은 알 수 없었다. 같은 반이 아니었다.

"그 애랑 알았니?"

"아니, 잘은 몰랐어." 리나가 말했다. "우리 반이었어."

"모르다니!" 세 번째 아이가 코웃음을 쳤다.

"트리쉬, 말조심하자. 리나는 힘들었어."

"그 애는 블리츠를 겪은 적이 없었어. 슈퍼위즈도 아니었어. 아무도 예상하지 못했다고."

"그 애 언제 착상했어?"

"몰라." 리나가 말했다. "우리 모두 두어 달 차이로 같은 나이야. 우리 모두 모델 연식이 같고, 보충제도 같아. 유전자형이나 보충제에 뭔가 있다면…."

"지금까지 5명이라고 누가 그랬어. 한 번도 들은 적 없는데." 세 번째 아이가 말했다.

"나도 들은 적이 없어." 두 번째 아이가 말했다.

"우리 학교 이야기가 아니야." 리나가 말했다. "슈퍼위즈들 빼고. 게다가 전에는 한 번도 죽은 적이 없었어."

레티샤는 어둠 속에서 손으로 입을 막고 물러섰다. 락우드가 정말 죽었단 말이야?

문득 곁 무대에서 뛰쳐나가 세 아이들에게 안됐다고 말할까, 하는 미친 생각이 스쳤다. 충동은 곧장 가셨다. 괜히 끼어드는 꼴이 될 것이다.

다들 레티샤와 비슷한 또래였고, 말투도 어른스럽게 들리지 않았다. 아이들은 두려운 것 같았다.

다음 날 아침 의과준비반 교실에서 브랜트 선생님은 존 락우드가 전

날 세상을 떠났다고 발표했다. "심장마비였어." 그는 말했다. 레티샤는 선생님이 사실대로 다 말하지 않는 것 같다는 느낌을 받았다. 짤막한 추도문이 낭독되었고, 필요하다고 느끼는 학생들을 위해 특별 심리상담 시간이 편성되었다.

브랜트 선생님도, 다른 사전설계아동 학생들도 그날 내내 '블리츠'라는 단어를 입에 담지 않았다. 레티샤는 관련 주제에 대해 찾아보았지만, 모드에서 접속할 수 있는 도서관에는 자료가 거의 없었다. 어디에서 찾아야 하는지 자신이 잘 모르고 있는 것 같았다. 무슨 일이 일어나고 있는지 아는 사람이 없다는 것을 믿을 수가 없었다.

●

다음 날 밤 꿈이, 이번에는 한결 강력하게 찾아왔다. 레티샤는 추위와 흥분 때문에 몸을 떨며 잠에서 깼다. 그녀는 인파 앞에 서 있었다. 이쪽은 밝았고 인파 쪽은 어두웠기 때문에, 아무도 얼굴을 알아볼 수가 없었다. 꿈속에서 그녀는 거의 감당할 수 없을 정도의 행복감을, 전에 한 번도 경험한 적이 없는 슬픔과 기쁨이 섞인 감정을 느꼈다. 그녀는 분명 사랑했지만, 자신이 무엇을 사랑하는지 모르고 있었다. 그것은 정확히 말해, 인파도 아니었고, 남자도, 가족도, 심지어 그녀 자신조차도 아니었다.

그녀는 침대에 일어나 앉아 무릎을 끌어안았다. 혹시 다른 가족이 깨어 있을까. 마치 지금까지는 단 한 번도 깨어 있었던 적이 없는 것 같았다. 모든 신경이 살아 있었다. 아무에게도 방해받고 싶지 않아서 조용히, 레티샤는 침대에서 빠져나와 복도를 지나 엄마의 바느질방으로 향했다. 그 방의 전신거울 앞에 서서, 그녀는 새로운 눈으로 자신의 몸을 바라보았다.

"너 누구야?"

그녀는 속삭였다. 레티샤는 면 잠옷을 걷어 올리고 다리를 내려다보았다. 짧은 종아리, 툭 튀어나온 무릎, 나쁘지 않은 허벅지는 어딜 보나 살쪘다고 할 수는 없었다. 근육이 없는 팔은 부드러워 보였지만 많이 포동포동하지는 않았고, 발그레한 바닐라 색이었지만 침대에서 팔을 괴고 책을 읽는 습관 때문에 팔꿈치가 딸기처럼 붉게 얼룩덜룩했다. 어머니한테서 물려받은 아일랜드계 특징은 피부색과 움푹 들어간 광대뼈, 넓적한 얼굴이었다. 아버지는 멕시코계와 독일계 혈통이었지만, 레티샤는 멕시코계의 특징은 별로 없었다. 동생이 좀 더 거무스름했다.

"우리는 잡종이야." 그녀는 말했다. "순종 사전설계아동에 비하면 난 잡종처럼 생겼어."

하지만 PPC는 순종이 아니었다. 그들은 설계된 존재였다.

그녀는 잠옷을 더 높이 걷어 올리다가 마침내 머리 위로 벗어던지고 알몸으로 섰다. 추위와 꿈속에서의 기억으로 몸을 떨며, 그녀는 자기 몸의 모든 특징들에 집중하기 위해 노력했다. 전에는 거울 앞에서 벌거벗을 때면 언제나 특정한 한 가지 점만 관찰하고 나머지는 보지 않으려고 노력했다. 그래야 일종의 특수효과를 통해 보다 수용 가능한 환상으로 자신의 몸을 머릿속에 그릴 수 있었기 때문이었다. 하지만 지금은 자기 자신을 있는 그대로의 모습으로 보고 싶은 기분이었다.

펑퍼짐한 엉덩이, 힘 있는 복부(통통했지만 탱탱했다.) 의과준비반 과정에서 레티샤는 자신이 아이를 갖는 데 큰 문제가 없을 거라는 사실을 배웠다. "종빈마." 그녀는 중얼거렸지만, 품평하듯 날카로운 말투는 아니었다. 아이를 가지려면 자신에게 끌리는 남자가 있어야겠지만, 지금으로서는 그럴 가능성이 별로 없어 보였다. 텔레비전에서 사람들이 수시로 토론하기도 하고 릿비드 모드에서 유행처럼 지나가기도 하는 '매력 정점'은 레티샤에게 없었다. 문화적인 이유로 선호되는 기하학적 윤곽을 타고나는 사람은 자연 상태에서는 드물지만, 현재는 수많은 사람들이 설계를 통해 소유하고 있었다. 당신의 자녀는 성공을 위한 최선의 설계를 갖추었나요?

너무나 사소해서 충격적인 현상들. 다시 의분이 치밀어 올랐지만, 레티샤는 이 기분을 잃고 싶지 않아서 흥분 속으로 화를 삼켰다.

"다시는 나를 이런 식으로 보지 않을지도 몰라." 그녀는 속삭였다.

젖가슴 크기는 중간 정도였고, 왼쪽이 오른쪽보다 더 크고 쳐져 있었다. 왼쪽 젖가슴 아래 스타일러스 펜을 끼울 수도 있을 정도였지만, 사전설계아동 여자라면 수십 년, 아니 평생 이런 걱정을 할 필요는 없을 것이다. 흉곽은 또렷하게 드러나지 않았다. 근육도 마찬가지였다. 둥글고, 부드럽고, 푹신해 보이고, 궁금증이 많고 다정한 얼굴, 커다랗게 뜬 눈, 여드름이 있지만 심하지는 않아서 저절로 해결될 정도. 긴 발, 두툼한 발가락, 각질이 두꺼운 발톱. 내성발톱 때문에 아팠던 적은 없었다.

가계 내력을 보면 암이나(요즘은 교정 가능하지만 그래도 스트레스다) 심장병, 기타 다문화 및 인구 이동과 습관 변화로 인한 질병에 취약하지는 않았다. 거울 속에는 평생 잘 활용할 수 있을 만한 튼튼한 몸이 있었다.

화장기가 없으면 늙은 여자 역할도 쉽게 맡을 수 있을 것 같았다. 눈 밑을 어둡게 칠하고 30~40년 뒤에 이중 턱이나 눈가 주름이 생길 만한 자리에 선을 그으면….

하지만 분명 지금은 늙어 보이지 않았다.

레티샤는 살금살금 양탄자 깔린 복도를 지나 다시 자기 방으로 돌아갔다. 방에 들어가서 조명을 켜라고 명령하고 침대에 누워서 제인이 준 앨범을 나이트스탠드에서 집어 들었다. 검은 종이로 된 페이지를 조심조심 넘겼다. 증조모의 얼굴을, 이어 어린 시절 조모의 사진을 유심히 쳐다보았다.

개인 오케스트라는 강당 뒤에 있는 옛 연극반 교실 중 한 곳에서 강사 3명이 가르쳤다. 인기 있는 미학 과목이었다. 학교의 뮤직 박스는 대부분의 가정보다 나았고, 강사들은 인기가 좋았다. 모두 사전설계아동들이었다.

30분 정도 단체 수업을 받고 나면, 학생들은 각자 박스 키보드로 물러가서 다른 오케스트라와 불협화음이 일어나는 것을 피하기 위해 소음 상쇄 구를 불러낸 뒤 연습할 수 있다.

오늘 레티샤는 30분도 채 연습하지 않았다. 그런 뒤 입술 사이에 혀를 내밀고는 키보드 건너 텅 빈 공간을 응시했다.

"소음 상쇄 기능 꺼." 그녀는 명령하고 검은 의자에서 일어났다.

정교사 티그 선생님이 오늘 연습 다 했느냐고 물었다.

"심부름이 있어요." 그녀는 말했다.

"폴리리듬 연습하렴."

그녀는 교실을 나와서 강당의 무대 입구로 향했다. 리나의 연극반이 만나는 장소라는 것을 알고 있었다.

강당은 어두웠고, 무대에는 캣워크 스팟 조명 몇 개가 켜져 있었다. 연극반은 불을 밝힌 무대 한구석에 둥글게 배열한 의자에 앉아서 오래된 종이 대본에 적힌 대사를 소리 내어 읽고 있었다. 레티샤는 손을 마주 잡고 그쪽으로 다가갔다. 뒷머리를 짧게 깎은 말수 적은 졸업반 릭 페이엣이 제일 먼저 그녀를 보았지만 아무 말도 하지 않고 리나 쪽을 흘끗 보았다. 리나는 대사를 읽다 말고 고개를 돌려 레티샤를 응시했다. 에드나 코먼이 마지막으로 그녀를 보고 지푸라기라도 잡듯 고개를 저었다.

"안녕." 레티샤가 말했다.

"여기 왜 왔어?" 리나의 목소리에는 경멸보다 궁금한 기색이 강했다.

"혹시 아직도…." 레티샤는 고개를 저었다. "아닐 수도 있겠지만. 아직 날 사용할 생각이 있나 싶어서 왔어."

"그래." 에드나 코먼이 말했다.

리나는 대본을 내려놓고 일어섰다.

"왜 마음이 바뀐 거야?"

"늙은 여자 역할도 괜찮은 것 같아. 대단한 게 아니잖아. 증조할머니 사진을 가져왔어."

그녀는 주머니에서 플라스틱 지갑을 꺼내 펼쳤다. 안에는 앨범에 있던 사진 복사본이 들어 있었다.

"이렇게 분장하면 어떨까. 우리 증조할머니처럼."

리나는 지갑을 받아들었다.

"닮았다."

"그렇지. 상당히."

"이거 봐." 리나는 사진을 다른 친구들에게 들어 보였다. 다들 사진 주위에 모여 차례로 넘겨받으며 신기하다는 듯 쳐다보았다. "진짜 증조할머니랑 똑같이 생겼네."

릭 페이엣은 감탄하며 휘파람을 불었다.

"너 진짜 늙은 여자 역할 잘할 거 같아."

럿거 박사는 일주일 뒤 갑자기 레티샤를 사무실로 불렀다. 레티샤는 조용히 책상 앞에 앉았다.

"연극반에 합류했다면서." 그는 말했다.

레티샤는 고개를 끄덕였다.

"이유가 있니?"

단순하게 표현할 방법은 없었다.

"박사님이 말씀하신 이유 때문에요."

"마찰은 없어?"

"잘 지내고 있어요."

"잘됐구나. 애들이 네게 다른 역할을 주더냐?"

"아뇨. 난 늙은 여자예요. 분장을 할 거예요."

"넌 싫지 않고?"

"괜찮아요."

럿거 박사는 뭔가 잘못된 부분을 찾아내고 싶은 것 같았지만, 찾을 수가 없었다. 그는 희미하게 수상하다는 미소를 띠고 시간을 내주어서 고맙다고 말했다.

"언제든지 네가 원할 때 상담하러 오너라. 어떻게 되어가고 있는지 듣고 싶구나."

그룹은 금요일마다 개인 오케스트라 수업 1시간 후에 만났다. 레티샤는 홈 키보드용으로 편곡해서 연습했다. 대본을 낭독하고 30분 동안 피드백을 한 뒤, 레티샤는 복도에서 좀처럼 볼 수 없는 연극반 강사 미스 다시의 허락을 받았다. 노처녀 분위기를 풍기는, 사전설계아동이 아닌 선생님이었다. 옛날 분이었고 학생들 전부를 '미스터' 아니면 '미스'로 불렀지만, 극작과 무대 기법에 대해 잘 알았다. 그녀는 교내의 자연게놈 선생님 6명 중에서 가장 나이가 많았다.

리나는 오디션 내내 레티샤와 같이 있었고, 릭 페이엇에게 늙은 여자 역할을 맡겼지만 어울리지 않았다고 하면서 레티샤가 늦게 합류한 데 대해 강력하게 변호를 해주었다. 페이엇 역시 자기가 역할을 맡지 않게 된 것을 홀가분하게 생각했다. 동시에 무대에 등장하지 않는 다른 역할까지 떠맡아야 했기 때문에, 한 연극에서 두 가지 배역을 책임진다는 것을 걱정스러워하고 있었다.

페이엇은 두 번째 금요일 모임에서 감사의 마음을 표현했다. 그는 레티샤에게 눈이 커다랗고 요정 같은 미남에 날씬한 연극반 단원 프랭크 르루를 소개해 주었다. 페이엣은 프랭크가 수줍음이 많아서 무대에 서지 못하지만 분장을 맡아줄라고 했다.

"솜씨가 좋아."

레티샤는 르루가 자신을 살펴보는 동안 긴장해서 서 있었다.

"얼굴이 인상적이야." 그는 부드럽게 말했다. "윤곽을 파악하게 좀 만져봐도 될까?"

레티샤는 키득거리다가 문득 쑥스러워서 웃음을 거두었다.

"그렇게 해. 주름살을 만들고 어둑어둑하게 칠할 거야?"

"그 정도로는 안 돼." 르루가 말했다.

"움직이는 동안 프랭크가 네 얼굴을 비디오로 찍을 거야." 페이엣이 말했다. "그런 다음 영상을 디지털로 전환해서 레이저폼 몰드를 만들어. 앉혀놓고 직접 본을 뜨는 것보다 훨씬 좋아. 작년에는 프랭크가 내 몸을 직접 본떠서 노트르담의 곱추로 만들었는데, 정말 힘들었다고."

"이쪽이 훨씬 나아."

르루는 레티샤의 피부를 섬세하게 쓰다듬으며 뺨과 턱 밑을 찔러보고 머리카락을 뒤로 넘겨 관자놀이를 만져보았다.

"서로 다른 자세에서 네 얼굴과 목이 어떤 형태를 취하는지 조각을 두세 개 만들어 볼 거야. 그런 다음 근육이 접히거나 변형되는 모양을 몰드에 반영해야지."

"프랭크가 분장을 끝내면, 너 자신도 널 못 알아볼 거야."

"리나한테 들었는데, 증조할머니의 사진을 갖고 있다면서? 볼 수 있어?" 르루는 물었다.

레티샤는 그에게 지갑을 건넸고, 그는 눈을 가늘게 뜨고 열심히 뜯어보았다.

"진짜 멋진 얼굴이다. 난 우리 증조할머니를 만난 적이 없어. 우리 할머니는 엄마하고 같은 또래로 보여. 자매로 착각한다니까."

"분장을 끝내면," 페이엣의 열성적인 말투가 지겨워지기 시작했다. "너랑 네 증조할머니가 자매 사이로 보일 거야."

그날 저녁 늦게 유료 지하철을 타고 학교에서 집으로 돌아오면서, 레티샤는 자신이 정확히 무엇을 하고 있을까 생각했다. 고등학교 시절 내내 그녀는 대부분의 동급생들과 단절된 상태였다. 그나마 우정 비슷했던 순간은 존 락우드와 같이 모드 앞에 앉아 교사가 들어오기를 기다리며 이따금 나누던 잡담이었다. 하지만 지금 그녀는 페이엣이 좋았고, 날씬하고, 창백하고, 강하고, 서늘한 손을 지닌 별난 르루가 좋았다. 르루는 사전설계아동이었지만, 어딜 보나 그의 부모님은 남들과 다른 취향을 가진 모양이었다. 그도 슈퍼위즈일까? 아무도 그렇게 말한 적은 없었다. 어쩌면 그런 등급에 관심이 없는 척하는 것은 사전설계아동 사이에서 명예와 관련된 문제인지도 모른다.

리나는 친절하고 많이 도와주었지만 여전히 거리감이 있었다.

계단 위 포치를 지나 집 현관문으로 다가가서 키보드를 벽장 옆에 내려놓는데, 거실에 켜져 있는 뉴스 방송의 한쪽 귀퉁이가 보였다. 보는 사람은 없었다. 모두 주방에 있는 것 같았다.

이 각도에서 보니 아나운서는 유령처럼 투명한 푸른색이었다. 좀 더 잘 보이는 각도로 돌아가니, 아나운서는 높은 광대뼈, 금발 생머리, 구릿빛 피부를 지닌 동양계 흑인 가상현실 여신 형태를 띠었다. 레티샤는 아나운서의 외모에 신경 쓰지 않았다. 그녀가 말하는 내용이 주의를 끌었다.

"…16년 전부터 17년 전 사이에 출고된 모든 사전설계아동 중에서 4분의 1에 달하는 인구가 유전자 염기서열 T56-WA5659에 결함을 지니고 있을지도 모른다는 사실이 밝혀졌습니다. 원래 창조력과 수학 능력을 증진시키는 지능 강화 매크로 박스의 일부로 도입된 T56-WA5659은 개량을 거쳐 사실상 모든 사전설계아동에게 기본 선택사항으로 장착되었습니다. 이 결함 염기서열의 영향은 아직 밝혀지지 않았지만, 우리 시에서도 최소 20명의 아동이 이미 사망했습니다. 모두 초기에 대발작간질과 유사한 증상을 보였습니다. 전국적인 사망자 수는 아직 집계되지 않았습니다. 리프킨 협회는 정부 감독기관이 이런 사실을 은폐했다고 비난하고 있습니다."

아나운서는 말을 이었다.

"산전 설계부는 이 염기서열을 지닌 사전설계아동의 부모에게 즉각 의료기관과 설계 전문가에게 연락하여 상담 및 검진을 받도록 권고했습니다. 보다 연령이 낮은 아동의 경우 전신 레트로바이러스 치료 대상이 될 수 있습니다. 보다 자세한 정보는 현재 온라인 릿비드에서 제공되고 있으며, 전화로…."

레티샤가 돌아보니 엄마가 어두운 만족감이 어린 얼굴로 뉴스를 보고 있었다. 딸의 충격받은 표정을 보더니 갑자기 슬픈 표정을 지었다.

"안됐구나. 얼마나 많은 아이들에게 문제가 생길지 걱정이다."

레티샤는 저녁을 먹는 둥 마는 둥했다. 그날 밤에는 잠도 두어 시간밖에 자지 못했다. 주말은 영원처럼 길었다.

르루는 레티샤의 얼굴과 레이저폼 조각을 대조하면서 녹색 방의 거울 앞에서 부드러운 손짓으로 턱을 이리저리 돌려 보았다. 그가 혼자 나직하게 휘파람을 불며 레티샤의 얼굴에 다양한 몰드를 시험하는 동안, 나머지 연극반원들은 레티샤가 필요 없는 장면을 연습했다. 연습이 끝난 뒤, 리나는 녹색 방으로 들어와 그들 뒤에서 쳐다보았다. 레티샤는 급히 얼굴에 붙인 피부 같은 플라스틱 시트 밑에서 뻣뻣하게 미소 지었다.

"정말 끝내주겠다." 리나가 말했다.

"늙어 보이겠지 뭐." 레티샤는 농담처럼 대꾸했다.

"너무 걱정하지 말았으면 좋겠어. 아무도 신경 안 써, 정말. 다들 널 좋아해. 에드나조차."

"난 걱정 안 해."

르루는 플라스틱을 떼어 내더니 조심스럽게 상자 안에 넣었다.

"이제 다 된 것 같아. 기술이 얼마나 늘었는지, 이제 본인만 괜찮다면 리나도 늙은 여자처럼 보이게 할 수 있을 것 같아."

레티샤는 잠시 생각에 잠겼다. 문자 그대로 말고, 속뜻을 생각해 보면 민망할 정도로 뻔했다. 리나는 얼굴을 붉히고 화난 눈으로 르루를 보았다. 르루는 리나의 눈빛을 보더니 두 사람을 번갈아 쳐다보았다. "아,

하라면 할 수 있다고." 리나는 뭐라 말을 보탰다가 더 곤란한 상황이 될 것 같았다. 레티샤는 눈을 깜빡이고 분위기를 누그러뜨리기로 했다.

"리나라면 할머니처럼 보이지 않을 거야. 늙은 여자라면 내가 훨씬 그럴듯할걸."

"당연하지." 르루는 상자와 조각을 집어 들고 사형집행을 마친 망나니처럼 문으로 향했다. "네 증조할머니랑 똑같아."

아주 오랫동안 침묵을 지키며, 리나와 레티샤는 녹색 방에서 단둘이 마주 보고 있었다. 깨진 거울 주위의 낡은 분장용 백열등이 등 뒤의 흰 벽을 진주처럼 비추고 있었다.

"넌 좋은 배우야." 리나가 말했다. "네가 어떻게 생겼는지는 별로 중요하지 않아."

"고마워."

"가끔 나도 우리 가족 중 누군가와 닮았으면 얼마나 좋을까 생각해."

레티샤는 별생각 없이 말했다. "하지만 넌 예쁘잖아." 진심이었다. 리나는 아름다웠다. 서아시아 레반트 특유의 짙은 피부와 길고 검은 머리, 작고 뾰족한 턱, 커다란 아몬드 모양의 헤이즐색 눈, 아주 약간 휘어진 얇은 코, 그녀는 그저 아름다웠다. 두셋 세대 위였다면 연예계로 진출했거나 유명한 부자들의 사교계로 들어갔을 만한 얼굴과 품위, 지능이 돋보였다. 육체적인 아름다움 뒤에서 점잖은 위트가 반짝였고, 어딘가 부드러운 마음가짐이 엿보였다. 사전설계아동들은 보통 더 건강하고, 유쾌했고, 정신세계는 일반적으로 좀 더 미묘하고 균형이 잘 잡혀 있었다. 하지만 레티샤는 열등감을 느끼지 않았다. 이번에는 그렇지 않았다.

마법 같은 뭔가가 내려앉았다. 이선의 어색한 기분, 그리고 신속하게 그 어색한 기분을 눌러버리고 나니, 한동안 마음이 척척 맞는 대화가 이어졌다. 둘 다 무슨 말을 해도 기분이 상하지 않았다. 말하지 않아도, 당연했다.

"우리 부모님도 아름다우셔. 난 2세대야." 리나가 말했다.

"그런데 왜 굳이 다른 외모를 원한다는 거야?"

"그렇지는 않아. 내 외모가 마음에 들어. 하지만 엄마나 아빠를 별로 닮지는 않았어. 아, 피부색, 머리색, 눈, 이런 것 말이야…. 하지만 엄마는 그래도 본인 얼굴이 별로 마음에 안 드신대. 할머니와 사이가 안 좋아…. 얼굴을 성격에 어울리게 고르지 않은 게 할머니 탓이라고." 리나는 미소 지었다. "시시한 이야기지."

"만족을 모르는 사람들도 있지." 레티샤는 말했다.

리나는 다가와서 거울에 비친 레티샤의 모습 쪽으로 몸을 약간 내밀었다.

"할머니와 닮았다는 건 어떤 기분이야?"

레티샤는 입술을 깨물었다.

"네가 같이 연극을 하자고 했을 때까지는 나도 미처 몰랐던 것 같아."

그녀는 어머니에게 앨범을 받았던 이야기, 거울에 자신의 모습을 비춰 보았던 이야기(벌거벗었다는 이야기는 빼고), 자기 자신과 옛 사진을 비교해 보았던 이야기를 했다.

"그걸 깨달음이라고 하는 거 아닐까." 리나가 말했다. "좋은 기분이었겠다. 내가 어리석었던 거지만, 그래도 너한테 같이 하자고 한 게 잘한 거네."

"넌 혹시…." 레티샤는 말을 흐렸다.

스스럼없이 마법 같던 분위기는 아쉽게도 사라져 가고 있었다. 이 질문이 자기 뜻 그대로 받아들여질까 알 수 없었다.

"유치하고 무뚝뚝한 분위기 깨뜨릴 기회를 나한테 주려고 같이 하자고 한 거야?"

"아니." 리나는 평정하게 말했다. "늙은 여자가 필요해서 같이 하자고 한 거야."

서로를 쳐다보며, 그들은 느닷없이 웃음을 터뜨렸다. 마법 같던 친밀감은 사라지고 보다 안정된, 보다 지속적인 것, 우정이 그 자리를 차지했다. 레티샤는 리나의 손을 잡고 힘을 주었다.

"고마워."

"천만에." 리나는 곧장 덧붙였다. "최소한 넌 걱정할 필요 없잖아."

레티샤는 입을 멍하니 벌리고 탐색하는 눈으로 리나를 쳐다보았다.

"이제 집에 가야겠다." 리나는 레티샤의 어깨를 살짝, 아니 그보다 더 세게 한 번 움켜쥐었다. 지금까지 말했던 것, 행동했던 것과 상충되는 육체적인 분노 혹은 질투 같은 것이 드러나는 몸짓이었다. 그녀는 돌아서서 녹색 방문을 나섰고, 혼자 남은 레티샤는 라텍스 조각과 접착제를 정리하기 시작했다.

사태는 차츰 커졌다. 그날 밤 레티샤는 늦게까지 방에서 뉴스를 들었다. 가상현실 뉴스 캐스터와 의사들, 과학자들이 눈앞에서 유령처럼 흔들거리며 그녀가 이해할 수 없는, 그저 느낄 수밖에 없는 소식들을 귓속에 속삭였다. 괴물이 그녀의 세대를 가르며 지나가고 있었지만, 레티샤에게는 아무 일이 없을 거라는 내용이었다.

월요일 학교에 가보니, 학생들은 수업 시작종이 울리기 전에 어두운 분위기로 복도에 모여 나직하게 이야기를 주고받다가 레티샤가 지나가는 쪽을 바라보았다. 2교시 수업 중, 주말에 르루가 죽었다는 이야기가 들려왔다.

"그 애는 슈퍼위즈였어." 키 크고 탄탄한 몸매의 여학생이 옆에 앉은 아이에게 말했다. "그런 애는 보통 안 죽는데, 블리츠만 일으키지. 그런데 그 애는 죽었어."

점심시간이 시작되자마자 오래된 화장실로 가보니 비어 있었다. 레티샤는 거울을 들여다보지 않았다. 자신이 어떻게 생겼는지 알고 있었고, 이제 받아들였다.

받아들이기 힘들었던 것은 마음속에 새롭게 생겨난 감정이었다. 어린 레티샤는 이제 없었다. 전쟁터에서 언제까지나 어린아이로 살 수는 없었다. 그녀는 날씬하고 요정 같던 르루가 겨드랑이에 그녀의 머리통을 끼고 가던 모습, 전문가의 눈빛으로 감탄하며 그녀의 얼굴을 부드럽게 만져보던 모습을 생각했다. 강하고 서늘한 손가락. 눈에 눈물이 고였지만, 흘러내리지는 않았다. 레티샤는 공허하고 두렵고 혼란스러운 기분으로 점심을 먹으러 갔다.

자매들

하지만 상담 신청을 하지는 않았다. 이건 혼자 감당해야 할 일이었다.

이어 며칠 동안 별다른 일은 없었다. 공연 날짜가 다가오면서 저녁마다 연습은 순조롭게 진행되었다. 레티샤는 대사를 쉽게 외웠다. 그녀의 역할에는 슬픔이 있었고, 마침 기분에도 어울렸다. 수요일 저녁, 연습이 끝난 뒤 그녀는 리나와 페이엣과 함께 학교 근처 슈퍼마켓 샌드위치 가게에 들렀다. 레티샤는 부모님에게 늦을 거라고 말하지 않았다. 또래 동료 말고 누구에게도 책임감 있게 행동하고 싶지 않았다. 엄마는 분명 화를 내겠지만 오래가지 않을 것이다. 반드시 필요한 일이었다.

리나도 페이엣도 직접적으로 문제를 거론하지 않았다. 그들은 요정처럼 흥겨웠다. 레티샤에게 이제 분장 없이 연극을 해야 하는데 어쩌냐고 농담을 했고, 우스웠지만 그 아래에는 슬픔이 묻어 있었다. 그들은 샌드위치를 먹고 과일 소다를 마시며 어른이 되면 무엇이 될지 이야기했다.

"옛날에는 그렇게 쉽지 않았어." 페이엣이 말했다. "아이들한테는 선택권이 별로 없었대. 학교는 바깥세상에 적응하는 훈련을 효율적으로 시키지 못했고, 주로 학술적인 공부에 치우쳤어."

"학습 속도도 느렸지." 레티샤가 말했다.

"아이들도 그랬고." 리나는 건방진 웃음을 흘렸다.

"난 그게 분해." 레티샤는 말했다. 이어 세 사람은 입을 모아 말했다. "아니라고 말하지 않겠어. 난 그저 분하다고!"

아이들이 웃음을 터뜨리자 구석에 앉아 있던 나이 든 부부가 이쪽을 돌아보았다. 부부가 화를 내지 않는다 해도 레티샤는 도발을 하고 싶었다. 그녀는 고개를 숙이고 빨대를 문 채 킬킬 웃다가 코로 물방울을 빨아들이고 컥컥 기침을 했다. 리나는 한심하다는 표정을 지었고, 페이엣은 손으로 입을 가린 채 큭큭 웃었다.

"고무를 얼굴에 온통 바르는 게 어때?" 페이엣이 말했다.

"그러면 늙은 여자가 아니라 프랑켄슈타인의 괴물처럼 보일 거야." 레티샤가 말했다.

"뭐가 다른데?" 리나가 말했다.

"아니, 너희들은 너희 나이에 맞는 역할을 하고 있잖아."

"연기할 필요가 없지. 그냥 그대로 있으면 되지." 페이엣이 말했다.

"난 우리가 우리 나이를 연기할 수 있었으면 좋겠어." 리나가 말했다.

르루 이야기는 한 번도 나오지 않았지만, 내내 그가 같이 앉아서 시답잖은 장난을 치고 있는 것만 같았다.

아이들이 할 수 있는 한, 추도와 가장 비슷한 시간이었다.

"너 설계한 의료진 만나봤니?"

레티샤는 무대 막 뒤에서 리나에게 물었다. 조명은 꺼져 있었다. 무대 담당 학생들은 머슬린 벽을 수레에 실어 옮기고 있었다. 갓 칠한 페인트 냄새가 공기를 가득 채웠다.

"아니, 난 걱정하지 않아. 난 다른 곳에서 출고했어."

"그래?"

리나는 고개를 끄덕였다.

"괜찮아. 문제가 있으면, 내가 여기 있지 않겠지. 걱정 마." 더 이상 아무 말도 없었다.

드레스 리허설 밤이 다가왔다. 레티샤는 연필로 직접 얼굴에 선을 그리고 색깔과 명암을 칠했다. 미리 연습을 해두었기 때문에 그럭저럭 나이 든 분장을 잘할 수 있게 되었다. 증조할머니의 사진을 앞에 놓고, 그녀는 나중에 늙으면 똑같이 생길 턱살을 흉내 내고 입술 주위에 팔자주름을 그리고 마지막으로 소도구함에서 퀴퀴한 냄새가 나는 낡은 회색 가발을 꺼냈다.

리허설을 앞두고 미스 다시가 최종 점검을 위해 배우들을 소집했다. 사극 복장을 갖춰 입고 있으니 다들 훤칠하고 잘생긴 성인 같았다. 레티샤는 눈에 띄는 것이 싫지 않았다. 늙은 여자 역할 덕분에 그녀에게는 특별한 위상이 있었다.

"이제 긴장 풀고 기분 좋게 해보자." 미스 다시가 말했다. "모두 너희들이 대사를 실수할 거라고 생각할 테니까, 아마 완벽하게 해내겠지. 관객이 와 있지만 실수를 비웃지 않고 너그럽게 용서해 줄 거다. 이번 연습은…" 미스 다시는 잠시 뜸을 들였다. "르루 학생에게 바치자꾸나."

다들 엄숙하게 고개를 끄덕였다.

"내일 올라가는 첫 공연은 너희들을 위한 거다."

그들은 곁 무대에 자리를 잡았다. 레티샤는 가장 먼저 무대에 올라가야 하는 리나 뒤에 자리를 잡았다. 리나는 긴장해서 흘끗 시선을 보냈다.

"기분이 어때?" 그녀는 속삭였다.

"봉투 없어?" 레티샤는 손가락을 입에 집어넣고 토하는 시늉을 했다.

"퇴화충." 리나는 가볍게 놀렸다.

"조립충." 레티샤도 대꾸했다. 그들은 굳게 악수를 나누었다.

커튼이 올라갔다. 학부모들과 친구들, 친척들이 강당을 반쯤 채웠다. 레티샤의 부모님도 저기 어딘가 있었다. 무대 조명 너머의 어둠이 너무나 깊어서 별과 성운이 총총한 것 같았다. 내 작은 음성이 저 멀리까지 가닿을까?

막이 오르기 전에 나오는 녹음된 음악이 고요히 끝났다. 리나는 무대에 올라가려다가 갑자기 멈췄다. 레티샤는 팔꿈치로 리나를 쿡 찔렀다.

리나는 얼굴을 한쪽으로 삐딱하게 기울인 채 레티샤를 돌아보았다. 왼쪽 눈에서 커다란 눈물이 한 방울 떨어졌다. 그녀는 눈물방울이 뺨을 타고 천천히 흘러내리다가 새틴 가운 위에 얼룩을 남기는 모습을 못 박힌 듯 쳐다보았다.

"미안해." 리나는 비틀린 입술로 속삭였다. "지금은 못 하겠어. 말해 줘. 말해줘."

망연한 기분으로, 레티샤는 리나가 쓰러지지 않도록 받쳐주려고, 들어 올리려고, 다시 원래대로 일으키려고 했지만, 너무 무거워서 속도만 늦추었을 뿐 쓰러지는 것을 막을 수가 없었다. 고요한 정적 속에서 리나의 발이 말발굽처럼 레티샤의 다리를 차서 멍을 남겼고, 반짝이고 공허하고 축축한 눈은 쉼 없이 깜박이며 흰자를 드러냈다.

자신이 비명을 지르고 있다는 것조차 의식하지 못한 채, 레티샤는 몸을 앞으로 숙이며 두 손을 들었다. 두려워서 리나를 건드려야 할지, 건드리지 않아야 할지 알 수 없었다.

페이엣과 에드나 코먼도 속수무책으로 뒤에 서 있었다.

리나는 비틀린 인형처럼 쓰러진 채 움직이지 않았다. 얼굴은 천장을 향했고, 눈동자는 파들거리며 천천히 레티샤를 향하더니 결국 멈췄다.

"안 돼!" 레티샤는 외쳤다. 객석의 웅성거림도 귀에 들어오지 않았다. "제발, 하느님! 차라리 날 데려가 주세요! 리나는 안 돼요!"

페이엣이 뒤로 물러났고, 미스 다시가 조명 아래로 들어오더니 레티샤의 어깨를 잡았다. 그녀는 팔을 뿌리쳤다.

"리나는 안 돼요!"

레티샤는 흐느꼈다. 의료진이 도착하더니 리나를 둥글게 둘러싸서 사람들의 시선을 막았다. 미스 다시는 단호하게, 거의 난폭할 정도로 학생들을 무대에서 밀어내 녹색 방으로 들여보냈다. 표정은 가면처럼 굳어 있었고, 창백한 얼굴에 눈빛은 공허했다.

"우리가 뭔가 해야 하잖아요!" 레티샤는 애원하듯 두 손을 들었다.

"진정해라." 미스 다시는 날카롭게 말했다. "할 수 있는 일은 모두 다 하고 있어."

페이엣이 말했다.

"연극은요?"

모두가 그를 응시했다.

"미안해." 그는 입술을 떨며 말했다. "멍청한 소리였어."

제인과 도널드, 로알드가 녹색 방으로 찾아왔고, 레티샤는 눈을 질끈 감은 채 어머니를 와락 끌어안고 어깨에 얼굴을 묻었다. 가족은 레티샤를 밖으로 데리고 나갔다. 초저녁이라 몇몇 학생들과 학부모들이 아직 서성이고 있었다.

"집으로 가야겠다." 제인이 말했다.

"기다렸다가 리나가 어떻게 됐는지 확인해야 해요." 레티샤는 제인의 팔을 밀어내고 사람들을 쳐다보았다. "다들 너무 겁을 먹었어요. 난 알아요. 리나도 두려워하고 있었어요. 내가 봤어요. 리나는 나한테…." 목이 잠겼다. "나한테…."

"잠시만 더 기다려 보자꾸나." 아버지가 말했다.

그는 다른 남자에게 가서 말을 걸었다. 두 사람은 잠시 대화를 나누었고, 남자가 고개를 저었고, 그들은 헤어졌다. 어린 로알드는 당황하고 어색한지 주머니에 손을 찌르고 멀리 떨어져 서 있었다.

"좋아." 도널드는 얼마 후 돌아왔다. "오늘 밤에는 확실해질 것 같지 않구나. 집에 가자."

이번에는 레티샤도 반대하지 않았다. 집에 돌아와서 그녀는 자기 방에 틀어박혔다. 알고 싶지 않았다. 전에도 똑같은 장면을 보았다. 다른 모든 변명은 자기기만일 뿐이었다.

1시간 뒤 아버지가 올라와서 조용히 방문을 두드렸다. 레티샤는 불안하게 졸다가 퍼뜩 깨어 문을 열었다.

"정말 안타깝구나." 아버지가 말했다.

"네."

그녀는 중얼거리며 침대로 돌아갔다. 아버지는 옆에 나란히 앉았다. 다시 여덟 살, 아홉 살로 돌아간 것 같았다. 방을 둘러보니 온통 장난감과 책, 자질구레한 물건들 투성이였다.

"미스 다시가 전화했다. 리나 캐스카트가 죽었다고 너한테 전해달라고 하더구나. 병원에 도착했을 때 이미 사망한 뒤였단다. 네 엄마와 나는 계속 뉴스를 봤어. 이제 아픈 아이들이 많단다. 많은 애들이 죽었어." 아버지는 레티샤의 머리를 부드럽게 두드렸다. "우리가 왜 자연 그대로의 아이를 원했는지 이제 너도 알 거다. 위험이…."

"그러지 마세요." 레티샤는 말했다. "아빠 엄마가 우리를 가진 건…." 그녀는 딸꾹질을 했다. "그런 방식으로 우리를 가진 건 위험 부담이 있어서가 아니잖아요. 이 사람들이 마치 어딘가 잘못됐다는 것처럼 말씀하지 마세요."

"안 그러니?" 아버지의 눈빛이 갑자기 싸늘해졌다. "결함이 있잖아."

"내 친구들이라고요!" 레티샤는 소리 질렀다.

"레티샤." 아버지는 움찔했다.

레티샤는 침대에서 무릎을 꿇고 몸을 일으켰다. 다시 눈물이 흘렀다.

"그 애들한테는 잘못된 게 없어요! 그 애들은 사람이에요! 그냥 아픈 사람요. 그게 다예요!"

"그게 무슨 말도 안 되는 소리야." 도널드가 말했다.

"난 리나하고 이야기했어요. 리나도 알고 있었어요. 그냥 그렇게 어디가 잘못된 사람이라고 말하시면 안 돼요. 그걸로는 충분하지 않아요!"

"그 애 부모들이 진작 알았어야지." 도널드는 목소리를 높였다. "레티샤…."

"혼자 있고 싶어요."

아버지는 혼란스러운 표정으로 서둘러 방을 나간 뒤 문을 닫았다. 그녀는 침대에 누워 리나가 하고 싶었던 말이 무엇이 있는지, 누구에게 였는지 생각해 보았다.

"내가 해줄게." 그녀는 속삭였다.

다음 날 아침 식탁은 조용했다. 로알드는 걱정스러운지 커다란 눈으로 식구들을 둘러보며 시리얼을 깨작거렸다. 레티샤는 먹는 둥 마는 둥 하고 식탁에서 일어났다.

"장례식에 가볼래요."

"넌 어딘지….." 제인이 말했다.

"갈 거예요."

레티샤는 단 한 번의 장례식만 참석했다. 리나의 장례식이었다. 무덤 반대편에서 리나의 부모님은 어떤 분일까 골똘하게 쳐다보며 제인과 도널드와 비교해 보았다. 울지는 않았다. 레티샤는 집으로 돌아와서 생각한 것들을 글로 썼다.

그해는 최악이었다. 레티샤의 학교에서 112명의 학생이 사망했다. 200명은 심하게 아팠다.

존 페이엣도 죽었다.

연극반은 계속되었지만, 연극은 무대에 올리지 못했다. 학교는 조용했다. 많은 학생들이 수업에 빠졌다. 히스테리는 차츰 고조되었고, 이것이 사전설계아동의 오류가 아니라 전염병이라는 소문이 들려왔다.

아니, 전염병은 아니었다.

전국적으로 200만 명의 청소년이 아팠다. 100만 명이 죽었다.

미국 역사상 최악의 참사라는 소식을 읽었지만, 레티샤는 진실을 한 꺼번에 이해하지는 못했다. 폭도들이 사전설계아동 센터를 파괴했다. 사전설계아동 아기를 임신한 여자들은 낙태를 요구했다. 리프킨 협회는 상당한 영향력을 지닌 정치적 구심점으로 등장했다.

매일 방과 후 뉴스를 들으면, 그녀라는 존재의 모든 것이 사소하게 느껴졌다. 가족은 건강했다. 그들은 정상적으로 자라고 있었다.

졸업을 2주 남긴 어느 날 수업을 마치고 학교에서 에드나 코먼이 레티샤에게 다가왔다.

"이야기할 수 있을까? 어디 조용한 곳에서."

"그럼." 레티샤는 말했다. 아주 친한 사이는 아니었지만, 에드나 코먼은 그럭저럭 견딜 만했다. 레티샤는 에드나를 오래된 화장실로 데려갔고, 그들은 소리가 웅웅 울리는 흰 타일 한가운데 섰다.

"저기, 다들, 나이 든 사람들, 다들 나를, 우리를 쳐다봐." 에드나가 말했다. "우리가 금방이라도 쓰러질 것처럼. 정말 기분이 안 좋아. 난 아플 것 같지 않지만 그래도… 사람들이 날 건드리는 것조차 두려워하는 것 같아."

"알아." 레티샤가 말했다.

"왜 그럴까?" 에드나는 떨리는 음성으로 말했다.

"몰라." 레티샤는 말했다. 에드나는 그저 손을 축 늘어뜨린 채 앞에 서 있었다.

"우리 잘못일까?"

"아니. 너도 알잖아."

"네가 말해줘."

"뭘?"

"이걸 바로잡으려면 우리가 어떻게 해야 하는지."

레티샤는 잠시 에드나를 쳐다보다가 팔을 뻗어 어깨를 잡고 끌어당겨 안아주었다.

"기억해."

그녀는 말했다.

졸업식을 닷새 남겨두고, 레티샤는 럿거 박사에게 졸업사를 자신이 해도 되느냐고 물었다. 럿거는 책상 뒤에 앉아 손을 맞잡았다.

"왜?"

"아무도 말하지 않는 이야기들이 있어서요." 레티샤는 그에게 말했다. "꼭 해야만 하는 이야기들이라서요. 아무도 말하지 않으면, 그러면…" 그녀는 침을 꿀꺽 삼켰다. "그러면 제가 할 수도 있을 것 같아서요."

그는 잠시 그녀를 미심쩍다는 듯 쳐다보았다.

"정말 네가 중요한 할 말이 있단 말이냐?"

그녀는 박사의 시선을 뚫어지게 받아냈다. 고개를 끄덕였다.

"연설문을 써 오너라. 내게 보여줘."

그녀는 주머니에서 종이를 꺼냈다. 박사는 내용을 찬찬히 읽고 고개를 젓더니(처음에 레티샤는 거절하는 거라고 생각했다) 종이를 돌려주었다.

●

곁 무대에서 무대에 올라갈 순서를 기다리며, 레티샤 블레이클리는 강당에 모인 젊은 학생들이 낮게 두런거리는 음성에 귀를 기울였다. 커튼 근처는 일부러 피했다.

럿거 박사가 졸업식을 진행했다. 식은 침울하고 활력이 없었다. 레티샤는 자신이 중대한 실수를 저지르고 있다는 기분이 들기 시작했다. 이런 이야기를 하기에 그녀는 너무 어리다. 너무 어색하고, 유치하게 들릴 것이다.

럿거는 개회사를 한 뒤 레티샤를 소개하고 연단으로 올라오라고 손짓했다. 레티샤는 일부러 커튼 근처의 그 자리로 곧장 걸어가서 잠시 멈춘 뒤 혹시 남아 있을지도 모를 리나의 흔적을 흡수하기라도 하려는 듯 눈을 감고 심호흡을 했다. 미스 다시 옆을 똑바로 지나치는데, 선생님의 시선이 레티샤를 쏘아보는 것 같았다.

목구멍이 막혔다. 레티샤는 얼른 목을 문지르고 머리 위 눈부신 조명에 눈을 깜빡이며 그 빛 너머의 얼굴들을 열심히 바라보았다. 그저 거대한 어둠 속에서 번져 보일 뿐이었다. 눈가로 흘끗 확인하니 다시 선생님이 고개를 끄덕이고 있었다. 시작하렴.

"우리 모두에게 힘든 시간이었습니다." 그녀는 높고 까칠까칠한 목소리로 입을 열었다. 그녀는 헛기침을 했다. "저는 많은 친구를 잃었고,

여러분도 그랬겠지요. 어쩌면 아들과 딸을 잃어버린 부모님도 있을 것입니다. 아마, 거기서 저를 언뜻 보셔도, 저는… 설계된 존재가 아니라는 걸 아실 겁니다. 저는 자연게놈 아동입니다. 혹시 나도 아파서 죽지 않을까, 저는 이런 걱정을 할 필요가 없습니다. 하지만 저는…" 그녀는 다시 헛기침을 했다. 나아지지는 않았다. "나 같은 사람이 뭔가 중요한 말을 할 수 있지 않을까 생각했습니다."

레티샤는 말을 이었다.

"사람들이 실수를 했습니다. 아주 큰 실수를. 하지만 여러분의 존재는 실수가 아닙니다. 그러니까… 여러분을 만든 것 자체는 잘못된 판단이 아니었다는 뜻입니다. 여러분들이 하게 될 일들은 내게 꿈에 불과합니다. 여러분 중 누구는 우주에서 장기간 살게 되겠지만, 난 그럴 수 없습니다. 여러분 중 누구는 내가 생각할 수 없는 것들을 생각하고, 내가 가보지 못할 장소에 갈 것입니다… 별을 보기 위해 여행을 떠날 겁니다. 우리는 많은 면에서 서로 다르지만, 나는 이 말을 들려드리는 것이 중요하다고 생각했습니다…"

레티샤는 준비한 연설을 읽고 있지 않았다. 그럴 수가 없었다. "난 여러분을 사랑합니다. 다른 사람들이 뭐라고 하든 상관없어요. 우리는 여러분을 사랑합니다. 여러분은 매우 중요한 사람들입니다. 잊지 마세요. 그걸 위해 우리가 어떤 대가를 치르고 있는지 잊지 마세요."

물을 끼얹은 듯한 정적이 흘렀다. 레티샤는 몸이 쪼그라드는 것 같았다. 하지만 그녀는 몸을 똑바로 세우고, 감사 인사를 하고, 말 한마디, 속삭임 하나 들리지 않는 정적 속에서 눈부신 조명을 피해 그 너머 우주

같은 어둠을 피해 고개를 숙였다.

레티샤가 지나가자, 미스 다시가 격식을 차려 꼿꼿하게 팔을 뻗었다. 그들은 굳게 악수를 나누었고, 레티샤는 처음으로 미스 다시가 자신을 동등한 존재로 바라본다는 것을 느낄 수 있었다.

졸업식이 계속되는 동안, 레티샤는 무대 뒤에 서서 낡은 마룻바닥, 커튼, 무대설비, 천장, 캣워크를 바라보았다.

지금 이 기분을 꿈에서 경험했던 것이 아주 오래전 같았다. 가족에 대한 것도, 그녀 자신에 대한 것도 아니었던 그 정체 모를 사랑. 그때는 알 수 없었던 무언가를 향한 사랑. 그녀 자신의 아이들은 아니나 그럼에도 불구하고 그녀의 것인 아이들에 대한 사랑. 형제들.

자매들.

가족들.

6

길은 어디로도 향하지 않는다

Through Road No Whither

길고 검은 메르세데스가 우르릉거리며 디종에서 남쪽으로 향하는 도로의 안개를 빠져나왔다. 앞 유리창에 차가운 물방울이 맺혀 흐르고 있었다. 호르스트 폰 란케는 콧등에 안경을 낮게 걸친 채 무릎 위에 펼친 지도를 찬찬히 읽고 있었고, 무장친위대 앨버트 피셔 중위가 운전하고 있었다.

"35킬로미터." 폰 란케는 나직하게 말했다. "그 이상은 아니야."

"우린 길을 잃었어." 피셔가 말했다. "벌써 36킬로미터 왔어."

"그렇게 많이 오지는 않았어. 이제 곧 도착할 거야."

피셔는 고개를 끄덕이다가 다시 설레설레 저었다. 높은 광대뼈와 길고 날카로운 코는 높고 갑갑한 목깃에 은빛 죽음의 머리가 달린 검은 제복과 아주 잘 어울렸다. 폰 란케는 굵은 줄무늬가 있는 회색 정장 차림이었다. 그는 선전부 차관이었다. 형제처럼 닮았지만 피셔는 체코슬로바키아에서 자랐고 폰 란케는 루어 출신이었다. 피셔는 양조장 아들, 폰 란케는 광부의 자식이었다. 2년 전 파리에서 만나서 가까운 친구 사이가 되었고, 지금은 사흘 휴가를 얻어 시골 관광 중이었다.

"잠깐." 폰 란케는 열린 옆 유리창을 빼꼼 내다보며 말했다.

피셔는 브레이크를 밟고 폰 란케가 긴 손가락으로 가리키는 방향을 바라보았다. 도로변 근처 어린 잡목림 너머로 벽이 지저분하고 지붕이 낮은 초가집 한 채가 안개 속에 숨어 있었다.

"사람이 안 사는 것 같은데." 폰 란케는 말했다.

"누가 있어. 연기를 봐." 피셔가 말했다. "여기가 어딘지 물어보자고."

그들은 차를 세우고 내렸다. 폰 란케는 앞장서서 젖은 짚이 널린 흙길을 가로질렀다. 가까이 가보니 오두막은 한층 누추했다. 초가지붕 꼭대기에서 연기가 짙은 회갈색으로 뭉게뭉게 피어올랐다. 피셔는 친구에게 고갯짓을 했고, 두 사람은 조심스럽게 다가갔다. 투박한 나무문 위에 글자가 삐딱하게 적혀 있었는데, 둘이 합해서 할 줄 아는 언어가 총 아홉 개였지만 어느 나라 말인지 알 수 없었다.

"롬어일까?" 피셔는 눈살을 찌푸리며 물었다. "익숙하기는 해. 슬라브계 롬어 같은데."

"집시? 로마니족은 이런 오두막에서 살지 않아. 게다가 오래전에 다 잡혀가지 않았나."

"그렇게 보인다는 거야." 폰 란케는 되풀이했다. "어쨌거나 통하는 언어가 있겠지. 프랑스어라면 좋을 텐데."

그는 문을 두드렸다. 한참 기다리다가 다시 두드리는데, 주먹 관절이 마지막으로 문에 닿는 순간 문이 열렸다. 살아 있는 게 신기할 정도로 늙은 여자가 나무색 매부리코를 문틈으로 비죽 내밀고 성한 한쪽 눈으로 그들을 내다보았다. 반대쪽 눈은 푹 꺼져 꺼풀이 덮여 있었다. 문을 쥔 손은 더러웠고 손톱은 길고 검었다. 쭈글거리는 입술로 웃음을 짓자 이가 없는 입이 드러났다.

"안녕하시오." 그녀는 완벽한, 심지어 우아하기까지 한 독일어로 말했다. "무슨 일인가요?"

"이 길이 돌레로 가는 길이 맞습니까?" 폰 란케는 비위가 상하는 것을 참으며 물었다.

"그렇다면 안 맞는 안내자한테 묻고 계시는 거요."

노인은 말했다. 그녀가 손을 놓자 문이 닫히기 시작했다. 피셔는 발길질을 해서 노인을 뒤로 밀었다. 문이 활짝 열리고, 닳아빠진 가죽 경첩에 삐딱하게 매달렸다.

"합당한 예의를 보이시오." 그는 말했다. "무슨 뜻인가? 안 맞는 안내자라니. 당신은 어떤 안내자요?"

"너무 강해."

노인은 나직하게 흥얼거리며 쭈글거리는 가슴 앞에 두 손을 모으고 어둑어둑한 안쪽으로 물러섰다. 그녀는 색깔도 분간할 수 없고 언제 만들었는지도 알 수 없는 다 떨어진 희끄무레한 넝마를 걸치고 있었다. 닳고닳은 뜨개 소매가 손목까지 내려왔다.

"대답해!"

오두막에서 풍기는 강렬한 오줌과 오물 냄새에도 불구하고 피셔는 다가섰다.

"내가 아는 지도는 이 땅의 것이 아니다." 그녀는 텅 비어 싸늘한 화덕 앞에서 부들거리며 노래했다.

"정신이 이상하네." 폰 란케는 말했다. "이 지역 당국이 알아서 하겠지. 내버려두고 가자."

하지만 피셔의 눈빛은 번득였다. 너무나 지저분하고, 너무나 정리정돈이 안 되어 있었고, 너무나 무례했다. 이런 것들을 보면 언제나 화가 났다.

"그럼 당신이 아는 지도는 뭐요, 미친 할망구?"

"시간의 지도."

갑자기 겸허한 태도로 자신의 전문분야를 소개하는 듯, 노인은 양옆으로 손을 늘어뜨리고 고개를 숙였다.

"그럼 여기가 어디인지 알려주시오." 피셔는 냉소했다.

"그만둬."

폰 란케는 말하면서도 너무 늦었다는 것을 알고 있었다. 이 상황이 끝나기는 하겠지만, 그건 친구가 원하는 방식일 것이고 유쾌한 결말은 아닐 것이다.

"여기는 어디로도 향하지 않는 고속도로." 늙은 여자가 말했다.

"뭐요?"

피셔는 노인에게 바싹 다가서서 내려다보았다. 그녀는 방탕한 아들 쳐다보듯 그를 올려다보았다. 잇몸에 묻은 침이 번들거렸다.

"점을 치고 싶으면 거기 앉아."

노인은 등나무를 엮어 가죽을 두른 낡은 의자 세 개와 낮은 탁자를 가리켰다. 피셔는 노인과 탁자에 차례로 시선을 주었다.

"알겠습니다." 그는 갑자기 짐짓 비위를 맞추듯 말했다.

또 게임을 하려는 거군, 폰 란케는 깨달았다. 쥐와 고양이 게임인가.

피셔는 친구를 위해 의자를 빼주고 노인의 맞은편에 앉았다.

"탁자 위에 손을 얹어. 손바닥을 아래로, 두 사람 다. 두 사람 다."

그들은 손을 얹었다. 노인은 무슨 소리를 들으려는지 귀를 탁자에 대고 초가지붕 사이로 스며들어 오는 빛줄기에 시선을 맞췄다.

"오만." 노인은 말했다. 피셔는 아무 반응이 없었다.

"길은 불과 죽음으로 이어진다." 노인은 말했다. "너희들의 도시는 불길에 휩싸이고, 여자와 아이들은 타오르는 집 안의 열기로 검은 인형처럼 쪼그라든다. 수용소가 발견되고 너희들은 끔찍한 범죄로 고발당한다. 많은 수가 재판을 받고 교수형에 처해진다. 국가는 오욕의 구렁텅이에 빠지고, 사람들은 너희의 대의에 치를 떤다." 그녀의 눈에 묘한 빛이 감돌았다. "정신병자들, 가장 비천한 자들만이 너희를 믿을 것이다. 나라는 적의 세력에 의해 반으로 갈라질 것이다. 모든 것이 사라질 것이다."

피셔의 미소는 흔들리지 않았다. 그는 주머니에서 동전을 꺼내 노인 앞에 던진 뒤 의자를 뒤로 밀치고 일어섰다.

"당신 지도는 그 턱만큼 삐딱하군, 더러운 할망구 같으니." 그는 말했다. "가자고."

"내가 계속 가자고 했잖아." 폰 란케는 말했다.

피셔는 집을 나설 기색이 없었다. 폰 란케는 친구의 팔을 잡아당겼지만, 친위대 중위는 어깨를 으쓱하며 친구의 손을 떨쳐 냈다.

"집시는 이제 거의 없어, 할망구." 그는 말했다. "곧 한 사람 더 줄어들겠지."

폰 란케는 친구를 문밖으로 끌어냈다. 노인도 따라와서 안개를 뚫고 눈에 들어오는 빛을 손으로 가렸다.

"나는 집시가 아니야." 노인이 말했다. "저 말 못 알아보나?"

그녀는 문짝 위의 글자를 가리켰다.

피셔는 눈을 지그시 떴다. 이제 알겠다는 눈빛이었다.

"그래, 이제 알겠어. 사어야."

"뭐지?" 폰 란케는 불안하게 물었다.

"헤브루어 같아." 피셔는 말했다. "이 여자 유태인이야."

"아니!" 노인은 킬킬 웃었다. "나는 유태인이 아니야."

폰 란케는 노인이 한층 젊어 보인다고, 최소한 힘이 더 붙은 것 같다고 생각했다. 불안한 기분이 점차 깊어졌다.

"당신이 어떤 사람이든 관심 없어." 피셔는 조용히 말했다. "지금이 내 아버지의 시대라면 얼마나 좋을까."

그는 노인 쪽으로 한 걸음 다가갔다. 그녀는 물러서지 않았다. 얼굴은 이제 거의 청년처럼 매끄러웠고, 꺼진 눈은 다시 차오른 것 같았다.

"그럼 아무 금칙도, 규율도 없을 텐데. 이 권총으로." 그는 총집을 두드렸다. "그 더러운 대가리를 쏴서 유럽에 마지막으로 남은 유태인 하나를 마저 죽이면 좋을 텐데."

그는 총집을 끌렀다. 피셔의 욕설에서 힘을 얻기라도 했는지, 노인은 어두운 오두막에서 몸을 죽 폈다. 폰 란케는 친구가 걱정스러웠다. 경솔한 언행으로 자칫 둘 다 곤란해질 수 있다.

"지금은 우리 아버지의 시대가 아니야." 그는 피셔에게 다시 일깨웠다.

피셔는 손에 총을 들고 방아쇠에 손가락을 감은 채 멈칫했다.

"더럽고 냄새나는 노파 같으니."

그녀는 아까 오두막에 들어섰을 때만큼 늙어 보이지 않았다. 아니, 노인이라고 할 수조차 없을 것 같았다. 분명 허리가 굽거나 몸이 불편해 보이지 않았다.

"오늘 오후 아슬아슬하게 목숨 건진 줄 알아."

"당신은 내가 누군지 몰라." 여자는 반쯤 노래하듯, 반쯤 신음하듯 말했다.

"똥이겠지Scheisse." 피셔는 내뱉었다. "우린 가서 당신과 이 돼지우리 같은 집을 신고할 거다."

"나는 재앙이다." 그녀는 숨을 내쉬었다.

세 걸음 떨어져 있는데도 그 숨결에서는 타오르는 바위 냄새가 풍겼다. 그녀는 오두막 안쪽으로 물러났지만 목소리는 작아지지 않았다.

"나는 잘 보이는 손, 낮에는 구름기둥, 밤에는 불기둥이다."

피셔는 웃었다.

"그러시겠지." 그는 폰 란케에게 말했다. "저런 노인한테 신경 쓸 이유가 없어."

그는 돌아서서 문을 박차고 나갔다. 폰 란케는 그 뒤를 따르며 어깨 너머로 어둑어둑하고 황폐한 집 안을 마지막으로 흘끗 보았다. 이 오두막에는 오랫동안 아무도 살지 않았어, 그는 생각했다. 오래된 돌난로 앞, 먼지로 뒤덮인 삐딱한 탁자 뒤에 있는 노인의 회색 그림자는 흐릿하고 형체가 모호했다.

폰 란케는 차에 올라 한숨을 쉬었다.

"자네는 상당히 오만할 때가 있어, 알고 있나?"

피셔는 씩 웃으며 고개를 저었다.

"자네가 운전해, 친구. 내가 지도를 볼 테니까."

폰 란케는 메르세데스의 엔진 출력을 높였다. 날카로운 엔진음이 지속적으로 울리고 배기가스가 차체 뒤 안개에 소용돌이 모양의 구멍을 냈다.

"길을 잃은 게 당연하지." 피셔가 말했다. 그는 도이칠란트 전도를 짜증스럽게 흔들었다. "이건 5년 전 지도잖아. 1979년."

"우리는 길을 찾을 거야." 폰 란케가 말했다.

오두막 문간에서, 노인은 고개를 흔들거리며 그들을 바라보았다.

"나는 유태인이 아니야. 하지만 나는 그들도 사랑했어, 그렇고말고. 모든 내 자식들을 사랑했어."

엔진음을 내며 안개 속으로 사라지는 긴 검정 차를 향해 그녀는 손을 들었다.

"너희가 어느 선 위에 살건, 너희와 너희 자식, 그 자식의 자식까지 내가 정의의 심판을 내리리라."

그녀는 팔꿈치에서 연기 한 줌을 흙바닥에 떨어뜨리고 손가락을 꼼지락거렸다. 연기는 춤추면서 바닥에 검은 형체를 그렸다.

"네 아버지의 시대로."

안개가 차츰 걷혔다. 그녀는 팔을 내렸다. 40년의 시간이 안개와 함께 녹아내렸다.

저 높은 곳에서 한층 깊은 우르릉거림이 도로에 내려앉았다. 날개를 넓게 펼친 그림자가 오두막 위를 지나쳤다. 펄럭이는 날갯짓에 별빛과 연합군의 위장용 줄무늬, 포격이 명멸했다.

"굶주린 새여," 형체 없는 존재가 말했다. "배를 채울 시간이다."

7

슬립사이드 이야기

Sleepside Story

올리버 존스는 형제들과 알곡과 쭉정이처럼 서로 달랐다. 그는 형제들의 눈먼 방종을 원망하지 않았다. 빈털터리가 될 때까지 자기 돈을 빌려주었고, 이내 후회했지만 마음에 두지 않았다. 그의 욕구는 단순하지 않았으나, 달러 액수에 좌지우지될 정도는 아니었다. 자신에게 보다 나은 것이 기다리고 있다는 걸 알고 불평 없이 청년들의 자리에서 일했다. 아빠가 세상을 떠났으니, 아기 둘이 무릎에 앉아 있고 동생 욜란다가 이웃들 이야기로 수다를 떨어도 언제나 외로운 엄마의 짐을 덜어줄 수 있는 사람은 때로 가족 중 그 하나뿐인 것 같았다.

도시는 그에게 수수께끼였다. 형 덴버와 레지는 도시를 정복해야 하는 장소로 여겼지만, 올리버는 그들의 철학에 동의하지 않았다. 그는 도시를 자신의 일부로 만들고 싶었고, 숨결로 빨아들여서 자신의 뼈와 뇌 속에 각인시키고 싶었다. 그는 도시의 음악에 맞춰 춤출 수 있다면 성공한 인생이라 생각했지만, 덴버와 레지는 도시가 광활하고 잔인하고 끝이 없다고, 그 네 구역은 젊은이들을 산 채로 집어삼켜 노인으로 다시 뱉어 낸다고 말했다. 아버지를 봐. 마흔세 살에 지친 뼈 한 줌만 남아 제5구역, 다크사이드에 들어가는 신세가 돼버렸지. 얻을 수 있는 건 기회가 있을 때 모두 손에 넣어야 해, 그들은 이렇게 말했다.

도시가 잔혹하고 굶주린 공간임은 알고 있었지만, 올리버의 눈에 보이는 것은 그런 게 아니었다.

형들, 심지어 욜란다도 그의 믿음을 조롱했다. 그들도 교회에 나가서 엄마 옆에 점잖게 앉아 있곤 했으니, 올리버를 놀리는 이유가 그저 교회에 간다는 사실 때문은 아니었다. 레지와 덴버는 기도하는 모습을 남들에게 보이는 것이 득이 된다는 사실을 알고 있었다. 그들이 비웃는 것은 올리버의 음악이 아니었다. 그는 피아노를 부드럽고 나직하게 칠 줄도 알았지만 빠르고 격정적으로 연주할 줄도 알았는데, 그들 모두, 심지어 가끔 엄마도 춤을 좋아했기 때문이다. 그들이 비웃는 것은 올리버의 그 한심한 상냥함이었다. 조용하고 학구적인 여자 취향이었다. 정직함이었다.

크리스마스 휴가 전 학교에 나가는 마지막 날, 올리버는 포슬눈을 맞으며 집으로 돌아가던 길에 아버지 묘에 들러 잠시 묵상하려고 세인트 존 교회 공동묘지로 향했다. 도시의 산성 눈물에 삭은, 오래되어 파삭거리는 점판암 묘비와 그보다 최근에 세워진 흰 대리석 묘비에 둘러싸인 채 그는 이제 어른 노릇을 해야 할지도 모른다, 가족들 전부를 먹여 살려야 할지도 모른다는 생각에 잠겼다. 무거운 마음으로 교회를 나선 올리버는 벽돌과 브라운스톤으로 지어진 높다란 공동주택 사이를 따라 녹은 눈에 젖은 검고 지저분한 거리를 보도만 바라보며 걸었다. 슬립사이드의 더 큰 그늘이 그의 그림자를 삼켰다.

덴버와 레지는 엄마가 선뜻 받을 만큼 돈을 넉넉히 벌어오지 못했다. 욜란다는 너무 어렸고 빠른 시일 내에 일자리를 구할 것 같지 않았다. 남은 것은 이제 학교를 졸업하게 되는 올리버뿐. 피아노 교습생을 더 받을 수도 있지만 그러려면 따로 나가서 살아야 할 텐데, 번 돈 전부를 월세에 내다 버리지 않을 만한 집을 어떻게 하나 더 구할 수 있을까? 슬립사이드는 인구가 밀집된 곳이었다.

아파트에서 반 블록쯤 떨어진 곳까지 왔을 때, 집 안에서 어떤 소리가 들려왔다. 그는 어둑어둑한 쓰레기투성이 계단 다섯 층을 뛰어올라가서 자물쇠 세 개를 열기 위해 열쇠를 꺼냈다. 문을 활짝 연 그는 숨이 가빠 아무 말도 못 하고 벽에 손을 대고 섰다.

아파트는 난리법석이었다. 깡마른 욜란다는 부엌 문간에 서서 커다란 두 손을 속절없이 부여잡으며 울부짖었다. 아기 둘은 기저귀가 축 처진 채 주먹을 입에 물고 복도에서 엉금거리고 있었다. 이웃집 과부 다이아몬드 프리랜드 부인이 쓸데없이 부산스럽게 서성였다. 뭔가 큰일이 난 것 같았다.

"무슨 일이야?"

올리버는 간신히 숨을 돌리자마자 욜란다에게 물었다. 그녀는 그저 신음하며 고개만 저었다.

"레지와 덴버는 어디 있어?"

욜란다는 오빠들이 집에 없다는 뜻으로 고개를 덜 격하게 저었다.

"엄마는?"

이 말이 떨어지자 욜란다는 히스테리에 빠졌다. 벽에 몸을 부딪치더니 눈물을 뿌리며 주먹으로 입을 막았다.

"엄마한테 무슨 일 있어?"

"너희 엄마는 업타운에 가셨다." 넉넉한 뱃살을 꽃무늬 드레스로 펑퍼짐하게 감싼 다이아몬드 프리랜드 부인이 올리버 앞에 우뚝 서서 말했다. "이제 어떻게 할 거냐? 넌 아들 아니냐."

"업타운 어디요?"

올리버는 떨리는 음성을 진정시키려고 애썼다. 아파트 안에 있는 모든 사람의 뺨을 한 대씩 때리고 싶었다. 두려웠지만, 사람들은 전혀 도움이 되지 않고 있었다.

"어… 어… 엄마는… 쇼프… 쇼핑하러 갔어!" 욜란다가 울부짖었다. "오늘 급여가 나왔는데, 크리스마스라서, 아기들 새 옷과 먹을 걸 사러 갔어."

올리버는 주먹을 부르쥐었다. 엄마가 크리스마스에 뭘 갖고 싶으냐고 물었을 때 그는 대충 대답했다. "아무것도 필요 없어요, 엄마. 정말로." 엄마는 그를 나무라며 돈이 들어올 테니까 걱정하지 말라고, 자식들에게 특별한 걸 사주지도 못한다면 크리스마스가 무슨 소용이냐고 했다. "그럼." 올리버는 말했다. "악보를 사주세요. 제가 한 번도 쳐보지 않은 걸로."

"엉뚱한 정류장에 내린 모양이다." 다이아몬드 프리랜드 부인은 커다란 눈으로 올리버를 곁눈질하며 말했다. "그것 말고는 모르겠구나."

"무슨 일이냐고요."

욜란다는 블라우스에서 편지를 꺼내 올리버에게 건넸다. 가장자리에 섬세한 꽃무늬가 그려진 보라색 고급 편지지였다. 금색 잉크의 만년필로 쓴 예쁜 필체가 보였고 서명도 되어 있었다. 올리버는 편지를 꼼꼼히 읽고, 또 읽었다.

존스 가족에게

너희 엄마는 업타운에서 내가 돌보고 있다. 길을 잃고 여기 왔길래 도와주려고 했는데, 네 엄마는 내게 아주 소중한 것, 네 엄마가 가져서는 안 되는 것을 훔쳤다. 네가 와서 자기를 데려갈 거라는구나. 여기서 '너'란 너희 엄마의 막내아들 올리버 존스, 올리버가 없다면 큰딸 욜란다 존스를 말한다. 올리버나 욜란다가 오면 대신 여기 잡아두고 네 엄마를 풀어주마. 둘 중 하나는 여기서 지내면서 나를 위해 일해야 한다.

미스 벨 파크허스트

33번가 969번지

"이 여자는 누구고, 왜 엄마를 데리고 있는 거지?" 올리버는 물었다.
"난 안 갈 거야!" 욜란다는 외쳤다.
"쉿." 다이아몬드 프리랜드 부인은 말했다. "그 창녀야. 예전에 어마어마한 매춘굴을 운영했던 그 업타운 창녀라고."
올리버는 믿기지 않는 표정으로 프리랜드 부인과 욜란다를 번갈아 보았다.
"네 엄마가 엉뚱한 정류장에 내렸다가 길을 잃어버린 거야." 다이아몬드 프리랜드 부인은 다시 강조했다. "내가 짐작할 수 있는 건 이것뿐이다. 그 창녀집에 갔다가 무슨 문제가 생긴 거지."

"난 안 가!" 욜란다는 말했다. 그녀는 올리버의 시선을 피했다. "그 여자가 나한테 무슨 짓을 시킬지 알잖아."

"그래." 올리버는 나직하게 말했다. "그런데 나한테는 무슨 짓을 시킬까?"

다이아몬드 프리랜드 부인의 말에 따르면, 레지와 덴버는 편지가 도착하기 전에 집에 왔다가 헉헉거리며 올라온 우체부를 바깥 복도에서 지나쳐 내려간 모양이었다. 올리버는 한숨을 쉬었다. 형들은 통 집에 있는 일이 없었다. 형들은 자기들이 엄마의 눈을 감쪽같이 속인다고 생각했지만 그렇지 않았다. 엄마는 문제가 생겼을 때 누가 집에 있다가 도와줄 수 있는지 다 알고 있었다.

레지와 덴버는 자기들이 동네에서 제일 잘생긴 청년인 줄 알았다. 슬립사이드와 스노사이드에서 여자란 여자는 다 후렸다고 했다. 올리버는 수줍음이 너무 많아 여자한테 데이트를 청하지도 못했다. 그는 작고, 날씬하고, 예쁘장한 얼굴이었지만 덩치에 비해 힘이 셌다. 레지와 덴버는 겁쟁이들이었다. 올리버는 가치 있다고 생각되는 진정한 싸움 앞에서 한 번도 도망친 적이 없었지만, 자기가 먼저 싸움을 건 적도 없었다.

미스 벨 파크허스트의 집으로 간다고 생각하니 무서웠으나, 올리버는 돌아가시기 일주일 전 아버지가 남긴 말을 기억했다.

"올리버, 나는 얼마 남지 않았어. 너도 알고 있겠지. 욜란다는 영 든든하지 않고 네 형들은⋯ 굳이 입에 담지 말자. 네 엄마한테는 네가 필요해. 엄마가 의지할 수 있도록 네가 중심을 잘 잡아야 한다."

그때 아기들은 태어나지도 않았다.

"엄마가 무슨 기차를 타고 가셨어요?"

"스노사이드행." 다이아몬드 프리랜드 부인은 말했다. "그런데 선사이드에서 내린 모양이다. 거기가 33번가 근처야."

"곧 해가 저물겠네요." 올리버는 말했다.

욜란다는 코를 훌쩍이고 눈을 닦았다. 한숨을 돌린 모양이었다.

"오빠가 갈 거야?"

"그래야지." 올리버는 말했다. "엄마잖아."

다이아몬드 프리랜드 부인은 말했다.

"그 창녀한테 무슨 속셈이 있는 것 같아."

●

황혼과 밤의 경계, 하루 중 어느 때든 상관없어야 하는 지하에서는 지하철이 낮의 승객들을 비워 내고 밤의 승객들을 채웠다.

낮 손님들도 때로 여러 사람이 단단히 뭉쳐 야간 지하철에 탑승하기도 했지만, 사람들은 밤기차를 가급적 피했다. 야간 지하철은 길 잃은 사람들, 인간쓰레기를 실어 나르는 용도였다. 환한 대낮에 밖으로 나오기 부끄럽거나 두려운 모든 이들이 밤에 나왔다. 야간 지하철에는 제로들, 일생을 살다 죽어도 누구 하나 돌아보며 그를 기억한다고 말할 수 없는 사람들도 탔다. 야간 지하철은, 특히 늦은 시각에는 좋은 여행 수단이 아니었지만, 올리버에게는 슬립사이드에서 선사이드까지 가는 가장 빠른 방법이었다. 최대한 빨리 엄마에게 가야 했다.

올리버는 앞으로 닥칠 위험을 생각하고 이를 악문 채 콘크리트 계단을 네 칸 내려갔다. 등의 근육과 신경이 겁먹고 긴장한 것을 느끼며, 그는 얼굴을 찌푸리고 마지막 계단에서 잠시 멈춰 서서 거듭 중얼거렸다. "엄마잖아. 엄마. 나 말고 엄마를 구해줄 사람은 없어." 그는 고양이 머리가 새겨진 구리 토큰을 회전문에 넣고 철컹철컹 통과해서 텅 빈 승강장을 가로질렀다. 따뜻한 저녁인데도 두꺼운 외투를 걸친 사람의 희미한 윤곽 두 개가 철로 변에서 기다리고 있었다. 올리버는 그들에게서 눈길을 떼지 않은 채, 무수한 사람들의 발길로 닳은 더러운 콘크리트 위의 숫자 8 안에서 서성거리며 철로 밑 축축한 검댕을 초조하게 바라보았다. 등 뒤 지저분하게 얼룩진 역사의 흰 타일 벽에는 금색 모자이크 트럼펫과 숫자 7이 걸려 있었다. 트럼펫은 읽을 줄을 몰라서 어디서 내려야 할지 알아볼 수 없는 사람들을 위한 기호였다. 슬립사이드의 모든 지하철역에는 악기가 표시되어 있었다.

야간 지하철을 운영하는 승무원은 주간 지하철과 달랐다. 낙서 하나 없고 부식된 곳 하나 없이 깨끗하고 반들거리는 은색 기차가 도착했다. 〈슬립사이드/ 체이스트강/ 선사이드 46번가〉라고 적힌 목적지 안내판 아래 기관사의 모습이 언뜻 눈에 들어왔다. 기관사는 황소의 머리를 지녔는지 황소 가면을 쓰고 있는지 알 수 없었고, 샘 브라운 벨트에 번득이는 긴 은색 가위를 차고 있었다. 올리버는 열린 문 안으로 들어섰다. 좌석이 거의 비어 있었지만 매끈한 손잡이를 잡고 섰다. 도망쳐야 할 일이 생기면 서 있는 쪽이 더 빠르다.

이 객차에는 4명이 타고 있었다. 여자 둘(예쁘지도, 살아 있는 것 같지도 않은 표정 없는 젊은 여자와, 데이지 꽃이 그려진 비닐 쇼핑백을 든 멍한 눈동자의 늙은 여자). 그리고 남자 둘이었다. 남자는 둘 다 밝은 금발에 땅딸막한 체구였고 팔꿈치가 닳아서 반질거리는 비즈니스 정장 차림이었다. 아무도 다른 사람을 쳐다보지 않았다. 문이 닫히고, 철컹거리며 출발한 기차는 선로를 달리는 바퀴의 소음이 모든 소리와 거의 모든 생각을 빨아들일 때까지 속도를 높였다.

불을 밝히고 영업하는 역보다 무정차역이 더 많았다. 야간 지하철은 주간 지하철과 동일하게 정차하는 역이 몇 군데 되지 않았다. 대부분의 역은 불이 꺼져 있었지만, 그런 역에서 기다리는 사람들은 어차피 불을 켜도 눈에 보이지 않는다. 올리버는 같은 객차 안에 있는 사람들만 쳐다보며 밖을 내다보지 않으려고 애썼지만, 자꾸 눈길이 가는 것은 어쩔 수 없었다. 아이빔과 바리케이드 너머로 오렌지색 전구가 하나씩 달린 조명들과 깨진 타일 벽이 스쳐 지나갔고, 얼룩 같은 그림자들이 서 있는 승강장이 느릿느릿 흘러갔다.

죽은 자들이 야간 지하철을 이용한다, 자정 이후로는 다크사이드까지 달린다고 말하는 사람들도 있었다. 올리버는 무엇이 진실인지 알 수 없었다. 내릴 역을 앞두고 기차가 속도를 줄이자, 그는 진녹색 나일론 바람막이 재킷의 목깃을 세우고 한 손가락으로 코를 문질렀다. 레지와 덴버라면 절대 여기까지 오지 않았을 것이다. 형들은 피부를 너무나 아꼈다.

올리버가 내린 뒤에도 기차는 한참 움직이지 않았다. 그는 열린 문 옆에 잠시 서 있다가 계단을 향해 첫 번째 객차를 지나쳤다. 기차 맨 앞

작은 기관실의 차가운 형광등 불빛 아래 선 기관사가 어깨 너머로 보였다. 황소 머리 눈은 깊이 푹 패어 어둑어둑했다. 그 눈구멍에서 별빛 같은 것이 따갑게 그를 지켜보고 있다는 걸 느꼈다. 기관사는 왼손으로 은색 가위 날을 끌어당겼다.

"뭘 봐요, 아저씨?" 올리버는 잠깐 걸음을 멈추고 은밀한 눈길을 받아치며 나직하게 말했다. "당신 일이나 계속 하시지요. 각자 용무가 있잖아."

황소 코는 찡긋하며 올리버를 비켜났고, 손은 가위를 놓고 스위치로 향했다. 기차 문이 닫혔다. 은색 동체와 창문, 조명이 속도를 내기 시작했고, 기차는 끼익 소리를 내며 커브를 돌아 어둠 속으로 빨려 들어갔다. 올리버는 층계 두 단을 올라 선사이드역으로 나갔다.

넓은 공원의 무성한 나무와 풀밭 위에 여름밤이 묵직하고 따뜻하게 내려앉아 있었다. 올리버는 지하철 입구에 서서 나무와 풀이 드문 슬립사이드에서는 들을 수 없는 귀뚜라미와 여치, 매미 울음소리에 귀를 기울였다. 공원 주위에는 대리석과 벽돌, 회색 돌 건물에 박공지붕을 얹은 호텔과 멋진 아파트가 창문마다 불을 끄고 높다란 벽처럼 사방을 둘러싸고 있었다.

올리버는 안내판이나 지도 같은 것이 없나 주위를 둘러보았다. 야간 지하철 밖으로 나왔으니 지상에서는 평범한 사람들이 산책 중일지도 모르고, 용기 내어 길을 물어볼 수도 있을 것이다. 올리버는 거리를 향해 걸어가며 이렇게 멀리까지 온 엄마, 두려워하고 있을 엄마를 생각했다. 그는 엄마를 매우 사랑했다. 때로 그의 인생에 제대로 된 것이라고는 엄마뿐인 것처럼 여겨질 때도 있었다. 물론 한 해 한 해 지나며 그는 젊은 여자들에게 섬섬 너 한눈을 팔았고 비밀스러운 집착도 경험했다.

"올리버 존스?"

길고 흰 리무진이 도로변에서 기다리고 있었다. 보라색 운전사 복장의 숱 많은 머리 위에 검정색과 은색의 날렵한 모자를 쓴 젊고 날씬한 여자였다. 그녀는 얌전하게 고개를 옆으로 약간 숙인 채 그에게 미소 짓더니 흰 가죽장갑을 낀 손가락으로 가리켰다.

"올리버 존스? 엄마를 구하러 왔어요?"

올리버는 흰 리무진으로 천천히 다가갔다. 후드 밑부터 이어져서 펜더 사이로 튀어나온 긴 크롬 파이프, 위로 곤추선 금색 헤드라이트, 진짜 가죽으로 된 흰색 짐칸 덮개, 리무진은 전에 본 어떤 차보다 더 크고 아름다웠다.

"올리버라고 합니다." 그는 이름을 밝혔다.

"그럼 내가 데려갈 사람 맞군요. 타세요." 여자는 윙크하고 문을 열어주었다.

문이 닫히자, 여자의 팔이(뿌연 유리창을 통해 보인 부분은 그것뿐이었다) 사라졌다. 운전석 문은 열리지 않았다. 운전사는 타지 않았다. 리무진은 저절로 출발했다. 올리버는 푹신한 스웨이드 좌석과 벨벳 인테리어 내장재에 푹 파묻혔다. 금빛과 은빛, 검정으로 반들거리는 전자 술 진열장 아래 패널에 차가운 하얀 빛이 켜져 있었고, 그 위에 사각 얼음을 가득 채운 크리스털 유리잔 하나가 놓여 있었다. 수도꼭지가 빙빙 돌며 지시를 기다렸다. 아무 지시도 내려오지 않자, 수도꼭지에서 향기로운 진이 얼음 위로 쏟아져 나오더니 빙빙 돌며 제자리로 돌아갔다.

올리버는 잔에 손을 대지 않았다.

술 진열장 아래에서 텔레비전 세트가 켜졌다. 작고 정교한 스피커에서 열정과 희열의 노래가 흘러나왔다.

"아니. 됐어요." 그는 말했다. "됐어요!"

텔레비전은 꺼졌다.

올리버는 뿌연 유리창으로 다가앉았다. 어둑어둑한 가로등과 택시의 헤드라이트가 스쳐 지나갔다. 금빛 장식과 빨간 창틀이 달린 거대하고 검은 건물이 길모퉁이에 어렴풋이 나타났지만, 창문은 세 개만 빼고 전부 다 컴컴했다. 리무진은 부드럽게 방향을 꺾어 컴컴한 지하 주차장으로 내려갔다. 조명은 거대한 금색 고양이 눈 같은 빛을 번득였고, 타이어는 반들거리는 콘크리트 바닥에서 끼익거렸다. 리무진은 벽과 기둥, 먼지투성이 리무진을 연거푸 지나치다가 갑자기 우뚝 멈췄다. 문이 열렸다.

올리버는 차에서 내렸다. 운전사가 미소 띤 얼굴로 문을 잡고 선 채 모자를 들어 보였다.

"모셔서 영광이었습니다." 그녀는 말했다.

차는 돌벽을 뚫고 설치한 커다란 나무문 옆에 세워져 있었다. 벽에 쌓은 벽돌마다 화석으로 남은 뼈와 치아가 눈에 띄었다. 문 양옆에는 컴컴한 연못에서 자라난 양치류가 번들거리고 있었다. 올리버는 차가 출발하는 소리를 듣고 돌아보았지만, 이번에도 운전사가 차를 직접 모는지 아닌지 알 수 없었다.

올리버는 널빤지로 엮은 다리를 지나 문짝에 달린 검은 쇠 손잡이를 잡았다. 그의 손가락을 감지하고 문이 저절로 열렸다. 단풍나무 난간에 장미 덩굴을 새긴, 빨간 양탄자가 깔린 좁은 계단이 위층으로 이어지고 있었다.

실내에서는 정향과 민트 냄새, 그리고 어쩐지 개나 말의 몸에서 날 것 같은 냄새가 났다. 바닥의 쇠창살 위에 깔린 낡고 퀴퀴한 러그였다(올리버는 개를 키운 적이 없었고, 경찰이 타고 다니는 것 말곤 말을 본 적도 없었을 뿐더러 체취를 맡을 정도로 다가가 본 적도 없었다). 오랫동안 아무도 여기로 드나들지 않은 것 같았다. 하지만 미스 벨 파크허스트와 그녀의 업장은 모르는 사람이 없었다. 운전사도 젊었다. 올리버는 코에 주름을 잡았다. 이곳이 마음에 들지 않았다.

계단 꼭대기에 있는 짙은 색 나무문이 소리 없이 열렸다. 기다리는 사람은 없었다. 저절로 열린 것 같았다. 올리버는 말을 해보려 했지만 목구멍이 간질거리면서 숨이 쿡 막혔다. 그는 주먹을 입에 대고 헛기침을 한 뒤 경련처럼 어깨를 으쓱했다. 젖은 눈빛으로, 분노와 두려움, 그 이상의 감정에 떨며, 그는 입술을 움직여 쉰 목소리로 말했다.

"올리버 존스입니다. 엄마를 모시러 왔어요."

문간에는 여전히 사람이 보이지 않았다. 그는 동굴처럼 어둡고 고요한 주차장을 돌아보았다. 거기에는 아무것도 없었다. 올리버는 얼른 용무를 마치고 싶어 성큼성큼 계단을 올라 문안으로, 미스 벨 파크허스트의 악명 높은 집으로 들어섰다.

●

저 멀리 지평선까지 펼쳐진 도시는 도로나 운하, 심지어 지하 혹은 지상의 기차선로를 경계로 각각의 지구로 나누어져 있다. 경계선임을 알고 감히 넘어가지 않는 경우도 있지만, 때로 경계를 알 수 없는 경우도 있다. 도시는 한 인간의 인생보다 더 넓고, 자신이 지금 이곳에 있는 이유를 알지 못하는 것, 절대 그곳을 벗어나지 않는 것이 목숨보다 더 중요하다.

도시는 먹어야 하므로 무지를 권장한다.

도시를 구성하는 네 지구는 스노사이드, 제정신인 사람들이 발을 들이지 않는 코크사이드, 슬립사이드, 선사이드다. 선사이드는 밝고 부유하며 돈 많은 사람들이 살기 때문에 위험하다. 부자들은 침입자를 용인하지 않는다. 경찰도 호위 없이는 선사이드에 발을 들이지 않는다. 도시 중심부 쪽을 업타운이라고 하며, 업타운 복판에 있는 '미지의 시장의 기둥'에서 네 지구가 만난다. 도시 바깥쪽이 다운타운이고 교외가 섬처럼 드문드문 형성되어 있으며 아무도 그 끝을 모른다.

존스 가족은 다운타운 슬립사이드에서 산다. 그곳은 정오에도 빛이 그리 밝지 않지만, 코크사이드처럼 두개골을 바싹 태울 듯이 살벌하게 내리쬐지도 않는다. 슬립사이드는 그럭저럭 살 만하다. 슬립사이드와 스노사이드에는 좋은 사람들이 많이 있고, 주민들의 평균적인 성향도 혼란스럽기는 하지만 대체로 사납지 않다. 올리버는 거기서 자랐고 뼛속부터 그곳 사람이다. 틀림없이 야간 메트로 기관사도 그의 출신을 감지하고 젊은 사람이 경계를 넘어 업타운으로 가고 있다는 것을 알아 차렸을 데다. 올리비가 아직 살아 있는 깃은 분명 미스 벨 파크허스트가 그를 보호했기 때문이었다. 즉 미스 파크허스트가 엄마를 보호했을 것이고, 아마도 엄마를 꾀어냈을 거라는 뜻이었다.

복도 양쪽 벽에는 금독수리 발톱에 매달린 촛불이 줄지어 켜져 있었다. 복도 끝에서 올리버는 목재로 마감된 넓은 방에 들어섰다. 여기저기 놓인 청동 수병에서 녹색 양치류가 무성하게 자라고 있었다. 크림색과 검은색, 빨간색 동양풍 양탄자에는 동양풍 정원 디자인이 펼쳐져 있었다. 마치 양치류 숲에 나른하게 드러누운 여자들처럼, 빈 검정 벨벳 긴 의자 다섯 개가 앉을 사람을 기다리듯 덩그러니 놓여 있었다. 벽면을 따라 흰 천으로 덮인 의자들이 묵직한 나무 팔걸이를 내밀고 진열되어 있었다. 올리버는 이런 호화로움에 익숙하지 않아 입을 벌리고 우뚝 섰다. 전부 다 둘러보려니 한참이 걸렸다.

미스 벨 파크허스트는 돈이 아주 많은 것이 분명했고 흔히 볼 수 있는 창녀는 아닌 것 같았다. 그가 지금까지 본 바로는 돈은 물론 권력까지 지닌 것 같았다. 자동차를, 그리고 아마도 남자와 여자들을 마음대로 부릴 수 있는 권력. 올리버의 엄마까지도.

"엄마?"

크림색 정장을 입은 키 크고 비쩍 마른 백발의 남자가 올리버에게 거의 주의를 주지 않고 방을 가로질렀다. 그는 아무 말도 없었다. 올리버는 그가 천으로 덮인 의자에 앉는 것을 지켜보았다. 남자는 천을 건드리지 않고, 천을 뚫고 의자에 앉았다. 그는 담배를 안 끼운 담배 홀더를 들어 올리며 사색적으로 머리를 뒤로 기울였다. 그는 공기를 뿜어내더니, 아니 어쩌면 아무것도 안 뿜어내고, 올리버의 바로 오른쪽을 향해 미소 지었다. 올리버는 돌아보았다. 방 안에는 둘뿐이었다. 그가 뒤를 돌아보는 사이, 크림색 정장 차림의 남자는 사라지고 없었다.

올리버의 팔이 따끔거렸다. 많은 것을 각오했지만, 이건 각오했던 것보다 더했다.

"이쪽으로."

여자의 깊은 목소리. 극적이고, 품위 있고, 편안하면서도 친근한 목소리였다. 여자가 보이지는 않았지만, 문간 쪽을 곁눈질하니 세로로 홈이 새겨진 녹색 마노 기둥 사이에서 그녀가 나타났다. 올리버는 처음에 그녀가 자신에게 말을 걸었다는 것을 깨닫지 못했다. 아까 크림색 정장 차림의 남자처럼 비쩍 마른 다른 신사나 여자가 있을 것 같았다. 한데 매끄럽게 몸에 달라붙는 금빛과 복숭아 색 실크 옷차림으로 손을 살짝 들어 올린 이 작고 위풍당당한 여자는 커다랗고 검은 눈으로 올리버만을 똑바로 쳐다보고 있었다. 그녀는 화사하게, 따뜻하게 미소 지었지만 올리버는 그 미소와 환대 어딘가에 결함이 숨어 있다고 느꼈다. 그를 만난다고 생각했을 때는 편안했을지 몰라도, 눈이 마주치는 순간 그녀는 불편해 보였다. 지금 이 순간까지는 모든 것이 계획한 대로였을 텐데도.

올리버가 그녀를 약간 불편하게 했다면, 올리버는 여자를 보고 겁에 질렸다. 그녀는 아름다웠고 매끄러운 피부를 지녔다. 다정한 친구들이 둘러싸듯 주위에는 달콤한 장미와 동백, 목련 향이 풍겼다.

"이쪽으로." 그녀는 문을 가리키며 되풀이했다.

"저는 엄마를 찾고 있어요. 미스 벨 파크허스트라는 분을 만나기로 했습니다."

"내가 벨 파크허스트다. 당신은 올리버 존스… 맞지?"

그는 눈을 크게 뜬 채 엄숙한 표정으로 고개를 끄덕였다. 그는 다시 끄덕이고 침을 삼켰다.

"당신 엄마는 집으로 보냈고, 무사히 도착할 게다."

그는 다시 복도를 돌아보았다.

"야간 지하철을 타겠군요."

"내 차에 태워서 보냈다. 엄마한테는 아무 일도 일어나지 않을 거야."

올리버는 그녀의 말을 믿었다. 길고 고요한 침묵이 흘렀다. 자신이 사타구니 앞에서 손을 잡은 채 비비 틀고 있다는 것을 깨닫고는 민망해서 동작을 멈췄다.

"엄마는 괜찮을 거다. 걱정 마."

"알겠습니다." 그는 어깨를 세웠다. "저와 이야기하고 싶었다고요?"

"그래." 그녀는 말했다. "그리고 다른 용건도."

벌름거리는 콧구멍과 함께 시선과 상체, 엉덩이와 다리를 차례로 재빠르게 오른쪽으로 돌리면서 동시에 올리버는 허겁지겁 복도로 뛰쳐나갔다. 그가 지나치자 복도 양쪽에 늘어선 금독수리 발톱이 초를 떨어뜨리고 그를 붙잡기 위해 발을 내밀었다. 그를 둘러싼 거대한 저택 전체가 갑자기 깨어나는 것 같았다. 발톱 하나가 옷깃을 낚아채기도 전에, 올리버는 소용없다는 것을 깨달았다.

복도 끝에서 그는 재킷 자락에 무력하게 대롱대롱 매달려 있었다.

반대쪽 문에서 화난 창녀가 나타났다. 손가락 끝에서 작은 불의 구슬이 나와 마룻바닥에 뚝뚝 떨어졌다. 바닥이 지글거리며 연기가 피어올랐다.

"난 네 엄마를 보내줬다."

벨 파크허스트는 무덤보다 더 깊은 목소리로 말했다. 무시무시한 얼굴, 매끄럽고 아름다운 얼굴, 산전수전 다 겪은 늙은이의 얼굴이었다.

"이것이 내 조건이었다. 네가 나가면 그 조건을 깨뜨리는 것이 돼. 그럼 난 네 여동생을 데리고 있거나 네 엄마를 도로 데려와야 한다."

그녀는 우아하게 칠한 눈썹을 올리버 쪽으로 치켜세우고 대답을 기다리듯 한쪽으로 고개를 기울였다. 올리버는 재킷의 지퍼에 턱이 낀 채로 할 수 있는 최대한으로 고개를 끄덕였다.

"좋아. 음식이 마련되어 있단다. 같이 먹으면 좋겠구나."

식당은 작았다. 기껏해야 집에 있는 올리버의 침실 정도, 의자 두 개와 흰 보를 깐 아늑한 원탁이 놓여 있었다. 금독수리 발톱 촛대에 달린 따뜻한 불빛이 식탁을 비추었다. 미스 파크허스트는 긴 드레스 자락을 발치에서 가볍게 사락거리며 앞장서서 걸었다. 방 안의 다른 물건들도 사락거렸다. 소리만 들으면 바람에 날려 온 나뭇잎이 발목 깊이 정도 쌓여 있어야 할 것 같았지만, 바닥은 티끌 하나 없이 깨끗했다. 푹신하고 둥근 빨간색과 크림색 동양풍 러그가 탁자 아래에 깔려 있었고, 그 밑은 매끈한 참나무 고목 마룻바닥이었다. 올리버는 스니커즈를 신은 자기 발을 쳐다보다 고개를 들었다. 미스 파크허스트는 의자에서 한발 물러서서 기다리고 있었다.

"엄마한테서 예의범절 못 배웠니?" 그녀는 나직하게 물었다.

그는 마지못해 식탁에 다가갔다. 아까까지만 해도 없던 빈 금 접시와 식기류가 보 위에 놓여 있었다. 냅킨은 옅은 안개 속에서 떨어져서 접시 위에 저절로 접힌 것 같았다. 올리버는 콧구멍을 한껏 벌리며 멈춰 섰다.

"그래도 괜찮겠지." 미스 파크허스트는 말했다. "나는 여기 혼자 산단다. 솜씨 좋은 하인을 찾기 힘들어."

올리버는 의자 뒤에 서서 단풍나무 머리 받이를 잡고 미스 파크허스트를 위해 의자를 끌어내 주었다. 그녀는 자리에 앉았고, 그는 의자를 탁자로 당겨 앉도록 도와주었다. 단 한 번도 그녀의 몸에 손이 닿지 않았다. 생각만 해도 피부가 오그라드는 것 같았다.

"여기 음식은 아주 좋아." 미스 파크허스트는 그가 맞은편에 앉자 말했다.

"배가 안 고파요." 올리버는 말했다.

그녀는 그에게 따뜻하게 미소 지었다. 그녀의 미소는 강력한 힘을 갖고 있었다.

"난 물지 않아. 저녁때는 예외지만. 와구와구 씹어 먹지."

향기로운 양념과 새콤한 식초 냄새가 풍겼다. 어느 샌가 무릎에 냅킨이 펼쳐져 있었고, 그의 앞에는 샐러드가 담긴 멋진 중국 도자기 접시가 놓여 있었다. 배가 아주 고팠고, 그는 샐러드를 맛있게 먹었다. 슬립사이드에서 보기 드문 신선한 녹색 채소였다.

"그래야지."

미스 파크허스트는 그가 식사를 하자 다독이듯 말하며 미소 지었다. 그녀도 자기 포크를 들고 올리브유를 친 양상추를 쿡 찔러 빨간 입술로 가져갔다.

이후 식사는 비슷하게 흘러갔지만, 대화는 없었다. 그녀는 올리버를 솔직하게 바라보며 평가했고, 그는 그녀의 시선을 피했다.

동쪽 벽에 높은 창문이 줄지어 나 있고 서쪽 벽을 따라 움직이는 두 사람의 그림자 주위로 새벽하늘 같은 회색과 분홍색이 번지는 복도를 지나, 미스 파크허스트는 올리버를 그의 방으로 안내했다.

"저택에서 가장 조용한 곳이야."

"저를 여기 두실 거군요. 안 내보내 주실 겁니까?"

"마음을 좀 맞춰다오. 나는 혼자 살고 있고, 외로워. 여기서는 네가 원하는 거라면 뭐든지 가질 수 있지… 거의 다…."

복도 끝의 문이 저절로 열렸다. 작은 벽난로 안에서 불이 환하게 타고 있었고, 커버를 젖힌 넓은 침대가 기다리고 있었다. 숲과 들판을 섬세하게 묘사한 벽화가 벽을 뒤덮고 있었다. 천장은 진한 청색이었고, 금빛 은빛으로 보석처럼 빛나는 별이 총총히 박혀 있었다. 방 한구석에 놓인 책장에 책이 가득 꽂혀 있었고, 다른 한구석에는 올리버가 평생 본 것 중에 최고로 아름다운 흑단 그랜드 피아노가 놓여 있었다. 미스 파크허스트는 문에 가까이 다가가지 않았다. 촛불은 없었다. 이 방의 전등은 모두 전기식이었다.

"여긴 네 방이다. 나는 들어가지 않겠어. 오늘 밤 이후로 너는 어두워지면 방 밖으로 나와선 안 된다. 우리는 낮에 만나서 이야기를 나누겠지만, 절대 밤에는 만나지 않아. 문은 잠그지 않을 거야. 내가 너를 신뢰해야겠지."

"제가 원하면 언제든지 갈 수 있는 겁니까?"

그녀는 미소 지었다. 수수께끼처럼 보이려는 의도 외의 다른 뜻이 없었다 해도, 그 미소는 올리버를 흔들었다. 그녀는 너무나 아름다웠다. 형들이 꿈꾸는 그런 여자였다. 그녀의 미소는 자기가 그를 산 채로 잡아먹을 수도 있다고 말하고 있었다. 중요한 것은 모두. 올리버는 어머니가 미스 벨 파크허스트에게 어떤 반응을 보였을지 상상할 수 있었다.

그는 몸을 떨며 방에 들어가서 문을 닫았다. 말하고 싶은 것은 많았다. 화나고 답답했고, 애원하고 싶었다. 그는 문에 기대서서 그 모든 감정을 꿀꺽 삼키며 금과 크리스털로 된 문손잡이를 붙잡고 싶은 마음을 참았다.

문 너머에서 그녀가 복도를 따라 치맛자락을 사락거리며 물러가는 소리가 들려왔다. 잠시 후 올리버는 문에서 몸을 떼고 과장된 동작으로 책장으로 향하며 중얼거렸다. 미스 파크허스트는 올리버의 여동생 욜란다를 데려가지는 않았을 것이다. 그녀가 원한 것은 그것이 아니었다. 젊은 남자의 몸을 원하는 거야, 그는 생각했다. 그렇게 미소 지으면서 내 몸을 송두리째 불태워 버리려는 거야.

책장에 꽂힌 책들은 그가 들어보기는 했지만 슬립사이드의 도서관에서 본 적이 없었던, 읽고 싶었던 책들, 선사이드와 교외 사람들이나 찾는다고 사서들이 말했던 책들이었다. 올리버의 손가락은 책등 꼭대기에 머물러 가볍게 책을 끌어당겼다.

하지만 그는 책 대신 잠을 선택하기로 했다. 파크허스트가 낮에 괴롭힐 생각이라면 시간이 별로 없을 것이다. 아마 그녀는 늦게 일어나겠지, 그는 생각했다. 밤에 깨어 있는 유형일 거야.

문득 올리버는 깨달았다. 그녀가 밤에 뭘 하는지는 몰라도, 오늘 밤엔 하지 않았다. 오늘 밤은 그녀가 그를 만나기 위해 비워둔 시간이었다.

음식과 냅킨, 독수리 발톱을 생각하며 그는 다시 몸을 떨었다. 이 방에도 유령들이 있을까? 뭔가가 그를 지켜보고 있을까?

올리버는 옷을 입은 채 침대에 누웠다. 살아 있는 이불이 맨살을 더듬으며 올라오는 상상이 머릿속을 뒤덮었다. 녹초가 된 상태로 그는 죽은 듯이 잠들었다.

달콤하고 기분 좋은 꿈이 찾아왔고, 그녀는 그 안을 걸어 다니지 않았다. 꿈은 진정 그의 시간이었다.

책장 위에 놓인 놋쇠와 금, 크리스털제 시계가 11시를 가리키자 올리버는 이불을 걷어차고 베개에 얼굴을 문지르며 등을 구부린 채 차츰 잠에서 깼다. 베이컨과 달걀, 커피 향이 풍겼다. 침대 옆의 윤기 나는 놋쇠 카트 위에 뚜껑 덮인 쟁반이 놓여 있었다. 카트 구석에 놓인 장미 화병에서 나는 향기가 방 안에 감돌았다. 반으로 접은 상아색 고급 종이가 꽃병에 기대 놓여 있었다. 올리버는 침대가에 앉아 쪽지를 읽었다. 이번에도 금빛 잉크로 적힌 섬세한 필체였다.

체육관에서 기다리고 있다. 식사 후에 만나러 오거라. 네게 줄 것이 있다.

체육관이 어디 있는지 알 길이 없었다. 아침을 먹은 뒤, 그는 푹신한 실내복을 걸치고 묵직한 방문을 열었다. 저절로 열리지 않는 것이 마음 놓이기도 했고 짜증스럽기도 했다. 그는 복도를 바라보았다. 긴 유리창 아래 창틀마다 금빛 호가 늘어졌다. 선사이드 시간으로 최소한 정오였다. 그녀는 그에게 충분한 휴식을 주었다.

복도를 확인하고 돌아온 사이 깔끔하게 정돈된 침대 위에 새 검정 청바지와 흰 실크 셔츠가 준비되어 있었다. 조심스럽게, 하지만 이제 두려움은 한결 가신 기분으로, 올리버는 실내복을 벗고 준비된 옷을 입고 침대 발치에 놓인 사슴 가죽 모카신을 신었다. 그는 문간에 서서 최대한 태평스러운 동작으로 문틀에 기댔다.

실크 손수건이 몇 미터 떨어진 허공에 떠 있었다. 손수건은 비둘기 유령처럼 퍼드득거리며 그의 시선을 끌더니 천천히 복도를 따라 흘러가기 시작했다. 그는 따라갔다.

웅장하고 텅 빈 저택은 영원히 이어지는 것 같았다. 공용 공간마다 각각 나름의 특색이 있었고, 고가구와 야자나무 화분, 푹신한 소파와 의자, 2인용 안락의자 등이 가득했다. 손수건을 따라가는 동안 디너용 재킷과 톱햇을 쓰고 긴장한 표정으로 지시를 기다리는 얼굴들을 현관에서, 복도에서, 계단에서 언뜻 스친 것 같았다. 집 안에는 향수와 먼지 냄새, 희미한 시가 냄새, 바닥에 쏟은 와인 냄새, 오래된 땀 냄새가 풍겼다.

올리버는 계단 세 층을 올라가서 체육관의 아래위로 긴 아이보리색 양문 앞에 섰다. 손수건은 한 번 공중제비를 넘더니 사라졌다. 문이 열렸다.

미스 파크허스트는 검은 타일이 깔린 넓은 무도장 반대쪽 끝, 보면대와 악기가 놓인 밴드용 무대 앞에 서 있었다. 올리버는 눈을 가늘게 뜨고 낮은 반원형 무대를 둘러보았다. 저절로 연주하는 악기에 맞춰서 같이 춤을 추자고 명령하려는 걸까?

"좋은 아침이구나."

그녀는 목깃이 높고 종아리까지 오는, 이슬에 젖은 잔디 색깔 드레스 차림이었다. 드레스 밑에는 흰 부츠를 신고, 흰 장갑을 끼고 있었으며, 검은 머리 주위에는 흰 깃털이 둘러져 있었다.

"좋은 아침입니다." 그는 나직하고 정중하게 대답했다.

"잘 잤니? 든든하게 먹었고?"

올리버는 고개를 끄덕였다. 두려움과 수줍음이 되돌아왔다. 나한테 대체 뭘 주려는 걸까? 자기 자신을 준다는 걸까? 얼굴이 화끈거렸다.

"낮에 이 집이 텅 비는 건 안타깝지." 그녀는 말했다.

'그럼 밤에는?' 올리버는 생각했다.

"이 방을 운동기구로 채울 수도 있긴 한데." 그녀는 말을 이었다. "중량벤치, 바깥에 트랙을 깔 수도 있겠고."

그녀는 미소 지었다. 그 미소는 간밤보다는 덜 사나워 보였다. 어쩐지 애수에 젖은, 어려 보이는 눈빛이었다.

그는 셔츠를 접어 두 손가락을 문질렀다.

"음식도 잘 먹었고, 저택이 정말 좋군요. 하지만 저는 집에 돌아가고 싶습니다." 그는 말했다.

미스 파크허스트는 반쯤 돌아서더니 부면대에서 천천히 걸음을 옮겼다.

"넌 이 집과 내 재산 전부를 가질 수도 있어. 너한테 주고 싶구나."

"왜요? 전 당신을 위해 해드린 게 없습니다."

"나한테 해준 일은 없지." 그녀는 그를 똑바로 쳐다보았다. "내가 이 재산을 어떻게 모았는지 알고 있니?"

"예." 그는 잠시 뜸을 들였다. "저는 바보가 아닙니다."

"나에 대해 들었구나. 내가 창녀라고."

"예. 다이아몬드 프리랜드 부인이 그러더군요."

"창녀란 게 뭐지?"

"돈을 받고 남자들에게 몸을 대주는 것." 올리버는 대담한 기분으로 대답했지만 얼굴은 여전히 뜨거웠다.

미스 파크허스트는 고개를 끄덕였다.

"그 일부가 여기 다 있어. 장부야. 난 모든 이름과 모든 얼굴을 알고 있다. 요즘은 사업이 예전만 같지 않아서 그걸 동무 삼아 지내지."

"전부 다요?" 올리버는 물었다.

미스 파크허스트의 희미한 미소에는 자부심과 서글픔이 섞여 있었다. 눈빛은 아련하고 촉촉했다.

"이 집에 있는 모든 것을 그들이 내게 줬어."

"그만한 가치가 있을 것 같지 않습니다." 올리버는 말했다.

"창녀가 아니었다면 나는 죽었을 거다." 미스 파크허스트는 갑자기

분노를 번득이며 날카롭게 그를 돌아보았다. "굶어 죽었을 거야." 그녀는 움켜쥐었던 손을 풀었다. "내 인생에 대해 이야기할 시간은 많으니, 일단 여기서 접자꾸나. 네가 이 집을 상속받으려면 필요한 것이 있다."

"저는 원하지 않습니다." 올리버는 말했다.

"네가 받지 않겠다면, 이 집은 필요하지도 않은 사람, 받을 자격이 훨씬 부족한 사람이 갖게 될 거다. 나는 네가 가졌으면 좋겠어. 부디, 이것만은 내 뜻을 받아다오."

"왜 접니까?"

올리버는 물었다. 그저 나가고 싶었다. 이것은 그가 계획한 인생에서 완전히 엇나가는 방향이었다. 미스 파크허스트가 분노하니 목덜미에 털이 쭈뼛 서는 기분이었지만, 그래도 그녀가 이전만큼 무섭지는 않았다. 보다 대담하게, 어쩌면 보다 고압적으로 굴어도 될 것 같은 기분이었다. 그녀에게는 약한 면이 있다. 그가 미스 파크허스트의 약점이었다. 자신의 상황이 얼마나 절박한지 감안할 때, 올리버도 그 점을 조금은 이용해도 될 것 같았다.

"넌 친절해." 그녀는 말했다. "남을 배려하지. 그리고 여자와 자본 적이 없고. 끝까지는."

올리버의 얼굴은 다시 뜨거워졌다.

"제발 보내주세요."

애원하는 것처럼 들리지 않기를 바라며, 그는 조용히 말했다.

미스 파크허스트는 팔짱을 끼었다.

"그럴 수는 없어."

올리버가 미스 파크허스트의 저택에서 첫날을 보내는 동안, 도시 건너편, 신사이드 경계 니미에서 덴비와 레지 존스기 집에 돌아와 마주한 아파트는 음울한 분위기로 가득했다. 키가 크고 깡마른 체구, 목이 길고 머리가 작고 코가 커다란 레지는 현관에서 등을 축 늘어뜨리고 선 채 놀라 입을 멍하니 벌리고 있었다. "그래서 그냥 식구들을 여기 버려두고 떠났단 말이야?" 레지가 물었다. 레지보다 키가 작고 땅딸막한 체구에 검정 비닐 재킷과 바지를 입은 덴버가 부엌에서 돌아왔다.

욜란다의 얼굴은 계속 울어서 퉁퉁 부어 있었다. 그녀는 2시간 간격으로 울기로 작정하고 이제 자신이 흘리는 눈물을 즐기고 있었고, 엄마는 슬픔 속에서도 짜증이 곤두섰다. 그녀는 아기들을 자기 침실로 데려다 놓고 삐걱이는 문을 닫았다. 그리고 해진 블라우스 가슴 자락에 손을 닦았다.

"무슨 말인지 못 알아들었구나." 욜란다는 오빠들을 바라보며 두 팔을 극적으로 축 늘어뜨렸다. "그 창녀가 엄마를 데려갔는데, 올리버가 대신 자기가 있겠다고 했다고."

"그 창녀는 돈 많고 늙은 마녀야." 레지가 말했다.

"돈 많고 늙은 쌍년 마녀야." 덴버는 자신의 표현에 흡족했다.

"그 창녀는 기회야." 레지는 생각에 잠겨 말을 이었다. "혼자 산다고 들었는데."

"그래서 그녀가 올리버를 데려간 거야." 욜란다는 말했다.

아기들이 문 너머에서 칭얼거렸다.

"왜 우리 둘 중 하나를 지목하지 않고 그 녀석이었을까?" 레지는 물었다.

엄마는 아기들을 옆으로 살그머니 밀어놓고 문을 활짝 열고 복도로 나왔다. 그녀는 점점 어둡고 추워지는 바깥 날씨에 대비해서 가장 좋은 울 치마와 무늬 있는 블라우스 위에 오버코트를 두르고 있었다.

"어디 가요?" 욜란다는 옆으로 지나치는 엄마에게 물었다.

"경찰에 신고할 때가 됐어."

그녀는 레지를 노려보았다. 덴버는 엄마가 지나갈 수 있도록 뒷걸음질 쳐서 레지와 같이 쓰는 침실로 물러났다. 그는 짐짓 잘난 척 씩 웃으며 고개를 설레설레 저었다. 엄마 또 시작이시네.

"그 개머리들한테?" 레지는 말했다. "그치들도 선사이드에서는 쪽도 못 써."

엄마는 현관문 앞에서 돌아서서 그들을 노려보았다.

"그럼 너는 네 동생을 어떻게 돕겠다는 말이냐? 그 애는 너희들 중 최고잖니, 알잖아. 그런데도 너는 그렇게 대책 없이 서서 대책 없다는 소리나 하고 있니?"

"엄마 화났어." 덴버는 레지에게 엄숙하게 선언했다.

"그러실 만도 하지." 레지는 이해한다는 듯 말했다. "그 쌍년 마녀 창녀한테 붙잡혀 계셨으니. 우리가 올리버를 데리러 가야 해. 손님인 척하고 가보자고."

"요즘은 그 여자한테 손님 없어." 덴버가 말했다. "너무 늙었다고. 닳아빠졌어."

그는 자기 사타구니를 흘끗 보며 강조하듯 인상을 쓰고 고개를 한쪽으로 기울였다. 찌푸렸던 얼굴에 쾌활한 미소가 떠올랐다.

"이렇게 알아?" 레지가 물었다.

"그렇다고 들었어."

엄마는 코웃음을 치더니 현관문의 걸쇠를 벗기고 자물쇠를 풀었다. 레지는 침착하게 다가가서 엄마를 잡아 세웠다.

"경찰은 손도 못 써요, 엄마. 우리가 갈게요. 우리가 올리버를 데려올게요."

덴버의 표정이 천천히 흐려졌다.

"계획을 세워야 해. 조심해야 한다고."

레지의 손이 앞을 가로막고 비켜주지 않자, 엄마는 다시 코웃음을 쳤다. 어깨가 축 늘어지고 얼굴에서 맥이 풀렸다. 엄마는 겨우 30대 후반이었지만, 지금은 점점 더 늙은 여자처럼 보였다.

욜란다는 옆으로 물러서서 엄마를 거실로 들였다. "불쌍한 엄마." 그녀의 눈에 눈물이 고였다.

"네가 오빠를 위해 뭘 할 건데?"

레지는 여동생 옆에서 걸음을 옮기며 신랄하게 물었다. 그녀는 목을 길게 빼고 분한 듯 턱을 내밀었다.

"오빠 대신 네가 잡혀서 그 집에서 일할 거야?" 그는 비웃었다.

"그 여자는 돈이 많지." 덴버는 턱을 손으로 받치며 중얼거렸다. "동생을 구하면서 돈을 많이 벌 수도 있겠는데."

"지금부터 그 생각을 해보자."

레지는 아버지가 쓰던 의자에 털썩 앉으며 엄마가 만든 레이스 커버에 머리를 기댔다.

엄마는 창백한 얼굴로 소파 옆에 선 채 싸구려 나무 액자에 넣어 걸어놓은 가족 초상화를 응시했다.

"날 위해서 그 애가 그런 거야. 내가 너무 멍청했어. 거기 내려서 그 여자의 도움을 받다니. 이럴 줄 모르고."

그녀는 손목을 움켜쥐며 중얼거렸다. 핏기 없는 얼굴, 발목이 후들거리더니 한 발을 축으로 몸이 빙 돌면서, 두 손을 댄서처럼 뻗고 얼굴부터 소파에 무너졌다.

미스 파크허스트의 저택을 물려받기 위해 올리버에게 필요한 물건, 그녀가 준 선물은 차고 문 개폐기처럼 버튼이 세 개 달린 작은 금상자였다. 그녀는 저녁 식사를 마친 뒤 식당에서 마침내 그에게 선물을 내밀었다.

미스 파크허스트는 좋은 대화상대였다. 예상하지 못했던 점이었지만 생각해 보면 당연했다. 남자가 계속 찾아와서 돈을 쓰게 만들려면 침대에 드는 것 말고도 창녀에겐 할 일이 많다. 뻔한 것 아닌가. 낮 시간은 올리버가 예상했던 만큼은 고통스럽지 않았다. 그는 이제 풀어달라고 애원하지도 않았다. 때를 기다리다가 그녀가 무슨 일로 다른 데 정신이 팔릴 때 도망치는 것이 최선이라고 생각했다. 그때까지는, 뭐, 그녀는 그를 고약하게 다루지도 않았고, 그가 자력으로 기꺼이 줄 수 없는 것을 기대하지도 않았다.

"곧 어두워지겠구나."

그녀는 접시가 저절로 치워지자 말했다. 올리버는 이 유령 하인들에게도 차츰 적응해 가고 있었다.

"나는 이제 가볼 테니 너는 네 방에 들어가야 한다. 이걸 갖고 가서 거기 두거라."

그녀가 쟁반 뚜껑 하나를 들어 올리자 흰 실크 주머니가 나왔다. 그녀는 주머니 끈을 풀더니, 금색 상자형 열쇠를 꺼내 수줍게 그에게 내밀었다.

"이건 오래전에 내가 받은 거야. 이제 필요 없다. 하지만 네가 이곳을 관리하려면 갖고 있어야 해. 절대 잃어버리거나 남에게 빼앗겨서는 안 된다."

올리버의 손은 무의식적으로 열쇠로 뻗었다. 마치 미스 파크허스트의 뭔가가 그 안에 들어가 있는 듯, 아주 탐나는 물건이었다. 따뜻하고, 강력하고, 약간 두려웠다. 열쇠는 그의 손에 완벽하게 들어맞았고 촉감도 익숙했다. 원래부터 그의 물건이었던 것 같았다.

그는 입술을 꾹 다물고 그녀에게 열쇠를 돌려주었다.

"죄송합니다. 이건 제 물건이 아니에요."

"내가 말했잖니. 네가 받지 않으면 다른 사람이 갖게 되는데, 그건 누구에게도 좋은 일이 아니야. 내 손에서 떠난 뒤에는 그것이 뭔가 좋은 일을 하게끔 하고 싶구나."

"누구한테 받으셨습니까?" 올리버는 물었다.

"어느 포주. 아주 오래전에. 내가 소녀였을 때."

올리버의 눈빛에는 상대를 나쁘다고 생각하거나 역겹다고 느끼는 기색이 없었다. 그녀는 심호흡했다.

"그가 당신한테 일을 시킨…." 올리버는 물었다.

"아니. 나는 어렸지만 그때 이미 창녀였어. 난 늙고 친절한 포주 밑에 있었지. 최소한 나한테는 늙은 남자였지. 나는 아기나 마찬가지였으니까. 그는 죽었어. 살해당했고, 그 뒤에 새 포주가 온 거야. 힘이 센 사람이었다. 마법을 썼고. 하지만 나를 길들일 수는 없었지. 그는 말했어…."

미스 파크허스트는 두 손을 들어 얼굴을 가렸다.

"그는 날 갈기갈기 베었어. 거의 죽을 뻔했지. 그는 말했어. '넌 나의 수치다, 이 창녀야. 내가 이렇게까지 평정을 잃게 하다니. 날 이렇게 만든 사람은 너뿐이야. 그러니 네게 저주를 내리겠다. 역사상 최고의 창녀가 되거라.' 그는 열쇠를 내게 주고, 내 얼굴과 몸을 예쁘게 다시 붙였다. 그런 뒤 그는 도시를 떠났고 내가 이곳을 맡게 되었어. 그때부터 나는 줄곧 여기 있었지만, 이제 여자들은 다 흩어졌어. 벌써 오래전이야. 죽거나, 떠났거나, 내가 내보냈다. 이 업장을 닫고 싶었지만, 일시에 폐쇄할 수는 없었지."

올리버는 눈을 크게 뜨고 천천히 고개를 끄덕였다.

"그는 내게 자신의 마법도 대부분 물려줬다. 난 선택의 여지가 없었어. 그가 주지 않은 유일한 것이 탈출구였다. 단…."

이번에는 그녀 쪽에서 애원하는 듯한 표정을 짓고 있었다. 올리버는 한쪽 눈썹을 치켜올렸다.

"필요한 것을 누군가 기꺼이 줄 때만 제외하고. 이제 이걸 받으렴."

그녀는 일어서며 열쇠를 그의 손에 밀어 넣었다. "그걸 사용하면 저택 어디서든지 길을 찾을 수 있어. 하지만 어두워진 뒤에는 방에서 나오지 말거라."

그녀는 머스크와 꽃향기, 그리고 뭔가 달콤 씁쓸한 향기를 남기고 식당에서 사락사락 나갔다. 올리버는 열쇠를 주머니에 넣고 자기 방으로 돌아갔다. 전혀 망설임 없이, 아무 의식도 하지 않고 길을 찾을 수 있었다. 그는 문을 닫고 서글프기도 하고, 심란하기도 하고, 의기양양하기도 한 기분으로 책장으로 향했다.

미스 파크허스트는 올리버에게 비밀을 털어놓았다. 이제 원하면 언제든지 떠날 수 있다. 그녀는 그에게 이 저택을 떠날 수 있는 힘을 준 것이었다.

침대 옆 협탁에 놓아둔 셰리 한 잔을 마시며, 작곡가들의 일생에 대한 책을 읽으며, 그는 아침까지 기다리기로 했다.

그러나 몇 시간이 흘렀지만 무슨 짓을 해도 미스 파크허스트의 금지령을 머릿속에서 몰아낼 수가 없었다. 피아노도 책도, 미처 머릿속에 떠올리기도 전에 자동으로 쟁반 위에 나타난 스낵도. 올리버는 푹신한 의자에 앉아 두 손을 깍지 낀 채 눈을 깜빡이며 어둑어둑한 방구석을 응시했다. 그는 미스 파크허스트라는 인물을 파악했다고 생각하고 있었다. 그녀는 인생에 지친 늙은 여자다. 정말 아름답게 잘 보존된 여자, 아주 강력한 힘을 지닌 여자인 것은 분명했지만… 그녀는 그에게 다정했고, 사용하지 않는 기둥서방처럼 그를 곁에 두고 있었다. 그래도 올리버는 그녀를 흠모하지 않을 수 없었고, 집에 가고 싶은 마음도 어쩔 수 없다. 엄마와 욜란다, 아기들 곁으로 가고 싶었고, 형들이 사고를 치지 못하도록 막아야 했다. 아무도 그의 노력을 알아주지는 않았지만.

오래 앉아 있으면 있을수록 점점 더 화가 나고 초조했다. 집에 무슨 안 좋은 일이 생겼을 거라는 확신이 들었다. 방을 아무리 서성거려도 마음이 전혀 진정되지 않았다. 그는 눈썹을 찌푸린 채 열쇠를 벽난로 불빛에 여러 번 비추어 보면서 이 물건이 무슨 힘을 준다는 걸까 의아해했다. 미스 파크허스트는 집 안 어디에 가든 길을 알려줄 거라고 했다. 그가 그녀의 도움 없이 이 방에 찾아왔던 것처럼.

그는 한숨을 쉬며 허공에서 주먹을 부들부들 떨었다.

"그녀는 나를 여기 가둘 수 없어! 그럴 수는 없다고!"

자정이 되자 그는 더 이상 참을 수 없었다. 그는 문 앞에 가서 섰다. "날 내보내 줘, 빌어먹을!" 그가 외치자, 문은 서글픈 한숨을 쉬며 열렸다. 그는 먼지 같은 달빛을 바닥에 흩날리고 뺨에 눈물을 반짝이며 복도를 달려갔다.

올리버는 떠나야겠다고 말하기 위해 미스 파크허스트를 찾아 헤맸다. 거실들을 연거푸 지나고, 닫힌 문 너머에서 어른거리는 소리가 흘러나오는 빈 침실이 늘어선 복도를 연이어 지나고, 윤기 나는 구리 주전자와 거대한 검은 석탄 화덕이 늘어선, 사람 없는 널찍한 부엌을 지나고, 5층 저택 건물이 사방을 둘러싸고 금빛 별이 총총한 밤하늘의 안뜰을 지났다. 그가 달려오자 타일 분수대에서 보초를 서던 거대한 흰 대리석 사자상 세 마리의 귀와 눈구멍이 일제히 그를 따랐다.

위층의 회랑에서 그는 잠시 숨을 돌렸다. 문 밑으로 희미한 불빛이 보였고, 그보다 더 노골적인 소리들이 흘러나왔다. 심장이 쿵쿵거리고 혀파가 탈 것 같았지만, 머뭇거릴 여유가 없었다. 한곳에서 지체한다면 유령들이 실제로 변해 자기들의 환락에 그를 끌어들일 것 같았다. 이것은 미스 파크허스트의 과거, 늙고 상스러운, 그가 차마 머릿속에 떠올릴 수조차 없는 과거였다. 아무리 저주받았다 한들 어떤 사람이 이런 종류의 인생을 살아낼 수 있을까?

멈춰 서서 귀를 기울이고 싶다는 유혹, 항복하고 그 환락에 몸을 던지고 싶다는 유혹은 거의 저항할 수 없을 정도로 컸다. 그는 자신이 무엇을 하고 있는지, 궁극적인 목적이 무엇인지 계속 잊어버리고 있었다.

"어디 있어요?"

그는 게임룸으로 통하는 문을 활짝 열어젖히며 외쳤다. 방 안에는 그저 놀란 유령들, 미스 파크허스트의 영원한 장부 속에 기록된 유령들뿐이었다. 희끄무레한 형태가 당구대에서 피어올랐다. 안쪽에서부터 빛을 발하는 반투명한 젖가슴, 한쪽으로 천천히 돌아눕는 창백한 연인들, 튀어나온 배, 놀란 유령들의 검은 눈.

"미스 파크허스트!"

올리버는 빗물의 커튼처럼 실체가 없는 수백 명의 여자를 지나쳤다. 그의 새 옷은 여자들의 눈물에 젖었다. 그녀는 이 영구하고 서글픈 욕망을 다스리던 사람이었다. 이 환락을 주재하고 올리버가 내면에서 느끼는 그것, 말할 수 없는 충동과 깊은 욕망을 충족시키던 사람이었다.

가볍고 고색창연한 웃음이 그를 뒤따랐다.

그는 시큼한 냄새를 풍기는 샴페인을 밟고 미끄러졌다가 느닷없이 나타난 묵직한 나무문과 마주쳤다. 그가 알지 못하는 방이었다. 금으로 된 열쇠도 그 안에 무엇이 있는지 알려주지 않았다.

"열려라!"

그는 외쳤지만, 열리지 않았다. 문은 잠겨 있지 않았지만, 몇 톤쯤 되는 무게로 앞을 막아섰다. 올리버는 양손으로 문을 밀다가 샴페인에 젖은 두꺼운 모직 카펫을 발로 단단히 디딘 채 문짝에 어깨를 대고 밀었다. 쇳덩이와 목재가 묵직하게 삐걱거리는 소리와 함께 문은 안으로 열렸다. 올리버는 그대로 나동그라져서 얼굴을 바닥에 박을 뻔했다. 다리를 쩍 벌리고 두 손으로 바닥을 짚은 채, 그는 마루에서 고개를 들고 주위를 둘러보았다.

방은 좁았지만 한쪽으로 몇 킬로미터는 될 듯이 길게 뻗어 있었다. 한쪽 면에는 평범한 더블베드가 끝도 없이 한 줄로 늘어서 있었고, 반대편에는 전신거울이 줄줄이 놓여 있었다. 늙은 남자, 올리버가 본 사람 중에서 가장 늙은 남자가 벌거벗은 채 텔컴 파우더처럼 흰 몸을 드러내고 뭐라 중얼거리며 침대에서 뻣뻣하게 몸을 일으켰다. 그 밑에 타오르는 석탄처럼 붉고 뜨끈하게 달아오른 미스 파크허스트가 다리를 벌리고 누워 있었고, 주위에는 머스크와 땀 냄새가 짙게 풍겼다. 그녀는 머리와 어깨를 일으키고 올리버를 뚫어져라 바라보더니 검은 실내복을 끌어당겨 벌거벗은 자기 몸을 가렸다. 어둑어둑한 방 저쪽 끝에서 다른 남자들이 나이를 가리지 않고 침대 옆에 서서 담배나 시가를 피우거나, 샴페인이나 위스키를 마시면서 올리버를 빤히 쳐다보았다. 어떤 이는 무슨 추측을 하는지 웃고 있었다.

미스 파크허스트는 쭈그러든 사과처럼 얼굴을 일그러뜨리더니 고개를 뒤로 젖히고 비명을 질렀다. 침대 위의 노인은 더듬더듬 가운과 옷을 찾아 쥐었다.

천장부터 벽까지 비명이 메아리치더니 올리버를 다시 문밖으로, 복도로, 계단으로 밀어냈다. 세찬 바람이 눈물에 젖은 옷가지를 뚫고 들어와 뼛속까지 얼어붙는 것 같았다. 그는 갑작스러운 어둠과 공허 속에서 간신히 길을 찾아 방으로 들어와서 문을 닫았다. 벽난로는 아직 따뜻하게, 활기찬 노란 빛으로 타오르고 있었다. 억누를 수 없이 부들부들 떨면서, 올리버는 젖은 새 옷을 벗고 정신 나간 듯 높은 목소리로 자기 옷을 청했다. 하지만 눈에 보이지 않는 하인들은 그가 요구한 것을 가져다주지 않았다.

그는 침대에 쓰러져서 이불을 꽁꽁 덮고 눈을 감았다. 그녀가 따라오지 않기를, 실내복 자락을 열어젖히고 용광로 같은 몸을 드러낸 채 이 방으로 들어오지 않기를 기도했다. 그녀의 향기가 남은 평생 자신을 따라다니지 않기를 기도했다.

방문은 열리지 않았다. 바깥은 아무 소리도 들리지 않고 고요했다. 이윽고 새벽빛이 지붕을, 벽을, 마침내 선사이드의 거리를 밝힐 즈음 올리버는 잠에 빠졌다.

●

"너 간밤에 방 밖으로 나왔지." 미스 파크허스트는 늦은 아침 식사자리에서 말했다.

올리버는 잠시 씹던 것을 멈추고 충혈된 눈으로 그녀를 바라보다가 어깨를 으쓱했다.

"기대했던 걸 봤니?"

올리버는 대답하지 않았다. 미스 파크허스트는 어린 소녀처럼 한숨을 쉬었다.

"그게 내 인생이다. 오랫동안 내가 살아온 방식이야."

"제가 알 바 아닙니다."

올리버는 롤을 반으로 잘라 버터를 발랐다.

"내가 역겹니?"

이번에도 대답은 없었다. 미스 파크허스트는 그의 침묵 한가운데 서 있다가 식당 문으로 향했다. 그녀는 물기가 촉촉한 눈빛으로 어깨 너머 그를 쳐다보았다.

"이제 넌 나를 두려워하지 않는구나. 내가 어떤 사람인지 다 안다고 생각하는군."

올리버는 자신의 침묵과 무심한 태도에 그녀가 상처받았다는 것을 알았고, 잠시 이 권력을 만끽했다. 그녀가 문간에 계속 서 있자 그는 일부러 싸늘한 표정을 지으면서(레지에게서 배운, 냉소적이면서도 화난 표정이었다) 고개를 들었다. 그녀의 뺨에 눈물이 줄줄 흘러내리고 있었다. 그런 그녀는 그 어느 때보다 더 어려 보였고, 위험하다기보다 그저 아주 슬퍼 보였다. 올리버의 싸늘한 표정은 사라졌다. 그녀는 돌아서서 등 뒤로 문을 닫고 나갔다.

올리버는 롤빵을 달걀 접시 위에 팽개치고 의자를 탁자에서 뒤로 밀었다. "난 아직 성인도 아니라고!" 그는 문을 향해 외쳤다. "난 아직 남자도 아니야! 나한테서 뭘 기대하는 겁니까?" 그는 일어서서 발뒤꿈치로 의자를 찬 뒤 주머니에 손을 찌르고 작은방을 서성였다. 불만이 쌓여 답답했지만, 그녀는 그가 원하면 언제든지 가도 좋다고 했었다.

어디로 가라고? 집으로?

그는 금으로 된 식기와 훌륭한 음식이 쌓인 접시를 응시했다. 집에는 이런 것이 없다. 그에게 집은 때론 빠져나오기 위해 싸워야 하는 곳이라고 생각했던 장소였다. 그가 언제까지나 엄마를 다른 식구들에게서 보호할 수는 없었다. 남은 평생 5명이나 되는 식구를 더 먹여 살릴 수는 없었다….

미스 파크허스트가 매일 밤 무슨 짓을 하는지 알면서도 계속 여기서 지낸다면? 무슨 돈으로 음식을 장만했는지 알면서 매일 아침 식사를 할 수 있을까? 그의 옷 전부와 책과 피아노도? 그렇게 되면 진정 기둥서방이 되는 셈이다.

선사이드. 그는 여기 있다. 이제 여기서 살고, 일자리를 찾고, 슬립사이드를 영원히 떠날 수 있을지도 모른다.

생각만 했는데도 가슴이 찌릿했다. 올리버는 의자에 앉아 두 손에 얼굴을 묻고 손가락 끝으로 눈을 문지르다가 눈꺼풀을 잡아당겨 일그러진 표정을 지은 뒤 금 물병에 비친 자신의 모습을 응시했다. 코가 큼직했고 눈은 괴물처럼 흐릿하게 번져 있었다. 엄마와 이야기를 해야 했다. 심지어 욜란다와 이야기해도 도움이 될지 모른다.

하지만 미스 파크허스트는 어디에도 보이지 않았다. 올리버는 해 질 녘까지 저택을 샅샅이 둘러보다가 작은 식당에서 혼자 저녁을 먹었다. 물에 퍼지는 잉크처럼 홀에 어둠이 내리자 그는 자기 방으로 물러갔다. 밤을, 그리고 그때 일어나는지도 모르는 모든 일들을 사라지게 하기 위해 올리버는 크게 피아노를 쳤다.

마침내 비틀거리며 침대로 향한 그는 섬세하고 향기 짙은 노란 장미 한 송이가 베개 위에 놓여 있는 것을 발견했다. 그는 침대 옆 협탁의 전등 옆에 장미를 놓고 옷을 입은 상태로 이불을 끌어당겨 덮었다.

이른 새벽, 그는 미스 파크허스트가 저택에서 도망쳐 그가 집을 관리해야 하는 꿈을 꾸었다. 유령들과 늙은 남자들이 모여들어 왜 그렇게 고고하게 구느냐고 다그쳤다. "그녀한테는 너 같은 보호자가 없었어." 검은 벨벳 잠옷을 걸친 늙어빠진 노인네 한 사람이 말했다. "그녀는 네가 상상할 수도 없는 시간을 살았다. 한데 그녀를 그냥 이런 식으로 집에서 쫓아내다니. 어디로 가란 말이냐?"

잠에서 깬 올리버는 한참 동안 누운 상태로 꿈의 기억을 더듬다가 다시 얕고 힘든 잠에 빠졌다.

다이아몬드 프리랜드 부인은 초조하게 손을 떨며 안절부절 혼자 중얼거리는 욜란다를 못마땅하게 쳐다보았다.

"네가 그러고 있으면 네 엄마한테 아무 도움이 안 돼."

"제가 의사는 아니잖아요." 욜란다는 불평했다.

"의사도 아무 도움이 안 될 거다."

프리랜드 부인은 엄마의 침실 문으로 시선을 보냈다.

덴버와 레지는 거실에서 불편하게 꾸물거리고 있었다.

"너희 건달 둘은 동생 찾으러 안 나가냐?"

"찾아다닐 필요가 없잖아요." 덴버가 말했다. "어디 있는지 아는데. 데려올 계획을 세웠어요."

"그런데 왜 안 데려오고 그러고 있냐?" 프리랜드 부인은 물었다.

"적당한 때가 되면." 레지가 단호하게 말했다.

"네 엄마는 올리버 때문에 저렇게 애가 타는데." 프리랜드 부인이 벌써 몇 번째 하는 말이었다. "그 애가 그 마녀와 같이 있고 무슨 짓을 당할지 모른다고 생각하면 속이 끓지 않겠니."

레지는 미소를 감추려고 했지만 숨길 수 없었다.

"뭐가 우습냐?" 프리랜드 부인은 심각하게 물었다.

"아무것도요. 우리 막내가 그 마녀한테 원하는 게 있을지도 모르죠."

프리랜드 부인은 그들을 노려보았다.

"욜란다."

그녀는 한심하다는 듯 눈을 천장으로 굴렸다.

"아기는? 기저귀 갈아줬니?"

"아뇨."

욜란다는 프리랜드 부인의 싸늘한 시선에서 뒷걸음질 쳤다.

"제가 갈아줄게요."

"그런 뒤에 엄마 방으로 데려다줘라."

"알겠습니다."

아침 식사는 아무 일 없었다는 듯이 지나갔다. 미스 파크허스트는 맞은편에 앉아 미소 지으며 음식을 먹었다. 올리버는 보다 정중하게 굴려고 노력하며 부탁할 기회를 찾았다. 아침 식사가 끝나고서야 이야기를 꺼내도 될 것 같았다.

"엄마가 어떻게 지내시는지 보고 싶습니다." 그는 말했다.

미스 파크허스트는 잠시 생각에 잠겼다.

"오늘 밤 네 방에 텔레비전이 생겨 있을 거다." 그녀는 냅킨을 접어 접시 옆에 놓았다. "그걸로 식구들이 어떻게 지내는지 볼 수 있을 거야."

괜찮은 것 같았다. 하지만 그때까지는 하루 종일 미스 파크허스트와 보내야 할 것이다. 이제 정중한 태도를 보이자. 그리고 진정 내가 자유로운지 시험해 보자.

"제가 가도 된다고 하셨잖습니까." 올리버는 스스럼없이 말하려고 애썼다.

미스 파크허스트는 고개를 끄덕였다.

"언제든지. 붙잡지 않아."

"갈 수 있다면, 돌아올 수도 있을까요?"

그녀는 보일락말락 미소 지었다. 그 미소 속에 다시 상처받기 쉬운 어린 소녀가 스쳤다.

"열쇠는 시내 어디든지 널 데려가 줄 거다."

"아무도 시비 걸지 않을까요?"

"내가 보호하는 사람은 누구도 감히 건드리지 않아." 그녀는 말했다.

올리버는 턱 밑에 손을 세우고 이 말을 곰곰이 생각해 보았다.

"당신은 제게 너무나 잘해주십니다. 제가 명령을 거슬렀을 때도 해 치지 않으셨어요. 왜죠?"

"넌 내 마지막 기회니까."

미스 파크허스트는 검은 눈으로 그를 똑바로 바라보았다.

"난 오랫동안 살았지만, 너 같은 사람은 본 적이 없어. 곱절을 더 산다 해도 너만 한 사람이 나타날 것 같지 않구나. 난 그렇게 오래 기다릴 수 없다. 나는 이런 식으로 너무나 오래 살았고 다른 방식을 알지는 못하지만 이제 이렇게 살고 싶지 않아."

올리버는 다음 질문에 대해 더 나은 표현을 생각해 낼 수가 없었다.

"창녀로 사는 것이 좋으세요?"

미스 파크허스트의 얼굴이 굳었다.

"괜찮은 때도 있지." 그녀는 뻣뻣하게 말했다.

마음속에 있는 말을 입 밖으로 뱉는 용기는 있었지만 그 말을 하면서 차마 그녀의 얼굴을 볼 수는 없었다.

"돈이 있는 남자라면 누구와도 같이 자는 걸 즐겼다고요?"

"일이잖아. 내가 잘하는 거다."

"못생긴 남자도요?"

"못생긴 남자도 쾌락은 필요하니까."

"나쁜 남자는? 사람들을 다치게 하고, 심지어 죽인 남자한테도 몸을 만지게 해야 하는데요?"

"넌 어떤 일을 했지?"

"식료품 가게에서 점원 일. 음악 가르치는 일."

"식료품 가게에서 나쁜 남자하고 거래한 적 없니?"

"그랬다 해도," 올리버는 얼른 답했다. "전 몰랐어요."

"나도 마찬가지다." 미스 파크허스트는 말했다. 이어 좀 더 조용히 덧붙였다. "대체로는."

"당신이 창녀 짓을 시킨 그 많은 여자도 전부…."

"네가 알아야 할 것들이 있어." 그녀는 말을 끊었다. "끔찍한 건 일 자체가 아니다. 그 일을 하기 위해 어떤 사람이 되어야 하는가가 문제야. 그 일을 할 때 사람들이 나를 어떤 사람일 거라고 기대하는 것이. 이상적인 세상에서는 창녀가 의사나 성자 같은 존재일 거야. 그들과 마찬가지로 자기 손을 더럽혀 가면서 일을 하니까. 사람들에게 쾌락과 미소를 주니까. 하지만 도시에서는 그렇게 돌아가지 않아. 여기서 창녀는 언제나 속에 빈 공간이 있는 존재야. 네가 자존감으로 가득 채웠을 그 공간. 창녀에게도 존중이 있지만, 정작 자기 자신을 존중할 수가 없어. 누군가 그녀를 바라보는 순간 그 존중을 잃어버리지. 겉모습은 100만 달러짜리일지 몰라도 내면에서는, 그녀 자신은 알아. 그게 그 사람을 창녀로 만들지. 그것이 저주다. 모두가 나를 먼지 같은 존재로 이용하기 때문에 그런 인식이 내 안에 주입되기도 해. 그러다 보면 나 자신도 내가 먼지인가 보다 생각하게 되고, 먼지가 어떻게 되든 무슨 상관일까. 곧 나 자신도 같이 쓸려 내려가게 돼. 다치지 않으려고, 어쩌면 죽지 않으려고 기를 쓰지만 누가 상관이나 하나."

"당신은 돈이 많잖아요." 올리버는 말했다.

"모든 것을 돈으로 살 수는 없어." 그녀는 메마른 목소리로 말했다.

"마법도 부리고요."

"난 이 저택에 있기 때문에 마법을 쓸 수 있어. 여기 머물려면 창녀가 되어야 하고."

"왜 못 떠나세요?"

그녀는 식탁보 가장자리를 손가락으로 초조하게 문지르며 한숨을 쉬었다.

"왜 그냥 떠나지 못하세요?"

"네가 이 공간을 소유하려면," 그녀는 말했다. 처음에 올리버는 그녀가 대답을 회피한다고 생각했다. "너도 그걸 다 알아야 한다. 나에 대해서. 우리는 같아, 거의. 이 공간과 나는. 창녀라는 존재는 지갑 안에 들어 있는 돈, 그 이상이 아니야. 모든 포주가 그걸 알지. 내가 몇 번 결혼했는지 아니?"

올리버는 고개를 저었다.

"열일곱 번. 어떨 때는 남자가 나를 떠났고, 한두 번은 곁에 머물렀어. 아무 쓸모 없는 남자들. 하지만 어쩌면 나 역시 더 나은 남자를 얻을 자격이 없었을 거야. 날 떠난 남자들은 늙은 뒤 돌아와 다크사이드에서 자기를 구해달라고 부탁했어. 난 그럴 수 없었어. 그래도 여기 머물게 해줬지. 따라오렴."

그녀는 일어섰다. 올리버는 그녀를 따라 복도를 지나 계단을 내려가서 차고 밑, 잡동사니로 가득 찬 저택의 지하실 깊은 곳으로 갔다. 공기에는 땅속의 영원한 서늘함이 감돌았고, 오래된 도시의 빗물 냄새가 풍겼다. 영구적인 투명 전구가 음산한 어둠 속에 노란 초승달 모양의 불빛을 희미하게 드리웠다. 진흙탕 위에 깔린 널빤지를 지나며 미스 파크허스트는 흙탕물에 묻지 않으려고 치맛자락을 몇 뼘 들어 올렸다. 올리버는 그녀의 날씬한 발목을 보고 죄어 오는 목구멍으로 침을 삼켰다.

저 앞, 한 줄로 늘어선 이끼 낀 콘크리트 상여 위에 검은 철제 원통 열다섯 개가 놓여 있었다. 길이는 220센티미터 정도, 위쪽은 거의 평평한 형태였다. 마치 화약고에 저장 중인 블록버스터 폭탄 같았다. 첫 번째는 컴컴한 구석에 박혀 있었다. 미스 파크허스트는 발치에 서서 녹슨 표면을 손바닥으로 쓸었다.

"두 사람은 돌아오지 않았지. 그들이 그중 가장 나았는지도 모르겠다." 그녀는 말했다. "난 판단할 수가 없었어. 알 방법이 없었다. 내면에 들어 있는 것으로 남자를 판단해야 하는데, 내 속이 텅 비어 있으면 그 안에서 길을 잃어버리지. 내가 무엇을 보고 있는지 알 길이 없어."

마지막 원통에 다가가 보니, 머리 쪽에 투명한 유리판이 장착되어 있었다. 내키지 않으면서도 신기한 기분이 든 올리버는 두 손가락으로 먼지 낀 유리판을 쓸어 내고 구석에 맺힌 물방울 안쪽을 들여다보았다. 관에는 투명한 액체가 가득 차 있었다. 안에는 마티니에 띄운 녹색 올리브 얼굴이 둥둥 떠서 앞을 보지 못하는 탁한 눈동자로 그를 쳐다보고 있었다. 입술은 느슨한 일자였다. 액체와 죽음 때문에 불어서 주름살은 매끈했지만, 그래도 올리버는 이 남자가 아주, 아주 노인이라는 것을 알 수 있었다.

"그들은 모두 죽는다." 그녀는 말했다. "나 말고 모두. 내가 다 보관하고 있어. 모든 남자들, 모든 남편들, 절대 잊지 않고, 절대 내보내 주지 않아. 우리 사이는 언제나 이 매듭으로 묶여 있지. 그게 저주다."

공포에 질린 심장이 미친 듯이 두근거려서 올리비는 숨을 죽인 채 관에서 물러났다. 어느 쪽이 더 나쁠까, 이것, 아니면 그 밤의 늙은 남자들? 시체로 안식하는 늙은 욕망, 아니면 살아 움직이는 유령들? 저 멀리 마지막 관 옆에서 어둠 속에 둘러싸인 미스 파크허스트는 잠시 잠깐 올리버가 그녀를 처음 만났을 때 느꼈던 용광로 같은 힘으로 이글거리는 것 같았다.

"이 남자들 중 몇몇은 그립구나."

너무나 부드러운 그녀의 목소리 때문에 방금 느꼈던 힘은 다시 사라졌다. 그저 그의 생각일 뿐이었다.

"우린 좋은 시간을 나누었지."

좋은 시간이든 아니든, 올리버는 미스 파크허스트가 살아왔던 인생을 상상하려고 애썼다.

"아이가 있나요?"

그의 목소리는 병 속에서 웅웅거리는 파리처럼 가냘펐다. 그때 관 중 하나가 그의 떨리는 음성에 공명해서 울렸고, 그는 펄쩍 놀라 물러섰다.

미스 파크허스트도 어깨를 부르르 떨었다.

"많지." 그녀는 딱딱하게 말했다. "모두 태어나기 전에 죽었다."

처음에 올리버는 일요일마다 교회에 다니는 독실한 신자로서 당연한 충격을 받았다. 하지만 문득 헛되이 무로 돌아간 그 어마어마한 노력이 바위무더기처럼 그를 덮쳤다. 그 모든 움직임, 모든 열망이 아무 결실을 맺지 못하고, 남은 것은 그저 이 철제 병과 생생한 유령들뿐이라니.

"창녀에게 아기가 무슨 소용일까?" 미스 파크허스트는 물었다. "특히 엄마가 계속 창녀로 살아갈 거라면."

"당신 어머니도…."

어머니를 이야기하면서 그 단어를 입에 담는 것은 적절하지 않은 것 같았다.

"맞아. 어머니의 어머니도 그랬다. 난 아빠가 없거나, 아주 많아."

꿈속에서 그를 꾸짖던 노인이 떠올랐다. 조금의 위안이라도 건네고 싶었지만, 전혀 공감하지 않는 것은 아니라는 뜻을 보여주고 싶었지만, 말을 고르기도 전에 불쑥 입에서 튀어나왔다.

"그렇게까지 나쁜 건 아닐 거예요, 창녀로 산다는 건."

"그럴 수도 있겠지."

어둠 속 미스 파크허스트는 얼룩 같은 존재감조차 없었다. 올리버가 고개를 돌리면 먼지가 되어 그대로 날아가 버릴 것 같았다.

"창녀로 산다는 건 내면에 공간이 있는 거라고 하셨지요. 하지만 내면이 빈 사람들이 전부 창녀는 아닙니다."

"그래?" 그녀는 거미줄처럼 가볍게 대답했다.

자기도 모르게 평소답지 않은 입장을 취하고 있었지만, 올리버는 얼마나 바보가 되든 지금 물러날 생각은 조금도 없었다. 자기도 모르게 복잡한 감정이 드러나고 있었다.

"당신은 살았잖아요. 당신 말고 아무도 갖지 않은 기억이 있습니다. 책을 쓸 수도 있어요. 당신에 대한 영화를 만들 수도 있을 겁니다."

그녀의 미소는 그림자 속의 흐릿한 등불 같았다.

"유명한 사람들이 날 찾아왔었지. 권력자들, 심지어 시장들. 나는 그들이 필요한 것을 갖고 있었어. 때로 그들은 마음을 열고 이제 어린 소년이 아니라는 것이 얼마나 힘든지 털어놓기도 했어. 때로 긴장이 풀리면 그들은 내가 마치 엄마인 양 내 어깨에 머리를 기대고 울기도 했어. 하지만 그러다 떠나면 날 잊으려고 애썼지. 설령 기억한다 해도, 내가 자기들에 대해 알고 있기 때문에 두려워했어. 이제 그들도 내가 약해지고 있다는 걸 알아. 나는 책이나 영화 따위 관심 없다. 내가 아는 걸 공개할 마음이 없고, 게다가 그 남자들 중 많은 이들이 죽었어. 안 죽은 사람들은 내가 죽기를 기다리고 있지. 그래야 밤잠을 편히 잘 수 있을 테니."

"무슨 뜻인가요? 약해지고 있다니요?"

"내게 남은 시간은 이틀, 어쩌면 사흘 정도야. 그 시간이 지나고 나면 나는 창녀로서 죽는다. 내 시간은 다했어. 저주는 거의 끝났다."

올리버는 멍하니 그녀를 쳐다보았다. 처음 만났을 때만 해도, 그녀는 디젤 기관차처럼 강력해 보였다. 영원히 살 것 같았다.

"제가 뒤를 이으면요?"

"네가 이 저택과 돈을 갖는 거지."

"힘은?"

그녀는 대답하지 않았다.

"제게 힘을 줄 수는 없나요?"

"없어." 파닥거리는 속눈썹이 일으키는 바람처럼 약하디약한 음성.

"열쇠는 아무 소용도 없겠군요."

"없어."

"내게 거짓말을 했군요."

"남아 있는 것은 모두 네게 물려주마."

"날 여기로 오게 한 건 그것 때문이 아니었잖아요. 당신은 엄마를 납치하고…."

"그녀가 내 것을 훔쳤어."

"엄마는 아무것도 훔치지 않았어요!" 올리버는 소리쳤다. 철제 관이 웅웅거렸다.

"내가 극진히 환대했는데도 그녀는 뭔가를 훔쳤다."

"엄마가 뭘 훔쳐 갈 수 있냐고요. 엄마는 도둑이 아니에요."

"악보 하나를 가져갔다."

갑자기 찌르는 듯한 아픔에 올리버의 얼굴이 일그러졌다. 그는 주먹을 부르쥔 채 시선을 피했다. 그의 집안에는 그가 음악에 쓸 돈이 거의 없었다. 아버지가 돌아가신 뒤에는 더 이상 새 악보가 없어서 직접 작곡을 하곤 했다.

"날 왜 여기 데려왔습니까?" 그는 쉰 목소리로 물었다.

"죽는 것은 아무렇지도 않아. 하지만 난 창녀로 죽고 싶지 않다."

올리버는 다시 화가 치밀어서 돌아섰다. 이번에는 자기 자신은 물론 엄마를 향한 분노였다. 그는 실체 없는 그림자를 향해 다가갔다. 미스 파크허스트는 커튼처럼 어른어른 빛나고 있었다.

"제게서 뭘 원하는 겁니까?"

"나는 나를 사랑해 주는 누군가가 필요해. 아무 이유 없이 사랑해 주는 사람."

아주 잠깐이었지만, 눈을 커다랗게 뜬 빨간 잠옷 차림의 깡마른 소녀가 그의 앞에 서 있었다.

"그게 당신에게 무슨 도움이 되죠? 그러면 당신이 다른 존재가 되나요?"

"그저 사랑. 이 모든 것을 잊을 수 있도록." 그녀는 관을 가리켰다. "저것들도." 그녀는 위를 가리켰다.

한숨과 함께 올리버의 몸에서 분노와 추궁의 에너지가 모조리 빠져나갔다.

"전 당신을 사랑할 수 없습니다. 사랑이 뭔지도 몰라요."

사실일까? 위층에 있을 때, 그녀는 그의 마음속에서 타오르고 있었고 그는 그녀를 원했다. 얼마나 많이 원했는지 떠올리기가 당황스러울 뿐. 어떻게 내가 그녀에게 마음을 품을 수 있나?

"이제 돌아가죠. 난 엄마를 봐야겠습니다."

미스 파크허스트는 다시 형체를 갖추더니 소리 없이, 치맛자락조차 사락거리지 않고 그를 지나쳤다. 그녀는 손가락으로 따라오라고 지시했다.

그녀는 그의 방 문간에 그를 남겨두며 말했다.

"나는 주 거실에서 기다리고 있겠다."

올리버는 침대 옆 협탁 위에 작은 텔레비전 세트가 놓여 있는 것을 보고 서둘러 전원을 켰다. 화면에 지직거리는 소음과 정해지지 않은 영상이 떴다. 얼굴의 조각들, 드문드문 색깔과 질감들이 알아볼 수 없을 정도로 빠르게 흘러갔다. 도시 전체가 한꺼번에 화면에 들어가 있는 것 같았지만, 무엇 하나 뚜렷이 보이지 않았다. 채널 스위치를 돌려보았지만 잡음만 더 나올 뿐이었다. 그때 올리버는 채널13 위에 '집'이라는 금빛의 작은 글자가 붙어 있는 것을 보았다. 채널 스위치를 그 위치로 돌리자 화면이 깨끗해졌다.

형클어진 머리를 한 엄마가 다리를 단단히 세우고 침대에 누워 있었다. 상태가 좋아 보이지 않았다. 침대 위에 죽 뻗은 손은 떨리고 있었다. 호흡은 거칠고 힘겨웠다. 배경에서 욜란다가 아기들을 돌보느라 부산하다가 마침내 속이 터지는지 오빠들에게 고함치는 소리가 들렸다.

아기들 돌보는 거 왜 안 도와주느냐고. 동생의 목소리가 멀리서 아주 작게 들려왔다.

엄마가 너한테 시켰잖아, 덴버가 대꾸했다.

아냐. 엄마는 우리 모두한테 시켰어. 오빠도 도우면 된다고.

레지는 웃었다. 우린 계획 짜야지.

올리버는 텔레비전에서 물러섰다. 엄마는 아프고, 형들과 여동생, 아기들이야 뭘 하든 돌아가실지도 모른다. 왜 엄마가 아픈지도 짐작할 수 있었다. 그에 대한 걱정 때문일 것이다. 엄마에게 가서 무사하다고 말해야 했다. 전화 한 통으로는 충분하지 않았다.

하지만 이번에도 막상 저택과 미스 파크허스트를 떠나려니 마음이 내키지 않았다. 차츰 기울어 가는 그녀의 마법 외에도 뭔가 있었다. 그는 그녀의 목소리를 듣고 싶었고 그 황홀한 공포를 더 경험하고 싶었다. 다시 그녀를 보고, 그 매끄럽고 오래된 아름다움을 한껏 빨아들이고 싶었다. 어떤 면에서 그녀 역시 엄마 못지않게 그를 필요로 했다. 미스 파크허스트는 그의 안에 있는 모든 합법적이고 질서 있는 것들을 격분시켰지만, 엄마에게 돌아간다고 생각하면서 마침내 그는 자신이 그 격분을 즐긴다는 것을 인정하지 않을 수 없었다.

그는 금 열쇠를 움켜쥐고 자기 방에서 거실로 달려갔다. 그녀는 빨간 벨벳 의자에 앉아 팔걸이 끝의 사자 두 마리를 움켜쥔 채 그를 기다리고 있었다.

"저는 가야겠어요. 엄마가 절 기다리느라 시름시름 앓고 계십니다."

그녀는 고개를 끄덕였다.

"나는 널 붙잡지 않는다."

그는 그녀를 응시했다.

"제가 당신에게 도움이 될 수 있다면 좋겠습니다."

그녀는 희망을 품고 가련하게 미소 지었다.

"그럼 돌아오겠다고 약속해 다오."

올리버는 망설였다. 엄마는 얼마나 오랫동안 그를 필요로 할까? 약속을 하고 막상 돌아왔는데 미스 파크허스트가 이미 죽어버렸다면?

"약속하겠습니다."

"너무 오래 있지 말고."

"그러죠." 그는 중얼거렸다.

희고 아름다운, 나른하면서도 매끈하고 동시에 빠른 리무진이 차고에서 그를 기다리고 있었다. 이번에는 운전사가 보이지 않았다. 문이 저절로 열렸고, 그는 올라탔다. 등 뒤에서 문이 닫혔다. 그는 금 열쇠를 쥔 채 가죽 좌석에 뻣뻣하게 기댔다. "집으로 데려가 주세요." 유리창 칸막이와 주위의 창문 전부가 부옇게 불투명한 금색으로 변했다. 매끄러운 움직임이 느껴졌다. *이런 힘을 항상 가진다는 것은 어떤 기분일까?*

하지만 힘은 그녀가 줄 수 있는 것이 아니었다.

올리버가 아파트 건물에 도착했을 때는 눈보라가 휘몰아치고 있었다. 도로 경계석 위에 눈이 쌓이고 보도도 30센티미터 깊이로 덮여 있었다. 슬립사이드는 한겨울이었다. 올리버는 리무진에서 내려 얼어붙은 계단을 올랐다. 가벼운 옷차림이었지만 전혀 춥지 않았다. 미스 파크허스트의 마법이 그를 감싸고 있었다.

걸쇠가 저절로 벗겨지고 올리버가 현관문을 벌컥 밀고 들어갔을 때, 덴버는 부엌에서 흰강낭콩을 튀기고 있었다. 올리버는 부엌 문간에 멈췄다. 덴버는 입을 멍하니 벌리고 너무 놀라 말 한마디 없이 그를 응시했다.

"엄마 어디 있어?"

욜란다가 거실에서 그의 목소리를 듣고 비명을 질렀다.

레지가 복도로 나와 두 팔을 벌리고 활짝 미소지었다.

"이런, 내 동생이 왔구나! 도망쳤어?"

"엄마 어디 있어?"

"엄마 방에. 기분이 안 좋으셔."

"아프시잖아."

올리버는 형을 밀치고 지나갔다. 욜란다는 올리버가 못 들어가게 막기라도 하려는 듯 안방 문 앞에 서 있었다. 그녀는 아랫입술을 이로 깨

물었다. 겁먹은 것 같았다.

"지나가게 해줘, 욜란다." 올리버는 말했다.

그는 열쇠로 그녀를 가리키려다 무슨 일이 일어날까 더럭 겁이 나서 손을 거두어들였다.

"오빠 때문에 엄마가 아프잖아." 욜란다는 꽥꽥거렸지만 그래도 순순히 물러났다.

올리버는 문을 밀고 안방으로 들어갔다. 엄마는 마르고 수척한 얼굴로 침대에 일어나 앉아 있었지만, 눈빛은 기쁨으로 춤추고 있었다.

"우리 아들!" 그녀는 한숨을 쉬었다. "내 아름다운 아들!"

올리버는 엄마 옆에 앉았고, 두 사람은 꼭 껴안았다. "제발 다시는 나를 떠나지 말거라." 엄마는 그의 어깨에 대고 중얼거렸다. 올리버는 초라한 협탁에 열쇠를 놓고 엄마의 목덜미에 얼굴을 묻고 울었다.

올리버가 돌아온 다음 날, 덴버는 긴 다리로 창가에 서서 올이 닳은 바지 주머니에 손을 찌르고 눈꺼풀이 묵직하도록 쌓인 눈을 바라보고 있었다. "지금 어디 가기는 너무 춥잖아." 그는 생각에 잠겼다.

레지는 아버지의 의자에 앉아 심각한 표정으로 생각에 잠겨 있었다.

"그 녀석이 엄마한테 하는 말을 들었어. 그 창녀가 리무진에 태워서 보내줬대. 희고 큰 리무진. 저 밖에 보이지?"

덴버는 거리를 내려다보았다. 눈 한 송이 쌓이지 않은 흰 리무진이 도로변에 서 있었다. 뒤쪽 배기관에서 흰 가스가 작게 피어올라 흩어졌다.

"아직 서 있네."

"그 녀석이 들어왔을 때 손에 쥐고 있던 거 봤어?" 레지는 물었다. 덴버는 고개를 저었다. "금 상자. 창녀가 그 녀석한테 줬을 거야. 내 짐작에 분명 그 금 상자를 갖고 있으면 누구든지 미스 벨 파크허스트한테 찾아갈 수 있을 거야. 내기할까?"

덴버는 씩 웃고 다시 고개를 저었다.

"저 리무진을 타면 춥지도 않겠지, 안 그래?" 레지는 물었다.

올리버는 엄마에게 닭고기 수프와 반쯤 썩었지만 잘 도려낸 오렌지를 갖다주었다. 베개를 푹신하게 두들겨 주고 아무 말 하지 말고 다 먹으라고 당부했다. 엄마는 힘은 없었지만 행복하게 미소 짓고 아들의 시중에 몸을 내맡겼다. 식사를 마친 뒤, 그녀는 뒤로 누워 눈을 감았다. 퀭한 눈에 눈물이 그렁그렁 맺히더니 뺨을 타고 흘러내렸다.

"너한테 무슨 일이 있을까 봐 얼마나 무서웠는지." 엄마는 말했다. "그 여자가 무슨 짓을 할지 몰랐으니까. 처음에는 정말 잘해주더구나. 난 그녀를 보지 못했어. 목소리만 들었다. 보안 카메라를 통해서 들어오라고 하고, 앉아서 쉬라고 했어. 나도 거기가 어디인지는 알았지만… 알면서 거기 들어간 내 잘못이겠지?"

"엄마는 피곤했잖아요." 올리버는 말했다. "그리고 미스 파크허스트는 그렇게 나쁜 사람이 아니에요."

엄마는 못 믿겠다는 듯 그를 바라보았다.

"그 집에서 피아노를 봤어. 그 옆 선반에 정말 아름다운 악보와 커다란 악보집이 가득했어. 그래서 몇 개 둘러봤다. 아, 올리버, 내 평생 뭔가 훔친 적은…."

엄마는 이제 흐느끼기 시작했다. 그나마 점심을 먹고 얻은 기운도 다시 빠져나가고 있었다.

"걱정 마세요, 엄마. 그 여자는 엄마를 이용한 거예요. 날 그 저택에 불러들이려고요." 잠시 다시 생각한 뒤, 올리버는 덧붙였다. 자신이 왜 굳이 거짓말을 하는지 알 수 없었다. "나나 욜란다를."

엄마는 조심스레 쓰다듬는 듯한 시선으로 그의 얼굴을 살피며 생각에 잠겼다.

"이제 거기 돌아가지 않을 거지? 그렇지?"

올리버는 엄마가 팔 아래 접어 끼고 있는 악보를 내려다보았다.

"약속했어요. 제가 안 가면 그녀는 죽을 거예요."

"그 여자는 거짓말쟁이야." 엄마는 단호하게 말했다. "그녀가 널 원한다면 무슨 짓이든 하지 않겠니."

"거짓말을 한 것 같지는 않아요, 엄마."

분노 때문에 상기한 얼굴로, 엄마는 그에게서 시선을 돌렸다.

"넌 왜 그런 약속을 했어?"

"그렇게 나쁜 사람이 아니에요, 엄마." 그는 다시 말했다.

집으로 오면 머리가 맑아질 거라고 생각했지만, 미스 파크허스트의 얼굴과 애원하던 목소리가 마치 옆방에 있는 것처럼 그를 따라다니고 있었다. 저택은 아스라한 꿈처럼, 사소한 존재로 멀어지는 것 같았다. 하지만 미스 파크허스트는 그대로였다.

"그녀는 도움이 필요해요. 변하고 싶어 해요."

엄마는 뺨을 부풀리고 말처럼 입술 사이로 숨을 뿜어냈다. 아버지에게 이런 적은 종종 있었지만, 올리버에게 이러는 것은 처음이었다.

"그녀는 영원히 창녀야."

올리버의 눈이 가늘어졌다. 엄마가 이렇게 야멸차게 분개하는 모습은 전에 본 적이 없었다. 변명의 여지가 없는 것은 아니었다. 미스 파크허스트는 엄마에게 험하게 굴었다. 그래도….

덴버가 문간에 서 있었다.

"레지와 내가 엄마랑 이야기해 볼게." 그는 말했다. "너에 대해서." 그는 엄지손가락을 까딱해서 어깨 너머를 가리켰다. "우리만." 레지는 덴버 뒤에 서서 싱글거리고 있었다. 올리버는 접시를 받친 쟁반을 들고 그들 옆을 지나 부엌으로 향했다.

부엌에서 올리버는 칙칙하게 반들거리는 수도꼭지만 멍하니 쳐다보면서 미지근한 물에 손을 담그고 지난 며칠 동안 쌓인 설거지를 꼼꼼하게 했다. 시간의 흐름조차 거의 잊고 있는데, 현관문이 쿵 닫히는 소리가 들렸다. 그는 고개를 홱 들고 마지막 접시를 닦아 얹은 뒤 안방으로 향했다. 엄마는 죄지은 듯한 표정으로 그를 바라보았다. 무슨 일이 일어났다. 그는 방을 둘러보았지만 이상한 점은 눈에 띄지 않았다. 모두 평소 있던 자리 그대로….

열쇠.

형들이 금 열쇠를 가져갔다.

"엄마!" 그는 외쳤다.

"형들이 창녀를 만나보겠다고 나갔다." 이제 노골적인 적개심이 얼굴에 떠올라 있었다. "엄마가 험한 꼴을 당했다니 그냥 있을 수가 없 나고."

어두워지고 있었고, 눈은 깊이 쌓여 있었다. 올리버는 저녁에 다시 돌아갈 생각이었다. 미스 파크허스트가 거짓말을 한 것이 아니라면, 지금쯤 아주 쇠약해져 있을 것이고 내일이면 죽을지도 모른다. 폐가 쪼그라드는 것 같고 숨을 들이마시는 것이 힘들었다.

"가봐야겠어요." 그는 말했다. "그녀가 형들을 죽일지도 몰라요, 엄마!"

하지만 걱정스러운 것은 그게 아니었다. 올리버는 묵직한 코트를 걸치고 아버지가 신던 낡고 갈라진 눈 전용 미끄럼 방지 고무 부츠를 신었다. 욜란다가 아기들과 같이 쓰는 방에서 나왔다. 그녀는 아무 질문도 없이 둔한 눈으로 올리버가 추위에 대비해서 옷을 껴입는 것을 쳐다보기만 했다.

"오빠들이 금 상자를 가져갔어." 올리버가 부츠의 마지막 금속 죔쇠를 찰각 넘기자, 그녀는 말했다. "아마 아주 비쌀 거야."

올리버는 복도에서 망설이다가 욜란다의 어깨를 붙들고 세차게 흔들었다.

"엄마를 잘 돌봐야 해, 알겠지?"

그녀는 우득 하는 소리를 내며 턱을 꾹 다물고 올리버의 손을 뿌리쳤다. 올리버는 그녀가 뭐라 말하기 전에 문을 나섰다.

하루의 마지막 빛이 차가운 회색을 띤 깊은 복숭아색으로 하늘을 물들였다. 눈은 건물 위에서 금빛으로 내렸고, 건물 그림자 밑에서는 지저분한 갈색으로 흩날렸다. 바람이 구슬프게 주위를 맴돌며 훔쳐 갈 온기가 없나 손가락으로 올리버의 코트 자락을 헤집었다. 순간 속이 미식거리며 부질없는 비참함이 그의 모든 결심을 빼앗아 갔다. 거리는 인적이 없었다. 오늘 밤이 며칠인지 기억을 더듬어 보니 12월 23일이었지만, 슬립사이드 쇼핑객들이 뭔가를 사러 바깥 나들이를 하기에는 너무 추운 날씨였다. 뭐 하러? 아무 쓸모 없는 멍청이 둘을 굳이 구하러 가? 그 자체야 큰 의미가 없을지 몰라도 명분이 되기엔 충분했다. 그들이 없으면 엄마의 마음이 아플 것이고, 어디까지나 그의 형이니까. 무엇보다 약속을 했으니까. 그리고 다른 이유도.

그는 미스 파크허스트 걱정스러웠다.

그는 코트 목깃을 잠그고 바람 속으로 몸을 숙였다. 모자를 안 쓰고 있었다. 두피에서 온기가 날아갔고, 눈 깜빡할 사이에 힘이 죽 빠지고 녹초가 되었다. 하지만 지하철 입구에 간신히 도착한 올리버는 언제나 섭씨 18도를 유지하는 보다 따뜻한 도시의 심장을 향해 비틀비틀 계단을 내려갔다.

두꺼운 유리와 쇠로 된 부스는 잠겨 있었고 형광등이 켜져 있었다. 밤의 지혜를 품은 주름진 눈에 피로한 기색이 역력한 매표원이 돈을 받더니 고양이 머리 토큰을 쇠 쟁반에 떨어뜨렸다. 연달아 두 번 딸그락거리는 소리가 났다. 그녀를 흘끗 본 올리버는 거기서 창녀의 얼굴을 읽었다. 이 중년 여자는 돈을 위해 다리를 벌리지는 않았어도 이 동굴 속에 앉아서 자신의 젊음과 인생을 팔았다. 어느 쪽의 공허함이 더 깊을까?

"조심해라." 그녀는 스피커 창살을 통해 텅 빈 목소리로 경고했다.

"이제 곧 야간 지하철이야."

그는 토큰 하나를 회전문에 넣고 안으로 밀고 들어가서 덜덜 떨며 승강장에 선 채 선사이드행 기차를 기다렸다. 영원 같은 시간이 흘렀고 마침내 기차가 도착했지만 올리버는 그다지 마음이 놓이지 않았다. 승강장 옆으로 기차가 들어와 멈추는 순간, 기관사의 황소 머리가 돌아보더니 움푹 팬 눈을 녹색으로 깜빡였다. 기름칠한 문이 마찰음을 내며 열렸고 올리버는 딱딱하고 차갑고 눈부시도록 환한 조명이 켜진 객차로 들어섰다.

처음에 올리버는 객차가 비어 있다고 생각했다. 하지만 그는 자리에 앉지 않았다. 목덜미와 팔의 솜털이 비죽 섰다. 스테인리스스틸 손잡이를 붙든 채, 그는 기차가 가속하는 방향으로 몸을 기울이고 반쯤 딸꾹질하듯 깊은숨을 들이마셨다.

기차가 유령 역사를 지나치는데, 차창을 스치는 희미한 조명에 얼굴들의 윤곽이 어슴푸레하게 비쳤다. 그제야 그는 처음으로 다른 승객들을 의식했다. 그들은 거의 눈에 띄지 않게 앉아서 차량을 가득 채우고 있었다. 한숨의 공기보다 더 존재감이 없었지만 그의 옆에 서 있었다. 그들은 그를 열심히 쳐다보고 있었다. 당장은 악의가 없어 보였고, 어쩌면 그가 살아 있고 자기들은 그렇지 않다는 것조차 아직 모르는 것 같았다. 눈에 띄는 상처는 보이지 않았지만 그들이 어떻게 여기 오게 됐는지 올리버는 동물적인 육감으로 감지할 수 있었다.

기차는 휴가철 자살자를 싣고 있었다. 남자, 여자, 10대, 심지어 어린아이도 몇 명 있었다. 모두 가게 유리창에 진열된 값비싼 크리스털처럼 섬세했다. 황소 머리 기관사가 저마다 비틀비틀 기차에 올라타는 그들을 실어 모아 가두었을 것이다. 기관사가 그들을 조종할지도 모른다.

올리버는 코트 안에 몸을 묻으려고 애썼다. 건강하게 살아 있다는 것이, 강렬한 감정에 휩싸여 있다는 것이 죄스러웠다. 그들은 너무나 허약했고 이 현실을 간신히 붙들고 있었다.

그는 기도문을 중얼거리다가 그들이 일제히 이쪽을 돌아보며 이 역전된 신성모독에 무표정한 반감을 드러내자 입을 다물었다. 소리 없이 그는 다시 기도했지만 동료 승객들은 그것조차 불쾌한 것 같았다. 그들은 개나 박쥐 정도나 알아들을 것 같은 소리로 자기들끼리 끽끽거렸다.

역을 하나씩 지나칠 때마다, 불빛에 비친 모자이크 기호와 이름이 스쳐 갔다. 선사이드 역이 다가오고 기차가 속도를 늦추자, 올리버는 빠르게 문으로 움직였다. 기름칠한 문은 우아하게 열렸다. 승강장으로 나와서 뒤로 돌아서던 그는 키 크고 검은 제복 차림의 황소 머리 기관사와 부딪혔다. 기관사 주위의 공기에서는 기름과 전기 냄새, 그리고 보다 달콤한, 어쩌면 피 냄새 같은 것이 풍겼다. 그는 올리버보다 45센티미터 정도 키가 컸고, 손톱이 검고 딱딱하고 거친 손에 긴 은제 가위를 쥔 채 죽 뻗고 있었다. 가위 끝이 한껏 벌어진 형태가, 순간 미스 파크허스트가 늙은 남자들과 누워 뒹굴던 자세를 연상시켰다.

"넌 좋지 않은 때 좋지 않은 곳에 왔어." 기관사는 기차 모터보다 더 깊은 목소리로 경고했다. "여기서는 내가 네 줄을 자를 수 있다."

노래하듯 매끈하게 속삭이며, 그는 가위를 오므렸다.

"난 미스 파크허스트의 집에 갑니다." 올리버는 떨리는 음성으로 말했다.

"누구?" 기관사는 물었다.

"이제 가보겠습니다."

올리버는 뒷걸음질 쳤다. 기관사는 그의 위로 천천히 몸을 숙이며 따라왔다. 가윗날이 다시 스릉 하고 벌어지더니 그의 눈을 겨냥했다. 기차 안의 크리스털 자살자들이 열린 문으로 빠져나와 미끄러지듯 둘을 둘러쌌다. 끈적끈적한 냉기의 파도가 공기 중으로 퍼져나갔다.

"이 겁 없는 애송이야."

기관사의 목소리는 인간의 음역보다 낮았지만 그래도 들렸다. 흰 타일 벽이 진동했다.

"난 네 줄만 끊으면 돼, 여기 바로 네 얼굴 앞에서."

그는 올리버의 코앞까지 가위를 들이대고 찰칵거렸다.

"그럼 넌 집에 돌아가는 길을 못 찾게 된다."

기관사는 차갑게 벽을 치고 주위를 둘러싼 자살자들 쪽으로 그를 밀어붙였다. 올리버의 두려움도 호기심을 차단하지는 못했다. 저 황소 머리는 진짜인가? 아니면 뿔과 가죽과 뼈 밑에 사람이 있나? 퀭한 안와는 얼음 같은 청색 빛을 발했다. 가위가 다시 올리버의 얼굴로 한층 더 가까이 다가왔다. 코에서 거의 닿을락말락했다.

"넌 내 거다."

기관사가 속삭이더니, 가위가 뭔가 눈에 보이지 않는 억센 것을 밀어붙였다. 올리버의 머리에서 고통이 폭발했다. 그는 죽은 사람들 쪽으로 허우적거리며 물러났고, 기관사도 뭔가 눈에 보이지 않는 아주 중요한 것을 가윗날로 집은 채 끌려왔다. 기관사는 포효하며 두 손으로 가위 손잡이를 움켜잡았다. 올리버는 머리가 뜯겨 나가는 기분이었다. 그는 제복을 입은 기관사의 다리 사이를 있는 힘껏 찼다. 발에 돌처럼 단단한 살과 뼈가 닿았고, 두 배로 더한 고통이 엄습했다. 하지만 가위는 올리버의 얼굴 앞 허공에 잠시 멈추었고, 기관사는 천천히 허리를 굽혔다.

올리버는 가위를 붙잡고 날을 벌려서 거기 걸린 줄, 그 자신과 그의 과거, 집을 연결하는 끈을 풀어냈다. 그는 사자들을 밀치고 달렸다. 놀란 자살자들의 얼굴이 번들거리는 긴 가윗날에 수면처럼 일렁거렸다. 느닷없이 도망칠 기회가 생기자 그들은 승강장을 따라 흩어졌다. 어떤 이는 계단으로, 어떤 이는 양쪽으로 향했다. 올리버는 그들을 헤치고 계단을 달려 올라가서 선사이드의 따뜻한 저녁 거리로 나갔다. 지하철 입구에서 느껴지는 것은 그저 역겨운 기름과 피 냄새, 따뜻한 밤공기 속에서 증발하는 사자들의 손에서 풍기는 희미한 한기뿐이었다.

미스 파크허스트의 저택 정문에 소리 없이 인파가 모여 있었다. 그들은 뭔가를 기다리며 농성 중이었고 얼굴에는 탐욕스러운 땀이 번들거렸다.

리무진은 보이지 않았다. 형들은 이미 도착했을 것이다. 그렇다면 지금은 안에 있을 것이다.

올리버는 지하 차고로 들어가는 입구를 찾아 오래된 브라운스톤 건물 주위를 헉헉거리며 달렸다. 남쪽 면에서 경사로를 발견한 그는 내려가서 물결 모양의 철문을 손으로 내리쳤다. 메아리가 답했다.

"접니다!" 그는 외쳤다. "들여보내 주세요!"

위쪽 인도에서 중년 남자가 무심하게 그를 내려다보았다.

"그 안에 들어가서 원하는 게 뭔가, 젊은이?"

올리버는 어깨 너머로 노려보았다.

"상관할 바 아닙니다."

"안에 들어가고 싶다니, 내가 상관할 일인지도 모르지. 거기 들어가고 싶다면 어떤 남자라도 방법이 있어. 그 집은 금을 절대 마다하지 않아."

올리버는 어이가 없어 잠시 문에서 떨어져 섰다. 남자는 어깨를 으쓱하고 멀어졌다.

그는 아직도 기관사의 가위를 쥐고 있었다. 금은 아니었고 은이었지만, 그래도 어느 정도 가치는 있을 것이다. "들여보내 주세요!" 그는 외치고 주머니를 뒤져 아까 쓰고 남은 고양이 머리 토큰을 보란 듯이 꺼냈다. "돈을 내겠습니다!"

문이 덜컹거리며 위로 올라갔다. 차고의 불은 꺼져 있었지만, 부드러운 노란 가로등 불빛을 통해 문짝 바로 안쪽 벽에서 튀어나온 독수리 발톱이 눈에 띄었다. 한 손에는 토큰을, 다른 한 손에는 가위를 들고 올리버는 눈을 가늘게 떴다. 지금 벨의 저택에 돈을 내는 것은 명예로운 행동이 아니었다. 그는 토큰을 컵에 떨어뜨렸지만 가위는 그대로 쥔 채 어둠 속으로 달려 들어갔다.

계단참의 문 밑을 통해 희미한 불빛이 흘러나왔다. 문 주위에는 고대 이 도시에 살던 주민들의 뼈가 돌 안에 굳어진 채 빛을 발하고 있었고, 치아와 관절이 반딧불처럼 반짝거렸다. 올리버는 문을 흔들어 보았다. 잠겨 있었다. 문틀과 잠금장치 사이에 가위 끝을 집어넣어서 끈질기게 힘을 주자 자물쇠가 마침내 풀렸다.

고요한 거실에는 금독수리가 발톱을 아래로 하고 움켜쥔 촛불 몇 개만 타닥거리고 있었다. 공기 중에는 오래전에 꺼진 텁텁한 시가와 담배 냄새가 짙게 배어 있었다. 올리버는 잠시 그대로 서서 눈을 감고 귀를 기울였다. 그가 미스 파크허스트의 저택에서 지낼 때 한 번도 들어가 보지 못한 방이 하나 있었다. 그녀는 그에게 문조차 보여주지 않았지만, 그는 그 방이 틀림없이 존재한다는 것을, 죽었든지 살아 있든지 그녀는 분명 그 방에 있으리라는 것을 알았다. 형들이 어디 있는지는 알 수 없었다. 지금은 관심도 없었다. 어쨌든 목숨이 오가는 위험에 처하지는 않을 것이다. 벨의 힘은 여기저기 흩어진 촛불처럼 약해져 있었다.

누구든 막아서는 자에 대한 경고의 뜻으로 번들거리는 가위를 내민 채, 올리버는 어두운 복도를 따라 살금살금 걸었다. 계단을 두 층 올라가서 3층에 다다르니, 양탄자가 깔려 있지 않고 벽지도 없는 복도가 나타났다. 한 번도 못 본 곳이었다. 마른 널빤지가 발밑에서 삐걱거렸다. 공기는 서늘하고 고요했다. 벨의 장미 향수 냄새가 유령처럼 떠돌고 있었다. 복도 끝에는 녹슨 놋쇠 손잡이가 달린 평범한 문짝이 있었다.

이 문도 잠겨 있지 않았다. 올리버는 용기를 내기 위해 숨을 들이쉬고 문을 열었다.

벨의 방이었고 역시 그녀는 여기 있었다. 그녀는 평범한 철제 침대 위에 여러 가닥으로 엮인 반짝이는 실로 매달려 있었다. 순간 혹시 거미인가 싶어 흠칫 뒤로 물러났지만, 다시 보니 거미의 먹잇감에 더 가까워 보였다. 사방의 방구석에 연결된 투명한 실이 그녀를 단단히 옭아매고 있었지만, 그의 눈에는 공기처럼 존재감이 없었다.

벨은 눈빛이 흐리고 약하디약해 보였으며 피부는 부엌 휴지 같았다.
"왜 이렇게 오래 걸렸지?" 그녀는 그를 돌아보며 물었다.

저택 반대편에서 레지의 의기양양한 웃음소리가 메아리로 들려왔다.

올리버는 앞으로 다가갔다. 실에 걸린 것은 가윗날뿐이었다. 올리버는 걸리적거리는 것 없이 지나갈 수 있었다. 은 가위를 쥔 팔에 힘을 주면서 그는 실이 무엇인지 깨달았다. 그것은 벨을 이 저택 그리고 모든 고객과 연결시키는 끈이었다. 벨을 과거와 연결하는 끈은 하나가 아니라 수천 개였다. 그녀가 손을 댄 모든 공간마다 하나의 실이 연결되어 있었다. 입술과 젖가슴과 다리 사이에도 두껍게 꼬인 과거의 밧줄이 이어져 있었다. 심지어 발가락 하나조차 자유롭지 않았다.

아무 생각 없이 올리버는 기관사의 은 가위를 들어 줄을 차근차근 자르기 시작했다. 하나씩 혹은 한 뭉치씩 통째로, 계속해서 잘라 냈다. 날이 닿을 때마다 줄은 사라졌다. 그는 무엇이 그녀 최초의 줄인지, 그녀와 어린 시절을 잇는, 창녀가 되기 이전의 몇 년을 잇는 끈인지 가늠하려 하지 않았다. 그런 것을 걱정하느라 허비할 시간이 없었다.

"네 형들이 내 금고에 있다." 그녀는 말했다. "내 금과 보석들을 찾아냈어. 나는 여기로 기어 도망쳤고."

"말하지 마세요."

올리버는 이를 악물고 말했다. 줄은 점점 더 강해졌다. 벨의 깡마른 회색 몸과 가까워질수록 마치 철사처럼 느껴졌다. 팔근육이 뭉쳤고, 식은땀이 옷을 잔뜩 적셨다. 벨의 몸은 침대로 몇 뼘 내려앉았다.

"난 여기 남자를 데려온 적이 없다." 그녀는 말했다.

"쉬이."

"여긴 내 공간이야, 내가 가졌던 유일한 공간."

끈은 이제 수천 개가 아니라 수백 개 정도 남아 있었다. 줄을 자르는 동안 그는 벨이 점점 더 창백해지는 것을, 용광로 같던 열기가 촛불 하나보다 더 약하게 꺼져가는 것을, 열에 들뜬 반짝임을 잃어가는 눈을 보았다. 줄을 자르기 때문에 더 약해지는 것이 아닐까 하는 생각에 가슴이 내려앉기도 했지만, 올리버는 그럼에도 계속 줄을 찍어 내고 가위를 휘둘렀다. 이제 줄은 더욱 강하고 팽팽해졌다.

멀리 저택 어딘가에서 덴버와 레지가 함께 웃고 있었다. 묵직하게 쨍그랑거리는 소리가 울렸다. 바닥이 흔들렸다.

줄은 수십 개 남아 있었다. 잘라도 잘라도 끝나지 않는 느낌이었고, 줄 하나를 자를 때마다 팔과 손에 전력을 다해 집중해야 했다. 금방이라도 기절하거나 토할 것 같았다. 벨의 눈은 감겨 있었다. 호흡은 거의 감지되지 않았다.

남은 줄은 다섯 가닥. 그는 하나를 자르고, 또 하나를 잘랐다. 세 번째 줄에 가위를 대는데 연한 회색 옷과 챙이 넓은 모자를 쓴 키 큰 남자가 침대 맞은편에 나타났다. 손가락에는 금반지를 주렁주렁 끼고 있었다. 금독수리 발톱이 흰 실크 타이에 꽂혀 있었다.

"나는 벨의 친구다." 남자는 말했다. "그녀는 내게 와서 날 속였어."

올리버는 분노에 찌르는 듯한 시선으로 가위질을 멈추었다.

"당신 누구야?"

힘을 주느라 허리를 펼 수가 없었다. 그는 눈썹에 맺힌 땀방울 사이로 회색 남자를 응시했다.

"다른 늙은이, 그자는 벨에게 일을 거의 시키지 않았지. 내가 여기서 일하게 했는데, 그녀는 날 속였다."

"당신이 그녀의 포주군." 올리버는 단어를 뱉어 내듯 말했다.

회색 남자는 빙긋 웃었다.

"그 줄을 자르면 그녀는 아무것도 아니게 돼."

"지금도 아무것도 아니야. 당신의 저주는 끝났고, 그녀는 죽어가고 있어."

"내 성질을 건드리지 말아야 했어." 포주는 말했다. "나는 힘이 세고 연줄이 많아. 늙고 힘 빠진 창녀에게서 뭘 원하나, 소년?"

올리버는 대답하지 않았다. 세 번째 줄을 자르려고 애썼지만 줄은 가윗날 사이에서 뱀처럼 꿈틀거렸다.

"내가 없었어도 그녀는 창녀였을 거다." 포주는 말했다. "태어난 그 날부터 창녀였어."

"거짓말이야." 올리버는 말했다.

"왜 그렇게 안간힘이지? 저년한테 매독이 옮아서 죽어버리고 싶으냐?"

올리버는 입술을 말아 올리고 고개를 뒤로 젖혔다. 죽여버리고 싶다는 분노가 치밀어 올라 앞을 쳐다보지도 않고 남은 힘을 총동원해서 가위를 휘둘렀다. 세 번째 줄이 끊기는 순간 가위가 달깍 끊어지면서 날 하나가 휙 날아가 방 저편 벽에 꽂혔다. 회칠 조각이 사방으로 튀었다. 회색 남자는 양파와 상한 맥주 냄새를 남기고 동그랗게 이중의 고리 모양으로 내뿜은 담배 연기처럼 사라졌다.

벨은 이제 줄 두 개로 어색하게 매달려 있었다. 하나 남은 가윗날을 칼처럼 휘둘러서 올리버는 줄을 빠르게 끊고 그녀 위에 쓰러졌다. 벨의 차가운 몸이 그의 몸에 처음으로 와 닿았다. 그녀는 이제 육욕을 불러일으키지 않았다. 이미 죽었을지도 모른다.

"미스 파크허스트."

올리버는 침대 시트만큼 새하얀 그녀의 얼굴과 밀랍 같은 피부밑으로 두드러진 높은 광대뼈를 살펴보았다.

"난 당신에게서 원하는 게 없습니다." 올리버는 말했다. "난 그저 당신이 괜찮기를 바랄 뿐이에요."

그는 입술을 가져가서 그녀의 입술에 가볍게 키스했다. 감긴 눈 위에 땀방울이 뚝 떨어졌다.

저 멀리, 덴버와 레지가 희열에 가득 차 킬킬거리고 있었다.

저택은 조용해졌다. 모든 유령은 장부를 받아들고 달아났다. 자유로워졌다.

방 안에 켜져 있던 단 하나의 촛불이 꺼지고, 그들은 어둠 속에 단둘이 누워 있었다. 녹초가 된 올리버는 본의 아니게 그대로 잠에 빠졌다.

차갑고 장미 향이 풍기는 손가락이 가볍게 그의 이마를 만졌다. 눈을 떠보니 올리버보다 어려 보이는 흰 나이트가운 차림의 소녀가 그를 내려다보고 있었다. 눈은 아주 컸고, 둥글고 높은 광대뼈 아래 입술은 미소를 띠고 있었다.

"여긴 어디야?" 그녀는 물었다. "우리 얼마나 오래 여기 있었어?"

늦은 오전의 햇살이 작은 먼지투성이 방을 따뜻하게 채우고 있었다. 올리버는 침대 주위를 둘러보며 벨을 찾다가 다시 소녀를 바라보았다. 그녀는 그 첫날 밤 저택으로 그를 데려온 운전사를 약간 닮은 것도 같았지만, 그보다 더 어렸다. 얼굴엔 별다른 표정이 없고 단순했다.

"기억 안 나?" 올리버는 물었다.

"자기." 소녀는 엉덩이에 손을 얹고 다정하게 말했다. "난 별로 기억나는 게 없어. 당신이 내게 키스한 거 말고는. 다시 키스해 줄래?"

엄마는 올리버가 집에 데려온 낯선 젊은 여자를 마땅찮아했고, 레지와 덴버가 어디 있는지 물었다. 올리버는 차마 말할 수가 없었다. 포주의 마법에 걸린 형들은 고양이 머리 지하철 토큰이 산처럼 쌓인 방에서 얼음처럼 차갑게 누워 있었다. 그들은 흰옷을 입고 챙이 넓은 흰 모자를 쓰고 있었다. 포주의 옷차림이었다. 하지만 그날 밤 탐욕스러운 군중들이 값어치 있는 물건들을 모조리 털어 갔기 때문에 저택은 텅 비어 있었다.

그들은 창녀 없는 매춘굴의 포주였다. 나이에 어울리지 않는 매력적인 지혜를 엿보이며 소녀가 말했듯 그보다 더 저질스러운 것은 별로 없었다.

"그 여자는 어디서 만난 거냐? 그 애는 뭔가 숨기고 있어, 올리버. 내 말 명심해라."

올리버는 엄마의 불안을 무시했다. 그 자신의 불안만 해도 충분했다. 소녀도 이제 다른 이름이 필요하다는 데 동의하고 "그냥 어울리는 것 같아"라면서 로렐라이라는 이름을 골랐다.

빌려 가기만 하고 갚지 않던 형들이 없으니, 올리버는 곧 돈을 모아서 같은 건물 6층에 싼 셋집을 얻었다. 소녀는 침대에서 다정했고 정신세계도 대체로 여느 어린 소녀와 크게 다를 것이 없었다. 자기 나름대로 올리버는 그녀를 사랑했다. 두려운 마음도 있었지만 세월이 흐르면서 차츰 누그러졌다.

그녀는 올리버 못지않게 피아노를 잘 쳤고, 그들은 학생들을 가르칠 계획을 세웠다. 그들은 저택에서 트렁크 하나 가득 악보와 책을 가져왔다. 그것만은 군중들이 남겨주었다.

엄마는 두 사람이 이사한 뒤 2주 동안 찾아오지 않았다. 하지만 마침내 엄마가 찾아온 날, 소녀는 엄마의 마음에 들었다.

"부엌일하는 솜씨가 좋더구나. 잘해주거라."

욜란다는 소녀와 쉽게 친해졌고, 올리버는 동생에게서 이전보다 더 많은 자질을 보았다. 로렐라이는 욜란다를 도와 아기들을 돌봤다. 타고난 재주가 있는 것 같았다.

때로 밤에 올리버는 잠든 로렐라이를 찬찬히 들여다보며 저 평화로운 얼굴 너머에 아직 이야기가, 어쩌면 기술 같은 것이 숨어 있지 않을까 궁금했다. 전부 다 잊어버린 걸까?

이윽고 그들은 결혼했다.

그리고 살았는데….

아니, 이 정도로 충분하다.

그들은 살았다.

8

웹스터

Webster

건조한.

단어는 바스락거리는, 속삭이는 언어로 공기 속에 떠돌았다. 독수리의 펄럭거리는 날갯짓이 그녀의 머리카락을 날렸다. 혹은 (그녀는 분홍색 양피지 같은 피부로 덮인 날렵한 손가락으로 페이지를 쓸어내렸다) 공룡의 알, 고비 사막 한복판의 로이 채프먼 앤드루스가 부화하지 못한 채 그대로 무덤에 묻힌 주먹만 한 알을 집어 드는, 지직거리는 회색 영화의 한 장면.

그녀는 손가락으로 사전을 접었다. 책장은 단단하고 친근한 압력을 가하며 손에 착 붙었다.

미스 애비게일 코츠의 삶은 즐겁지 않았다. 거리를 오가는 사람들의 따분한 고통에는 즐거움이 없었다. 도시의 벽과 보도에 반사된 해가 작은 아파트를 침입할 때면, 빛에 감금된 것 같았다. 이 우주에서 그녀의 깡마른 몸은 아무런 즐거움을 낳지 못했고, 놀라움을 자아내지 못했고, 걷잡을 수 없는 열정을 일으키지 못했다.

미스 코츠는 쉰, 세상에, 생각하면 목구멍에 바늘이 걸리는 것 같았다. 그녀는 아이를 낳은 적이 없었다. 남자 한번 없었다.

한 번, 다섯 살 연하의 남자와 외로운 사랑을 나눈 적이 있었다. 목구멍에 바늘이 걸리는 아픔을 그가 무디게 해줄 수도 있었을 것이다. 그는 기회를 달라고 사정했다. 하지만 안 돼. 내 사랑은 미끼, 그것을 원하는 사람은 대가를 치른다.

"나는 가련한 여자야."

그녀는 작은 아파트에 놓인 지나치게 푹신한 의자에서 몸을 일으켜 키 172.085센티미터의 마른 몸을 똑바로 세웠다. 나는 속으로 운다. 소중한 성경을 읽고, 더욱 소중한 사전을 읽는다. 그 책들은 내게 우는 것은 죄라고 말한다. 나의 몇 가지 치명적인 죄악 중 절망이야말로 최악이다.

그녀는 건조한, 편안한 방을 둘러보고 그림자에 눈이 부시기라도 한 듯 자신이 잠자는 공간의 어스름으로부터 눈을 가렸다. 여기는 침실이 아니었다. 침실은 남자나 남자들과 같이 자는 곳인데 그녀에게는 남자가 없었다. 그녀의 시선은 문틀을 따라 올라가서 한쪽 구석에 박혔다. 20년 전 서투른 이삿짐 일꾼이 침대를 나르다가 나무에 찍은 자국이었다. 아래쪽에는 사용하지 않은 캔버스처럼 발바닥을 문지르는 닳아빠진 양탄자가 있다. 등 뒤에는 한복판에 속이 덜 채워진 의자. 다른 사람이 고른 벽지에는 오래전 처마에서 흘러내린 빗물 자국이 있다. 마지막으로 발치를 내려다보니 올이 풀린 나일론 안에서 두꺼운 발톱을 잘 손질한 발가락이 꼼지락거리고 있었다. 오로지 핵심, 영혼을 제외하고 신체 모든 부위가 알뜰하게 가꾸어져 있다.

그녀는 자신이 잠자고 눕는 공간으로 들어갔다. 시트는 의무적으로 그녀를 어루만졌고, 담요의 주름과 접힌 부분이 허벅지와 젖가슴을 쓸어주었다. 베개는 희끗거리는 머리카락을 받아들였고, 어둠 속에서 그녀는 스스로에게 자라고 속삭였다.

아침은 나았다. 오후는 둔한 통증처럼 흘러갔다. 해 질 녘 그녀는 감자와 송이지 고기로 긴소하고 초라한 저녁을 만들며 울었다. 어둠 속에서 그녀는 의자에 앉아 발치에 책 두 권을 내려놓고 벽의 꽃을 응시했다.

아침은 괜찮았다. 오후는 뜨겁고 끈적거렸으며, 그녀는 선글라스를 끼고 산책했다. 화창한 토요일 오후의 수많은 젊은이를 바라보았다. 그들은 손을 잡고, 공원을 걸으며, 저기, 벤치에도 앉아 있다. 저 여자는 저걸 계속하면 문제가 생길 텐데. 아, 문제가 생길 위험이 조금이라도 있는 저 인생들. 그녀는 언제나 기다리고 있는 아파트로 돌아가서 항상 말을 잘 듣는, 아무도 손대지 않은 부드러운 자물쇠를 밀어 잠갔다. 저녁이 열기 속에서 천천히 흘러갔다. 자정이 되자 서늘한 산들바람이 불어와 햇볕에 누렇게 바랜 창가의 커튼이 흔들리고 유령 새의 날개처럼 펄럭펄럭 휘날렸다. 그녀는 사전을 읽으며 평정을 찾았지만 대신 떠올리고 싶지 않은 단어들만 눈에 들어왔다. 의료 용어, 생물학 용어. 청하지 않은 단어들이 페이지에서 튀어나와 그녀를 혼자 내버려두지 않았다. 그 단어들이 외설스럽게 보이지는 않았다. 그저 경이롭게 보였다. 소리 내어 발음하면 몸이 떨리고 아파 왔다. 다시금 저녁은 눈물로 끝났다.

지난 5년 동안 그녀는 거의 변함없이 이런 저녁을 보냈다.

"내겐 애인이 필요해." 그녀는 단호하게 혼잣말을 했다.

어둑어둑한 곳에서는 진홍색, 햇빛을 받으면 오렌지색이 되는 가장 멋진 드레스와 다리미판 위로 노란 아침 햇살이 서서히 움직였다. 애인을 만들려면 사무실에 가야 하지만 그녀는 일을 하지 않았고, 기차를 타야 하지만 그녀는 여행을 하지 않았고, 머나먼 나라에 가야 하지만 그녀는 이곳을 떠나지 않았다.

"무모한 10대 같은 생각을 안 하려면 약간의 상식, 약간의 자제력이 필요해."

하지만 사실 그녀는 자제력이 부족하지 않았다. 그것이야말로 그녀의 최고 덕목이었다.

그녀의 이름 코츠는 사전에 없었다. 코티, 코아티먼디, 코트오브암스, 코트오브메일, 그리고 공저자이자 잘생긴 저자의 연인. 그들은 협력하고, 협업하고, 협조할 것이다. 흠결 없이 순결할 것이다.

미스 코츠는 창문의 커튼을 닫고 천천히 드레스를 벗었다. 몸에 밴 능숙한 솜씨로 등의 지퍼를 코바늘로 당겨 내리고, 턱을 치켜들고 눈을 거의 감은 채 건조한 손끝으로 등허리를 어루만졌다. 선선한 산들바람이 창밖의 어둠과 아파트의 열기를 뚫고 불어와서 피부에 부채질을 해주었다. 땀이 젖가슴 사이의 골에 맺혔다. 그녀는 자신의 젖가슴이 자랑스러웠다. 브래지어를 벗어도 밑으로 눈에 띄게 늘어지지 않았다. 그녀는 두 손을 등 뒤로 뻗으며 쭈그려 앉은 뒤 바닥에 누웠다. 거친 양탄자 위에 두 팔을 벌린 자세로 쇄골에 턱을 묻고 위로 솟은 갈비뼈에 달라붙어 평평해진 젖가슴을 바라보았다. 사용 흔적 없는 상품. 그녀는 양손으로 가슴을 감쌌다. 다리와 발가락을 똑바로 뻗어 가느다란 십자가 자세를 취했다.

머리는 창문 가까이 놓여 있었다. 올려다보니 그녀의 숨결처럼 커튼이 팔락거리고 있었다. 벌어진 입, 치아 뒤쪽을 문지르는 혀. 그녀는 두 손을 배에 올린 채 평평한 온기를 느껴 보았다. 아직 퇴물은 아니야. 군

살도 없고, 주름살도 거의 없고. 허벅지도 출렁거리지 않고, 울룩불룩 역겨운 지방덩어리도 없어.

그만. 그녀는 손을 들고 옆으로 몸을 굴려 한쪽 팔꿈치로 일어났다. 그녀는 사전을 보고 단어 하나를 입모양으로 읽어보았다. 연인.

버크램 천과 검은 가죽으로 장정된 작은 사전과 성경은 애매하게 입을 다물고 있었다.

"날 도와줘." 그녀는 성경을 가볍게 밀어내며 사전에게 말했다. "책 중의 책, 내가 들어 올릴 수 없는 어마어마한 책, 모든 생각이, 인간의 모든 가능성이 네 안에 들어 있어. 내가 느끼는 모든 것은 네 안에 들어 있는 언어로 표현할 수 있어. 삶이, 내가 한 번도 보지 못한 사람과 장소, 죽은 것들, 태어나지 않은 것들이 네 안에 존재해. 유령들과 초자연적인 것들의 안식처, 폭군과 성자들의 집. 너라면 당연히 내게 남자를 만들어 줄 수 있을 거야. 단순한 단어, 간단한 일. 아니, 네게서 어떻게 남자를 만들어 낼 수 있는지도 알려줄 수 있을 거야."

펼친 책 속에서 빛으로 가득 찬 남자가 사람 모양의 새장처럼 빙빙 돌면서 솟아나는 모습이 마치 눈에 보이는 것 같았다.

커튼이 바람을 안고 휘날렸다.

"할 수 없니?" 그녀는 물었다.

사전은 침묵을 지켰다. 그녀는 연꽃 자세로 책상다리를 하고 두꺼운 책 옆에 앉아서 단어의 먼지가, 알파벳 하나를 이루는 미세한 동종의 잉크 파편들이, 단어가, 종이를 구성한 섬유 가닥 사이에서 배어 나와 서로 의논할 때까지 기다렸다.

건조한 마법. 서늘한 한밤중의 산들바람 속에서 언어는 달콤한 향기를 풍겼다. 생각으로 가득 찬 죽은 잉크의 파편들이 솟아났다.

왔노라.

잉크의 건조함 때문에 혀가 부풀어 올랐다. 그녀는 다리를 펴고 크로스워드 퍼즐 선처럼 피부를 파고드는 거친 양탄자 위에 배를 깔고 엎드렸다.

미스 코츠는 사전을 눈앞으로 끌어당겨서 표지를 열고 페이지를 한 움큼 넘겨 중간을 펼쳤다. 숨이 턱 막혔다. 남자. 칠하지 않은 손톱처럼 또렷하게 그 단어가 나왔다. 남자! 그녀는 손가락을 움직이며 숨을 들이마셨다.

"네 안에는 역시 남자가 있어!" 그녀는 웃으며 사전을 향해 말했다.

당연히 농담이었다. 그렇게까지 정신이 나가지는 않았다. 계속 빙글거리는 얼굴로, 그녀는 입안에 손가락을 넣어 피부를 문지른 뒤 단어를 꾹 눌렀다. "여기." 그녀는 말했다. "내 세포 몇 개 가져가." 아, 좋은 생각, 탁월한 생각이었다! "클론을 만들어." 그때 더 좋은 생각이 떠올랐다. "하지만 나랑 닮게 만들지 마. 네가 갖고 있는 의학 용어로 바꿔줘. 성형수술로, 우생학적으로, 유전자형으로."

손가락으로 페이지를 누른 자국이 검게 변했다. 잉크는 흐려지지 않았다. 그녀는 책을 덮고 다시 책상다리를 했다. 내 몸통이 다리의 꽃과 자궁의 자리에서 솟아나듯이, 책 중의 책에서 남자가 생겨난다.

천둥이 칠까? 정적뿐이었다. 사전은 떨렸고, 그림자 속의 성경은 어두침침했다. 갓을 씌운 전등 안의 노란 전구가 희미하게 노래했다. 공기는 차츰 무거워졌다. 흔들리지 말자, 그녀는 다짐했다. 믿음을 잃지 말자, 연꽃 자세를 유지하자. 야간의 핏방울? 빨지 않은 젖가슴에서 나오는 젖? 촉매… 아, 설마, 살아 있는 것, 책갈피 사이의 파리, 새의 심장, 아니면 (그녀는 떨었다. 흥분으로, 일종의 믿음으로, 속이 미식거릴 정도였다) 죽은 남자의 투명한 씨앗.

책. 책은 표지를 저절로 들어 올렸다. 책은 숨을 쉬고 있었다.

"그거야." 그녀는 경외감에 속삭였다. "어떻게 해야 하는지 아는 거야."

책은 공기에서 온기를 빨아들였다. 갈색 장정에 서리가 맺혔다. 표지가 휙 젖혀지더니 창문에서 들어온 갑작스러운 바람이 방을 휩쓸었다. 페이지가 펄럭거리는 와중에 두 장은 한데 붙어 몸부림치며 불룩하게 부풀다가… 떨어져 나갔다.

팔을 벌린 한 형체가 아이스스케이터처럼 빙빙 돌며 일어나더니 먼지와 공기와 열기를 빨아들이며 덩어리로 단단하게 굳었다.

잘생긴 남자로! 잘생기고, 강인하고, 친절하게, 최소한 나만큼 영리하게 만들어 줘. 내 아버지 말고 아버지 같게, 아들 같게, 연인 같게, 특히 연인 같게, 따뜻하게 만들어 줘, 정글에서 피어오르는 증기처럼 내 입술을 녹이고 머리카락을 부드럽게 해줄 숨결을 불어넣어 줘. 거기! 집중해서. 그래, 크게 강하게 가득하게. 그는 따뜻하고 건조한 낮을, 호수와 낚시를 좋아하지만 사실 낚시보다 내게 책을 읽어주는 것을 더 좋아하고, 추운 겨울날을, 할 수 있다면 나와 아이스스케이팅 하는 것을 좋아하고, 혹시 이런 주문을 해도 될까 갈색 머리카락에 빨간 기운이 섞이

도록 해주고 뺨에 갓 난 수염이 거칠거칠하게 자라는 것을 내가 지켜볼 수 있도록….

눈! 빙글빙글 도는 동안, 아직 녹은 채 형체가 완성되지 않은 신호등처럼 눈이 번득였다. 코는 차츰 또렷해졌고, 그녀도 마음에 들었다. 짙은 갈색에 빨간 기가 섞인 머리카락이 윤기를 내며 흩날렸다. 팔, 손가락, 다리에 단어가 스멀거리고 있었다. 마른 잉크가 '발'이라는 형태로 개미집처럼 맨 아래쪽에 뭉쳐 있었고, '발꿈치'와 '발목'도 한데 엉켜 있었다. 그러다 단어는 뼈와 살이 되었다.

가슴은 단단하고 사각이었고 젖꼭지는 진했다. 짙은 색 가슴 털은 실크처럼 부드러웠다. 그는 아직도 빙빙 돌고 있었다. 그녀는 그의 사타구니를 보며 탄성을 질렀다.

옷은?

"그래!" 그녀는 말했다. "나한테는 남자 옷이 없어."

정장, 커프링크스와 진주 장식이 달린 분홍색 셔츠.

남자는 눈을 깜빡였고, 입이 열렸다가 닫혔다. 그는 고개를 숙였고, 줄에 매달려 빙빙 돌다 풀린 추처럼 신음 소리가 날아들었다.

"그만!" 그녀는 외쳤다. "그만해. 이제 완성됐어!"

남자는 무릎을 후들거리며 금방이라도 쓰러질 것처럼 사전 위에 서 있었다. 그녀는 그를 잡아주려고 바닥에서 벌떡 일어났지만, 그는 그녀를 비켜나서 의자 옆 양탄자 위에 쓰러졌다. 발에 차여 위쪽 여러 페이지가 찢기고 구겨진 책이 바닥에 나뒹굴었다.

미스 코츠는 가슴께에서 손을 흔들며 남자를 내려다보았다. 그는 옆으로 비스듬히 누워 눈을 감은 채 가슴을 들먹이고 있었다. 그녀는 흰 윗니로 아랫입술을 깨문 채 그의 몸 여기저기를 살폈다. 잠시 후 그녀는 그에게서 눈을 뗄 수 있었다. 그녀는 미간을 찌푸리고 사전을 한층 찬찬히 쳐다보다가 허리를 굽혀 페이지를 넘겼다. 모든 페이지가 텅 비어 있었다.

"나는 벌거벗고 있어." 그녀는 충격요법으로 제정신을 차리려고 손을 죽 뻗으며 혼잣말을 했다.

그녀는 옷을 챙겨 입기 위해 자는 공간으로 들어갔다. 남자에게서 떨어져서, 그녀는 그를 뭐라고 불러야 할지 고민했다. 아마 이름이 없을 것이다, 특히 일반적인 이름은. 비록 종이와 잉크에서, 사전에서 자신이 키워낸 인간이지만 다른 모든 사람들처럼 이름으로 불러주는 것이 적절한 듯했다.

"웹스터." 그녀는 너무나 당연한 선택에 고개를 크게 끄덕였다. "웹스터라고 불러야겠다."

그녀는 거실로 돌아가서 남자를 쳐다보았다. 그는 평화롭게 쉬고 있는 것 같았다. 어떻게 해야 좀 더 편한 곳으로 옮겨줄 수 있을까? 소파는 그가 볼품없는 몸을 눕히기에는 너무 작았다. 그는 아주 컸다. 180센티미터가 훌쩍 넘는 키였다. 그녀는 재봉 바구니에서 테이프를 가져다가 그의 몸을 재어보았다. 188센티미터였다. 여전히 그는 눈을 감고 있었다. 무슨 색일까? 그녀는 그의 옆에 쭈그리고 앉아서 얼굴을 붉힌 채 아직 생각해서는 안 된다고 스스로 경고했던 그 생각들을 했다.

그녀는 창백한 피부를 가장 돋보이게 하는 짙은 버건디 색의 매끄러운 드레스, 자신이 가진 가장 좋은 드레스를 입고 있었다. 하지만 새벽

1시였고, 피곤했다.

"일단은 그럭저럭 편해 보이네." 그녀는 남자에게 말했다. 그는 움직이지 않았다. "이대로 바닥에 두어야겠다."

애비게일 코츠는 자려고 침실로 들어갔다. 피곤했지만 도무지 눈을 감고 잠들 수가 없었다. 기쁨에 소리를 지르고 싶었고, 눈물이 흘러내려 희끗거리는 머리카락과 베개를 축축하게 적셨다.

어둠 속에서, 그는 숨을 쉬었다. 꿈에서, 그가 가물가물한 그녀의 생각 속으로 언어를 흘려보내는 걸까? 혹시 집 안을 가득 채우고 있는 프린터의 잉크 냄새는 그의 숨결일까?

밤중에 그는 움직였다. 팔을 옮기고, 다리를 옮기고, 단어의 원자를 먼지처럼 흩뿌렸다. 눈을 반짝 떴다가, 다시 감았다. 입을 벌렸다. 신음 소리를 내더니, 다시 잠잠해졌다.

동이 트자 애비게일 코츠의 목덜미 털이 새벽 햇살에 반짝였다. 그녀는 나직하게 비명을 지르며, 아니 그저 높다랗게 헉 하고 숨을 들이쉬며 잠에서 깼다. 그녀는 엎드린 자세로 누워 있다가 몸을 반듯하게 굴리면서 시트와 베드스프레드를 끌어당겨 덮었다.

웹스터가 문간에 서서 미소를 짓고 있었다. 어둑어둑한 새벽빛 속이라 모습도 잘 보이지 않았다. 그녀의 눈꺼풀은 아직 잠기운에 무거웠다.

"좋은 아침이야, 레지나." 그는 말했다.

레지나 애비게일 코츠. 그녀를 불러줄 친구가 있던 시절에는 모두 그녀를 애비라고 불렀다. 레지나라고 부른 사람은 아무도 없었다.

"레지나." 웹스터는 되풀이했다. "여왕과 캐나다 동전을 연상시키는 이름이야."

"좋은 아침이야." 그녀는 들릴락말락 말했다. "괜찮아? 아… 기분이 어때?"

유령 같은 미소. 그는 천천히 고개를 끄덕였다.

"상황을 감안하면 나쁘지 않아."

그는 그녀의 방 안으로 들어와서 침대 발치에 멈췄다.

"난 옷을 잘 입고 있네. 너무 잘 입었어. 불편해."

심장이 두근거리다가 목구멍으로 치밀어 올라올 것 같았고, 숨이 막히도록 목을 막은 가래는 목구멍을 조금도 축여주지 못했다.

그는 침대 옆으로, 그녀 쪽으로 다가왔다.

"당신이 날 불러냈지. 왜 그랬어?"

그녀는 심해의 해구에서 길어 낸 물방울 같은 밝은 녹색 눈동자를 올려다보았다. 그의 손이 그녀의 어깨에 닿더니 잠옷 어깨 끈에 머물렀다. 손가락 하나가 끈 밑으로 들어가더니 살짝 들어올렸다. 옷감이 젖가슴 아래를 누르는 것이 느껴졌다.

"왜?"

그의 숨결은 그녀의 얼굴과 머리카락에 단어를 뿌렸다.

"그리고 왜… 난 그 뜻에 따라야 한다는 기분이 드는지…."

그는 블라인드를 내리고 커튼을 닫았다. 옷가지가 의자 위에 떨어지는 소리가 들렸다. 어둠 속에서 그의 무릎이 침대 가장자리를 눌렀다. 손가락이 목에 닿았고, 입술이 내려와 그녀의 입술을 덮고 아래위로 벌렸다. 혀가 입안으로 들어왔다.

이른 아침, 레지나 애비게일 코츠는 작게 억누른 비명을 질렀다.

웹스터는 아주 푹신한 의자에 앉아 그녀가 나가는 것을 보았다. 뭐라고 생각해야 할지, 뭐라고 느껴야 할지 종잡을 수 없는 기분으로, 그녀는 문을 닫고 벽에 기댔다. "당연하지." 몸 안에 공기도, 힘도 전혀 남아 있지 않은 듯, 그녀는 혼잣말로 속삭였다. "단어로 만들어진 남자라면 당연히 해를 싫어하겠지." 하지만 왜 그것이 당연하지? 그것만 빼면 모든 점에서 다른 남자와 똑같은데….

그녀는 고개만 끄덕여 인사하는 사이인 이웃들의 집을 지나 1층으로 내려갔다. 거리는 끝없이 오가는 차량으로 가득했다. 있지도 않은 드레스 주름을 반듯하게 펴면서, 새로운 레지나 코츠가 햇살 속으로 들어서 세상을 마주 보았다.

"당신들 여자들이 다 아는 걸 이제 나도 알아." 분한 기색과 승리감이 감도는 나직한 목소리였다. "당신들 전부 다!"

고개를 든 그녀는 하늘을, 어쩌면 20년 만에 처음으로 의식했다. 밝은 파란색 평면에 구름이 잔뜩 흩어져 있는 하늘이 심호흡을 하라고 명령했다. 그녀는 이제 세상의, 진짜 세상의 한 부분이었다.

식료품이 든 꾸러미 두 개를 들고 돌아와 보니, 웹스터는 여전히 의자에 앉아 있었다. 그는 성경을 읽고 있었다. 그녀는 얼굴을 붉히며 꾸러미를 내려놓고 얼른 성경을 그의 손에서 빼앗았다. 캐묻는 듯한 그의 시선을 마주 볼 수가 없어서, 그녀는 책을 그의 손이 닿지 않는 탁자에 놓았다.

"이건 읽지 않는 게 좋을 거야."

"왜?" 그는 물었다.

그녀는 대답 없이 종이 가방 모서리를 다시 한 손에 하나씩 쥐고 부엌으로 들고 가서 상하기 쉬운 식품들을 낡은 냉장고에 넣었다.

"당신이 없으니 내가 이 방 속으로 차츰 사라져 버리는 기분이 들었어." 웹스터는 말했다.

그녀는 싱크대 위의 작은 거울을 흘끗 보았다. 어깨가 움찔하더니 등을 타고 소름이 끼쳤다. 나는 이제 정말 미쳐가고 있구나.

그녀는 점심을 만들었지만, 그는 먹지 않겠다고 했다. 그래도 그는 평온한 얼굴로 작은 탁자 맞은편에 앉아 있었다. 오후 신문이 도착했고, 그는 애원하는 얼굴로 손을 내밀었다. 그녀는 애매한 미소를 띠며 신문을 건넸다. 그는 손가락으로 신문을 문질러 가며 천천히 넘기면서 내용을 읽기보다는 빨아들였다. 그녀는 깔끔하게 자른 작은 샌드위치를 먹고 자몽주스를 마셨다. 몰래 그를 요리조리 뜯어보면서, 그녀는 작은 주방을 정리했다.

아침과 밤 사이의 시간 동안 남자에게 할 말이 뭐가 있을까? 단어로 만들어진 남자와 같이 있으면 대화가 끊이지 않을 거라고 기대했지만, 웹스터는 경험이 거의 없었기 때문에 내면에 존재하는 단어가 서로 연결되지 않았다. 적어도 그녀는 그렇게 추측했다. 그래도 그가 존재한다는 것이 흐뭇했다. 그녀가 그를 만들었듯, 그가 그녀를 실재로 만들었다.

그는 저녁을 거절했고 그 뒤의 와인 한잔조차 거부했다(그녀는 한 잔만 마셨다).

"처음에는 어색한 데가 있을 거라고 생각해." 그녀는 말했다. "안 그래? 그냥 조용히 둘만 앉아 있는 시간이라든가. 오늘처럼."

웹스터는 창가에 서서 입술에 손가락을 대고 고개를 끄덕였다. 그는 그녀의 말 대부분에 동의했다.

"침대로 가자." 그녀는 말했다.

어둠 속에서, 고독이 다시 뜯겨 나가고 격한 움직임으로 이마에 짭짤하고 따뜻한 땀방울이 맺히면, 그는 그녀의 옆에 누워….

움직였다.

숨을 쉬었다.

하지만 잠을 자지 않았다.

레지나는 그에게 등을 돌리고 눈을 커다랗게 뜬 채 낡아빠진 벽지의 꽃무늬를, 작은 탁자와 그 위의 꽃병을 넓은 사다리꼴로 비추는 가로등 불빛을 응시했다. 10년, 아니 20년의 세월이 빠져나가는 기분이었지만, 그에게는 이런 느낌을 말할 수가 없었다. 감히 돌아보고 말을 걸 수가 없었다. 공기는 그로 가득 차 있었다. 그녀의 것이 아닌 단어, 조직되지 않은, 잠재적인 단어로 가득 차 있었다. 그녀는 수백만 개의 무작위적인 생각들을, 깊은 생각들과 가벼운 생각들, 복잡한 생각들과 단순한 생각들, 유창한 생각들과 조악한 생각들을 들이마셨다. 웹스터는 발전기가 되어가고 있었다. 아파트 안에 갇힌 채, 그를 이루는 물질은 그 자신과 반응하고 있었다. 경험과 단절된 채, 그는 연기처럼 미묘한 자기만의 패턴과 구조를 만들어 내고 있었다.

몸을 식혀줄 가벼운 공기의 움직임이 창문에서 불어 들어오기를 기다리며 가만히 누워 있으면서도, 그의 내면은 계속해서 일하고 있었고, 순결에서 흘러 나오는 그의 잠재성이 공기를 가득 채웠다.

하지만 레지나는 피곤했고 배부르게 가득 찬 상태였다. 최소한 그 만족감은 그녀의 것이었다. 그녀는 그 기분에 한껏 잠겨 잠들었다.

아침에 그녀는 침대에 혼자 누워 있었다. 그녀는 이불을 걷어차고 아침의 냉기에 부들부들 떨면서 헝클어진 잠옷을 끌어내리고 조용히 거실로 나갔다. 그는 벌거벗은 채 거리에 있는 사람들이 쳐다보든 말든 상관없이 다시 창가에 서 있었다.

그녀는 그 옆에 서서 손가락으로 그의 상박을 부드럽게 감고 어깨에 뺨을 기댔다. 너무나 자연스럽게 나온 동작이라 그녀 스스로 자신의 우아함에 놀랐다.

"뭘 원해?" 그녀는 물었다.

"아무것도." 그는 딱딱하게 말했다. "문제는, 당신은 뭘 원해?"

"난 아침을 먹을 거야. 이젠 당신도 배고플 텐데."

"아니."

"음식을 준비할게." 그녀는 막무가내로 고집하며 그의 팔을 놓았다. "우유 줄까?"

"아니."

"그러다 몸이 아프기라도 하면 안 돼."

"난 아프지 않아. 배고프지도 않아. 당신은 내 질문에 대답하지 않았어."

"난 당신을 사랑해." 아까만큼 우아하지 않은 말투였다.

"당신은 날 사랑하지 않아. 날 필요로 할 뿐이지."

"같은 것 아닌가?"

"전혀."

"오늘 우리 나갈까?"

그녀는 뒤로 물러나며 가볍고 경쾌한 목소리로 물었다. 자신이 영화에 나오는 여배우를 서툴게 흉내 내고 있음을 자각하면서.

"안 돼. 난 아프지 않아, 배고프지 않아. 아무 데도 가지 않아."

"너무 둔감하군."

그녀는 심통을 냈다. 자신도 그 말투가 싫었고, 답답해서 눈물이 고였다. 내가 어떻게 행동해야 할까? 그가 내 것일까, 내가 그의 것일까?

"둔각, 예각, 등변, 이등변, 벡터, 파생, 순차적, 통합심리, 메르소빙 거듭제곱…" 그는 서글프게 미소 지으며 고개를 저었다. "그게 다음 세기 수학의 미래야."

"간밤에 그 생각을 했어?" 그녀는 물었다.

수학에는 전혀 관심이 없었다. 단어로 이루어진 남자가 어떻게 숫자를 알 수 있을까?

"단어는 핏속에서 혼합되고, 내 피는 단어로 이루어져 있어… 나는 생각을 중단할 수가 없어. 밤에도. 단어는 숫자이기도 해. 기호와 징표, 측정과 관계, 변수와 한정사."

"당신은 육신이야. 내가 당신에게 실체를 줬어."

"당신은 나를 존재하게 했지만 실체를 주지는 않았어."

그녀는 거칠게 웃다가 문득 멈추고 다시 애써 얌전한 태도를 취했다. 그의 손을 잡고, 그녀는 의자로 돌아갔다. 둘 다 옷을 벗은 상태치고는 순결한 몸짓으로 그의 뺨에 키스하고, 오늘은 하루 종일 그와 같이 있으면서 적응하는 것을 돕겠다고 말했다.

"하지만 내일은 당신이 입을 옷을 좀 더 사야겠어."

"옷." 그는 나직하게 말하고 다 괜찮다는 듯 미소 지었다.

그녀는 고개를 앞으로 숙이고 마주 미소 지었다. 배에서 뜨끈한 느낌이 솟아 다리와 팔로 퍼져나갔다. 가볍게 한 걸음, 이어 펄쩍 뛰며 그녀는 양탄자 위에서 춤추었다. 머리카락이 흩날렸다. 웹스터는 계속 미소 지은 채 그녀를 바라보았다.

"나가면 사전을 한 권 더 구해줘."

"당연하지. 그건 이제 더 쓸 수 없지? 같은 종류로?"

"상관없어." 그는 고개를 저었다.

웹스터의 내성적인 오후 시간의 불확실함은 레지나 코츠에게는 당의정을 씌운 둔한 아픔이 되었다. 그녀는 두려움을 떨치려고 애쓰며(그가 자신을 실망스럽다거나 부족하다고 생각하면 어쩌나, 혹은 그가 차츰 약해져서 사라지고 있다면 어쩌나) 자신이 그의 정부라면 그에게 원하는 건 뭐든지 요구할 수 있다고 생각했다. 단지 자신이 무엇을 원하는지 알 수 없을 뿐. 남자의 행동은 원해서 얻을 수 있는 것일까, 아니면 그저 경험해야 하는 것일까?

밤에는 단어들이 다시 그녀에게 쏟아져 들어왔고, 그녀는 자신의 냄새와 프린터의 잉크 냄새를 풍기는 따뜻한 그림자 옆에 누운 채 피임을 해야 할까 생각하며 어둠 속에서 빙긋 웃었다. 생물학적으로는 이제 기능이 떨어지는 나이였지만, 그래도 분명 위험은 있으니….

그 생각을 하며 그녀는 씩 웃었다. 떠오르는 거라고는 그저 의사가 축축한 핏덩어리를 손에 들고 이렇게 말하는 광경이었다.

"미스 코츠, 자랑스러운 어머니가 되셨습니다. 3.6킬로그램의… 사전을 낳으셨어요."

"축약판인가요?" 그녀는 짓궂게 물었다.

그녀는 신중하게 쇼핑했다. 그를 위해 형편 닿는 대로 다양한 스타일의 가장 좋은 옷을 고르고 예금을 헐어 계산했다. 자신을 위해서는 날씬한 허리를 돋보이게 하고 깡마른 허벅지를 가리는 새 드레스를 골랐다. 이 옷을 입으니 소녀 같았고, 여름에 어울렸다. 그녀가 원했던 것이었다. 사전도 사고, 그에게 더 줄 만한 것이 없나 선물가게를 둘러보았다. "그가 좋아할 만한 재치 있고 흥미로운 것이 뭐가 있을까." 그녀는 스크래블 게임으로 결정했다.

웹스터는 사전을 보고 기뻐했다. 그는 게임을 미심쩍게 쳐다보았지만 그래도 그녀와 함께 몇 판 했다.

"전채요리군."

"책을 먹을 거야?" 그녀는 반쯤 농담으로 물었다.

"아니."

왜 둘이 언쟁을 하지 않는지 그녀는 궁금했다. 왜 평범한 커플처럼 행동하지 않을까? 그녀는 스스로를 조롱하는 내면의 목소리를 무시했다. 평범한 커플이라니, 장난해?

세상에. 2주가 지난 뒤 그녀는 부엌 작은 탁자의 단단한 모서리를 응시하며 자신에게 말했다. 사전에서 남자를 창조하고 침대가 축축해질 때까지 사랑을 나누다니, 이 나이에! 그는 여전히 육신의 냄새가 아닌, 잉크 냄새를 풍긴다. 땀을 흘리지 않고, 밖에 나가지 않으려 한다. 나 외에는 아무도 그를 보지 못한다. 정말 그가 거기 있기나 한지 내가 어떻게 판단할 수 있나.

내가 총을 들고 배에, 배꼽 위에 구멍을 내면 웹스터는 어떻게 될까? 여자에게서 태어나지 않았으나 배꼽이 있는 남자라니, 진정 가증스럽다.

그가 단 한 번만이라도 더 그 감정 없는 목소리로 말을 건넨다면, 그 실험을 실행에 옮기고 어떻게 되는지 보자, 그녀는 생각했다.

그녀는 쥐처럼 은밀하게, 하지만 번듯한 시민으로서 호신을 위해 작은 회색 권총을 사서 서랍 안에 숨겼다.

하지만 몇 시간 뒤 마음이 바뀐 그녀는 혐오감에 몸을 부르르 떨었고, 실탄을 빼서 아파트 뒷 유리창 바깥 좁은 마당의 버려진 정원으로 던져버렸다.

마지막 날, 쇼핑하러 가는 길에 그녀는 그가 발견하지 못하도록 실탄이 없는 총을 가지고 나갔다. 하지만 그는 염탐할 마음도 전혀 없는 것 같았다. 그것 자체가 최소한 관심의 표현일 텐데. 핸드백 속의 불룩한 물건 때문에 그녀는 초조했다.

그녀는 저녁 시간까지 귀가하지 않았다. 아파트는 이제 내 공간이 아니야. 나를 억압한다. 그가 나를 억압한다. 조용히 현관문에 들어서니 거실은 비어 있었고 닫힌 침실 문 뒤에서 작은 소리가 들렸다. 뭔가 뻣뻣한 것이 바닥에 가볍게 툭 떨어지는 소리였다.

"웹스터?"

정적. 그녀는 문을 두드렸다.

"이야기할 수 있어?"

대답은 없었다.

저렇게 대답하지 않을 때는 정말 화가 치민다. 겁을 줄까. 어떤 방식으로라도 반응을 하게 만들어 볼까. 그녀는 권총을 꺼내 더듬거리다가 손바닥에 자루를 꽉 쥐었다. 손에 쥐니 가공할 힘이 느껴졌다.

문은 잠겨 있었다. 자신의 침실이 잠겨 들어가지 못한다는 사실에 격분한 그녀는 부엌으로 권총을 들고 가 서랍에서 핀을 찾았다. 몇 달 전 우연히 문이 잠겼을 때 사용했던 것이었다. 그녀는 문고리 앞에 무릎을 꿇고 앉아 이를 악물고 입술을 꾹 다문 채 더듬거렸다.

작은 비명과 함께, 그녀는 억지로 문을 열었다.

웹스터는 침대 옆 바닥에 책상다리를 하고 앉아 있었다. 그의 앞에는 거의 맨 뒤쪽이 펼쳐진 사전이 놓여 있었다. "지금은 곤란해." 그는 손가락으로 단어를 죽 쓸어 내려가고 있었다. 그녀의 입이 멍하니 벌어졌다.

"뭘 찾는 거야?"

권총을 쥔 손가락에 힘이 들어갔다. 가까이 다가가서 내려다보니, 그는 W 부분을 찾고 있었다.

"나도 몰라."

그는 자기가 찾던 단어를 찾았다. 한 손가락을 입에 집어넣더니 뺨 안쪽을 긁었다. 페이지에 축축한 침을 문질렀다.

"안 돼." 그녀는 잠시 사이를 두고 다시 말했다. "왜…."

그의 뺨은 눈물로 젖어 있었다. 마른 잉크의 남자가 울고 있었다. 이유는 모르겠지만 그것이 그녀를 한층 화나게 했다.

"난 인간조차 아니야." 그는 말했다.

그녀는 그가, 그의 나약함이 싫었다. 그녀는 나약한 남자를 좋아한 적이 없었다. 그는 연꽃 자세를 고쳐 앉으며 양손으로 사전 가장자리를 쥐었다.

"당신의 상대로 왜 인간을 찾지 않았어?" 그는 그녀를 쳐다보며 물었다. "나는 꿈에 지나지 않아."

그녀는 옆에 늘어뜨린 권총을 한층 단단히 쥐었다.

"뭐 하는 거야?"

"필요." 그는 말했다. "나라는 존재는 그게 다야. 당신의 갈망과 필요. 내가 무엇을 잘하는지 무엇을 할 수 있는지 당신이 알아? 몰라. 안다면 무서울 거야. 당신은 나를 여기 무슨 물건처럼 데려다 놓고 있어."

"내가 같이 나가자고 했잖아." 그녀는 딱딱하게 말했다.

"세상이 당신에게 무슨 짓을 했기에 나 같은 존재를 창조한 거지?"

"그 물건으로 여자를 만들 생각이지, 안 그래?" 그녀는 물었다. "항상 그랬어. 내게 가치 있는 것이 생겼다 싶자마자 사라졌어…."

"필요." 그는 책 위로 두 손을 들었다. "뭔가가 필요하지 않으면 당신은 사랑할 수 없어, 미스 레지나 애비게일 코츠. 당신은 실재를 사랑할 수 없는 사람이야. 바로 지금 여기를. 당신은 사랑하는 것이 당신 자신을 만족시킬 수 있도록 바꾸어야만 하는 사람이고, 그래, 그것이 그 안에 숨은 것을 반영하는 거야. 당신 안에 숨은 것을."

"물건 같으니."

그녀는 입술을 말아 올리고 숨을 들이마셨다. 웹스터는 자신을 겨누고 있는 권총과 그녀를 번갈아 보더니 웃었다.

"그건 필요 없어." 그는 그녀에게 말했다. "꿈을 죽이기 위해 실재가 필요하지는 않아. 필요한 건 약간의 햇빛뿐이야."

그녀는 총구를 내리고, 눈썹을 치켜올리고, 이를 악문 채 미소 지었다. 그녀는 왼손 검지를 겨누었다. 얼굴에서 힘이 빠졌다. 그녀는 무기력하게 속삭였다.

"빵."

프린터 잉크 냄새가 순간 한층 강렬해지더니, 아파트를 불어 지나가는 따뜻한 산들바람에 차츰 희미해졌다. 그녀는 사전을 발로 차서 덮었다.

이제 얼마나 외로울까, 어둠 속에서 오로지 혼자만의 땀에 젖은 채.

9

다시 나타난 화성인

A Martian Ricorso

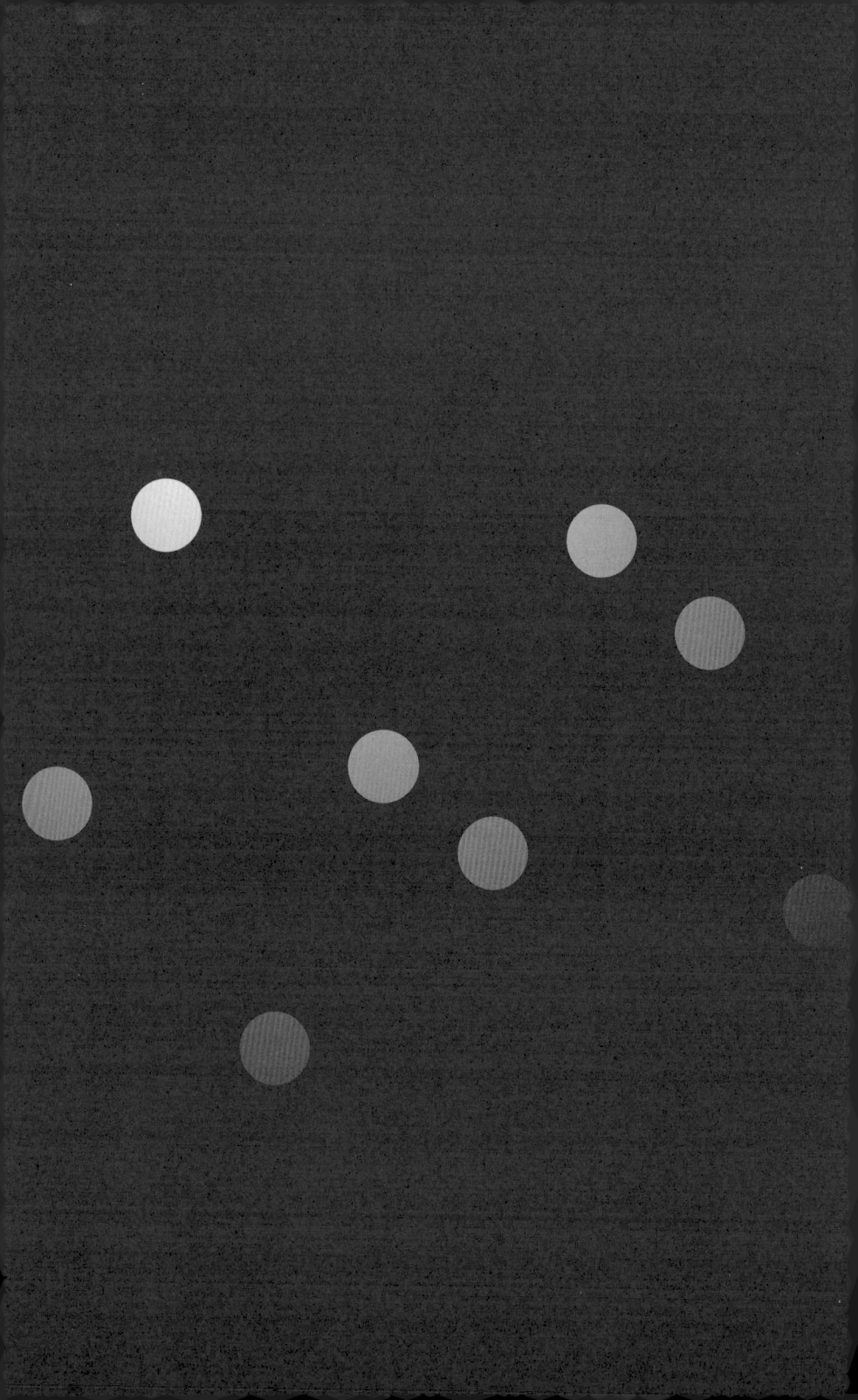

화성의 밤. 추위와 어둠, 별빛이 너무나 강렬해서 얼음 실로폰의 희미한 쨍그랑거림 같은 음악을 만든다. 사실 내 공기탱크 호스가 긁히는 소리인지도 모르고, 내 상상인지도 모른다. 어쩌면 실제일지도.

스위프트 고원 가장자리에 선 채 헬멧 녹음기에 대고 속삭이고 있으려니 움직이는 것도, 깊이 숨을 들이마시는 것도 두렵다. 뭔가 성스러운 것, 에돔 분화구를 정밀하게 조사하는 하느님의 눈길을 방해할까 싶어서. 무슨 일이 일어났는지 생각을 정리하기 위해서 나는 착륙선과 동료 승무원들을 뒤에 남기고 밖으로 나왔다.

화성인은 12시간 전에 몰려왔다. 두툼하고 강력한 다리로 펄쩍펄쩍 뛰고 달리며 마치 물결처럼 밀려오는 키 150센티미터의 실험용 쥐떼처럼. 그들은 착륙선을 쓰러뜨리려고 작정하고 덤벼드는 것 같았다. 하지만 이제 보니 우리가 그저 그들의 길을 막고 있었을 뿐이었던 것 같다.

우리는 여기 가만히 앉아 그 물결을 뒤집어쓰고만 있지는 않았다. 단 하나도 다치게 하거나 죽이지는 않았다. 코브는 은박종이 롤로 그들을 때렸고, 나는 망가진 디렉테나의 파라솔을 휘둘러 쫓아냈다. 최초의 접촉이지만 우리는 분명 옛날 무성영화 코미디의 광대 같은 꼴이었을 것이다. 글라이더 윙은 하마터면 돌이킬 수 없을 정도로 심하게 망가질 뻔했다. 우리는 해가 저물기 전까지 몇 군데 찢어진 곳을 서둘러 수습했다. 고분자 사일러 접착제가 선전대로 뛰어나다면 이 정도로 충분할 것이다.

하지만 이번 탐사에서 우리의 운은 예상했던 대로였다. 동체 골격에 쓰는 펜치가 수리 도중 부러졌다. 설사 그냥 궁금해서라고 해도, 화성인이 다시 밀려온다면 우리는 버틸 수 없을 것이다.

코브와 링크는 자기방어에 대해 심한 언쟁을 벌였다. 나는 이제까지 그럭저럭 중립을 지켰지만 현재로서는 코브의 의견에 공감한다. 그렇지만 살아남겠다는 욕망이 아무리 강한들 화성인 몇몇을 진짜 죽여야 하는 상황이 온다면 끔찍한 죄책감을 느끼지 않을 수 없을 것이다.

우리는 지난 며칠간 몇 가지 사실을 알아냈다. 스키아파렐리가 옳았다. 우리 주 출신인 괴짜 천재 퍼시벌 로웰도 옳았다. 그는 지난 세기 모든 사람이 생각했던 만큼 부실한 관찰자는 아니었다.

1시간 뒤에는 착륙선으로 돌아가서 잠든 동료들과 합류해야 한다. 이 추위 속에서 그 정도는 버틸 수 있다. 하지만 외로움이 더 빨리 나를 짓누를지도 모른다. 내가 왜 여기 나와 있는지 모르겠다. 아마 그저 머리를 비우기 위해서였을지도. 우리 모두는 매우 제한적이고 엄격하게 통제되고 너무 위장된 공황상태에 빠져 있다. 동지들의 도움 없이 전체 상황에 대한 내 생각을 정리해야 한다.

에돔의 고원 벽과 바닥은 너무 척박하다. 사방에 수천 개의 발자국이 찍혀 있을 뿐… 공허하고 생명력 없는 공간.

내일 아침에는 구겨진 우현 썰매 패드를 보강하고 글라이더의 로켓 보조 이륙장치에 비상 자동 배출 장비를 장착할 것이다. 겨울 부대가 공격하기 직전에 이미 구조 점검을 위해 날개를 부분적으로 펼쳐놓았고, 착륙선에서 궤도 부스터로 연료를 옮기는 작업도 마쳤다. 글라이더가 세 번째 제트 기류 위까지 상승하면, 신중하게 항로를 수정해서 작은 캡슐을 발사하기에 딱 맞는 위치에 갈 수 있기를 바랄 뿐이다. 윌리가 우리를 데리러 온다면, 몇 분 정도의 화력으로 궤도선과 도킹할 수 있다.

만약 우리가 귀환하지 못한다면, 이 기록들은 언젠가 우리가 왜 돌아가지 못했는지 설명해 줄 유일한 자료가 될 것이다. 나는 컴퓨터 주석이 잔뜩 달린 비행 원격측정기록과 기타 데이터가 가득 쌓인 헬멧 메모리를 착륙선 텔레터미널로 전송하고, 모든 데이터를 하드 카피 유리 디스크에 저장하도록 컴퓨터에 지시할 것이다.

디렉테나를 모래로 쓸어 내고 내가 이런 응급 수단을 쓸 수밖에 없도록 만들었던 먼지 폭풍은 이틀 전에 가라앉았다. 우리는 가장 최근 발견한 내용을 아직 관제센터에 보고하지 않았다. 생각을 정리하는 중이다. 어쨌든 매우 중요한 일이니까. 작은 실수라도 저질러서 지구에 있는 사람들을 당황스럽게 하고 싶지 않다.

통신 상황은 다음과 같다. 우리는 더 이상 지구와 직접 교신할 수 없다. 남은 것은 캡슐 라디오뿐이다. 조건만 충분히 양호하면 윌리는 언제든 라디오 전파를 수신하고 증폭시켜서 중계할 수 있다. 현재 상황은 끔찍하다. 나가려던 이카루스호의 발목을 붙잡고 윌리의 넓은 선체 깊숙이 피신해야만 했던 태양 폭풍이 여전히 진행 중이다. 그것이 화성의 대기에 미친 영향이 가장 놀라웠다.

글라이더 동체에도 통신장치가 있지만, 단거리용이라 원격 측정 외에는 쓸모가 없다. 그래서 발신 전파는 상당히 왜곡되고 수신 전파는 깨끗한 편이며, 윌리가 화성 뒤나 아래쪽으로 들어가 시야에서 완전히 벗어날 때는 20분가량 통신이 완전히 차단된다.

신호 전송용으로 개조한 측량 장비의 레이저를 윌리에게 쏠 수도 있을 것이다. 일단 이 수단은 정말 중요한 교신을 대비해서 남겨두어야 한다. 이동 배관이 폭발한 후 남은 연료를 바탕으로 계산한 발사 시간과 추정 고도라든가… 3일 전이었던가? 기술자들의 예상치보다 밤이 더 추워져서 단열재의 사양을 초과했다.

이제 다시 들어가야겠다. 여기 바깥은 감당하기 어렵다. 너무 어둡다. 달도 보이지 않는다.

다시 키보드다. 의미 있는 독백을 해볼까.

작전 대장 링커, 부조종사 콥, 그리고 나, 즉 작전 전문가 머서는 현지 조사 임무의 90퍼센트를 완료하고 윌리의 상세한 지도와 대조했다. 우리가 발견한 내용은 매우 흥미롭다.

한때 화성에는 운하 같은 줄무늬가 있었다. 한 세기 전까지만 해도 맑은 날 밤, 지구에서 좋은 망원경을 사용하면 예리한 눈을 가진 관찰자들은 그 줄무늬를 알아볼 수 있었다. 이후 수십 년이라는 세월 동안 이 선들이 지워진 것은 천문학계의 기술 향상과 장비의 품질 때문이 아니라 아노 페쿤디스Anno Fecundis의 마지막 세기가 끝났기 때문이다. 라틴어가 맞나? 참고할 사전이 없다.

1,000세기에 걸친 아노 페쿤디스, 즉 비옥한 해가 끝나자 처음으로 황량한 모래바람이 불어오고 화성 제드 기류의 고도가 낮아졌다. 바람은 모래를 쓸어 날렸다.

구조물이 쓸려 내려가기 전에는 분명 요정의 궁전 같았을 것이다. 언젠가 필리핀에서 코카콜라 병을 녹여 만든 빈 주전자로 가득 찬 시장을 본 적이 있다. 엄지손톱으로 두드리기만 해도 깰 수 있을 정도로 얇은 유리였지만, 75리터에서~110리터 사이의 액체를 쉽게 담을 수 있었다. 정착지는 에메랄드처럼 짙은 색의 얇은 유리 식초병 수천 개가 뭉친 포도송이 같은 풍경이었을 것이고, 거미줄 같은 기둥 위에 건설되어 로마 수로만큼 큰 수맥을 통해 물을 공급받았을 것이다. 우리는 한 평원을 조사했는데, 폭 50킬로미터의 길고 붉은 모래밭에 파편이 묻혀 있는 것을 발견했다. 어디 있는지 알면 1.8킬로미터 거리에서 구조물의 가장자리를 아직도 식별할 수 있다.

이전 두 번의 탐사대는 이것을 발견하지 못했다.

이건 '우리' 것이다.

링커는 이 긴 폐허가 한때 화성 표면에 선명하게 뻗어 있었다고 믿는다. 모래 폭풍이 오기 전, 윌리의 적외선 매핑을 통해 그의 주장이 사실이라는 것을 확인했다. 우리는 로웰이 매핑한 거의 모든 곳에서 폐허의 띠를 추적할 수 있었고, 심지어 몇몇 신봉자들이 로웰이 보았다고 말한 도시 중심가도 찾아냈다. 수로는 농구공 표면에 그어진 검은 선처럼 화성을 가로질렀고, 유리 같은 막으로 뒤덮인 바다 크기의 검은 웅덩이들에서 만났다. 웅덩이를 채운 묽은 보라색 액체는 일종의 수지로서 햇볕에 따뜻해지면 광합성을 했다. 수지는 고압의 펌프질로 조직과 유리관을 통해 흘러가서 포도송이 같은 병에 서식하는 식물과 유사한 군집에 영양을 공급했다.

그들은 아마 어떤 종류의 지능도 없었을 것이다. 하지만 그들의 건축적 위업 앞에서는 우리 모두 할 말을 잃었다.

지난 세기의 모래 폭풍과 급격히 건조해진 날씨는 아직도 계속해서 섬세한 구조물을 무너뜨리고 있다. 이미 95퍼센트 이상이 무너졌고, 나머지는 너무 위험해서 조사 중 안전을 보장할 수 없다. 하지만 여전히 웅장하다. 깨진 유리병과 부서진 철탑이 지평선까지 뻗어 있는 평원 가장자리에 서 있노라면, 극히 어리고 작은 존재로 느껴질 수밖에 없다.

일주일 전, 우리는 코코넛보다 단단하고 체력 훈련 공 정도 되는 크기의 포자가 주홍색 모래 깊숙이 묻혀 있는 것을 발견했다.

엿새 전, 우리는 화성이 계절에 관계없이 후세를 보호한다는 사실을 알게 되었다. 윌리가 발견한 얼음 렌즈를 찾던 중 우리는 반투명 유기 시멘트로 보강된 동굴에서 가죽 같은 알 껍질을 고이 숨겨놓은 은닉처를 발견했다. 자세히 조사할 시간이 없었다. 우리는 알을 건드리지 않도록 조심스럽게 시멘트 샘플을 몇 개 채취하고 연료가 떨어지기 전에 그 자리를 떴다. 샘플을 떼어 내다 보니 벽에는 구조 보강용인지, 장식용인지 알 수 없는 육각형 무늬가 새겨져 있었다.

어제, 즉 약 26시간 전, 우리는 바로 그 알을 깨고 부화한 것으로 추정되는 새끼들 다섯 혹은 여섯 마리를 보았다. 겨울 부대가 고원을 따라 걷고 있는 모습이 우리가 있던 착륙선에서 아득한 흰 점처럼 보였다.

우리는 은닉처를 다시 조사하고, 윌리의 지도상 이 일대 마지막 수로 다리의 파편으로 보이는 폐허를 확인하기 위해 착륙시에서 5킬로미터 떨어진 곳까지 모래 썰매를 타고 달려갔다. 하지만 이전에 보았던 보금자리는 찾지 못했다. 가죽 같은 알 껍질로 가득 찬 무너진 동굴들이 곰보처럼 풍경을 채우고 있었다. 모래 폭풍보다 더한 것이 폐허를 휩쓸고 지나간 뒤였다. 다리는 자신을 파괴하게 될 씨앗 위에 지탱하고 있었다. 캥거루쥐 겨울 군단이 마치 시체 위에 바글거리는 개미처럼 다리에 다닥다닥 달라붙은 채 구조물을 조각내서 먹기도 하고 모래 벼룩처럼 펄떡펄떡 뛰어다니고 있었다.

링커는 그들에게 이름을 붙였다. 열정적으로 사진을 찍었다. 훈련된 외계 생물학자로서 그는 흥분에 휩싸인 채 추측을 거듭하고 있었다. 그의 현재 이론은 겨울 부대가 유전자에 프로그래밍된 대로 돌이킬 수 없는 파괴의 향연을 벌이고 있다는 것이다. 우리는 혹시 이 향연에 휩쓸릴지 모른다는 불안감에 썰매를 돌려 후퇴했다.

링커는 착륙선으로 돌아가는 내내 떠벌렸다, 아니, 실례, 설명했다. "역사학자의 무덤에서 지암바티스타 비코가 부활한 것 같아!" 우리는 귀를 기울이지 않았다. 우리 수준에서 잘 알아들을 수도 없는 이야기였다. "옛것은 가라, 새것이 들어온다! 비코의 역사적인 화성인이 우리 눈앞에 나타난 거야."

콥과 나는 그리 들뜨지 않았다.

"제멋대로 날뛰는 새끼들이야." 콥은 투덜거렸다. "저놈들이 언제쯤 우리를 찾아낼까?"

나는 곧장 반응하지 않았다. 평생 그 어떤 상황에서도 그랬듯이, 우선 감정을 억누르고 상황 변화를 지켜보기로 했다.

콥은 선견지명이 있었다. 불행히도 우리의 착륙선과 글라이더는 수로 다리의 한 조각 파편처럼 덩그러니 땅 위에 서 있다. 아직 유년기에 해당하는 겨울 부대는 본능에 따라 어쩔 수 없이 모든 것을 뒤덮을 것이다.

1시간 전, 여전히 혼란스러운 상황이었지만, 나는 지금까지 발견한 것들에 대한 보고서를 발송했다. 최초의 접촉에 관한 지침을 요구했지만 아직 답변이 돌아오지 않았다. 그럴 가능성이 너무 적어서 미리 계획한 사람이 없었을 테다.

전파가 왜곡되었는지도 모른다.

하지만 비관은 이 정도로 해두자. 지금까지의 발견을 종합하면 어떤 결론에 도달할 수 있을까?

우리는 주기의 극점에 와 있다. 인류의 청년기를 함께했던, 요정의 다리와 차분한 바다로 가득했던 초록빛과 적갈색 화성이 끝나고 긴 겨울을 위해 단추를 채우는 한층 암울하고 실용적인 세상이 도래하는 광경을 목격하고 있다.

아직 흰 화성인을 자세히 연구하지 않았기 때문에 그들이 지능이 있는지 없는지 모른다. 그들이 화성의 새로운 주인일 수도 있다. 그들을 어떻게 만나야 할까? 링커는 소극적인 태도를 취해야 한다고 생각하는 것 같고, 콥은 형제로 간주할 수 있는 '사고하는 존재'인지 아닌지 알 수 없는 생명체에 맞서 방어 태세를 취해야 한다고 믿는다.

우리가 스스로를 방어하지 않으면 어떤 결과를 기대할 수 있을까?

신학자들과 외계 생물학자들에게 사유하게 하자. 행성 간 카인의 죄를 최초로 저지르는 것은 우리가 될 것인가, 아니면 화성인일 것인가.

내일 착륙장 패드를 보강하는 작업은 9시간 혹은 10시간 정도 걸릴 것이다. 글라이더는 스위프트 고원의 낮은 황갈색 언덕을 배경으로 은빛 사일러 날개를 반쯤 펼친 채 불어오는 바람에 펄럭이고 있다.

고원 꼭대기에 햇살이 비친다. 동쪽의 분홍빛 하늘, 요정의 다리, 요정의 풍경! 분홍색의 몽환적인 풍경. 얼음 결정 구름이 희미한 오로라의 커튼을 가리고 있다. 머리 위 하늘은 흑요석처럼 검다. 분홍색 일출과 흑요석 사이에는 카니발 유리 같은 적철석 띠가 어두운 무지개로 걸려 있는데, 아마도 수로 다리에서 떠올라 제트 기류를 타고 흐르는 결정 가루로 인해 형성된 것 같다. 높은 고원에 자리 잡고 있으니, 에돔의 동쪽 테두리를 가로지르는 먼지 악마와 무슨 고대 신전의 기둥처럼 솟아 있는 모압—마르둑 산맥의 험준한 언덕과 깊은 심연이 보인다.

여기까지 쓰고 나서, 1시간 정도 낮잠을 잤다. 윌리가 새로운 차트를 전달했다. 그는 에돔의 서쪽 가장자리 근처에서 건축물을 발견했다. 며칠 전 이 지역을 마지막으로 조사했을 때는 존재하지 않았으니, 최근에 건설된 것이다. 육각형 구조물이다. 벽이 있고 도로 같은 것들이 있다. 고도로 판단할 때 만리장성과 맞먹는 규모일 것이다. 어떻게 이렇게 어마어마한 구조물이 단 며칠 만에 세워질 수 있었을까? 이전 관찰에서 놓쳤나? 그럴 리가 없다.

그렇다면 분명하다. 수로 다리를 세운 주민들이 화성 유일의 건축가는 아니었다는 사실. 겨울 부대가 기술을 보여주고 있다. 하지만 그들은 지능이 있는 존재일까, 아니면 그저 일종의 본능적인 명령에 따르고 있는 것일까? 둘 다일까?

두 사람은 이제 다시 잠들었다. 나와 마찬가지로 그들 역시 열심히 일했고, 깊이 잠든다. 텔레터미널이 딸깍거려도 깨지 않는다. 나는 많이 잘 수가 없다. 1시간도 못 자고 땀에 젖어 깬다. 온몸이 긴장 상태이지만 진정제에 의지할 생각은 없다. 그래서 여기 앉아 쉼 없이 관찰하고 있다.

링커는 우리 중 가장 크다. 이 임무 전 3년 동안 함께 일했고 8개월 넘게 좁은 공간에서 붙어 지냈는데도 나는 그에 대해 아는 것이 별로 없다. 그는 조용한 사람이 아니고 항상 자기 의견을 분명하게 표현하지만, 여전히 나는 그에게 놀란다. 귀를 기울일 때 눈썹을 치켜들고 검은 눈을 크게 뜨고 이마에 주름을 잡는 표정은 개가 귀를 쫑긋이는 모습을 연상시킨다. 하지만 그가 개라면 악마처럼 똑똑한 개일 것이다. 그의 머릿속에 뭐가 들어 있는지 굳이 파헤치지 않은 이유는 아마 시도한다 해도 버거웠을 것이기 때문이다. 그는 분명 콥이나 나보다 더 헌신적이다. 21년 동안 USN에 근무했으며, 그중 15년은 우주에서 지내면서 행성지질학 및 기타 여섯 가지 분야를 연구했다.

반면 콥은 책처럼 읽을 수 있는 사람이다. 겉보기에 덩치가 큰 듯하지만, 몸무게는 그 정도는 아니고 나보다 조금 더 나간다. 키는 더 작고, 일을 할 때는 얼굴을 찡그리는 습관이 있다. 뭔가 일을 마무리할 때는 평소보다 두 배는 더 집중하는 것 같다. 그를 깎아내리려는 것은 아니다. 그는 일을 완수하고 잘해내지만, 링커보다 더 많은 노력을 들인다. 이런 노력이 때로 비본질적인 추론에 정신이 쏠리지 않도록 해준다.

특히 지금 같은 상황에서 그는 두뇌 회전이 빠르지 않다. 화성 답사 프로그램에서 그가 두각을 나타낸 것은 투시와 빠른 반사신경 덕분이었다. 나는 그를 존중하지만… 기술적인 측면에 기울 때가 많고 사람보다 기계를 더 좋아하는 것 같다고 생각한 적이 종종 있었다. 인문학 전공인 나는 그 점이 못마땅했다.

우주를 향해 항행할 때 링커와 나는 한 번 눈물을 흘릴 뻔한 적이 있었다. 우리는 3, 4분마다 화제를 바꾸면서 대여섯 가지 주제에 대해 한꺼번에 대화를 나누었다. 잔인한 게임이었고 둘 다 자랑스러운 일화는 아니지만, 이건 작전을 설계한 사람들에게도 일부 책임이 있다. 3년이라는 시간 동안 우주탐사 임무에 투입되기에는 너무 작은 공동체다. 지옥이다. 우주는 우리 모두를 어린이로 만든다고 했던가? 양날의 검이다.

나는 (위의 특정 구절에서 알 수 있듯이) 최근 성경에 대해 자주 생각했다. 위험과 도덕적 딜레마가 저 옛날 어린 시절의 문화적 배경을 자극한 것 같다. 나를 물었던 개의 털이라고나 할까. 성경에 나오는 이름이 적힌 화성의 지도도 이런 생각에 영향을 미쳤다. 글라이더로 가면 에덴이 멀지 않다. 우리가 위치한 곳은 전설 속의 모압, 모압-마르둑산맥 위이고, 마르둑은 구약성서에 나오는 주요 '바알 신' 중 하나의 명칭이다. 에돔 분화구. 에돔은 '붉은색'을 뜻하니 화성의 분화구에 잘 어울리는 이름이다. 나는 빨강머리다. 그렇다면 내 이름은 에서가 좋겠다!

메소지아. 중간의 땅. 이건 또 다른 개의 털이다.

다시 녹음기로 돌아가자. 시간이 나를 무겁게 짓누른다. 나는 링커와 콥 사이의 약간 퉁명스러운 분위기를 피해 장비실로 물러났다. 사실 그것은 노골적인 논쟁이었다. 여전히 평화주의자인 링커는 다른 종을 살해하는 행위에 대한 공포를 표했다. 그가 1990년대에 멕시코에서 싸웠다는 사실을 감안할 때, 그의 양심은 묘하게 선택적으로 작용한다. 둘 다 서로의 계급을 상관하지 않았기 때문에, 위험이 갈등을 해소하고 모두를 한데 뭉치게 하지 않는 이상 자칫 정말 심각한 대립으로 이어질 수 있었다.

선하고 진실하며 나와 다른 의견에 관용적인 3명의 동지.

아, 세상에, 그들이 또 온다! 나는 동쪽으로 난 장비실 창밖을 바라보고 있다. 5,000이나 6,000 정도 될까, 저 멀리 언덕에 인디언처럼 줄지어 있다. 저 정도 수의 공격이라면… 콥이 어떻게 하든 상관없다. 우리는 이미 탈출로를 확보했다. 혹시 그들이 손으로 잡아당겨 늘릴 수도 없을 정도로 날개 사일라를 찢어버리기라도 한다면, 우리는 여기 갇히게 된다.

아슬아슬했다. 콥은 그들의 머리 위쪽으로 측량 장비의 레이저를 발사했다. 그들의 움직임과 바람으로 인해 날아오른 먼지가 충분한 전시효과를 일으켰다. 그들은 서서히 뒤로 물러나다가 언덕 너머로 사라졌다. 레이저는 상황에 따라 필요하면 상대를 태울 수 있을 정도로 강력하다.

링커는 카인의 죄를 여기서까지 저지르느니 차라리 죽겠다고 말했다. 나는 카인의 죄보다 어떻게 이륙할까 하는 걱정이 더 크다. 우리는 아직 썰매 패드를 보강하지 못했다. 지금 링커는 우현 해치 밑으로 나가서 로켓 보조 이륙장치가 발사될 때 글라이더 동체 일부를 수평으로 유지해 줄 고정 장치를 장착하고 있다.

동쪽으로 먼지가 더 날아오른다. 밤이 천천히 다가오고 있다. 해가 지면, 실외에서 오래 일하기에는 너무 추워질 것이다. 체내에 수분이 많다면, 겨울 부대는 어떻게 밤을 버틸까? 북극권의 물고기처럼 혈액 속에 동결 방지 물질이 있나? 섭씨 50도에서 100도 정도 온도가 하강해도 활동을 계속할 수 있나? 아니면, 화성인들은 담요를 덮고 따뜻하게 밤을 보내고 우리는 간이침대에서 악몽을 꿀 테니, 해가 뜰 때까지 우리는 위험하지 않다는 뜻일까?

●

나는 링커가 고정 장치를 설치하는 것을 도왔다. 우리 모두 썰매 패드 작업을 했다. 콥은 레이저를 카메라 삼각대에 장착했다. 영리한 전사다. 링커는 너덜거리는 전원 케이블을 조심하라고 당부했다. 콥은 분하고 서글픈 표정으로 그를 흘끗 보더니 자기 일을 계속했다. 임무 도중 말다툼과 성격적인 대립이 몇 번 있긴 했지만, 우리는 마지막 며칠까지 그럭저럭 서로를 존중하며 지내왔다. 하지만 지금 그것도 서서히 갈라지고 있다. 한때 나는 우리가 임무를 끝낼 때쯤이면 평생 친구가 되어 있는 모습을, 세월이 지나 은퇴한 뒤에도 서로를 찾아 손주의 사진을 자랑하고 젊은 우주인들의 능력에 대해 불평하는 모습을 상상했다. 이 얼마나 꿈같은 일인지.

밤새 쌓인 흰 서리에서 수증기가 피어오른다. 서리는 저녁 식사를 마친 떠돌이처럼 사라진다.

지금 윌리에게 메시지를 보내려면 레이저를 떼어 내서 다시 장착해야 한다. 잡음이 증가했고, 윌리는 우리가 송신하는 전파 상태가 나빠지고 있다고 한다.

밤 동안 더 많은 우박이 내린다. 링커가 계속 추적했다. 불면증 때문에 장시간 지켜보는 임무에는 내가 적당하다. 여기서는 지구보다 우박이 더 자주 떨어진다. 혜성과 소행성이 남긴 잔해가 희박한 대기를 더 쉽게 통과하기 때문이다. 우리가 있는 곳에서 60미터도 채 떨어지지 않은 지점에서 작은 덩어리가 인상적인 분화구를 남겼다.

다시 휴식 시간이다. 윌리가 관제센터의 메시지를 전달했다. 그들은 최초의 접촉에 관한 지침을 요청하는 우리의 전파를 수신해서 재구성하는 데는 성공했다. 하지만 우리가 농담하는 줄 알았던 모양이다. 다음은 메시지의 일부다.

"화성에서 거대한 채소를 발견했다는 사실에 여러분이 만족하지는 않을 거라고 생각합니다. 화성인들에 대해 웬더 박사는 …(잡음)… 커다란 원통형 물체를 우주로 발사하는 능력이 있다고 추정할 분명한 징후가 있다고 합니다. 다리 셋 달린 형태의 기계를 조심할 것. 한편 프랭크는 다른 견해를 갖고 있습니다. 녹색 화성인이 모두 타크❖는 아닙니

❖ Tharks, 에드거 라이스 버로스의 화성 시리즈에 등장하는 녹색 화성인 부족.

다. 그는 데자 토리스✢의 샘플을 원하고 있습니다. 알을 준비할 수 있습니까?"

전송 내용에 실망한 나는 우주복을 입고 산책을 나섰다. 링커도 우주복을 입고 한동안 따라왔다. 나는 간신히 건진 패드의 알루미늄 조각을 무기 대신 소지했다. 그는 아무것도 가지고 있지 않았다.

스위프트 고원은 약 400킬로미터에 걸쳐 있다. 한때 여기 북쪽 경계에는 수로가 1킬로미터 높이로 건설되어 평원을 훌쩍 뛰어넘고 고지대로 15킬로미터가량 이어진 뒤 모압-마르둑산맥 남쪽 끝에서 다시 지면과 합류했다. 우리가 착륙한 곳은 가장 가까운 수로의 흔적에서 1킬로미터 떨어진 지점이다. 링커는 초록색과 파란색이 선명한 잔디밭 가장자리까지 조용히 나를 따라오면서 우리와 착륙선 사이에서 뭔가 튀어나오지나 않을까 걱정스러운지 흘끗 뒤를 돌아보았다.

나는 가방에 들어 있던 수첩을 꺼내 잠시 멈춰 서서 겨울 부대가 아직 무너뜨리지 못한 교각 몇 개를 스케치했다. 높이 4미터가 넘는 교각은 하나도 없었다.

"난 그들이 무서워." 링커는 우주복 무전기를 통해 말했다. 나는 스케치를 멈추고 그를 보았다.

"그래서?" 나는 약간 짜증을 내며 물었다. "우리 모두 두려워."

"그들이 나를 해칠까 봐 두려운 게 아니야. 내가 조금이라도 빌미를 주면, 그들이 내게서 무엇을 끌어낼 수 있을까 하는 생각 때문에 두려

✢ Dejah Thoris, 같은 시리즈의 화성인 공주.

워. 그들을 미워하고 싶지 않아."

"콥도 그들을 '미워하지는' 않아." 내가 말했다.

"아니, 그 친구는 미워해." 링커는 커다란 헬멧 안에서 고개를 주억거렸다. "그는 목숨을 잃을까 봐 두려운 거야. 나는 내 자존심을 잃을까 봐 두려워."

나는 이해하지 못한다는 뜻으로 헬멧을 저었다.

"내가 그들을 이해할 수 없으니까. 그들은 비이성적이야. 우리를 '보지' 못하는 것 같아. 그저 모종의 임무를 완수하기 위해 우리 주위를 뛰어다닐 뿐… 우리가 살든 죽든 상관없이. 하지만 나는 그들을 존중해야 해. 외계인이니까. 우리가 만난 최초의 지적인 생명체니까."

"만약 그들에게 지능이 있다면 그렇겠지." 나는 그에게 상기시켰다.

"무슨 소리야, 머서, 틀림없어. 건설하고 있잖아."

"이 짓도 그들이 한 거야." 나는 깨진 녹색 병이 흩어져 있는 들판을 향해 장갑 낀 손을 저어 보였다.

"좀 더 분명히 말하자면." 그는 짜증이 치미는 목소리로 말했다. "멕시코에 있을 때 나는 민족주의자들을 이해하지 못했어. 공산주의자들도. 양쪽 모두 무슨 사소한 목표를 달성하기 위해 기꺼이 자국민을 죽이거나 굶주리게 내버려는 종자들이었지. 역겨웠어. 심지어 우리가 지원하던 파당조차 혐오스러웠어."

"화성인은 아프리카인이 아니야." 내가 말했다. "우리가 그들의 동기를 이해할 수 있을 거라고 기대할 수는 없어."

"두 배가 되어서 돌아온다고, 모르겠어? 난 이해하고 싶어. 왜…."

그는 느닷없이 무전기를 끄더니 답답한 듯 두 손을 들어 보이고 착륙장으로 돌아가려고 돌아섰다.

그때 자동 통신기가 딸깍 울리고 콥의 목소리가 흘러나왔다.

"안 되겠어, 친구들. 잡음으로 뒤덮였어. 윌리와 교신할 수가 없어. 레이저로 뚫어야겠어."

"지금 돌아가는 중이야." 링커가 말했다. "내가 설치를 도울게."

몇 분 후, 나는 폐허의 들판에 혼자 남았다. 나는 풍화되어 구멍 난 바위에 앉아 다시 스케치북을 꺼냈다. 우리가 접근했다가 공격당했던 방향을 표시하고, 알을 발견한 장소와 그 방향을 대조했다. 한심할 정도로 부족한 증거들로부터 내가 찾고 있었던 것은 명확한 대규모 이동 패턴이었다. 알이 부화했던 장소에서 일출 방향으로 일직선을 이룬다든지. 하지만 아무것도 나오지 않았다.

필사적인 노력에 넌더리가 나서 갑갑한 마음으로 문득 고개를 들었다가 반사적으로 거의 1미터가량 공중으로 벌떡 뛰어오르는 바람에, 착지하면서 발목을 접질렸다. 하얀 화성인 둘이 낙타처럼 길고 표현력이 풍부한 속눈썹의 커다랗고 공허한 회색 눈으로 나를 응시하고 있었다. 팔은 세 개였지만 다리는 두 개뿐이었다. 손에 달린 손가락은 쥐의 수염처럼 파르르 떨리고 있었다. 긴장해서가 아니라 정보를 탐색하는 것 같았다. 전에는 그들을 막아내느라 너무 정신이 팔린 나머지 미처 외형에 주목하지 못했다. 지금은 어떻게 해야 할지 막막한 상황이라, 남는 게 시간뿐이었다.

막대기처럼 말라비틀어진 가죽 같은 긴 물갈퀴 발가락 세 개가 두 개의 관절이 붙은 묘한 형태의 발목과 이어졌는데, 그 형태는 지금도 종이 위에 재현할 수가 없다. 허벅지에는 근육이 울퉁불퉁했고, 빨간색과 흰색 털로 점점이 덮여 있었다. 그들이 겁에 질린 사슴처럼 뛰거나 달릴 수 있다는 것은 경험으로 알고 있었다. 엉덩이에도 두툼하게 털이 나 있었다. 엉덩이와 목의 3면 대칭과 엉덩이 아래의 2면 대칭은 여러 학기 동안 훈련한 나의 생물학 지식을 거스르는 형태였다. 세 팔은 기발하게 생긴 삼각형 어깨에서 만나서 짧은 목과 쥐를 닮은 얼굴로 이어졌다. 귀는 머리 꼭대기에 얹혀 있었고, 접어놓은 디렉테나처럼 펼치기도 하고 거친 활동으로 위협을 받으면 숨길 수도 있었다.

화성인들은 작정하면 빨랐다. 그들이 폐허 말고 도대체 뭘 먹는지 알 수 없는 터라, 나는 행여 쓸데없이 움직이지 않도록 조심했다.

한 놈이 말처럼 히힝거리며 우는 소리가 희박한 대기를 뚫고 날카롭고 아득하게 들려왔다. 헬멧으로 덮인 내 작은 귀에도 들릴 정도였으니 상당히 큰 소리였을 것이다. 화성인은 고개를 180도 돌려 뒤를 돌아보며 몸통 뒤쪽에 달린 팔로 오른쪽 어깨에 난 털을 긁었다. 고마운 듯 등털에 물결이 일었다. 마치 앵무새처럼 머리는 원래대로 돌아와서 나를 침착하게 응시했다.

30분 후, 나는 다시 바위에 앉았다. 착륙선과 직선으로 반짝이는 글라이더 날개는 여전히 보였지만, 콥이나 링커의 기척은 보이지 않았다. 아무도 나를 찾고 있지 않았다.

우주복이 차가워지고 있었다. 천천히 배터리 팩 게이지를 확인해 보니 전력이 떨어져 간다는 것을 알 수 있었다. 나는 조심스럽게 한 단계씩 몸을 일으켜서 우주복을 닦았다. 오른쪽에 있던 화성인이 문득 손가락을 떨며 몸을 움찔거렸고, 나는 경계하며 ㄱ대로 얼어붙었다. 화성인은 날렵한 손길로 뻣뻣한 엉덩이 털에서 녹색 섬유질로 된 수로 교각의 대들보 조각을 뒤 팔로 꺼내 내게 내밀었다. 막대기는 길이가 30센티미터 정도였고 온통 씹혀 있었다. 나는 몸을 똑바로 펴고 한 손을 내밀어 선물을 받아 들었다.

화성인들은 지체하지 않고 몸을 돌리더니 달리기와 위아래 뛰기를 동시에 하며 고원을 가로질렀다.

나는 선물을 움켜쥐고 착륙선으로 돌아갔다. 도착했을 때는 발과 손가락이 얼어서 곱아 있었다.

삼각대는 바닥에 쓰러져 다리를 벌리고 있었다. 사다리는 어디에도 보이지 않았다. 착륙선이 공격당했나 싶어 잠시 공황이 밀려왔지만, 내가 착륙선을 그동안 계속 바라보고 있었으니 그럴 리는 없을 것이다. 나는 착륙선의 주 출입구로 올라갔다.

링커는 양손으로 레이저를 쥔 채 아무것도 씌우지 않은 섬세한 스칸듐 가넷 막대 위에 손가락 하나를 긴장한 채로 가볍게 올려놓고 있었다. 콥은 링커에게서 2미터도 떨어지지 않은 반대편에 앉아 씩씩거리고 있었다.

"대체 무슨 일이야?" 나는 손가락에 입김을 불고 발을 구르며 물었다.

"소로, 들어봐." 콥은 쓸쓸하게 말했다. "자네가 자연과 교감하고 있는 동안, 여기 간디 어르신은 화성의 작은 생명체들을 해치지 않기로 결정했어."

나는 링커에게 시선을 돌려 그의 불확실한 손가락과 가넷 막대를 쳐다보았다.

"뭐 하고 있는 거야?"

"모르겠어, 댄." 링커는 무표정한 얼굴로 차분하게 대답했다. "난 확고한 신념을 가지고 있어. 내가 아는 건 그것뿐이야. 나는 확고해야 해. 그렇지 않으면 나도 당신이나 콥과 같은 사람일 거야."

"내게도 신념이 있어." 콥이 말했다. "난 당신이 미쳤다고 확신해."

"정말 진지하게 그 가넷을 깨뜨릴 생각이야?" 내가 물었다.

"난 아주 진지해."

"필요하다면 다른 도구로도 그들을 물리칠 수 있어." 나는 말했다. "순도분석기, 지층 코어 채취총…."

"콥에게 아이디어를 주지 마." 링커가 말했다.

"하지만 그 가넷을 부수면 윌리와 대화할 수가 없어."

"콥은 겨울 부대 2명을 봤어. 이걸 그들에게 쏘려고 했다고." 링커는 여전히 무표정한 얼굴로 레이저를 들어 올렸다.

나는 몇 초 동안 눈을 깜빡였다. 분노가 치밀어 오르는 것을 느꼈다.

"맙소사. 콥, 그게 사실이야?"

"난 그냥 지켜보고 있었어. 혹시 더 있을지도 모르니까…."

"정말 쏘려고 했어?"

"그쪽이 편했을 거야. 선봉대였을지도 모른다고."

"별로 이성적인 추론은 아니군." 내가 말했다.

"나도 내가 이성적으로 행동하고 있는지 잘 모르겠어."

링커는 우리가 지금 얼마나 분열되어 있는지 알고 있었다. 우리 모두가 느끼는 슬픔이 수면 위로 올라오고 있었다. 그의 눈은 새처럼 내 얼굴을 주시하며 이해를 구하고 있었다.

"난 우리 모두가 살아남기 위해 필요한 일이라면 뭐든지 해." 콥은 말했다. "그게 화성인 몇 명을 죽이는 것을 의미한다면, 그렇게 할 거야. 작전 대장의 지시에 거역해야 한다는 걸 의미한다면, 그렇게 할 거라고."

"콥은 내가 직접 명령했는데도 레이저를 내려놓지 않았어. 그건 반란이야."

"이런 식으로는 결론이 나지 않아." 콥이 말했다.

"가넷을 부순다면, 난 당신이 제정신이라고 보증할 수 없어." 나는 링커에게 말했다. "콥도 마찬가지야. 지적인 존재일지도 모르는 외계인을 향해 총을 쏘다니." 문득 막대기가 생각났다. 맙소사, 그들에게는 지능이 있었다! 낯선 사람에게 다가와서 선물을 주지 않았나. "모르겠어. 우리가 가상일 뿐인 최초의 접촉에 대비해 어떤 훈련을 받았어야 했는지 알 수 없지만, 링커의 마음가짐이 당신보다는 이상적일 거야."

나는 말을 이었다.

"일단 패드의 보강재를 테스트하고 글라이더의 시야를 수평으로 맞춰야 해. 여기서 빠져나갈 수만 있다면, 철학은 고향으로 돌아가는 내내 논할 수 있어. 그리고 고향에 돌아가려면 레이저가 필요해."

링커는 고개를 끄덕였다.

"통신 외에 다른 용도로는 사용하지 않기로 하지."

나는 마침내 결단을 내리고 콥을 바라보았다. 나까지 미친 게 아닌가 하는 생각이 들었다.

"링커의 말이 맞는 것 같아."

"알았어." 콥이 부드럽게 말했다. "귀환한 뒤에 제대로 붙어보자고."

"붙는 정도로도 부족하지." 내가 말했다.

이 기록은 혹시 무사히 살아남는다 해도 '가족들의 감정을 보호하기 위해' 50년, 60년, 혹은 그 이상 기록 보관소로 들어갈 것이다. 하지만 우리를 여기까지 오게 한 사람들의 판단을 누가 반박할 수 있을까? 콥이 나를 묘사했듯(화성의 겸허한 소로) 나는 아니다.

나는 레이저가 착륙선에 다시 장착될 때까지 동료들에게 선물을 공개하지 않았다. 그냥 투명 밀봉 시료 봉투에 싸서 탁자 위에 올려놓은 뒤 같이 핫초코를 마시며 휴식을 취했다. 링커가 제일 먼저 봉투를 집어 들더니 어리둥절한 표정으로 나를 쳐다보았다.

"이런 시료는 이미 많지 않나?" 그가 물었다.

"화성인이 씹은 거야."

나는 손가락으로 막대기의 표면을 따라 훑었다. 그리고 두 화성인에 대해 이야기했다. 이야기를 듣는 콥은 확실히 불편한 기색이었다.

"자네 앞에서 씹었어?" 링커가 물었다.

"아니."

"음식을 제공한 거 아닐까." 콥이 말했다. "평화를 위한 조공 같은?"

모든 에너지와 분노가 소진되고 후회만 남았는지, 그저 슬픈 표정이었다.

"이건 음식 이상이야." 링커가 말했다. "막대기로 문자를 쓴… 오검

문자 같은 거군. 아일랜드와 영국에서 수 세기 전에 비슷한 문자를 사용했어. 돌이나 막대기의 측면에 새긴 홈, 일종의 알파벳이지. 하지만 이건 훨씬 더 복잡해. 여기… 이건 타원형….”

"그냥 이빨 자국일 수도 있잖아." 내가 말했다.

"이빨 자국이든 아니든, 이건 어쩌다가 찍힌 게 아니야. 그 옆에 긴 자국 다섯 개가 있고, 한 자국은 다른 자국의 절반 정도 길이군. 이는 위성 데이모스 기준으로 한 달, 즉 5일 반이라는 뜻이야."

링커에 대한 존경심이 커졌다. 그는 맞는지 확인하고 싶은 듯 눈썹을 치켜들더니 내게 지팡이를 건네주려다가 문득 멈추고 콥을 향해 휘둘렀다. 불만을 품은 승무원을 다시 규합하는 작전 대장. 눈물이 핑 돌았다.

"그들은 아직 높은 수준의 기술에는 도달하지 못한 것 같아." 링커가 말했다.

콥은 선물을 보다가 고개를 들며 웃었다.

"기술?"

"그들은 윌리가 봤던 벽과 구조물을 만들었어. 그들에게 환경을 바꿀 의도가 없다고 강변할 사람은 우리 중 아무도 없을 거야. 이 작업이 비버가 짓는 댐 정도에 불과하다고 섣부른 판단을 내릴 수도 있겠지만, 어쨌든 그들이 빠르게 발전하고 있는 것은 분명해. 정보를 전달하기 위해 홈을 새긴 막대기를 사용하는 건지도 몰라."

"그래서 이건 뭘까?" 나는 선물을 가리키며 물었다.

"소환장일 수도 있지." 링커는 말했다.

내가 이 내용을 기록하는 동안, 콥은 글라이더가 지나갈 활주로를 정리하는 데 시간이 얼마나 걸릴지 알아보기 위해 밖으로 나갔다. 이 평원은 돌이 없는 지형이기 때문에 선택되었다. 주먹보다 큰 돌이 있으면 선체가 위험하게 기울어질 수 있다. 썰매가 출동했다. 나는 패드에 보강재를 붙이는 작업을 마쳤다.

글라이더와 캡슐에는 이상이 없다. 1시간 후에 우리는 윌리에게 메시지를 보내 발사 및 궤도 합류 예상 시간을 알릴 것이다.

윌리는 메소지아와 멤노니아의 대부분이 벽으로 덮여 있다고 한다. 망원경으로 관찰한 바에 따르면, 메리디아니 사이너스에는 도로와 산책로가 수없이 교차하고 있다. 하얀 화성인들은 모래로 가득 찬 오래된 검정 저수지를 알 수 없는 용도로 사용하고 있다.

에돔 분화구는 마치 도시처럼 빽빽하게 들어차 있다. 이 모든 것이 이틀도 안 되는 시간 동안 이루어졌다. 수백만 마리의 새끼들이 일하고 있을 것이다.

여기서 다시 끊고 글라이더 전원 장치를 감독해야겠다.

링커와 콥이 죽었다.

세상에, 쓰는 것이 너무 고통스럽다.

우리가 로켓 보조 이륙장치의 자동 타이머 테스트를 막 끝낼 무렵, 겨울 부대 무리가 약 90열 횡대, 폭 4킬로미터에 달하는 규모로 고원을 가로질러 행진해 왔다. 우리를 공격하기 위해 온 것은 아니라고 확신한다. 그것은 대규모 인구 이동이자 단체 지형 조사, 부차적으로 지난 주기에 건설된 모든 수로 다리를 평평하게 무너뜨리는 작업 중 하나였다.

그들은 우리에게 기회를 주었나. 우리는 응답하지 않았다.

링커는 활주로 정리를 끝낸 뒤였다. 겨울 부대는 착륙선에서 500미터 정도 떨어진 지점에서 그와 마주쳤다. 아마 그냥 짓밟아 죽인 것 같다. 그들은 사람이 달리는 속도보다 훨씬 빠르게 움직이고 있었다. 뭐라 묻는 듯 그의 얼굴이, 눈썹이 올라가는 모습을 상상할 수 있다. 어쩌면 미소 짓거나 손을 들어 인사하려 했을지도….

그 생각이 머릿속에서 지워지지 않는다. 집중해야 한다.

콥은 그 순간 어떻게 해야 하는지 정확히 알고 있었다. 여차하면 언제든지 우주선에서 떼어 내서 1분 만에 사용할 수 있도록 레이저를 단단히 장착하지 않고 브래킷 몇 개를 느슨하게 해두었던 것 같다. 그는 헬멧과 산소통만 착용하고(바깥은 낮이었고 기온은 섭씨 5, 6도 정도였다) 레이저를 밖으로 가져가서 겨울 부대가 글라이더까지 당도하기 직전에 발포했다. 죽었거나 죽어가고 있는 화성인, 눈이 먼 화성인들이 지금 활주로 가장자리를 따라 뒹굴고 있다.

그들은 사상자에게 전혀 신경을 쓰지 않았다. 그들은 우리에게 신경 쓰지 않고, 아무것도 건드리지 않고, 콥이 레이저를 휘두르고 있는 활주로 가장자리를 멀리 비켜서, 그냥 밀고 지나갔다.

그들은 원숭이처럼 기어 올라갈 수 있다. 그들은 고원 가장자리를 넘어갔다.

그들은 콥에게 아무 짓도 하지 않았다. 콥은 다시 들어오는 길에 닳아빠진 레이저의 전선을 밟아서 죽었다.

나는 어디 있었지? 글라이더 안에서, 전력이 잘 들어오는지 점검하고 있었다. 아무것도 듣지 못했다. 내가 밖으로 나왔을 때는 모든 게 끝난 뒤였다.

레이저는 이제 없다. 하지만 우리는 이미 윌리에게 데이터를 보냈다. 답신도 들어왔다. 지금 내게 필요한 것은 그게 전부다. 글라이더와 캡슐에 전원이 들어왔고 준비가 완료되었다.

내가 직접 출발하면 된다. 할 수 있다.

윌리가 제 위치에 들어오면, 타이머가 시작된다. 모든 것이 자동으로 진행될 것이다.

내가 우주선을 궤도에 올린다.

2시간. 그보다 덜 걸린다. 두 사람을 데려갈 수는 없다. 할 수야 있지만 무슨 소용인가. 궤도 우주선에는 죽은 우주비행사를 보관하는 시설이 없다. 안타까운 건 그들이 없기 때문에 연료가 더 여유롭다는 점이다. 이렇게 되기를 원한 적은 없었다. 맹세하지만, 생각해 본 적도 없었다.

글라이더의 날개가 바람결에 바스락거린다. 바람은 완벽한 각도로, 부드럽지만 빠른 속도로 불어온다. 풍속은 시속 100킬로미터. 밖에 나가면 충분히 느낄 수 있을 정도다.

링커와 콥이 죽은 지금, 나는 너무나 많은 것을 믿는다. 어쩌면 이 모든 것이 곧 끝날 것이다. 글 쓰는 것도 마지막이고 이 고통도 더 이상 느끼지 않을 것이다.

기다린다. 정확한 발사 순간을. 타이머, 기타 모든 것이 자동으로 설정되어 있다. 나는 무력하게 앉아서 기다린다. 내가 내린 마지막 지시는 버튼 세 개, 그리고 날개를 이륙 폭으로 확장하여 장력을 높이라는 원격 명령이었다. 가로돛 범선처럼. 현재 날개는 평평한 모양을 유지한 채 가장 적절한 돌풍과 로켓 보조 이륙장치의 발사 순간을 기다리고 있다. 그때 날개는 대기권 상층부에 적당한 잠자리 형태로 변형될 것이다.

콥이 뚫은 활주로를 정리하면서 화성인 해부학을 익히느라 시간을 보냈다. 아직 몇 놈이 남아 있었다.

나는 하나를 죽였다. 화성인은 그들에게 고통일 순간을 겪고 있었다. 고통/카인. 나는 돌망치로 그의 머리를 내리쳤다. 우리가 죽었듯 그도 죽었다.

링커는 무고하게 죽었다.

속이 미식거리는 것 같다.

시작된다. 로켓 보조 이륙장치가 켜진다.

나는 첫 번째 제트 기류를 타고 있다. 두 번째 날개 모드, 전후방 날개는 버렸다. 나는 검은 바람을 향해 곧장 날아간다. 별이 보이고 화성의 붉은색과 갈색, 회색이 아래에 보인다.

세 번째 날개 모드. 모든 날개를 버렸다. 추락한다, 내 위장에서 신호를 보낸다. 캡슐의 주 엔진이 발사되고, 나는 글라이더 동체를 통과하고 있다. 환한 불빛과 충격이 느껴진다. 날개가 좌측 한참 아래에서 어린아이 장난감처럼 빙글빙글 돌고 있다.

낮고 불확실한 궤도.

윌리가 오고 있다.

집에 가기 전 마지막 궤도 비행. 윌리는 끔찍하게 좋아 보였다. 나는 이동 터널을 통해 윌리의 내부로 들어가서 맛대가리 없는 궤도선 물부터 잔뜩 마시고 싶다고 요청했다. "야, 윌리 레이, 내가 본 것 중 너만큼 예쁜 게 없어." 윌리는 오로지 나를 돌봐주었을 뿐이었다. 아무것도 나무라지 않고.

그는 지금 내게 유일한 친구다.

관제센터와 교신했다. 쉽지 않았다. 그게 1시간 전이다. 지금 나는 망원경 옆에 앉아 윌리의 센서를 밀어내고 직접 조사하고 추측하고 있다.

지금까지 겨울 부대는 (그들이 한 일이라고 가정하고 있지만) 마레 테레눔, 헤스페리아, 마레 시메리움에서 구역을 나누고 부분적으로 건설을 하고 있다. 그들은 아이티오피스에서 내가 해석할 수도, 제대로 묘사할 수도 없는 작업을 했다. 지금쯤 분명 그들은 시르티스 메이저와 마이너에 있는 옛 탐험대 착륙선을 손에 넣었을 것이다. 그들이 그걸로 뭘 할지는 모르겠다. 도로 건설 자재로 쓸지도 모른다.

어쩌면 '이해하려고' 할지도 모른다.

나는 그들이 어떤 존재인지 전혀 모른다. 알 수 없다. 우리는 알 수 없다. 그들은 너무나 빨리 움직이고 본능적인 궤도를 따라 성장한다. 문화와 기술에 대한 본능. 그들은 우리가 지능을 정의하는 방식으로는, 개별적으로는, 지능적이지 않을 수도 있다. 하지만 그들은 분명 '움직인다'.

어쩌면 그들은 조상들이 5만 년, 10만 년 전, 길고 따뜻하고 습한 화성의 봄이 그들을 지하로 몰아내고 수로교의 싹을 틔우기 전에 남긴 것을 그저 부활시키고 있는지도 모른다.

어쨌든, 내가 궤도로 돌아온 지 일주일 반이다. 그사이 그들은 요람에서 하늘로 올라갔다.

나는 그들의 풍선을 보았다.

그리고 저 멀리 하이드록시 횃불처럼 차가울 정도로 푸르고 날카로운 로켓의 불빛도 보았다. 시험 중인 것 같다. 며칠이면 그들도 손에 넣게 될 것이다.

조심해, 관제탑. 이 용감한 친구들은 멀리 갈 거다.

작가의 말

즐거움의 기계
The Machineries of Joy

글 쓰는 일을 업으로 하면서, 나는 이따금 과학적인 관점의 신문 및 잡지 기사를 썼다. 보이저 1호, 2호 탐사도 내가 모두 취재해서 샌디에이고 유니언에 글을 썼다. 지금은 소설 창작이 내 업무의 대부분을 차지하지만, 아직도 이따금 논픽션을 쓴다.

1983년 10월, 나는 샌디에이고에서 로스앤젤레스와 샌프란시스코로 여행하며 《옴니》 잡지에서 청탁받은 기사를 쓰기 위해 자료조사를 하고 있었다. 그때 본 것은 놀라웠고, 그것이 「에온」과 「블러드 뮤직」을 쓸 때 강한 영향을 끼쳤다. 이것은 컴퓨터 그래픽 혁명의 시작이 아니라(그것은 수십 년 전에 이미 시작되었으니까) 그 혁명의 화려한 개화였다. 나는 열정을 도저히 억누를 수 없었다. 이 단편의 마지막 몇 페이지는 시간이 흐르면 구려질 테지만, 그래도 내 정신 상태를 드러낼 것이다. 수십 명의 다른 작가들의 정신 상태 역시. 정보화 시대는 과학소설계를 질풍처럼 휩쓸었다.

《옴니》는 이 글을 싣지 않았지만 원고료는 지급했다. 글을 실을 때 선정해서 곁들이기 위해 내가 모은 수백 장의 사진도 사용하지 않았다.

많은 사람들이 아낌없이 시간을 할애했지만, 이름도 생각도 활자화되지는 않았다. 이번 출간이 조금이나마 그들에게 보답이 되었으면 한다.

물론 다음에 묘사된 내용에서 상황이 변한 부분도 있다. 디지털 프로덕션즈는 소유주와 경영진이 바뀌었다. 로버트 에이블 어소시에이츠는 이제 독립 회사가 아니다.

혁명은 한층 더 활기를 띠고 있고 장래가 유망하다. 어디에서나 그 영향을 볼 수 있다.

이 글은 1984년 초에 완성되었다.

"공룡!" 아티스트는 그들을 포용하려는 듯 팔을 벌린다. "정확한 특징이 필요해요. 그리드 배경으로 골격과 근육, 비늘 패턴이."

아티스트의 사무실에는 온통 우주선과 외계인 드로잉, 낯선 풍경과 기계 도안이 널려 있다.

"그게 있으면 컴퓨터에 입력합니다. 근육 하나하나를 프로그램하고, 근육 위에서 물결치는 피부를 묘사하는 겁니다. 발을 어떻게 디디는지, 어떻게 싸우는지 컴퓨터한테 말해주면…."

다시 한번 공룡은 걷고 싸울 것이다. 아티스트는 어린 시절 꿈꾸던 세상을 살고 있다. 그는 죽은 존재를 살려내는 힘을 갖고 있고(수십 명의 기술자와 프로그래머, 동료 아티스트의 도움에 힘입어), 물질적인 형태로 존재했던 적이 없는 물체를 필름에 담고, 그 물체가 살아 있는 배우와 상호작용하게 할 수 있다.

하지만 공룡은 미래의 프로젝트다. 지금 당장 해야 하는 작업은 우주 전투다. 밤이면 흰 벽으로 둘러싸인 삭막한 공간에서 아티스트, 감독, 기술자가 비디오 모니터 앞에 앉아 존재하지 않는 우주선이 파괴되는 과정을 단계별로 검토한다. 매우 정교한 우주선들과 승무원들이 마지막까지 결투를 벌인다. 한 우주선은 살아남지 못하는 운명이다. 모니터 안의 여섯 개 화면 중 첫 번째 화면에서 동체가 산산조각 난다. 이어진 다른 화면에서 폭발이 차츰 커지는 이전 장면들에 겹쳐진다.

아티스트는 우주 공간에서의 폭발을 묘사한다.

"화면 전체가 희게 번득이는 장면을 한 프레임 넣으려고 합니다. 이어서 가장자리만 흐릿하게 번지는 불투명한 불덩어리가 우주선 조각을 둘러싼 장면이 나옵니다." 그는 손으로 차츰 커지는 구 형태를 만들어 보인다. "불덩어리가 점점 커지는 동안 투명도도 비례해서 비스듬히 경사지고❖." "충격파가 지나간 뒤, 다른 작은 물질들이(가스와 미세한 파편들) 날려 오고 그런 다음 좀 더 느리게 움직이는 큰 조각들이 보입니다."

이제 신이 난 것 같다. 감독은 동의한다는 뜻으로 고개를 끄덕인다. 이건 어쨌거나 우리가 평소 보는 연기와 불꽃놀이가 아니라 우주 공간에서의 폭발이다.

폭발 장면은 바닥에 얼룩 하나 없는 순백의 스튜디오 반대편 유리벽 안에 격리된 강력한 컴퓨터에 입력된다. 아티스트, 감독, 기술자는 실제가 아닌 우주에서 하느님 놀이를 하고 있다.

궁극적으로 이 모든 것은 숫자, 컴퓨터 안 3차원 공간에 기록된 점이다. 각각의 숫자는 픽셀, 즉 수백만 개가 모여서 하나의 형태를 형성하

❖ 여기서 경사(ramp)란 어떤 특성을 점점 증가시키거나 감소시킨다는 뜻이다.

는 화소 하나의 좌표를 의미한다. 그 숫자를 추적하고 그 숫자가 의미하는 형태를 재현하는 것이 컴퓨터의 의무다. 원근, 색깔, 그림자, 움직임, 모든 것이 정확하게 처리되지 않으면 재현된 현실의 리얼리즘이 무너진다.

이어 숫자는 모니터에 표시할 수 있는 신호로 변환된다. 수많은 픽셀이 모이고, 프레임 단위로 우주선이 파괴된다. 이렇게 하여 필름에 출력된 결과물은 공들인 모형 작업으로 완성한 최고급 특수효과와 구별할 수 없을 정도다.

최종 영화 장면에서는 실제 현실과 다를 바 없을 것이다.

아티스트, 감독, 기술자는 물론 가상의 인물이고, 시나리오는 세월이 얼마나 지나야 실현될지 모를 과학기술의 판타지겠지. 어쩌면 수십 년은 흘러야….

그렇게 생각한다면 요즘 컴퓨터 그래픽계의 놀라운 현실을 미처 모르고 있는 것이다.

이 판타지는 바로 지금 일어나고 있다.

아티스트는 베테랑 프로덕션 디자이너는 론 콥(〈에일리언Alien〉, 〈코난: 암흑의 시대Conan the Barbarian〉), 감독은 닉 캐슬(〈태그Tag〉, 〈스케이트타운Skatetown U.S.A.〉), 영화 제목은 유니버설-로리머 공동 제작 〈최후의 스타화이터The Last Starfighter〉. 〈최후의 스타화이터〉의 특수효과는 모두 로스앤젤레스에 본사를 둔 디지털 프로덕션즈의 감독 아래 디지털 시뮬레이션, 즉 현실과 똑같이 디자인한 컴퓨터 그래픽으로 제작되었다. 디지털 프로덕션즈는 강력한 클레이 슈퍼컴퓨터 두 대와 기타 수많은 기계를 이용하여 회사의 명운을 송두리째 미래에 던지는 도박을(아주 큰 도박이라고 말할 사람도 있을 것이다) 하고 있다.

컴퓨터 그래픽의 미래는 특별할 것이다. 이 분야의 전문가 모두가(최고 수준의 전문가는 아직 열 손가락으로 꼽을 정도다) 구텐베르크의 활자술보다 더 근본적이고 파격적인 혁명이 눈앞에 와 있다는 데 동의한다. 통신과 교육이 근본적으로 재구성될 것이다. 엔터테인먼트 산업은 무성영화에서 유성영화, 유성영화에서 텔레비전으로의 전환보다 훨씬 급격한 변화를 경험할 것이다.

지금은 아는 것이 많은 몇몇 사람의 손에 있는 권력이 이제 모두에게 주어질 것이다.

하지만 우선, 숫자 이야기부터 하자.

컴퓨터의 세계는 매우 단순하다. 모든 게 비트로 쪼개어지는데, 1비트는 어떤 질문이든 예 혹은 아니요로 대답하는 데 필요한 정보다. 이진법에서 예는 1, 아니요는 0과 같다. 이진수는 1과 0의 수열로 구성된다(이진법에서 01은 1이지만, 10은 2와 같다). 글자와 기호를 특정한 숫자로 등치하는 보다 정교한 코드가 만들어져서 컴퓨터가 숫자와 텍스트를 모두 표시할 수 있게 되었다. 지도 독법과 비슷한 좌표를 이용하여 비디오 스크린에서 반짝이는 점의 위치를 표시하는 코드도 있다. 그림을 "디지털화"해서, 숫자로 표현한 좌표로 쪼개고, 컴퓨터에 입력한 뒤 그 사진을 다양한 방식으로 조작할 수도 있다.

주요 요소를 그래프에 도표로 나타내고 컴퓨터에 좌표를 입력하고 여러 점을 직선이나 곡선으로 연결하도록 명령하는 방식으로 컴퓨터 안에서 그림을 만들 수도 있다. 고정된 기하학적 도형이나 곡선을 결정하는 수학 방정식이 이 과정을 단순화할 수 있다. 점을 중심으로 특정한 지름을 지닌 원이나 타원을 그리도록 컴퓨터에 명령할 수도 있다. 사각형을 그려서 정육면체로 확대할 수도 있다.

실제로 컴퓨터 안에서 3차원, 혹은 그 이상의 차원으로 '공간'이 설정되며, 충분히 상세한 좌표가 주어지면 그 공간 안에 어떤 물체든지 배치할 수 있다. 단순한 개체라면, 공작 기계에서 회전을 주어 나무토막을 가공하듯이, '공작 프로그램'을 이용해 축을 중심으로 삼각형을 회전시켜 원뿔을 만들거나 지름을 중심으로 원을 회전시켜 구를 만들 수 있다. 보다 복잡하고 불규칙적인 형태라면 보다 복잡한 지시가 필요하고 시간이 훨씬 더 걸린다.

이렇게 간단한 선을 그리거나 '와이어프레임'으로 개체를 구축한 뒤에는, 추가 프로그램으로 광원을 설정하여 하이라이트나 그림자를 만들 수 있다. 그 표면에 색깔과 텍스처를 '매핑'할 수 있다. 시점을 설정할 수 있고, 그 시점에서 보이지 않는 것은(개체의 후방) 잘라 내어 불투명한 입체로 보이도록 할 수 있다.

이 과정은 간단해 보이지만, 현재 수준의 기계로 실제처럼 보이는 물체를 만들어 내는 작업은 현실적으로 광범위하다. 컴퓨터로 물체를 만들어 내는 가장 복잡한 방법은('레이 트레이싱'이라는 기법이 그렇듯) 컴퓨터 시간으로 수 주씩 걸릴 수도 있다. 그보다 간단한 기법을 이용하면 시간을 1초도 안 되게 단축할 수 있지만, 그만큼 색깔과 그림자, 디테일이 손상된다.

일단 물체와 관련된 숫자를 입력하면, 컴퓨터는 메모리 안에 있는 다른 물체나 원근법을 기준으로 모든 면에서, 모든 거리에서 그 물체가 어떻게 보이는지 파악한다. 존재하지 않는 우주선이 시뮬레이션된 행성을 스쳐 지나가고, 훨씬 큰 '모선'에 접근하고, 매우 세밀하게 묘사된 착륙장 안에 도킹하는 장면을 완벽한 원근법으로 구현할 수 있다.

그런 뒤 컴퓨터는 물체를 비디오 화면에 2차원으로 출력하거나, 이미지를 필름에 전송하라고 인쇄기에 신호를 보낸다. 실제 물체는 2차원 이상으로 구현되어 있기 때문에, 인간의 두 눈 사이에서 발생하는 것과 비슷한 시차 현상을 창출하도록 두 개의 시점에서 동시에 투사하라는 명령을 컴퓨터에 내릴 수도 있다. 이렇게 약간 떨어진 지점에서 바라본 두 이미지를 입체적으로 결합시키면 사실적인 깊이감을 느낄 수 있다.

차후 와이드스크린에 영사하기 위해 필름 이미지를 35밀리미터 스톡에 아나모픽으로 '축약'해야 하는 경우도 컴퓨터가 할 수 있다. 필요한 모든 렌즈를 컴퓨터 안에서 시뮬레이션할 수 있는 것이다.

1950년대 아티스트와 프로그래머는 오늘날까지도 계속 발전되고 있는 기술을 개척하기 시작했다. 최초의 개척자 중 하나인 존 휘트니 시니어는 1940년대 후반부터 시작했다. 이후 그는 IBM 지원금을 받아 컴퓨터 그래픽을 집중적으로 연구했고, 행인들이 구경할 수 있도록 뉴욕 IBM 빌딩 1층 모퉁이에 이미지를 전시했다.

빌 페터는 1950년대 후반 보잉 사에서 와이어프레임 애니메이션의 가능성을 탐구하기 시작했고, 1960년대 후반 최초로 컴퓨터 생성 광고를 제작했다.

1970년대 초, 켄 놀턴과 마이클 놀이 등장했다. 놀턴은 벨 랩스에서 일했고, 놀은 최초의 컴퓨터 아트 갤러리 전시를 준비하고 있었나. 놀의 전문 분야는 컴퓨터 이미지로 '클레이 페인팅'을 시뮬레이션하는 것이었다. 관람객들은 어느 쪽이 진짜 클레이 페인팅인지, 시뮬레이션인지 알아보지 못했다.

지난 10년 동안 믿기 힘든 진보가 이루어졌다. 컴퓨터는 세계 각지에서 과학 연구, 교육, 예술, 엔터테인먼트에 필요한 이미지 제작을 돕고 있다.

때로 분야 간의 경계가 지워지기도 한다. 움직이는 컴퓨터 이미지의 마술적인 아름다움은 도관 연결부의 응력 분석 같은 산문적인 작업을 예술로 변화시킬 수 있다.

컴퓨터 애니메이션이 가장 폭넓게 사용된 분야는 광고. 이미 텔레비전 시청자들은 넘쳐나는 '네온' 같은 은행, 항공사, 자동차 광고에 익숙하다.

일반적으로 선 그래픽에 의존하는 컴퓨터 애니메이션을 '벡터' 애니메이션이라고 한다. 컴퓨터 안팎에서 다양한 애니메이션 기법을 사용하면, 이 '와이어프레임' 드로잉의 선을 네온관처럼 빛나게 할 수 있다. 이러한 스타일은 워낙 일반화되었기 때문에, 업계에서는 가능한 한 피해야 하는 클리셰가 되어가고 있을 정도다.

와이어프레임 객체를 색과 그림자, 텍스처로 채우는 것을 '래스터Laster 그래픽' 혹은 '래스터' 애니메이션이라고 한다. 여기에는 에반스 앤 서덜랜드나 디지털 이큅먼트 코포레이션 VAX 등 광고 스튜디오에서 흔히 사용하는 더욱 강력한 컴퓨터가 필요하다.

뭉개짐(전문적인 기술 용어는 아니다) 기법을 사용하면 흥미로운 효과를 얻을 수 있다. 벡터 애니메이션을 적용할 객체의 표면 전체에 래스터 그래픽을 사용하는 대신 선을 많이 사용하는 '교차해칭crosshatching'을 넣는 것이다. 이 '의사 래스터' 애니메이션은 괜찮은 효과를 낳지만, 장비와 프로그램이 발전하면 점차 사용 빈도가 줄어들 중간 범위에 속한다.

물체의 가장자리가 들쭉날쭉하게 보이는 '앨리어싱'의 정도에 따라 래스터 그래픽의 조잡함을 가늠할 수 있다. 대비되는 색상과 인접한 픽셀이 확연히 눈에 띄며, 물체가 움직이면 이 픽셀이 가장자리를 따라 움직이는 것처럼 보일 수 있다. 이러한 문제는 대비되는 색상 사이의 음영을 가장자리 픽셀에 번갈아 가며 지정하여 제거할 수 있다. 이렇게 하면 테두리가 약간 부드러워지며, 이런 그래픽을 '안티 앨리어싱'되었다고 한다.

애니메이터가 사용할 수 있는 가장 강력한 컴퓨터인 크레이 시리즈(크레이1, 확장 버전인 크레이 XMP, 훨씬 더 작고 빠른 크레이2)는 일반적으로 국방 시설과 주요 연구소에 있다. 디지털 프로덕션즈는 크레이를 소유한 유일한 개인 특수효과 스튜디오다. 크레이 사는 모든 장비의 위치를 공개하는 것을 꺼리지만, 샌디아 연구소와 로런스 리버모어 국립연구소에 여러 대가 있다는 것은 잘 알려져 있다.

이런 기관의 연구원들은 컴퓨터가 한가할 때 작업을 처리하도록 하는 시간 공유를 통해 투명한 물체, 렌즈, 사실적인 풍경을 '이해'하고 그리도록 컴퓨터를 프로그래밍하는 중요한 작업을 수행해 왔다.

이러한 연구자 중 가장 많은 성과를 낸 두 사람은 패서디나에 있는 제트추진연구소의 제임스 F. 블린과 로린스 리버모어 국립연구소의 넬슨 맥스다. 1980~1981년 보이저 탐사선의 외행성 탐험을 블린의 JPL 연구팀이 컴퓨터 시뮬레이션으로 제작한 애니메이션은 네트워크와 공중파를 통해 널리 방영되었다. 넬슨 맥스는 주로 생물학적 과정을 그래픽으로 표현하는 작업을 해왔다. 그는 그래픽 프로그램을 사용하여 실험 전 분자가 어떻게 상호작용할지 예측할 수 있었다. 또한 맥스는 돌연변이 유발 물질이 DNA에 미치는 영향을 조사하고 아주 미세한 바이러스의 구조를 모델링했다.

수개월 또는 수년간의 고된 작업 끝에, 컴퓨터 아티스트는 매년 열리는 시그라프SIGGRAPH 컨벤션에서 작품을 전시한다. (시그라프는 미국 컴퓨터기계학회, 즉 ACM의 한 부서인 특수 이익단체Special Interest Group 그래픽스Graphics의 약자다.) 개인, 거대 연구 기관 및 상업 영화 스튜디오 직원들이 모여 의견을 교환하고 최신 개발 동향을 파악한다.

레오나르도 다빈치 이후로 현업 아티스트에게 이렇게 많은 분야의 기술이 요구된 적은 없었다. 기본적인 드로잉과 제도 능력은 물론이고 프로그래밍의 기초도 알아야 한다. 빛이 어떻게 반사·굴절·확산되는지 이해해야 하며, 자신의 지식을 컴퓨터가 소화할 수 있는 용어로 변환할 수 있어야 한다. 아티스트는 더 이상 과학과 수학을 멀리할 수 없다.

새로운 기술은 아티스트를 이론의 최전선으로 이끌 수 있다. 근래 표면 텍스처링 작업은 매우 복잡한 패턴을 생성할 수 있는 수학적 객체인 프랙털을 사용하고 있다. 프랙털로 생성된 풍경을 사용한 컴퓨터 애니메이션의 가장 친숙한 예는 아마도 루카스필름의 컴퓨터 사업부인 스프로킷이 파라마운트 픽처스를 위해 제작한 〈스타트렉 II: 칸의 분노Star Trek II: The Wrath of Khan〉의 "제네시스" 시퀀스일 것이다.

컴퓨터 애니메이터의 시선이 집중된 작업 중 하나는 월트 디즈니의 트론Tron 제작이었다. 인포메이션 인터내셔널(트리플—I), 매스매티컬 어플리케이션 그룹(MAGI), 로버트 에이블 어소시에이츠, 디지털 이펙츠 사가 참여했지만, 트론에 포함된 완전 컴퓨터 애니메이션은 겨우 10분에서 15분 분량이었다. 나머지는 전통적인 특수효과와 애니메이션 기법으로 완성되었다.

트론에 참여했던 많은 사람들이 현재 미국 전역의 회사로 자리를 옮겼다. 리처드 테일러 같은 사람들은 여전히 장편 영화 작업을 하고 있다. 테일러는 파라마운트에서 〈드리머Dreamer〉라는 영화를 제작하고 있는 것으로 알려졌다.

광고 분야에서는 거대 영화사 두 곳이 컴퓨터 그래픽에 크게 기여했다. 리바이스와 세븐업 광고를 통해 라이브 액션과 백라이트 애니메이션의 아름다운 조합으로 오랫동안 유명세를 떨쳤던 할리우드의 로버트 에이블은 〈스타트렉: 더 모션 픽처Star Trek: The Motion Picture〉의 특수효과를 맡으면서 컴퓨터 그래픽 부서를 설립했다. 그러나 디지털 프로덕션즈와 달리 에이블은 컴퓨터 그래픽을 그 자체로 목적이 아닌 또 하나의 도구로 간주하여 다른 특수효과 기술을 모두 유지했다. 에이블은 "우리가 하는 작업의 많은 부분이 조합"이라며 "미니어처와 실사를 컴퓨터 이미지와 결합하는 것"이라고 설명한다. 현재 순수 컴퓨터 애니메이션은 다른 기술보다 비용이 많이 들기 때문에 상업 광고물 제작에는 유연성과 다양성이 필요하다고 에이블은 생각한다.

캘리포니아 베니스에 위치한 보 게링 어소시에이츠 대표 보 게링은 원래 스티븐 스필버그의 〈미지와의 조우Close Encounters of the Third Kind〉의 컴퓨터 애니메이션 테스트를 위해 서부 해안으로 왔다. 테스트 결과는 만족스럽지 못했지만 게링은 여기서 회사를 설립하여 다양한 기술을 활용했다. 다큐멘터리 제작자로 시작한 에이블과 달리 게링은 컴퓨터 그래픽 출신이지만, 한 가지 기술에만 몰두하는 것은 위험하다는 데는 의견을 같이한다. 장편 영화에 참여하는 것도 마찬가지다: "미국에서는 매일 9,000만 달러가 광고에 지출되고 있습니다." 게링은 말한다. "장편 영화는 그 정도의 지출을 감당할 수 없습니다. 저는 지금 위치에선 안전합니다."

게링과 에이블은 컴퓨터 그래픽이 아직 초기 단계에 있으며 모든 형태의 시각 커뮤니케이션에 큰 영향을 미칠 것이라고 믿는다. 그러나 현재로서는 두 사람 모두 디지털 프로덕션즈에서 진행 중인 수준의 작업에 필요한 믿음의 도약을 시도할 생각이 없다. 게링은 자신이 확보한 투자가 컴퓨터 대기업 램텍의 지원을 받는 디지털 프로덕션즈만 못하다는 사실을 솔직히 인정한다.

"존 휘트니 주니어와 게리 데모스가 디지털 프로덕션즈에 끌어들인 그 모든 '컴퓨팅' 파워는 조금 부럽습니다. 하지만 저는 지금 제 상황에 만족하고 있으며, 지금 당장 그런 위험을 감수할 이유는 없습니다."

게링은 디지털 음향 합성에 대해서도 관심이 있다. "저는 자동차 라디오에서 정말 흥미로운 음악이 나오면 도로에서 차를 세워야 하는 사람 중 1명입니다. 음향은 정보의 복잡성을 뜻하는 대역폭에서 적어도 시각과 동등하다고 굳게 믿고 있으며, 합성 음향은 거의 탐구되지 않은 매력적인 분야입니다."

빅3 기업 중 또 다른 하나인 뉴욕의 R. 그린버그도 컴퓨터 그래픽 부서를 빠르게 구축하고 있다.

컴퓨터는 컴퓨터 그래픽보다 더 많은 방식으로 영화 산업에 혁명을 일으켰다. 광고나 장편 영화를 제작하는 사실상 모든 상업 스튜디오에서는 복잡한 카메라 움직임을 조종하거나 사진의 서로 다른 요소들을 통합하는 데 컴퓨터를 사용한다.

로버트 에이블에서는 슬릿 스캔slit-scan 사진 촬영이 일상적인 항목이다. 존 휘트니 시니어가 최초로 이 기술을 발명했고, 콘 페더슨과 더글러스 트럼불이 스탠리 큐브릭의 〈2001: 스페이스 오디세이Space Odyssey〉 작업에 참여하면서 한층 발전시켰다. 페더슨은 현재 에이블에서 컴퓨터 그래픽을 비롯한 특수 효과 제작의 다른 측면을 감독하고 있다. (트럼불은 흥미롭게도 전체 컴퓨터 애니메이션을 피하는 것 같다. 그가 참여한 최근 영화 〈브레인스톰Brainstorm〉에서는 얼핏 컴퓨터로 생성된 것처럼 보이는 시퀀스도 다른 기법을 사용하여 제작되었다.)

슬릿 스캔에서는 긴 트랙 끝에 카메라를 장착하고 반대쪽 끝에는 평평한 아트워크을 가려서 좁은 가로 슬릿 부분만 드러낸다. 카메라가 매우 느리게 앞으로 움직이면 컴퓨터가 아트워크 앞에서 슬릿의 움직임을 위아래로 조정한다. 그 결과 카메라의 접근 방식에 따라 원근감이 강조되어 길게 확장된 아트워크의 이미지가 생성된다.

루카스필름 같은 곳에서는 우주 전투를 촬영하는 데 사용되는 다양한 형태의 동작 제어도 컴퓨터가 맡아 한다. 카메라 마운트의 신호가 컴퓨터에 입력되면, 컴퓨터는 카메라의 위치를 기억한 다음 반복적으로 카메라를 제어할 수 있다. 다양한 모델, 매트 및 기타 특수효과 요소도 매우 정밀하게 추가할 수 있다.

인더스트리얼 라이트 앤 매직Industrial Light and Magic은 스톱모션 인형 애니메이션에도 컴퓨터를 사용한다. 영화 〈드래곤 슬레이어Dragon Slayer〉에서는 "고모션GoMotion" 컴퓨터 시스템으로 미니어처 골조 드래곤의 움직임을 기억해서 수동으로 시퀀스를 일일이 '따라가는' 과정을 거쳤다.

슬릿 스캔부터 고모션 인형 애니메이션에 이르기까지, 이 모든 정교한 작업은 20세기가 끝나기 전에 구식이 될 가능성이 높다. 어떤 위험이 있든 디지털 프로덕션즈는 분명 이 분야의 미래를 향해 나아가고 있다.

하지만 컴퓨터가 군림하기 전에 넘어야 할 큰 장애물이 하나 있다. 디즈니 셀 애니메이션에서 매끄럽게 움직이는 사슴이든 인간이든, 캐릭터 애니메이션은 컴퓨터에게는 여전히 매우 어려운 작업이다.

컴퓨터는 원근 안에 펼쳐진 평면, 구, 원뿔, 다각형, 다면체 등 단순한 수학으로 정의된 도형을 다룰 때 가장 행복하다. 인간(밤비나 용은 말할 것도 없고)은, 적어도 언뜻 보기에는 이러한 도형으로 구성된 물체가 아니다. 살아 있는 캐릭터는 울퉁불퉁하고 좌충우돌하며 모든 부분이 끊임없이 움직인다. 피부 밑에서 근육이 움직이고 골격의 각도가 변한다. 얼굴 표정은 악몽처럼 복잡해서 수백 개의 근육이 당혹스러울 정도로 다양한 모양을 만들어 낸다. 모두 시청자에게 친숙하기 때문에 설득력 있게 모사하기 어려운 것이다.

아티스트가 인간과 동물의 형태를 설득력 있게 재현하려면 오랜 기간의 연구가 필요하다. 인간의 정신은 현대의 어떤 컴퓨터보다 훨씬 더 복잡하며, 수백만 개의 '알고리즘'이 무의식적인 과정에서 매끄럽게 조화를 이룬다. 일개 컴퓨터가 숙련된 만화 애니메이터의 작품을, 더 나아가 인간의 현실을 어떻게 따라잡을 수 있을까?

글렌데일에 있는 R&B EFX의 팀 하이드만은 캐릭터 애니메이션이 컴퓨터 그래픽의 장애물이라고 생각한다. "현실을 왜곡하고, 캐릭터를 강조해서 생명력을 더하고, 표정을 과장하는 등 디즈니식 캐릭터를 영화에 구현하는 데 필요한 모든 전문 기술을 생각하면, 이 문제는 극복할 수 없는 것처럼 보입니다." 하이드만이 R&B EFX에서 그래픽 작업을 하는 컴퓨터는 훨씬 작은 휴렛 패커드 업무용 컴퓨터다. 컴퓨터는 와이어프레임 이미지를 조정한 다음 R&B의 자체 소규모 애니메이션 스튜디오에서 수작업으로 촬영하고 해상도를 높인다. 전체 시스템 비용은 2만 5,000달러 미만이다. "컴퓨터는 인간 애니메이터가 가장 어려워하는 원근 조절, 기하학적 형태 그리기를 제일 잘합니다. 반면 인간이 가장 잘하는 것이 컴퓨터에게는, 특히 우리처럼 작은 시스템에서는 가장 어렵습니다. 채색, 음영, 캐릭터 같은 작업들이지요." 그는 이렇게 설명한다. R&B는 복잡한 숫자 계산이 아닌 독창성을 통해 컴퓨터와 인간의 작업을 결합한다.

디지털 프로덕션즈는 독창성과 강력한 컴퓨팅 성능을 모두 활용하여 캐릭터를 컴퓨터 애니메이션으로 표현하는 데 따르는 어려움을 극복하고 있다. 대부분의 작업은 철저한 보안을 유지하고 있지만, 고정된 골격에 붙은 근육을 모방하는 방식의 "지능형 형태"를 만들어 인간, 혹은 인간과 유사한 인물을 만들고 있는 것으로 보인다. 이러한 "지능형 형태"는 피부라는 제약 안에서 골격 주변의 다른 형태, 즉 다른 근육과 상호작용하도록 프로그래밍될 것이다.

동물과 인간의 동작에 대한 연구 내용도 컴퓨터에 입력되어 매개변수로 사용된다. 론 콥은 이렇게 설명한다. "컴퓨터는 어디서 멈춰야 하는지 모릅니다. 캐릭터가 팔을 휘두를 때, 컴퓨터 안에 있는 팔은 실제 팔이 아닙니다. 움직임을 멈추게 하는 팔꿈치나 어깨가 없으니까요. 어디까지가 한계인지 인간이 알려줄 때까지 계속 원을 그리며 휘두르는 겁니다. 메모리에도 한계가 있지만, 매우 구체적이고 아주 조심스럽게 조정해야 합니다."

컴퓨터는 아무것도 직관할 수 없다. 문자 그대로 받아들인다. 모든 것을 자세히 기술해야 한다. 따라서 처음에는 이러한 움직임을 통제하는 데 어마어마한 컴퓨팅 용량과 시간이 필요할 것이다. 그러나 초기 인건비와 비용을 일반적인 산업의 연구 개발비와 비교해 보라. 초기 지출은 항상 이후 작업에 소요되는 비용보다 더 크다.

컴퓨터 그래픽에 의존하는 주요 기업 두 곳의 지정학적 위치를 보면 다가오는 혁명에 대한 작은 힌트를 얻을 수 있다. 선구적인 컴퓨터 아티스트 찰스 A. 추리가 설립한 크랜스턴–추리는 오하이오주 콜럼버스에 위치해 있다. 컴퓨터 크리에이션즈는 광고의 수도인 뉴욕과 로스앤젤레스에서 멀리 떨어진 인디애나주 사우스벤드에 본사를 두었다는 점에 자부심을 갖고 있다. 전자 기술은 온 세계에 메시지와 제품을 전파할 수 있다. 앞으로는 위치가 그리 중요하지 않을 것이다.

사업 규모도 점점 더 문제되지 않을 것이다. 컴퓨터만 있으면 소수의 크리에이티브 인력만으로 상업 스튜디오를 운영할 수 있다. 캘리포니아 서니베일에 있는 퍼시픽 데이터 이미지즈는 직원이 4명에 불과하지만 이미 대형 광고 및 홍보 계약을 체결했다. PDI의 칼 로젠달 같은 기업가들은 100만 달러도 채 안 되는 초기 비용으로 이미 컴퓨터의 내장된 유연성을 활용하고 있다. 비용은 감소하고 있고, 하드웨어보다는 느리지만 소프트웨어도 개선되고 있다. 10년 이내에 대형 광고 회사들은 동등한 역량을 갖춘 작고 경쟁력 있는 회사들에 포위될 것이다. 그때는 돈이 아니라 창의력이 관건이 될 것이다.

창의력은 넘쳐난다. 전 세계에서 아티스트들이 제작하는 컴퓨터 이미지와 동영상은 어지러울 정도로 다양하고 많다. 캘리포니아의 데이비드 엠은 건축적 환상과 추상으로 잘 알려져 있다. 폴 앨런 뉴웰은 M.C. 에셔에서 영감을 받은 쪽매맞춤tassellation 디자인을 매혹적인 매끄러움과 정밀함으로 변신하는 애니메이션으로 표현했다.

뉴욕의 낸시 버슨(1983년 6월 OMNI "미술 The Arts"에 소개됨)은 컴퓨터를 사용하여 사람과 동물의 사진 이미지를 디지털 방식으로 결합한다. 그녀는 CBS가 조지 오웰의 작품 『1984』에 대한 기념으로 의뢰한 빅브라더의 초상화를 제작했다. 20세기 최악의 독재자들의 초상을 디지털화하여 한꺼번에 합성한 작품으로, 잊히지 않을 정도로 친숙하고 어딘가 자비로워 보이는, 그러나 매우 불안한 느낌을 주는 하이브리드다. 여자와 고양이를 혼합한 버슨의 작업은 한결 더 매력적이다.

엠, 버슨, 뉴웰의 작업을 보면 컴퓨터 그래픽을 인쇄매체에 표현할 때 성공적인 부분과 문제점을 분명히 확인할 수 있다. 엠과 버슨의 이미지는 정적이고 잡지 인쇄에 적합하지만, 뉴웰 작품의 매력은 움직임에 있다.

공연자와 관객이 하나가 되는 라이브 컴퓨터 아트 퍼포먼스의 경이로움은 전달하기 더욱 어렵다. 샌프란시스코 래스터 매스터의 에드 타넨바움은 샌프란시스코 시 공공 과학센터인 익스플로라토리움에 퍼포먼스 아트센터를 설치했다. 비디오카메라가 실내에서 사람들이 움직이는 모습을 촬영한 다음 그 이미지를 컴퓨터로 전송한다. 결과물은 실시간으로(즉 라이브로) 대형 스크린에 투사되어 무한히 다양한 인간-기계 작품을 생성한다. 아이들은 춤을 추고 자신의 몸으로 그림을 그리며 자신만의 만화경이 된다.

교실에 컴퓨터가 널리 보급되면 교육자들은 필연적으로 컴퓨터 그래픽을 더 많이 사용하게 된다. 간단한 그래픽 프로그램으로도 아주 어린 아이들에게 컴퓨터로 작업하는(그리고 노는) 법을 가르칠 수 있다. 오늘날의 젊은이들은 컴퓨터와 컴퓨터 아트를 생활의 일부로 받아들이게 될 것이다.

바로 이 지점에서 혁명은 진정 강력해진다.

현재의 발전 속도라면 10년~20년 후에는 가정에서도 사용할 수 있을 정도로 저렴한 컴퓨터가 현재 대형 스튜디오에서 제작하는 것보다 훨씬 더 정교한 그래픽을 구현할 수 있을 것이다. 그래픽 팬들은 사실적인 캐릭터 이미지 등 온갖 다양한 이미지를 생성하는 프로그램을 만들고, 교환하고, 판매할 것이다.

그러다 보면 20세기 말쯤에는 일종의 시각적 타자기도 가능할지 모른다. 프로그래머/예술가/작가가 상상하는 모든 장면이 컴퓨터 애니메이션을 통해 구현되는 것이다. 소프트웨어와 하드웨어가 발전하고 가격이 저렴해지고 정보와 이미지 네트워크가 확장되면, 사실상 누구나 세실 B. 드 밀이 될 수 있을 것이다. 중요한 것은 결국 돈이 아니라 시간과 재능이다.

현재 영화의 가장 큰 장애물은 창의성보다 자금 문제가 앞선다는 점이다. 수천만 달러의 예산을 주무르는 스튜디오 경영진은 자사의 작품이 다수의 대중에게 다가가도록 하는 데 당연히 관심이 많다. 결과는 종종 진부한 작품의 양산이다. 창의성은 끝없이 무시되거나 비판의 대상이 된다.

상업 텔레비전 네트워크에는 장애물이 더욱 많다. 광고주를 만족시키려면 어마어마한 수의 대중들이 프로그램을 시청해야 하기 때문이다. 가장 저급한 기준에 편승하여 가치 있는 작품을 만든 아티스트나 작가는 거의 없지만, 이것이 네트워크 텔레비전 대부분의 현주소다.

인쇄 매체는 더 많은 자유를 허용한다. 무언가를 인쇄물로 표현할 때 필요한 것은 오로지 연필과 종이 한 장뿐이다. 일반적으로 책 한 권의 제작비는 수백만 달러가 아니라 수만 달러 수준이다. 출판을 통해 여전히 수많은 작가가 개인 작품을 창작한다. 작가는 수백, 수천 명 정도의 꾸준한 독자층만 있으면 명성을 쌓을 수 있다.

그러나 정기적으로 책을 읽는 미국인은 고작 전 인구의 10에서 20퍼센트에 지나지 않는다. 신문과 잡지의 사정은 낫지만, 인쇄물을 통해 정보를 얻는 사람은 전체 미국인의 절반에도 미치지 못한다. 대중 접근성에 있어서 인쇄라는 커뮤니케이션 매체의 엄청난 실패다.

많은 사람에게 인쇄물은 소화하기 어렵다. 많은 용도와 장점을 지니고 있지만, 다른 매체만큼 빠르고 효율적으로 정보를 전달하지 못하는 경우가 많다.

딜레마는 분명하다. 인쇄 매체에는 다양성과 개인의 표현이 있으며, 글이 전달하고자 하는 내용을 상상하고 구체화하는 독자의 적극적인 참여가 있다. 그러나 텔레비전이나 영화만큼 많은 사람에게 다가갈 수는 없다.

텔레비전과 영화는 대중에게 적극적으로 소구하지만, 그러다 보면 아무 생각 없는 시청자에게 숟가락으로 떠먹여 주는 진부한 내용이 되는 경우가 많다.

컴퓨터는 인쇄 매체와 시각 매체를 결합함으로써 돈의 독점을 깨고 필연적으로 발전하게 될 다양한 예술 형식의 총칭, 즉 "회화적 서사"로 보다 많은 사람들이 작업하는 것을 가능케 할 것이다.

로버트 에이블은 전자 혁명으로 인해 재택근무가 가능해지면서 개인이 물리적으로 점점 더 고립되는 미래 사회를 전망한다. 엔터테인먼트의 형태가 차츰 더 정교해지면서 여가를 즐기기 위해 집 밖으로 나가야 할 필요도 줄어들 것이다. 여가시간이 증가함에 따라 대중은 더 많은 엔터테인먼트를 요구할 것이다. 더 많은 아티스트가 복잡한 회화적 서사를 제작할 수 있게 되면, 창의성이 폭발적으로 증가하여 대중의 수요에 부응할 것이다. 대중이 밋밋하고 진부한 매체에 이미 길들여진 것만 아니라면. 지금이라도 늦지 않았다면….

심호흡을 하자.

우리는 가능한 미래로 들어갈 것이고, 익숙해지려면 노력이 약간 필요할 것이다.

당신은 길거리에 있다. 한 여자가 다가온다. 마치 정글을 몸에 두르고 있는 것 같다. 당신은 그 여자가 지나가는 동안 놀란 눈으로 바라본다. 여자를 중심으로 2미터 반경에 옹이투성이 나무, 덩굴, 이국적인 새, 심지어 표범 한 마리가 몸을 숨기고 있다.

여자가 벽을 따라 걸어가자, 건물 전체가 갑자기 미소를 짓는다. 벽 전체가 3차원의 거대한 입술이다. "좋은 아침, 미스 앤드루스, 오늘은 무엇을 도와드릴까요? 의류 쇼핑을 하시나요, 아니면 그냥 산책 중이신가요?" 애드월은 형식적이고 약간 고루한 디자인이다. 컴퓨터를 사용하여 소비자 그룹뿐만 아니라 개인을 표적으로 하는 광고 회사는 누가 누구인지 사실상 전부 알고 있다.

여자는 아무 관심을 주지 않고 계속 걸음을 옮긴다. 당신이 다가가자, 미소는 알록달록한 나비 떼로 변해 흩어진다.

"존경하는 고객님," 애드월이 말한다. 나비가 주위에서 펄럭인다. "고객님의 성함은 현재 메모리에 저장되어 있지 않습니다. 프리픽이 무엇을 도와드릴까요?"

당신은 컴퓨터 매장을 찾고 싶다고 중얼거린다.

"이 도시에서 가장 오래된 컴퓨터 매장 칩스 앤 디스크가 두 블록 거리에 있습니다."

눈앞에 지도가 나타나더니 고속 시각 투어로 변형된다. 남쪽으로 두 블록을 걸어간 뒤 왼쪽으로 꺾어서 매장에 들어서는 당신의 모습이 보인다. 이미지는 매장 전면의 대형 영상을 비추며 끝난다. 영업시간, 판매 중인 제품, 심지어 점원의 얼굴을 나타내는 기호가 지도의 각 면에 중첩된다.

당신은 다양한 옷차림의 시민들 사이를 뚫고 매장을 찾았다. 매장에 구비된 시스템을 보니 입이 딱 벌어진다. 계산은 물론이고 상상할 수 있는 거의 모든 일이 가능한 컴퓨터들이 있다. 정보 네트워크를 대여할 수도 있고, 저렴한 월 사용료로 전 세계 도서관 시스템에 접속할 수도 있다. ("가구 평균소득의 1퍼센트도 안 되는 요금!"이라고 적혀 있다. 가입자 수는 20억 명에 달한다.)

소리와 냄새에 이르기까지 집 안에 원하는 환경을 조성할 수 있다. 애플89 월드메이커를 사용하여 자신만의 환경을 창조할 수도 있다.

"무슨 일을 하십니까?" 점원이 묻는다.

점원은 미소를 지으며 투명해졌다가 다시 불투명해진다. 법적으로 서비스 시작 후 처음 몇 분 동안 필수 규정되어 있는 기능이다. 그래야 고객은 점원이 매우 사실적인 홀로그램이라는 것을 인지할 수 있다.

"작가입니다." 나는 말한다.

"아, 그럼 마인자이가 필요하겠군요."

한참 지나서야 "마인즈 아이Mind's Eye"라는 뜻이라는 것을 깨닫는다. 담뱃갑만 한 자그마한 크기이고 대뇌 피질에 직접 연결할 수 있는 플러그가 달린 장치다.

"마인즈 아이는 기본적인 뇌파, 음성 언어, 혹은 타이핑 비슷한 터치 코드로도 명령을 내릴 수 있는 매우 민감한 장치입니다. 비디오텍스트를 시각적 경험으로 변환시키는 번역기도 딸려 있습니다. 마인즈 아이를 페이지터너에 꽂으면, 좋아하는 고전을 시각화하면서 인터랙티브 방식으로 영화로 만들 수 있습니다. 대뇌피질 플러그를 통해 액션을 조율해야 하는데, 약간의 훈련이 필요합니다." 점원은 유쾌하게 알려준다.

비디오텍스트는 시각 및 청각 정보를 고밀도 기호, 즉 능숙한 시청자에게 지적 및 정서적 단서를 전달하고 유발하는 기호와 결합한다. 몇 초 동안 수백 개의 깜박이는 신호를 압축하는 비디오텍스트도 있다. 이런 기호는 이집트 상형문자와 현대 도로 표지판의 먼 친척이다. 일부는 유명 기업의 로고를 바탕으로 한다. 일본 붓글씨처럼 세련된 것도 있다.

리얼타임 유닛도 곧 등장할 것이다. 어떤 장면을 상상하는 시간이 너무 오래 걸린다고 생각되면, 리얼타임으로 뇌파를 보완하면 된다. 정글이 필요하다면 리얼타임은 70개의 정글을 메모리에 저장하고 있으며, 곧 실제 정글을 케이블로 연결하여 디지털화하고 마음대로 모양을 바꿀 수 있게 될 것이다.

칩스 앤 디스크의 모든 컴퓨터는 당연히 아동친화적이다. 실제로 '1세부터 5세까지' 장치는 유아가 사용하도록 설계되었다. 감각 아기침대와 세서미 넷 접속 채널이 딸려 있다.

소설가는 라이와이어Lie Wire에서 작품을 팔 수 있다. 철학자는 마인드벤더 케이블에서 청중을 찾을 수 있다(물론 유료다). 역시학자는 패스타임 케이블을 자주 이용한다.

이런 네트워크 채널에서는 초보자 등급부터 시작해서 심사위원단의 선택이나 사용자 수용도(평점)를 통해 점차적으로 높은 등급으로 한 단계씩 올라갈 수 있다. 작품 하나가 브리태니커 비주얼처럼 많은 사람에게 전달될 수 있다.

주변 장치로는 가정용 컴퓨터에 꽂아 20세기 영화를 온 가족과 함께 실시간으로 경험할 수 있는 칩 무비라이프가 있다. 험프리 보가트가 마이클 케인의 역할을 맡은 〈왕이 되려던 사나이The Man Who Would Be King〉를 보고 싶으면 그것도 가능하다.

살아 있는 배우에 대한 수요는 여전히 높다. 그들은 종종 컴퓨터 생성용으로 자신의 이미지를 빌려주고 상당한 부수입을 올리기도 하지만, 실제 배우가 시뮬레이션보다 낫다는 사실은 거의 모든 사람이 인정한다. 어떤 배우들은 평판이 좋지 않은 소매업체에 초상권을 팔아 온갖 남부끄러운 상품에 자신의 이미지를 사용함으로써 유망한 커리어를 망치기도 했다.

하지만 너무 몰입하다가 드랍아웃Drop Out 같은 세계에 발을 들이면, 현실을 떠나 온갖 불미스러운 영상을 얻을 수 있는 지하 네트워크에서 돌아다닌다면, 도청 경찰이 매일 감시하고 있다는 점을 알아두어야 한다. 판타펨FantaFem, 당신이 꿈꾸는 여자Woman of Your Dreams 같은 합법적인 성인 서비스도 많지만, 법의 경계선에 아슬아슬하게 걸려 있거나 완전히 벗어난 서비스가 더 많다.

"서점?" 점원은 다소 의아한 표정으로 질문에 답한다. "수집가 시장을 겨냥한 서점이 몇 군데 있다고 들었습니다. 물론 윈스턴 스미스 소사이어티도 늘 있고요. 한 달에 한 번씩 모여서 너덜너덜한 페이퍼백을 거래하지요."

당신은 창의력을 향상시키기보다는 창의력을 보충하거나 대체하는 시스템으로 가득한 가게를 둘러본다.

"자신의 이미지로 자기 이야기를 하고 싶은 사람을 위한 제품은 없습니까?" 당신은 눈살을 찌푸리며 묻는다.

"고객님, 이 모든 것이 거기서 시작됩니다." 점원은 기분이 상한 것 같다. "모든 사람이 당신 같은 특권층은 아니죠."

수십 년 전의 전자 음악 악기가 떠오른다. 어떤 악기는 너무 정교하게 발달해서 소리를 내기 위해 건반을 건드릴 필요가 없을 정도였다. 콘서트 피아니스트에게는 아마 달갑지 않았겠지만, 취미로 즐기려는 사람들에게는 큰 즐거움이었다.

"이쪽으로 오세요." 점원이 유령 같은 손으로 당신을 안내한다. "몇 가지 기본 모델을 보여드리겠습니다. 단순히 소비하는 것에 머무르지 않고 창조하고 싶은 분들을 위해서요."

점원은 단순하고 세련되게 꾸며진 공간으로 안내한다. 열 살도 안 된 소년과 소녀가 폭이 넓은 키보드 앞에 앉아 있다. 기계 너머 빈 공간에 형태가 모호한 도형들과 색깔이 깜빡인다.

"이번엔 숫자 다 맞게 입력했어?" 소녀가 묻는다. "최대한 정확해야 해."

"맞아." 소년이 그녀를 안심시킨다.

"그럼 보자."

소년이 디스플레이 키를 누른다.

너무나 사실적인 티라노 사우루스 렉스가 끔찍하고 매혹적인 모습으로 빈 공간에 나타나 꼬리를 앞뒤로 흔들며 여섯 개의 발톱으로 걷고 있다. 입을 벌리자 새처럼 신기한 꽥꽥 소리가 난다.

"아냐, 이런 소리가 아니었어." 소녀가 고개를 힘차게 흔들며 말한다.

"네가 어떻게 알아?" 소년이 묻는다.

"포효하게 해보자."

두 사람이 몇 번 민첩하게 키보드를 두드리자, 야수는 소리를 바꾸어서 포효한다.

"공룡 정말 좋지 않냐?" 소녀가 손뼉을 치며 묻는다.

당신의 손가락이 꿈틀거린다. 내가 어렸을 때 이런 기계가 어디 있었나? 당신은 앞으로 다가가 정중하게 묻는다.

"저기. 나도 이거 가지고 놀아도 되니? 난 항상 바다 괴물을 좋아했거든…."

(그건 그렇고, 저자는 책이나 기타 인쇄 매체를 너무나 애호한다. 항의 편지는 아직 태어나지 않은 모든 사람을 상대로 보내야 한다.)

탄젠트

초판 1쇄 찍은날 2025년 10월 20일
초판 1쇄 펴낸날 2025년 11월 10일

지은이   그렉 베어
옮긴이   유소영
펴낸이   한성봉
편집   안태운·김학제·박소연
콘텐츠제작 안상준
디자인   최세정
마케팅   오주형·박민지·이예지·정효인
경영지원   국지연·송인경
펴낸곳   허블
등록   2017년 4월 24일 제2017-000050호
주소   서울시 중구 필동로8길 73 [예장동 1-42] 동아시아빌딩
페이스북   www.facebook.com/dongasiabooks
인스타그램 www.instagram.com/dongasiabook
트위터   twitter.com/in_hubble
전자우편   dongasiabook@naver.com
블로그   blog.naver.com/dongasiabook
전화   02) 757-9724, 5
팩스   02) 757-9726

ISBN   979-11-93078-68-6 03840

※ 허블은 동아시아 출판사의 문학 브랜드입니다.
※ 잘못된 책은 구입하신 서점에서 바꿔드립니다

만든 사람들

책임편집   박소연
교정   김다인, 김학제
크로스교   안상준
디자인   곰곰사무소
본문조판   김경주